U0096262

人民共和國文化與文學叢書

八　編

李　怡 主編

第 1 冊

尺筆有春秋：《吳宓日記續編》研究

王本朝　本書主編

花木蘭文化事業有限公司

國家圖書館出版品預行編目資料

尺筆有春秋：《吳宓日記續編》研究／王本朝 本書主編 -- 初版 -- 新北市：花木蘭文化事業有限公司，2020〔民109〕

序10+ 目2+266 面；19×26 公分

（人民共和國文化與文學叢書 八編；第1冊）

ISBN 978-986-518-209-0（精裝）

1. 吳宓 2. 學術思想

820.8 109010885

ISBN-978-986-518-209-0

人民共和國文化與文學叢書
八 編 第 一 冊 ISBN：978-986-518-209-0

尺筆有春秋：《吳宓日記續編》研究

本書主編 王本朝
主 編 李 怡
企 劃 四川大學中國詩歌研究院
總 編 輯 杜潔祥
副總編輯 楊嘉樂
編 輯 許郁翎、張雅淋 美術編輯 陳逸婷
印 刷 普羅文化出版廣告事業
出 版 花木蘭文化事業有限公司
發 行 人 高小娟
聯絡地址 235 新北市中和區中安街七二號十三樓
電話：02-2923-1455／傳真：02-2923-1452
網 址 http://www.huamulan.tw 信箱 hml 810518@gmail.com
初 版 2020 年 9 月
全書字數 274318 字
定 價 八編 18 冊（精裝）台幣 55,000 元

尺筆有春秋：《吳宓日記續編》研究

王本朝　主編

編者簡介

王本朝（1865 ～），重慶市梁平人，西南大學教授，文學院院長，博士生導師。教育部「長江學者」特聘教授。中國現代文學研究會常務理事，中國魯迅研究會副會長，中國郭沫若研究會副會長，中國老舍研究會副會長，重慶現當代文學研究會會長。主持國家社科基金重大項目等課題 6 項。著有《20 世紀中國文學與基督教文化》《中國現代文學制度研究》《中國當代文學制度研究（1949 ～ 1976）》《中國現代文學觀念與知識譜系》《文學現代：制度形態與文化語境》《回到語言：重讀經典》等。主要關注中國現當代文學制度及文學思想等問題。

本書撰稿人：王本朝教授、肖太雲教授、李閩燕博士、呂潔宇博士、劉志華副教授、淩孟華教授、楊永明副教授。

提　　要

吳宓是現代中國思想文化史上有個性、有追求的學者，持有堅定的人文理想和浪漫的詩人情懷，面臨社會時代和思想文化的大變革而不斷經受思想矛盾和情感痛苦。1949 年之後的吳宓，雖然無法開展嚴格意義上的學術活動，但卻被拋入各種思想改造、學習批判和勞動生活，在緊張與慶幸、孤獨與痛苦、希望與絕望中度過了後半生時光。他依然不停地寫作，積有《吳宓日記續編》10 卷。他以繁富而精練的筆致，為人們留下了一份真實的歷史記錄，有其個人的豐富感受和獨到思考，也有歷史境遇的細緻呈現。他至情至性，悲天憫人，忠恕仁義，應對世事雖多迂闊而日趨逼仄，但仍不失為做人的真誠和時代的鏡鑒。著作主要以《吳宓日記續編》為考察中心，分別從「文化」、「教育」、「政治」、「文學」、「交遊」和「愛情」等角度進入吳宓的生存世界，討論其生存處境、矛盾困惑、精神堅守和道義擔當，試圖還原另一個真實的吳宓。吳宓日記尤其是共和國時代的日記，擁有政治、經濟、歷史、文學、文化、生活和心理等多重價值和意義，是研究吳宓及其知識分子與當代中國社會政治關係必不可少的重要文獻。

全球化時代如何討論當下的文學問題
——《人民共和國文化與文學》第八編引言

李　怡

我們常常說，這是一個「全球化的時代」，也就是說，對當下文學的討論，「全球化」是一個不可回避的語境。但是「全球化語境下的中國當代文學」這個題目所包含的意蘊以及它所昭示的學術立場本身就是意味深長的。我覺得，在我們積極地研究當下文學自身成就的同時，適當的反顧一下我們已經採取或者可能會採取的立場，也不失為一種新的推進方式。「全球化」是新世紀中國學術的一個重大課題，「中國當下的文學」雖然已經闡述了多年，但在今天的「新世紀」或者說「新時代」的時間段落中，無疑也具有了特殊的意義。只是，如果我們竭力將這些關鍵詞置放在一起，其相互的意義鏈接就變得有點曲曲折折了。

從表面上看，「全球化」與「中國當下」，這是一個普遍性的時間和一個特殊空間的問題。我們常常在說「全球化時代」如何如何，這也就是說我們正在經歷一個正在怎麼「化」的過程，這是一個時間的過程。「全球化語境中的中國文學」，似乎應當考慮的是一個局部空間的文學現象如何適應更有普遍意義的時代發展的要求，當然，關於這方面的話題我們可以談出許多。例如全球化時代的經濟一體化進程與民族文化矛盾對於不同民族文化交流與融合的影響，而這種文化的衝突與融合對於文學藝術的創造又取著怎樣的關係，接踵而來的另一個直接問題就是：中國當下的文學，這一目前可能民族性呼聲很高的區域文學如何在呼應「全球化」時代的主體精神的同時保持自己真正的有價值的個性？近 40 年來的學術史上，關於這樣的「時代要求」與民族國家關係的討論曾經也熱烈地進行過，那就是上一個世紀 80 年代中期的「走向世界」，當時，人們通過重述歌德與恩格斯關於「世界文學」時代到來的論斷，力圖將中國文學納入到「世界文學」時代的統一進程當中，因為這樣一來，我們就可以有力地走出地域空間的封閉而更多地呼應世界性的時代思潮了。

那麼，「全球化」的提出與當年的「走向世界」有什麼不同，它又可能賦予我們文學研究什麼樣的新意呢？在我看來，當年的「走向世界」思潮與其說是關於文學的理性的分析，毋寧說是一種文學呼喚的激情，一種向所有的文學工作者吹響的進軍的號角，除了面對啟蒙目標的偉大衝動外，關於文學特別是文學研究的新的理性評判系統並沒有建立起來，而啟蒙本身的意義也常常被闡述得籠統而模糊。所謂「全球化語境」，其實是為我們的文學特別是文學的研究提供了一個比較完整的新的思考的框架。例如作為人類精神發展基礎的「經濟」的框架：當前全球經濟一體化的過程對於文化與文學究竟會產生怎樣的影響？一個民族國家（諸如中國）的精神創造是如何回應或如何反抗這樣的「同一」過程的？而經濟制度本身又如何對精神生產形成制約或推動？這些思路從宏觀上看將與目前熱烈進行的「現代性」問題的討論相互聯繫，與所謂世俗現代性／審美現代性的分合問題相互聯繫，從而在文學的「內」、「外」結合部位完成細節的展開。顯然，這比過去籠統的「經濟基礎決定上層建築」或者「文學發展與經濟發展的不平衡原則」要具體而充實。從微觀上看，今天我們所討論的「民族國家文學」問題本身就聯繫著「一帶一路」這樣經濟的事實，我們似乎沒有必要將民族國家文學的發展局限在知識分子書齋活動之中，這裡所產生的可能是一個更具有深遠意義的「文化審視」問題——不僅當下中國的人們有了重新自我審視的機會，而且其他地方的人也有了深入審視中國的可能，其實文學的繁榮不就是同時貢獻了多重的視線與眼光嗎？或許正是在這個意義上，我以為，新世紀的「全球化」思維具有了比 80 年代「走向世界」思維更多的優勢。

但是，「全球化」思維又並非就可以敞開我們今天可以感知到一切問題，我甚至發現，在關於文學發展的一個基本的困惑點上，它卻與「走向世界」時代所面對的爭論大同小異了，這個困惑就是我們究竟當如何在「或世界或民族」之間作出選擇，或者說全球化時代的文學普遍意義與民族文學、地區文學之間的矛盾是否還存在，如果存在，我們又當如何解決？無論我們目前的議論如何竭力「消解」所謂二元對立的思維，其實在學術界討論「全球化」與「民族性」的複雜關係時，我們都彷彿見到了當年世界性與民族性爭論時的熱烈，甚至，其基本的思維出發點也大約相似：全球化時代與世界化時代都代表了更廣大的普遍的時代形象，而中國則是一個局部的空間範圍。這兩個概念的連接，顯然包含著一系列的空間開放與地域融合的問題，也就是說「中國」這個有限空間的韻律應該如何更好地匯入時代性的「合奏」，我們既需要「合奏」，又還要在「合奏」中聽見不同的聲部與樂器！這裡有一個十分重要的理論假定：即最終決定文化發展的是時間，是時間的流動推動了空間內部的變化——應當說，這是我們到目前為止的社會史與文學史都十分習慣的一種思維方式，即我們都是在時代思潮的流變中來探求具體的空間（地域）範圍的變化，首先是出現了時間意義的變革，然後才貫注到了不同的空間意義上，空間似乎就是時間的承載之物，而時間才是運動變化的根本源泉，我們的歷史就是時間不斷在空間上劃出的道道痕跡。例如我們已經讀過的文學史總先得有一章「五四新文化運動的發生」，然後才是「五四在北京」、「五四在上海」或者「五四新文化運動在詩歌領域裡引發的革命」、「在小說領域裡產生的推動」、「在戲劇中的反映」等等。這固然是合理的，但從另一方面來說，它所體現的也就是牛頓式的時空觀念：將時間與空間分割開來，並將其各自絕對化。在這一問題上，愛因斯坦的「相對論」是從打破時空絕對性的立場深化了我們對於時間、空間及其相互關係的認識。在這方面，被譽為繼愛因斯坦之後最偉大的科學家的史蒂芬·霍金有過一個深刻的論述：

> 相對論迫使我們從根本上改變了對時間和空間的觀念。我們必須接受的觀念是：時間不能完全脫離和獨立於空間，而必須和空間結合在一起形成所謂的時空的客體。〔註 1〕

這是不是可以啟發我們，在所有「時代思潮」所推動的空間變革之中，其實都包含了空間自我變化的意義。在這個時候，時間的變革不僅不是與空間的變化相分離的，而且常常就是空間變化的某種表現。中國現當代文學決不僅僅是西方「現代性」思潮衝擊與裹挾的結果，它同時更是中國現代知識分子立足於本民族與本地域特定空間範圍的新選擇。只有充分認識到了這一事實，我們才有可能走出今天「質疑現代性」的困境，為中國現當代文學尋找到合法性的證明。

〔註 1〕 史蒂芬·霍金：《時間簡史》第 21 頁，湖南科學技術出版社 2002 年版。

在時間變遷的大潮中發現空間的本源性意義，這對我們重新讀解中國當下的文學，重新展開「全球化語境中的中國文學」這一命題也很有啟發性。比如，當我們真正重視了空間生存的本源性地位，那麼我們就會發現，從表面上看，這是一個普遍性的時間和一個特殊空間的問題，但在實質上來說，其實所包含的卻是中國自身的「空間」與全球化的「時間」的問題，所謂「全球化」，與其說是一個普遍的時代思潮，還不如說西方人的生存感受。是中國的經濟方式與生活方式在某種意義上匯入了「全球性」的漩流之中，於是，他們將這一感受作為「問題」對包括中國人在內的其他人提了出來，自然，中國人對此也並非全然是被動的對於外來「時間」的反應，他們同樣也在思考，同樣也在感受，但他們感受與思考的本質是什麼呢？僅僅是在「領會」外來的思潮麼？當經濟開發的洪流滾滾而來，當國際的經濟循環四處流淌，當外來的異鄉人紛至遝來，當接受和不能接受、理解和不能理解的文化方式與宗教方式，生活方式與語言方式都前所未有地洶湧撲來，中國的精神世界是怎樣的？中國的文學又是怎樣的？很明顯，在貫通東方與西方、全球與中國的「時代共同性」的底部，還是一個人類與民族「各自生存」的問題，是一個在各自具體的空間範圍內自我感知的問題。

理解中國當下的文學，歸根結底還是要理解中國人自己的感受。這裡的「全球化」與其說更具有普遍性還不如說更具有生存的具體性，與其說可能更具有跨地域認同性還不如說可能包含了更多的地域分歧與衝突的故事，當然，也有融合。既然今天的西方人都可以在連續不斷的抗議和攻擊中走向「全球化」，那麼，我們為什麼不是？所要指出的是，在文學創造的意義上，這裡的抗議與拒絕並非簡單的守舊與停滯，它本身就是一種「有意味」的姿態，或者，它本身也構成了「全球化」的一部分。

2019 年 12 月改於成都長灘

《吳宓日記續編》與吳宓的精神世界
(代序)

吳宓無疑是20世紀中國文化史上的一位有個性、有理想的學者。20世紀是一個不斷求新求變、逐物媚俗的時代，吳宓卻始終堅守人文立場、道德眼光，帶著一副浪漫情懷，菩薩心腸，孜孜矻矻發揚傳統文化精神，但卻面臨思想與時代的衝突、理想與現實的矛盾，成了現代唐・吉訶德，既不合時宜，又痛苦不堪。所以，吳宓是一個很值得研究的文化現象和精神個體，在某種意義上，他是一個文化符號，具有一定的典型性和代表性，特別是對探索現代人文主義或者說保守主義思想的境遇，思考現代知識分子的命運，闡釋現代思想文化的張力及複雜性，都有著特殊的標本意義。相對說來，人們的學術興趣主要集中在1949年前吳宓的思想文化，而對1949年後的吳宓，主要還停留在對他的人生際遇的同情，且多故事性和回憶性描述，缺少理性的學術性討論。

事實上，這也是非常遺憾的事情。一般說到吳宓，總會提到以下幾個方面的成就。一是開創比較文學研究。他把比較文學引入中國學術領域，發表了《新文化運動》和《中國之新舊事物》等比較文學論文，為比較文學學科的建立打下了牢固的基礎。在高等學校開設比較文學課程，運用其理論與方法研究中國文學。二是參與創辦清華國學研究院。先後聘請王國維、梁啟超、趙元任、陳寅恪、李濟為教授，開創了研究國學的新風氣，成為中國近代教育史上的一個奇蹟。三是創辦《學衡》雜誌。與柳詒徵、劉伯明、梅光迪、胡先驌、湯用彤等創辦《學衡》雜誌，任總編輯。11年間共出版79期。「昌明國粹，融化新知」，與當時新文化運動形成對峙之勢，成為新人文主義思想的陣地。四是開展「紅學」研究。曾多次在大學作有關《紅樓夢》學術報告，發表多篇紅學論文。與胡適、俞平伯、周汝昌等紅學專家齊名，對推動我國紅學研究起到了重要作用。五是教書育人。吳宓是傑出的教育家。曾培養了一大批文學家、語言學家、哲學家以及文學翻譯家。如清華大學時期的錢鍾書、曹禺、李健吾、趙瑞蕻、季羨林、李賦寧、王岷源、高亨、謝國楨、徐中舒、姜亮夫、王力、呂叔湘、向達、浦江清、賀麟以及西南聯大時期的王佐良、周鈺良、楊周翰、許國璋、許淵沖、查良錚、何兆武、袁可嘉、杜運燮等，都曾受教於他的門下。

但是，吳宓 1949 年後的工作卻在這些成績之外。嚴格說來，吳宓這個時期沒有開展真正意義上的學術研究，雖然也呆在高校 20 多年，卻沒有真正做到教書育人。於是有了這樣的感嘆：「冤哉苦哉，今之為教授者也！宓教授三十餘年，備受學生敬服愛戴，今老值世變，為師之難如此，宓心傷可知矣。」〔註 1〕他每天只能在改造、學習、批判、勞動中生活，在緊張、孤獨、痛苦、絕望中度日。連讀書、思考就成了精神的奢侈，何談有著述成果？他曾這樣概述自己的一生：「吳宓，一介平民，一介書生，常人也；讀清華時被迫寫過悔過書；談情說愛也曾虛擲歲月。許多事明知不可為而強為之，費時費力而收穫甚少。做學問，教書，寫詩，均不過中等平平。然宓一生效忠民族傳統文化，雖九死而不悔；一生追求人格上的獨立、自由，追求學術上的獨立、自由，從不人云亦云。」〔註 2〕但他還是在不停地寫作，那就是每天的「日記」。吳宓日記就是他每天的創作，有著政治的、經濟的、歷史的、文學的、文化的、生活的、心靈的等多重價值，這一點，吳宓自己也是非常自信的。他曾在給友人的信中說：「宓詩稿、日記、讀書筆記若干冊，欲得一人而付託之，只望其謹慎秘密保存，不給人看，不令眾知，待過 100 年後，再取出給世人閱讀，作為史料及文學資料，其價值自在也。」〔註 3〕不用 100 年，吳宓日記續編的出版，煌煌 10 卷，就成了當代中國重大的文化事件，並且是人們研究吳宓和現代知識分子與當代中國社會政治必不可少的文獻。

比如魯迅與吳宓曾是一對筆墨冤家，兩人有過交手或交鋒，但在《吳宓

〔註 1〕吳宓：《吳宓日記續編》第 2 冊，三聯書店，2006 年，第 201～202 頁。
〔註 2〕劉達燦：《國學大師吳宓漫談錄》，新疆人民出版社，2003 年，第 161 頁。
〔註 3〕吳學昭：《吳宓書信集》，三聯書店，2011 年，第 379 頁。

日記續編》裏卻時常見到吳宓閱讀或評論魯迅的記錄。

1955 年 5 月 3 日，吳宓被安排為「教師俄文班」上課，「宓主講 36 課，題曰魯迅」。當日日記只是簡單記事，無點評。1958 年 11 月 7 日，遵中文系秘書「命」，不參加全係會議，赴音樂系演奏廳為音樂科高中一年級甲乙合班學生 92 人上《語文》課，講「第二課魯迅作《紀念劉和珍君》，頗用力，學生似尚歡迎」。當日日記加按語：「按宓授中學課，乃今生第一次，惟課文之內容（三・一八慘案）及論點正與宓夙昔所持者相反。宓在 1926 固極贊成《甲寅》而惡魯迅及女師大一般學生者，今屈從而作違心之講授，亦大苦之事已！」

具體說說，吳宓日記中的相關記載：

1955 年 4 月 17 曰：上午，讀俄文 36 課魯迅。

1955 年 6 月 3 曰：歸後，續讀《兩地書》至深夜，完。夜雨。

1956 年 12 月 6 曰：下午寢息片刻。讀魯迅《中國小說史略》。

1958 年 7 月 14 曰：晚讀豐子愷畫《阿 Q 正傳》一小冊，完。

1959 年 3 月 4 曰：晚，讀魯迅《中國小說史略》。早寢。

1964 年 12 月 31 曰：上午 8～12 上班，自讀《魯迅詩注釋》1962 周振甫注釋（按年編例，新舊詩均在內）。

1965 年 1 月 3 日～20 曰：

1 月 3 曰：上午 8～12 上班，讀《魯迅詩選注》1962 周振甫注釋。

1 月 4 曰：上午 8～12 上班……讀《魯迅詩選注》完。

續讀《學習魯迅及瞿秋白著作筆記》。

1 月 5 曰：下午 2～5 上班，先昏昏思睡，後撰零篇交代材料（四）擁護黨、感激黨（僅半頁）。卒乃翻閱《魯迅全集》。

1 月 6 曰：上午 8～12 上班，讀《魯迅選集》。今日始生木炭火盆，尹院長來，看宓讀何書……

宓續讀《魯迅選集》，正午回舍。

1 月 7 曰：宓讀《魯迅全集・兩地書》，回憶 1925～1926 在京之生活，不勝淒感。

1 月 8 曰：11～12 續讀《魯迅全集・兩地書》

下午 2～5 上班……既畢，宓乃 4～5 續讀《兩地書》。

1 月 9 曰：上午 8～12 上班。林、荀諸君圍火盆坐，閒話文學，宓則讀《魯迅全集》，注意其中（1）《估學衡》（1922 年 2 月 9 日）及（2）評 1922 十月十日宓在上海《中華新報》所作《論新文化運動之反應》一文。

1 月 12 曰：上午 8～12 又下午 2～5 上班，續讀《魯迅全集・兩地書》。

1 月 13 曰：11～12 續讀《兩地書》。

1 月 14 曰：上午 8～12 上班，讀《魯迅全集・兩地書》完，遂及《書信》。

2～5 如恒上班，讀《魯迅全集・書信及日記》。

晚，讀雜書……傅築夫，名作揖，河北省永年縣人。北京師大畢業。1924 年十二月謁魯迅（應補入宓 1939 詩稿）。

1 月 15 曰：上午 8～12 宓上班，讀《魯迅全集・中國小說的歷史變遷（1924 年 7 月，在國立西北大學及陝西教育廳所主辦之講習會講）及中國文學史講義》（1926 年秋，在廈門大學講。）

1 月 16 曰：上午 8～12 上班，讀《魯迅全集・中國文學史講義》完，遂讀《日記》。

1 月 18 曰：上午 9～12 上班……然後 11～12 讀《魯迅日記》。

1 月 19 曰：上午 8～12 上班，讀《魯迅日記》。田子貞君曾來檢視，問宓所讀何書，宓具以實對，並舉書示之。

下午 2～5 上班……續讀《魯迅日記》。

1 月 20 曰：上午 8～12 上班，讀《魯迅日記》，知民國元二三四等年間，魯迅任教育部僉事時期，（月薪初為二百四十元，後增為二百八十元。）與錢稻孫交甚密，幾於每日同宴遊或互訪。又與陳衡恪亦恒來往。而 1915 四月曾以其所譯之《域外小說集》一二冊，贈與陳寅恪云。又記 1914 一月十七日《蒯若木赴甘肅，來別》。按蒯往入張廣建幕，父涼州副都統之褫職押解來省、及歲底羈禁皋蘭縣署之禍，託始於此矣。魯迅分在社會教育司，司長為夏穗卿（曾祐）職務甚簡，每日徜徉於琉璃廠書肆，再則共友談宴。文人閒散之生活，今觀之更加天上矣。

1967 年 5 月 10 日～6 月 1 曰：

5 月 10 曰：8～11：30 學習：自讀《魯迅全集》。

5 月 11 曰：8～11：30 學習，宓讀昨《新重慶報》，又讀《魯迅全集》。

5 月 12 曰：8～11：30 學習：宓讀《魯迅全集》。歸途，入崖廁。

5 月 13 曰：8～11：30 學習：宓讀昨報，及《魯迅全集》。

5 月 15 曰：8～9：30 學習，宓讀魯迅早年短篇小說。

5 月 16 曰：8～11：30 學習：讀魯迅小說《阿 Q 正傳》等篇。

5 月 17 曰：8～11：30 學習：宓讀十五日、十六日《新重慶報》；又讀魯迅早年短篇小說。

5 月 18 曰：上午 8～11：30 學習：宓讀昨《新重慶報》(《中共中央 1966 二月十二日通告》，係彭真草擬擅發，今作廢），又讀魯迅短篇小說。

5 月 19 曰：8～11：30 學習：宓讀魯迅短篇小說。歸途，入崖廁。

5 月 20 曰：8～11：30 學習：宓讀昨報，又讀魯迅短篇小說。

5 月 23 曰：上午 8～11：30 學習：宓讀昨報，又讀《魯迅選集》第一冊完；多聆眾閒談。

5 月 24 曰：8～11：30 學習：先聆諸君雜談校內運動近事，後讀《魯迅選集》第二冊雜文。

5 月 25 曰：宓請於楊，得准，不赴廁所之役。而自掃地下層中區之地，又傾洗二痰盂。以後宓續讀《魯迅選集》第二冊。

5 月 26 曰：上午 8～11：30 學習：宓讀昨報，又讀《魯迅選集》第二冊。

5 月 27 曰：8～11：30 學習：宓讀《魯迅選集》第二冊，完。

5 月 31 曰：8～11：30 學習：宓讀《魯迅選集》第三冊。

6 月 1 曰：8～11：30 學習：宓讀《魯迅選集》第三冊。

由此可見，吳宓閱讀魯迅著作主要集中在「文革」前夕的 1965 年和「文革」中的 1967 年。但大都是簡單的閱讀記錄，並沒有過多的評價。也許是在拿特定的年代，其他書籍都被禁止閱讀，只剩下毛澤東和魯迅著作，作為「政治學習」的讀物。吳宓不得不去配合。他的日記也有這樣的記載，如 1965 年 1 月 6 日，「尹院長來，看宓讀何書」；1 月 19 日，「田子貞君曾來檢視，問宓所讀何書」。讀魯迅成了一種「政治任務」，自然也就不用多作評論了。並且，1967 年 5 月 12 日和 5 月 19 日記載，吳宓在讀《魯迅全集》和魯迅短篇小說之後，即「歸途，入崖廁」，如此不雅之事躍然紙上，令人不禁啞然失笑。吳宓對魯迅作品不作置評，但在閱讀中卻常常聯及自身，發表個人感受。如 1952 年 11 月 5 日在圖書館讀林辰《魯迅傳》，魯迅之婚姻戀愛始末，引起吳宓對自身戀愛婚姻的比較，一時「悲感甚深」，唏噓不止。

還是回到《吳宓日記續編》。在那特殊的年代，即使吳宓有著述計劃，連續不斷的政治運動，哪有時間和精力去靜心完成？吳宓與社會、時代和環境總是格格不入，他的痛苦和絕望只能寫進日記裏。1949 年以前，他可以利用《學衡》、清華國學院施展自己的志業追求，但在 1949 年後，這些公共論壇已經不復存在了。他唯一能說真話的地方就是寫「日記」，他的理想和生活只能以日記這種寫作方式作隱晦的申述。在一個言說有禁忌的時代，沉默自守就是最適宜的生存策略。吳宓為什麼會冒著巨大的政治風險，堅持不斷地撰寫日記呢？實際上，吳宓心中的日記，承載著他的志業和理想，哪怕是日常瑣事也有陳詩觀風的意義，關乎「文野升降、治亂興衰」。正也如此，吳宓就像史官書寫皇帝生活起居一樣，不管是在疾病之中，還是人生受限制，受批鬥的歲月，他始終以堅韌的意志，一絲不苟地寫他的日記，點點滴滴地紀錄著從共和國成立之初到晚年病倒 20 餘年間的見聞、感想和言行，不諱不隱，直筆而書。在可以利用的一切紙片上，包括舊日曆、廢信封、作業本甚至是香煙紙等，用楷書、畫圖形，做標注。在這個意義上，《吳宓日記續篇》就不是他個人的了，而是一本當代中國的大書。當然，對他個人來說，日記也有著極其特殊的意義。從 1906 年到文化大革命後期，吳宓一直堅持寫日記，從未間斷。從少年時代對學校生活的記述到青年時期愛情的悲傷，直至文化大革命中的困境和淒涼，他都會一一記入日記之中。即使在被勞動改造期間，不允許他寫日記，他也會抓住一切機會偷偷地寫作。即使在他深受重傷，暈迷數日，醒來後也會將日記補上。甚至在他晚年左眼失明，每日腦沸耳鳴，只要是身體稍有好轉，他就會繼續寫日記。記日記成了吳宓的一種生活，或者是生存方式。「日記所載，皆宓內心之感想，皆宓自言自語、自為回答之詞。……而宓所以必作此日記者，以宓為內向之人，處境孤獨，愁苦煩鬱至深且重，非書寫出之，以代傾訴，以資宣洩，則我實不能自聊，無以自慰也」〔註4〕。蟄居重慶的吳宓背井離鄉，遠離親友，孑然一身，得不到任何安慰和關懷。而他所生活的大學校園也是一個小社會，政治運動代替了學術研究，無休無止的會議、批鬥和「交心」擾亂了他的日常生活，遑論有閑暇從事學術研究。身邊的同事皆以運動為由，彼此疏遠、互相責難，遠方的朋友則生死未卜，吳宓是寂寞、孤獨的，他無數次想到死亡。在無法傾訴的環境裏，他只能在日記中記錄自己的感受，借助文字來排遣憂鬱，從中獲取安慰，重拾生活的勇氣。對他而言，「寫日記感覺是自己和自己作交代，和自己進行著親切的密談；重讀舊時日記，則宓可得到無窮的快樂和安慰」〔註5〕。日記就像是促膝談心的老朋友，可以隨時傾聽他的憂傷，理解他的憂愁。

〔註 4〕吳宓：《吳宓日記續編》第 1 冊，三聯書店，2006 年，第 111 頁。
〔註 5〕吳宓：《吳宓日記續編》第 1 冊，三聯書店，2006 年，第 3 頁。

此外，日記也是吳宓回歸自我、證明自我的一種手段。在一個意識高度統一的時代，個人思想和生活空間被取消或極度壓縮，所有人都失去了發聲的自由，日記也就成了自我證明的最好方式。日記讓吳宓保持著體驗和思考狀態，堅守住思想的獨立性和生命的存在感。讓他感到生命的存在，感受到生存的價值和意義。在某種意義上，吳宓日記也是他的一種反抗方式。

吳宓在日記的字裏行間，時時透露出大道將失的淒涼和悲哀，他的一些微弱而寶貴的思想都被記在日記裏，「日記中宓之感想，竊仿顧亭林《日知錄》之例，皆論理而不論事，明道而不責人，皆不為今時此地立議陳情，而闡明天下萬世文野升降之機，治亂興衰之故。皆為證明大道，垂示來茲，所謂守先待後，而不圖於數十年或百年內得有採用施行之機會，亦不敢望世中一切能稍隨吾心而變遷」〔註6〕。因此，日記承載著吳宓的理想，寄予著他的情志。他曾自勉：「惟當盡力繼作，以求毋浪擲此可貴之光陰」。即使在他的日記裏，僅僅是些日常生活的記錄，包括每日飲食、開銷、看書、走親訪友，生活的點點滴滴，連吃雞蛋、修面浴身、上廁所都記錄在案。在今天這個信息化、開放的時代，這些事近乎無聊，但它們卻是時光的見證，歲月的檔案。也正是這些零星、瑣碎的記載，讓我們看到了吳宓的生命狀態和生存方式。無事可記，只能如此！外在環境的不斷擠壓使吳宓個人的精神空間日益逼仄，文化村一舍 203 室，是他的容身之處，但他的心靈，可以擱放在哪兒呢？日記就成了他的生活和精神的巢穴。所以，這些個人的、日常的、瑣碎生活成了他還活著的確證，他將它們一一記錄下來，表明生活的真實，證明他還活著，活在這個世界上的某一個角落。也讓今天的人們知道了，世界上有一個叫「吳宓」的人，他曾經還活著，活在他的「日記」裡。這樣，「日記」是吳宓的，也是當代知識分子的精神檔案。它不僅僅是一個時代的歷史文本，更是當代知識分子的生存記錄，是那個時代的政治、經濟和文化報表，也是當代知識分子生活、情感、心理、思維和精神的「氣象」報告。從裏面，我們不但可以看到吳宓和吳宓們，而且還可以看到我們自己，甚至是「我們」的孩子們……。不但有我們熟悉的這個校園，有我們的前輩和老師，而且還有似曾相識的精神狀態和話語方式……

吳宓自己特別珍視自己的日記，費盡心力去保存它們，甚至還冒著生命危險。這些日記也幾經周折，幾易其主。吳宓的思想在日記裏一覽無餘，裏

〔註 6〕吳宓：《吳宓日記續編》第 1 冊，三聯書店，2006 年，第 112 頁。

面有諸多尖銳的言辭，隨時會給他帶來災禍。在文化大革命之前，好心的朋友多次勸他為了免禍，應將日記焚燒，「宓雖感其意而不遵從」。「文革」之後，他成了重點批判對象，他將日記寄存於同事家裏，卻因避禍而擅自將其焚掉，這也讓吳宓痛心不已，多次在日記裏陳述自己的後悔和惋惜。1967 年 9 月，日記被紅衛兵搜走。1968 年 7 月，日記再次被抄，責罵他的日記只敘生活瑣事，而不記載思想改造情況，且日後需隨時審查，從此，吳宓日記皆不記個人感情，多在零星紙片上補錄細節，同時另作《勞動日記》備查。吳宓日記所記瑣事甚多，這也讓他的同事受到牽連，甚至被當作批判吳宓和其他人的材料，吳宓本人也倍受指責。他人也勸告他：倘若「日記未被發見，宓今猶可為無罪之人，同於一般之革命教師。只以日記之故，中文系革命師生正相謀加宓以反革命之頭銜」〔註 7〕。人們都勸他放棄寫日記，但他依舊我行我素。一些人因害怕受牽累而疏遠他，而吳宓卻很痛心，「宓甚痛心：按，宓自到勞改隊後，從不與任何人交言，眾亦似畏忌宓，恒不坐宓之近旁。乃謝君責斥各人或全隊之事，必欲舉宓日記為證據、為材料，此宓目前最以為苦者也！」〔註 8〕在很長一段時間裏，吳宓都被排斥在外。日記讓吳宓感到安慰，也一度讓他感到孤獨。日記是他最重要的財產，「文革」期間在日記被搜走後，他還多次向領導請求歸還，在梁平時，因擔心日記再次遭受搜查而遺失，他總會不定時地將其整理寄給家人代為保管，他失而復得的日記則多寄存在傭人家裏，每次寫信都交代讓其好好保存。日記是吳宓幾十年生命歷程的記錄，在他孤獨的歲月裏給予他最溫暖的慰藉。「老大他年重取閱，韶光定嘆一時過。」〔註 9〕夜深人靜之時，他後經常拿出自己之前的日記細細研讀，從字裏行間中追憶逝去的青春和幸福。正是因為吳宓的勤奮和努力，堅韌而執著，才讓我們今天擁有這份寶貴的歷史資料。

1949 年後的吳宓很難像 1949 年以前那樣以學術自重，以文化為志業了。進入共和國時代的吳宓依然想保持舊有的文化身份，一介書生，或浪漫詩人，時而傳統名士，時而知名教授。但在一個一切都以政治掛帥，一切都被政治化的時代，工作、生活、思想、情感都失去了獨立性。吳宓有著種種錯愕、緊張、焦慮、孤獨和恐懼等等，也就是可想而知的了。還有一個問題，人們

〔註 7〕吳宓：《吳宓日記續編》第 9 冊，三聯書店，2006 年，第 65 頁。
〔註 8〕吳宓：《吳宓日記續編》第 8 冊，三聯書店，2006 年，第 497 頁。
〔註 9〕吳宓：《吳宓日記》第 1 冊，三聯書店，1998 年，第 3 頁。

常常發問，如果 1949 年後的吳宓，不是偏居西南，而到了北京或他的老家陝西，會不會有一個更好的命運或結局？歷史不可避諱，也不可改變。當然，吳宓是有多種選擇的，傅斯年就曾動員他赴臺灣任教，錢穆也曾邀請他去香港共辦新亞書院，但吳宓卻被拋入重慶。在西南師範學院（現西南大學）除寫作了《吳宓日記續編》以外，還流傳了不少「故事」和「傳說」，有的近似傳奇，有的不無黑色幽默。在我看來，他更像加繆筆下的西西弗，絕望而抗爭。他用自己的人生體驗抵達了最為荒誕的歷史和生活深處。

總之，吳宓在 1949 年以後被捲入社會政治的漩渦之中，在他人生最無望的掙扎時期，完成了他一生最輝煌的經典文獻——《吳宓日記續編》。它既是他個人的偉大創作，也是這個時代的真實而獨特的記錄，甚至可作為一種獨特的文學創作，與魯迅雜文一樣，體現了對社會時代困境的掙扎和反抗。

目次

文化篇

一、傳統文化觀：儒家中心，兼及道易

吳宓留學過美國，喝過洋墨水，卻對新文化運動持激烈的反對態度，其原因很多，但最核心的是吳宓對傳統文化的守護。1962 年 7 月 15 日，在社會主義教育方興之時，吳宓仍堅信「古聖賢之道德學說為顛撲不破之真理」，而胡適輩「皆以其說誣民，而斬斷中華民族之運命，成為萬劫不復之局者矣」〔註 1〕。1965 年 3 月 15 日，「文革」前夕，社教組命吳宓寫出「放下包袱」之自我檢查發言提綱，他仍是初衷不改，以「崇仰中國歷史、文化，寶愛中國文字、文學」〔註 2〕自我定性。吳宓可說是一個「頑固」的民國老人，一生護「儒」。解放後對道家學說也發生興趣，易經思想也影響到他對世事和人事的看法。

（一）對儒家思想的持守與踐諾

1964 年，是吳宓到重慶後的第 15 個年頭，社會主義教育運動如火如荼，11 月 26 日，星期四，約 10：30，「社教」工作組尹院長（筆者注：西南農業學院院長，山西人，其時主管中文系運動事）招呼吳宓到中文系漢語教研室談話、改造思想。經過近 2 個小時的彙報與自我檢討，正午 12：15，最後尹院長代表工作組對吳宓做出結論如下：

（一）立場　極端頑固的封建主義（地主階級）立場。（二）思想　崇拜

〔註 1〕吳宓：《吳宓日記續編》第 5 冊，北京三聯書店，2006 年，第 376 頁。
〔註 2〕吳宓：《吳宓日記續編》第 7 冊，北京三聯書店，2006 年，第 74 頁。

孔子之儒家人文主義思想：且欲將舊理想、舊事物儘量運入新時代、新社會。（三）態度　對無產階級專政及社會主義，僅能做到表面奉行與實際服從之態度〔註 3〕。

聞聽此結論後主人公的心境如何呢？吳宓的日記有這樣的記載：中午，回舍。午餐，二饅，炒肉片；下午獨力打掃古典文學教研室，留柬，闔門而歸；晚上，回舍，浴。剪須修面。晚餐，素麵四兩；晚 9 時，開桂（筆者注：鄒開桂，吳宓內侄）始歸，述晝間事。

吳宓生活極其儉樸，此間中午居然想到了吃肉；下午的勞動改造看起來心情也不錯；晚餐前還要講究一番，要洗澡修面剪須；到了夜間，還禁不住要與旁人訴說白天之事。吳宓心境開朗，心情愉悅可見一斑。

吳宓的日記有一個重要特質，就是事無鉅細，天氣、吃飯、睡覺、上廁所、借錢等悉數納入，可就在這些瑣屑的記載中，往往蘊含著微言大義。此處僅以天氣的相關記載為例。1956 年 9 月 18 日，吳宓聞聽允許百家爭鳴的唯心主義思想可提出之後，遂感覺：秋色如畫，氣爽心肅，望峽口山景，至美，是夜月極明朗〔註 4〕。1957 年 9 月 8 日丁酉中秋節，史系領導要吳宓發表對「反右」鬥爭之意見，吳宓則感覺當晚：月光黯淡，滿天雲遮，回舍即寢〔註 5〕。可見吳宓日記中的天氣記載與他的心境有關，它隱晦地表達出他對運動的好惡態度。我們如以「陰晦」、「晦暗」、「陰曇」、「陰黯」和「晦黯」（暗）等語詞作統計，會發現一個饒有意思的現象：1971 年吳宓的日記共記有這種天氣 79 次，1972 年則高達 176 次，1973 年也有 159 次，而其他年份的記載頻率卻遠遠降低。重慶是典型的霧霾天氣，一年之中陰天的日子居多，絕不只是 1971～1973 年才是這樣。那為何連續這三年記錄陰晦天氣極多而其他年份卻很少記載？是不是重慶這 3 年天氣特別反常呢？非也。這是吳宓的一種敘事策略。我們知道，1971～1973 年正是「文革」，社會政治生態極不正常，吳宓在日記裏不敢發議論，不敢輕易書寫他的感情與思想，連寫人事都須小心謹慎，唯恐連累別人〔註 6〕。此時，對天氣的記載也就不失為對時局、人事的隱晦表達。由此也可理解 1964 年 11 月 26 日日記的深意。

〔註 3〕吳宓：《吳宓日記續編》第 6 冊，北京三聯書店，2006 年，第 419 頁。
〔註 4〕吳宓：《吳宓日記續編》第 2 冊，北京三聯書店，2006 年，第 517 頁。
〔註 5〕吳宓：《吳宓日記續編》第 3 冊，北京三聯書店，2006 年，第 167 頁。
〔註 6〕吳宓：《吳宓日記續編》，北京三聯書店，2006 年，第 9 冊，第 261～262 頁。

通讀吳宓日記，社會主義教育運動自1962年發動，一直持續到1965年與1966年之交，長達近4年間，一直是無窮無盡、沒完沒了的開會、檢討、勞動，期間還有最後近一年的「禁足」(不准外出訪親探友，只准在校內學習、生活)，吳宓心情極度壓抑、糟糕，只有最後宣布「社教」結束的那一天，才有撥雲見日之感，濃墨重彩在日記中記載那一天風和日麗、陽光明媚，第二天即到重慶主城區去訪友舒懷。1964年11月26日的好心情雖然不能與「社教」結束那一天相提並論，但在備受煎熬的漫漫日子中居然有這樣一個不錯的心境，實在是十分罕見。為何呢？微言大義是也。我們細究尹院長代表工作組給吳宓做出的三個階段性結論，第一、三個結論斷然不致引起好心情，只有第二個有關「思想」的結論「崇拜孔子之儒家人文主義思想」應是擊中了吳宓的命門。在那個「反孔非儒」的時代，此種結論肯定是「不良」評語，可能給吳宓帶來災難。可吳宓不悲反樂，從中午到晚上的一系列行為都透著快樂與舒心。顯然，吳宓這種好心情暗含著對「反孔非儒」做法的無聲反抗，實是表達他對儒家思想的堅守。吳宓是將儒家思想化到血液裏，當成一種宗教信仰踐行的。在早年的著作中，他就說過：「吾將終身皈依儒教」〔註7〕。解放後，仍明確說：「宓近數年之思想，終信吾中國之文化基本精神，即孔孟之儒教，實為政教之圭臬、萬世之良藥。」〔註8〕那麼，吳宓對儒家思想的持守與踐諾體現在哪些方面呢？

首先，對孔孟儒家經典的虔心閱讀。吳宓晚年對孔孟等儒家典籍的癡迷，與基督教徒對《聖經》、伊斯蘭教徒對《古蘭經》一樣可同日而語。為了在「五無」(「無文化、無禮教、無感情、無歷史、無宗教信仰」) 時代保住內心的那一份儒家理想，吳宓一有暇就親炙儒家經典，如1966年1月22日看完《詩經》後，有如下記載：「計自1964九月二十七日起，讀《詩義會通》，及朱子《詩經集傳》，兼參考《十三經注疏》中之《毛傳》《鄭箋》《孔疏》，中間外出或因事輟止，至今凡118日而畢《詩經》全書」〔註9〕；「讀《春秋三傳》畢」〔註10〕；「晨讀《論語》」；「終日讀《孟子》」〔註11〕；「是日讀《孟子》完，頗瞭解告子與孟子辯性善之說」〔註12〕；「近讀《孟子》益覺□□□在中

〔註7〕吳宓：《我之人生觀》，《學衡》第16期，1923年4月。
〔註8〕吳宓：《吳宓日記續編》，北京三聯書店，2006年，第2冊，第307頁。
〔註9〕吳宓：《吳宓日記續編》，北京三聯書店，2006年，第7冊，第348頁。
〔註10〕吳宓：《吳宓日記續編》，北京三聯書店，2006年，第1冊，第194頁。
〔註11〕吳宓：《吳宓日記續編》，北京三聯書店，2006年，第1冊，第181頁。
〔註12〕吳宓：《吳宓日記續編》，北京三聯書店，2006年，第1冊，第182頁。

國之所施所行，去王道、仁政、弔民伐罪、民為邦本等義甚遠，宜乎其前途艱困也」〔註 13〕。其中對《詩經》的細讀居然持續近 4 個月之久，這是怎樣一種讀書狀態。這種對儒家典籍的癡迷可視為吳宓對傳統文化的寶愛與珍惜，它們在艱難歲月中給予吳宓的精神安慰有著近似宗教經書的作用。

其次，1949 年之後對孔子地位和儒家思想的誓心維護。吳宓受西方新人文主義的影響，針對新文化運動「反孔非儒」的活動，通過學理辯析，凸顯孔子在中國文化的中心地位，闡明儒學是一種具有宗教性的人文道德學說，並站在中西古今文化比較的高度，提出了以儒教為基礎，融合世界上其他宗教和哲學的中國文化重建構想。1927 年，在《孔子之價值及孔教之精義》一文中，吳宓認為：「孔子者理想中最高之人物也」，具體地說，孔子是「中國道德理想之所寓，人格標準之所託」〔註 14〕。解放後，在更加激烈的「反孔非儒」聲浪中，吳宓仍堅持以守護孔子為畢生之志。

如 1958 年 9 月 3 日為吳宓 64 歲生日，當時「反右」運動如火如荼，吳宓不知自身這艘破敗小船在時代的驚濤駭浪中命運如何，他遂以孔子為知音，認為孔子以有仁德之麟為儒教及己身之象徵，西狩獲麟，而痛哭傷懷，絕筆於《春秋》。那麼，吳宓在棄儒教於胠篋的時代，何以自處呢？他的答案是，眾皆瘋狂而己身仁心尚存，願效孔子絕筆於《春秋》的做法，而求速死，如果 1958 年為他最後一個生日，不僅不是憾事，反而是幸事〔註 15〕。吳宓始終認為，沒有孔子，中國還在混沌之中；而時人對他的或詆或毀，都是因他自覺為儒教孔子之徒，以維護中國舊禮教所引起，但他願為維護孔子而九死不悔。這種誓死守護在「文革」後期更是達到頂峰。據同事和友人回憶，1974 年春西南師範學院「批林批孔」，聲討之聲一浪高過一浪，人人需對運動表態。吳宓當時已為身殘之軀（在重慶梁平蹲「牛棚」勞改期間被摔斷左腿；1971 年病重，右目失明，左目白內障嚴重），且屬運動嚴打嚴管對象，但輪到吳宓發言時，他堅定地表示，「批林」，他沒意見，而要他「批孔」，就是把他殺了，他也不批〔註 16〕（吳宓 1974 年日記於「文革」中失去未找回）。在如此險惡的環境中對孔子的維護還有如此錚錚鐵骨，這是何等的勇氣和氣勢，只有將儒家文化融入至血液裏的人才有可能做得到。

〔註 13〕吳宓：《吳宓日記續編》，北京三聯書店，2006 年，第 5 冊，第 378 頁。
〔註 14〕吳宓：《孔子之價值及孔教之精義》，《大公報》1927 年 9 月 22 日。
〔註 15〕吳宓：《吳宓日記續編》，北京三聯書店，2006 年，第 3 冊，第 471 頁。
〔註 16〕吳宓：《吳宓日記續編》，北京三聯書店，2006 年，第 10 冊，第 570 頁。

再次，對儒教的信服與踐行體現於日常起居。解放後吳宓的政治地位不高，但解放前的社會地位擺在那裡，1949 年後，即使是把吳宓當花瓶，也是高級花瓶。吳宓是當時西南師範學院為數極少的二級教授之一，月工資高達 275 元，而當時西南師範學院普通職工的月工資僅有 10 多元，甚至更少，應該說吳宓生活是會過得很舒坦。可事實上，解放後吳宓的生活卻極其簡單，甚至是寒酸。每天的主食是饅頭，奢侈的時候吃點雞蛋，極少吃肉食；本來作為省、市兩級政協代表，吳宓每年有資格到重慶市政協大食堂吃大餐，可這樣的機會吳宓要麼不去，要麼是把餐券交給親戚去享用。穿著也很樸素，有時是一襲舊袍，有時是一身土布「人民裝」或棉衣棉褲布鞋。住宿和日用也不求奢侈，夠住夠用即可（西南師範學院建成了一棟新教工宿舍樓後，領導曾動員吳宓搬去住，被他婉言謝絕，把機會讓給了別人）。吳宓是真正在踐行儒教的「一簞食，一瓢飲」的人生格言，而且真正「在陋室」，據回憶：

這是我第一次來到先生寢室。我驚訝於先生住處的簡陋。我真不敢相信這就是一代名教授吳宓先生的寢室。在只有 9 平方米多一點的房間裏，面對門窗擺了一張棕紅色的單人棕床，左邊靠牆放著一個黑色的有背板的四格書架，右邊牆邊放著一個黑色的小洗臉架和兩把搖搖欲墜的爛籐椅，窗臺下放著一張紅黑色的兩頭櫃辦公桌，桌前放著一把暗紅色的木靠椅。一共七樣傢具。由於房間太小，再加上站著先生、接他的兩個同志和我，顯得非常擁擠。先生自己的東西就更少得使人吃驚。除了身上穿的，就只有一件黑色舊棉衣和幾件衣裳：這些東西放在單人床上，也只佔了中間極少的一點地方：這就是一個國內外知名學者的全部家當。當時看得我鼻子酸溜溜的〔註 17〕。

吳宓晚年的形象則是：

見前面有一老者拄著拐杖，與我同向，蹣跚而行。他個兒偏矮，但腰背挺直，頭脖平正；身板還較硬朗。上著色澤深暗陳舊而略顯髒的大圓銅錢花對襟衫，下穿我兒時在鄉下常見的那種無腰寬鬆式直筒褲，腳上趿著一雙圓口平底布鞋，活脫脫一個鄉紳地主，就像那時銀幕上時常出現的那種。這身穿戴，十分惹人眼，不要說當時，現在看來也是極為別致出格的……只見他天庭開闊，頂禿滑亮，眼眶略陷，眼珠微凸，深邃有神，似乎並不盲視，極力睜大眨動的眼睛，彷彿要洞穿一切，嘴較闊大，雙唇緊閉，嚴峻的面龐配上一個挺正得近乎誇張的大鼻樑，透出一派剛直耿介之氣。精神，就當時而論，

〔註 17〕漆建華：《吳宓先生離開重慶紀實》，《紅岩》1999 年第 2 期，第 146 頁。

不像年屆八秩的老人。見有人停立面前，便神情莊敬而警覺地停下腳步〔註18〕。

由此，一位清矍、耿直、敏感的儒者形貌便浮現在眼前。吳宓甘於清貧而樂道，憤慨時世而不離世，以自己的實際行動踐行儒教理想。

因為真誠信仰儒教，極度珍惜、看重儒家思想，吳宓經常以儒家思想來審視共和國時期的道德、人性、教育及文字文化政策，時有鞭闢犀利、入木三分之論。吳宓反覆申說：儒家盡性、知命，宣揚教化、孝悌、仁愛、慈惠，應是中國人的傳家寶。他極度痛心當時的國家政策專效蘇聯，摒棄傳統文化，淆亂人心，弊害不淺。如1951年7月11日，針對今後一律改稱夫妻為愛人，而稱未婚夫、未婚妻或愛人則為朋友的規定，發出「豈非名實淆亂，而中國之倫常關係與社會組織、經濟基礎同遭破壞，並其名詞亦不得留存於史書中矣」〔註19〕的慨歎。1952年10月22日，針對重慶市政府為接待捷克文工團而特意布置歡迎措施的舉動，有「一切惟強力與詐術而已」〔註20〕的感慨和憂慮。因此，1962年10月3日，針對社會上「盜與淫極普遍，農民今知享受而不肯勤苦勞作，工人則多所挾持要求，學生不願當兵。總之，人皆自私，重貨財利益，而毫無道德、義務之觀念」的道德墮落現象，眾皆謂是「違反自然規律」所致，而吳宓則直指鵠的，認為是「違反人並道德之規律」之所致〔註21〕。

道德、人性為二元一體，對儒家道德的戕害必然導致人性的變異。在吳宓眼中，共和國時期女性之人性變化就是例證。吳宓一生喜愛、敬重女子，以致當眾譜出「吳宓苦愛毛彥文，三洲人士共驚聞」的詩句而自得，但解放後卻因女子在歷次「政運」中甘為前驅，斥責罵詈，「作出猙獰兇悍之貌，噍厲殺伐之聲」，與「明眸皓齒，燕語鶯聲」傳統女性形象相去甚遠，「深沉老辣、堅決明細，為今日黨國之標準人物也矣」〔註22〕而痛心、惋惜。面對此種道德的敗壞、人性的「殘酷不仁」，吳宓在1965年7月24日曾發出「黑暗時代之降臨」，「如在鬼世界中」〔註23〕的憤激之言。

對教育界舍本逐末，只知以蘇聯為定式，專重政治品德，不讀中西經典

〔註18〕彭應義：《一代學人的黃昏剪影》，《紅岩》1999年第2期，第139、140頁。
〔註19〕吳宓：《吳宓日記續編》，北京三聯書店，2006年，第1冊，第171頁。
〔註20〕吳宓：《吳宓日記續編》，北京三聯書店，2006年，第1冊，第443頁。
〔註21〕吳宓：《吳宓日記續編》，北京三聯書店，2006年，第5冊，第436頁。
〔註22〕吳宓：《吳宓日記續編》，北京三聯書店，2006年，第1冊，第29頁。
〔註23〕吳宓：《吳宓日記續編》，北京三聯書店，2006年，第7冊，第184、185頁。

的做法，吳宓也是徒喚奈何，發出「沙漠荒田」，青年「共趨卑淺耳」〔註 24〕的哀歎。

而對新中國的文字觀，吳宓則有他的一套邏輯，認為：「今又有漢字之改革，簡體俗字之大量採用，將見所謂中國人者，皆不識正體楷書之漢字，皆不能讀通淺近之文言，如宓此日記之文，況四書五經、韓文杜詩乎？如此，則五千年華夏之文明統緒全絕」〔註 25〕。由「文字之變」到「文學之看」到「文化之憂」，對吳宓來說，三者是一體的，此邏輯的根基在於吳宓認為傳統文化必須也只能借助文言才能體現出來，他守護的還是以儒家為代表的文化傳統。

（二）對道家思想的認同與讀解

道家思想是中國的傳統智慧，也是中國的獨有智慧，屬於「處江湖之遠」的學問，對中國歷代文人影響至深。吳宓解放前率性自為，有一股童真氣，依稀見出道家的影子，是基於作為一個中國人受傳統文化影響的緣故，更多的是一種行為、風度上的暗合，吳宓解放前基本上不主動取老莊思想。解放後，由於環境的逼仄，吳宓主動向道家靠攏，倒也體現了道家思想的文化本質，符合道家在歷朝歷代文人中的行為實踐。對此，吳宓曾有說明：「夙昔宓奉儒教，不取老莊，而解放以來，則深覺老莊之深弘偉大」〔註 26〕。解放後，道家思想在吳宓身上發生作用，幫助他分析時局、應對人事、處理世事。

吳宓的日記中反覆出現一個有意味的意象，即騾馬意象。1949 年之前的日記中已多次出現騾馬意象。1949 年之後騾馬意象的出現與吳宓的生命體驗至為深切。1950 夏，吳宓在重慶街頭見一車夫為抄近路，強迫負累之諸小騾由直線之石階下。一小紅騾為避險，迅捷沿半環形馬路急馳至目的處。車夫惱怒，痛鞭小紅騾，復牽回遠處，必使小騾由臺階下才罷休。此情景給吳宓留下深刻印象。每當吳宓受政治高壓或受紀律約束，苦悶異常，不得自由時，小騾馬意象就會被他一再提及。如 1952 年 8 月 15 日，緊張的學習運動終於告一段落。雖然是暫獲喘息，吳宓也感到無比快慰。他打了一個比方：「譬如駕車之騾馬，自曉至晚，不卸韁鞍。然偶值主人訪友留坐，空車停住門外移時，騾馬亦可略得休憩。至於此外各事，騾馬安得有所主張？恭聽主人及御

〔註 24〕吳宓：《吳宓日記續編》，北京三聯書店，2006 年，第 1 冊，第 82 頁。
〔註 25〕吳宓：《吳宓日記續編》，北京三聯書店，2006 年，第 2 冊，第 308 頁。
〔註 26〕吳宓：《吳宓日記續編》，北京三聯書店，2006 年，第 2 冊，第 134 頁。

者之命令，弗敢違，但祈少受鞭笞，以至於死而已。此正今日吾儕之運命。」〔註27〕1955 年 3 月 1 日，西南師範學院歷史系召開系務會議，散會時，吳宓以騾馬自比，慨然悲歎：「傷御者之不得其人，鞭箠急施，奔馳不息，如斯張而不弛，行見覆車死馬以傷人而已」〔註28〕。1955 年 11 月 6 日，吳宓回想建國 5 年多來，親見犬之種已絕，雞之鳴聲不聞，曳車之騾馬愈瘦且悴，而無人出面責難與糾正，不禁悲從中來，發出「鞭馬僕御狠，射鳥兒童驕」的感慨〔註29〕。1957 年 8 月 16 日，在西南師範學院校門口見轅騾受驚被鞭，吳宓又一次發出：「宓恨御者之無術，不盡職責，而痛騾之受鞭也，心苦不安者久之」的慨歎〔註30〕。1958 年 6 月 13 日，吳宓下鄉參觀下放幹部之成績展覽會，突接通知，命速趕回西南師範學院校工會開會，主事者強迫吳宓走山谷小路，而不許行寬敞大道，結果由於山路崎嶇濕滑，反而誤事。吳宓當時就勃然大怒，痛罵主事者。次日，吳宓仍憤憤不休，在日記中又一次憶及 1950 夏所見到的小騾馬形象，得出此騾馬之所以受鞭打，「以該騾之不聽命令，違犯紀律也」的結論〔註31〕。1964 年 12 月 15 日，吳宓覆信感謝朋友極力督促他求政治進步、思想改造之美意，但祈勿干涉太過、督責太急，至於越俎代庖，「譬猶路人助御者痛鞭騾馬之曳車重載，在泥淖中辛苦奮力前進者」〔註32〕。

吳宓之所以如此鍾情於小騾馬意象，是因為他認為主政者猶如御騾馬者，不養民力，不恤民困，不識民情，惟以強迫驅使為政。而又驕橫自滿，詈天瀆神，侮辱自然，侈言「一切聽命於我，無事不能成功」〔註 33〕。而道家卻主張順乎自然，不違天道，休養生息，養民力，恤民困。早在 1955 年 3 月 1 日，吳宓第 2 次談小騾馬意象時，就明確借助過道家思想來闡述此意象背後的深意。他說：「宓蓋有取於莊生之旨（達生篇，東野稷御馬一節）。而深恨□□□唯物主義人民政府新教育之但知束縛整齊，催逼驅馳，督責考復，而不知張弛之互用，一多之共存而同在也」；「莊生善用想像為譬喻，教人等量齊觀，其功能及力量，在破而不在能立。若以莊生之說，施之□□□□，

〔註27〕吳宓：《吳宓日記續編》，北京三聯書店，2006 年，第 1 冊，第 397 頁。
〔註28〕吳宓：《吳宓日記續編》，北京三聯書店，2006 年，第 2 冊，第 134 頁。
〔註29〕吳宓：《吳宓日記續編》，北京三聯書店，2006 年，第 2 冊，第 308 頁。
〔註30〕吳宓：《吳宓日記續編》，北京三聯書店，2006 年，第 3 冊，第 158 頁。
〔註31〕吳宓：《吳宓日記續編》，北京三聯書店，2006 年，第 3 冊，第 330 頁。
〔註32〕吳宓：《吳宓日記續編》，北京三聯書店，2006 年，第 6 冊，第 441 頁。
〔註33〕吳宓：《吳宓日記續編》，北京三聯書店，2006 年，第 4 冊，第 128 頁。

直可使之冰消瓦解，無怪乎今之當局禁談老莊之學。他日攻堅摧銳，除邪蕩魔之舉，恐終惟莊子之書是賴，可不復讀之耶」〔註 34〕。不僅明確借鑒莊子思想（從莊子之書到莊子之說）作為理論參照和話語資源，並且運用吳宓秉持的一（理想）、多（現實生活）理論，由小騾馬意象說到「新教育」，批評其呆板苛責，缺乏生機和活力，並斷言日後的「破冰」之舉和解救之道終惟莊子之書是賴。

1968 年 2 月 21 日，在風聲鶴唳的「文革」裏，吳宓與同事譚憂學就道家思想隱晦談到對時局的看法。譚憂學引老子「天地不仁，以萬物為芻狗」表達微言大義的看法，引發吳宓的同感，遂言：「宓亦有此意，而未及言之」，並特意在後面加「按」：芻狗＝傀儡、工具〔註 35〕。表現了吳宓不僅以儒家作為觀照、批判社會政策的工具，適當時候也願意徵用道家作為觀察世事、批評人事的手段。

吳宓並不真正奉行道家學說，不像對儒家那樣是一種骨子裏的信崇，對他來說，道家更多是一種在特殊環境中的權宜之計。因此，道家思想對吳宓最根本的意義、最重要的價值乃在於有利於他在艱難時世中消解苦難、應對人事，達觀忍從，避禍全生。

1965 年 7 月 8 日，吳宓想起前數日見某書引《莊子・大宗師》篇「彼以生為附贅懸疣，以死為決疣潰癰」二句，念起其父 1950 以背癰逝世之慘痛，心傷久之。復憶起其父 1908 至 1909 年間，製一墨盒，銘其上曰：「用志不分，乃凝於神。」此語亦出《莊子・達生》篇。當日晚上乃取《莊子・大宗師》篇細讀。回憶前昔在 1951 年朋友周邦式作詩贈給他與羅容梓，末句云：「安時處順真名語，尚友莊生莫漫疑。」吳宓深有同感，並謂之為良規忠言。決定以《大宗師》篇和《養生主》篇中的「安時而處順，哀樂不能入也」來安撫內心、處世應變〔註 36〕。

在「文革」那個動輒獲罪的年代，作為反動學術權威，被當成「牛鬼蛇神」的吳宓，又悄悄讀起了《莊子》。如 1968 年 1 月 28 日，吳宓讀《人世間》篇，為的是「知命待時，以『無用』自全」〔註 37〕。

〔註 34〕吳宓：《吳宓日記續編》，北京三聯書店，2006 年，第 2 冊，第 134～135 頁。
〔註 35〕吳宓：《吳宓日記續編》，北京三聯書店，2006 年，第 8 冊，第 385 頁。
〔註 36〕吳宓：《吳宓日記續編》，北京三聯書店，2006 年，第 7 冊，第 169 頁。
〔註 37〕吳宓：《吳宓日記續編》，北京三聯書店，2006 年，第 8 冊，第 366 頁。

吳宓在新中國反覆讀《莊子》，也以《道德經》為知音，細細揣摩，尋求體會，以求度世安身立命。1965 年 1 月 10 日，吳宓得朋友兩函，望他只求「心之所安，順受自保而已」。又引蘇東坡烏臺詩案，盼他「善自寬解，……逆來順受，此老氏所云，江海所以能為百谷王者，以其善下之，是也」。再勸他「澹然寧靜以處之，自可履險如夷，重累為輕矣」。又附言，勸他「謹於細微」〔註 38〕。吳宓聽了進去，渡過了危局。

道家思想博大精深、紛繁複雜，吳宓不是道家中人，肯定不可能吸收道家的所有思想。但道家中貴柔、守雌、無為、調和、尚自然的思想，對共和國時期的吳宓確實影響很深，幫他在危邦危局中平衡內心，看淡時事，立身安命，渡過了精神危機，體現了知識分子在亂世中的典型心態。

（三）對易經思想的欣賞與實踐。

解放後，吳宓「無所事事」，遂廣涉群書，《周易》是他喜歡閱讀的一本好書，在日記中他都予以明確記載。如 1958 年 8 月 23 日未曉，讀《易經》。1965 年 9 月 16 日上午讀高亨《周易古經今注》，又閱傳觀之注釋稿；9 月 20 日 4：00 起，讀《周易古經今注》，上午撰《易經表解》；9 月 22 日凌晨、上午及中午都在續讀《周易古經今注》，一直至全書完才罷手。一本《周易古經今注》陸續讀了一個星期，且讀得津津有味，不僅寫體會，而且予以研究，寫出了《易經表解》，可見吳宓對《周易》的喜愛。

《周易》既是一部哲學之書，也是一部占卜之書，吳宓對《周易》的理解和接受也主要在這兩個方向上進行。首先，吳宓將《周易》當成一架 X 光鏡和一把手術刀，完成對中國社會的透視與解剖。如 1958 年 8 月 23 日對《周易》的讀解，認為：「陰陽≠右、左＝多、一（陽＝一，陰＝多）。今悟：天命之謂性，率性之謂道，修道之謂教。性（今名：自然）、道（發展規律）、教（馬列主義真理）＝Trinity：天父、天子、聖靈。∴《易經》＝Revelation（Apocalypse）《默示錄》。然即此亦可見中國文明之勝過古印度、猶太。《易經》說明 the Whole Course of Nation & Life。《易經》即中國人之 Cosmology。」〔註 39〕對執政黨認為發展變化的規律存在於馬列主義裏面，而忽視《周易》對民族和宇宙生命發展之闡述的做法，提出委婉批評。

〔註 38〕吳宓：《吳宓日記續編》，北京三聯書店，2006 年，第 7 冊，第 12 頁。
〔註 39〕吳宓：《吳宓日記續編》，北京三聯書店，2006 年，第 3 冊，第 465 頁。

《周易》主講生生不息、發展變化，變通觀點是它的核心概念之一。但《周易》也講繼承，它的三義「簡易、變易、不易」就是既有繼承也有發展，是在繼承基礎上的發展。1958年11月4日，吳宓就執政黨只求變化，不講繼承，曲解《周易》之做法發表他的看法，「然所謂『窮則變，變則通，通則久』者，譬如築屋，舊基全毀，今由平地而起樓臺，需待千百年後，乃可望漸有吾生所承受之文化禮教藝術。又譬如傳家，子孫全不知先人之教化，由野蠻、獉狉、蒙昧作始，以生以長，亦需待數十數百世代後，方可具有文明之規模、精神之造詣。總之，今之共產主義革命，其所用之辦法，因襲之成分太少，而所毀滅者太多，即遠觀超識，亦不能不為世界人類文化痛惜，而況我輩之幸有知識，一生堅主『保存』者哉！」〔註 40〕在吳宓看來，當時對文化採取的做法不是真正的「變通」，而是破壞甚至毀滅，為此痛心疾首，以一己的微薄之力呼籲「保存」文化傳統。

《周易》對吳宓的影響，讓他在禍福難定的環境中以《周易》占卜算命，在他的日記裏多有記載，當然，其中也有民間信仰和習俗的影響。由此可見一代學者在時代浪潮中的「無助」和「孤獨」心境。據劉達燦在《國學大師吳宓漫談錄》一書中透露，吳宓晚年曾說過這樣的話：「吳宓，一介平民，一介書生，常人也；讀清華時被迫寫過悔過書；談情說愛也曾虛擲歲月。許多事明知不可為而強為之，費時費力而收穫甚少。做學問，教書，寫詩，均不過中等平平。然宓一生效忠民族傳統文化，雖九死而不悔；一生追求人格上的獨立、自由，追求學術上的獨立、自由，從不人云亦云。」〔註 41〕不管此話是否為吳宓親口所說，但契合吳宓一生的行跡及精神軌跡確是不假，不失為對吳宓生活境遇和精神質地的準確概括。「一生效忠民族傳統文化」，隨時準備用生命來守護它，是他對傳統文化的態度，是他一生的文化選擇。

二、宗教觀：宗教的人文化

記得一位哲人說過：一個沒有信仰的民族，是一個沒有根基和希望的民族。套用這句話，也可以說：一個沒有信仰的人生，是一個沒有根基和希望的人生。信仰是多方面的，宗教信仰是其中一個很重要的方面。作為一介書生，吳宓一生閱讀宗教書籍，言說宗教，崇信宗教。他的宗教觀念龐廣，儒

〔註 40〕吳宓：《吳宓日記續編》，北京三聯書店，2006年，第3冊，第510頁。
〔註 41〕劉達燦：《國學大師吳宓漫談錄》，新疆人民出版社，2003年，第161頁。

釋耶俱有涉及：「然治道之本不易，中國之民性未改，終局之形勢，久後之變遷，由此可知……而孔孟荀柏拉圖佛耶之所言所教，尤能決定世中一切事，為宓之所深信不疑」〔註 42〕。吳宓這種對宗教資源兼收並蓄的理念與他的師承及個人獨立見解密切相關。他的美國老師白璧德認為人生「含有三種境界：一是自然的，二是人性的，三是宗教的。自然的生活，是人所不能缺少的，不應該過分擴展。人性的生活，才是我們應該時時刻刻努力保持的。宗教的生活當然是最高尚，但亦不可勉強企求」，因而人特別需要自我內心節制和宗教的調節〔註 43〕。吳宓在《文學與人生》中提出：宇宙＝神＋自然，人（也）＝神＋自然。「神」是形式，靈魂，是「一」，是理想；「自然」則是物質，是肉體，是「多」，是現實〔註 44〕。無論是宇宙還是人，都離不開「神」的參與，有「神」則有宇宙和人，彰顯了「神」，就表現了自己，表現了宇宙，也就表現了人生。吳宓前半生喜談宗教；從 1949～1977 年，吳宓偏居西南長達 28 年，在如晦的晚年人生中，更是經常談宗教，並以「宗教性人物」自許自得自安，大量體現在晚年唯一的文學收穫和精神寄託《吳宓日記續編》（1949～1976 年）的行文中，如第一卷記載到：「夔（筆者注：魏夔）頗心服，並謂梓（筆者注：羅容梓）評宓為宗教性之人物云云。」〔註 45〕那麼，《吳宓日記續編》到底記載了吳宓的哪一些宗教性言論、交往與思想？具備何種獨特的特徵？與吳宓的晚年人生構成怎樣的內在聯繫呢？

（一）吳宓的佛禪觀

佛教雖是外來宗教，但傳入中國後，對我們影響深遠。「世人皆有出世之心」，可見佛教已深入每個人的潛意識之中；禪宗更是一種本土化了的宗教。中國歷代文人都有一顆佛禪之心，作為一個新時代的知識分子，吳宓擁有一種持續而強烈的「向佛」情結，從他 1910～1974 年長達近 64 年的日記中可體味到他對佛學佛理的拳拳服膺之心。1949 年前，吳宓心情舒暢、事業繁忙，但仍時時不忘親近佛禪；進入新中國後，環境逼仄、心情抑鬱，吳宓更是以佛證心抒懷，尋求靈魂的安放和精神的家園，甚至時刻準備出家為僧。在 1954

〔註 42〕吳宓：《吳宓日記續編》，北京三聯書店，2006 年，第 1 冊，第 121～122 頁。

〔註 43〕梁實秋：《關於白璧德先生及其思想》，梁實秋等：《關於白璧德大師》，巨浪出版社，1977 年，第 5 頁。

〔註 44〕吳宓：《文學與人生》，清華大學出版社，1993 年，第 77 頁。

〔註 45〕吳宓：《吳宓日記續編》，北京三聯書店，2006 年，第 1 冊，第 89 頁。

年 11 月 28 日致知友吳芳吉（字碧柳）之子吳漢驤的信函中，他對身後事做了安排，如：以僧服殮、在華嚴寺停放、火化用僧式、火化前後延僧誦經並要布施等的交代中〔註 46〕，也可見出他的佛禪情緣。

吳宓對佛禪的服膺首先表現為他對佛經禪書的大量閱讀。解放後，吳宓長時間研讀佛經禪書，鑽研佛理禪義，寬解人生，《吳宓日記續編》有詳細記載。以時間段為標尺粗略統計，僅從 1950 年 9 月到 1952 年 11 月，吳宓在日記裏記載所研讀的佛經禪書就有《法華經》《維摩詰經》《大藏經》《涅槃經》《楞嚴經》《阿彌陀經》《長阿含經》《圓覺經》《中阿含經》和《雜阿含經》《小乘律》等十幾部。閱讀與佛禪有關的書籍有宋人小說《明悟禪師趕五戒》、陳垣《中國佛教史籍概論》、常任俠《佛經故事選注》及《印光法師嘉言錄》等等。且常與友人交換閱讀佛經禪書，如 1953 年 2 月 3 日記載給四川師範學院的楊同方教授寄還弘化鉛印本《金剛經》及佛學雜誌《現代佛學》及《覺訊》三冊，並寄去錢基博先生《心經注解》；1954 年 2 月 16 日，給雲南昆明的孫樂居士寄賜曇無讖譯北本《大涅槃經》木刻本 1 部 11 冊；1962 年 9 月 2 日，記錄北碚人曾昭旭奉還《佛經文學故事選》1 冊等等。1953 年再婚後，妻子鄒蘭芳文化水平較高，但對佛經禪書不感興趣，為了培養她對宗教的熱情，吳宓就以宋人小說《明悟禪師趕五戒》送給鄒蘭芳閱讀，並因她「無所解悟」而遺憾痛心（4 月 4 日）；1957 年 4 月 25 日為鄒蘭芳去世一週年忌日，吳宓在她墳頭誦讀王勃撰（慧悟大師注）《釋迦如來成道記》以告慰亡靈。吳宓不僅在日記中記載閱讀佛經禪書，而且明言讀佛經禪書的目的，如「宓上午臥讀《印光法師文抄》，以求精神之慰安」〔註 47〕；及讀佛經禪書之精神感受，如「讀《印光法師嘉言錄》，頓覺爽適」〔註 48〕。愛屋及烏，吳宓日常生活中對涉及佛禪的對象極度愛護，眼裏容不得半點褻瀆，這裡有一個典型事例：1955 年 7 月 7 日，吳宓午飯後送親戚到北碚車站上車，在郵局旁書攤見佛經二冊《在家必讀內典》上冊和《六應集經》，著污地上，乃以一角之廉價請歸。簡簡單單的「請歸」二字，卻真實道出了吳宓內心對佛經禪書的虔恪與敬惜。吳宓對佛經禪書的摯愛與癡迷不只是在百無聊奈的環境中消磨時間，更應理解為他自覺的一種生活追求，進入到他的生命中，是他的一種有意識行為和生命情懷。

〔註 46〕吳宓：《吳宓日記續編》，北京三聯書店，2006 年，第 2 冊，第 71 頁。
〔註 47〕吳宓：《吳宓日記續編》，北京三聯書店，2006 年，第 2 冊，第 193 頁。
〔註 48〕吳宓：《吳宓日記續編》，北京三聯書店，2006 年，第 2 冊，第 304 頁。

其次，吳宓對佛禪的熱衷體現在他的交友上。他交友有自己的標準，很大一部分友人是因對佛禪的共同愛好或信仰而走到一起。吳宓在日常生活中以佛禪交友、論友，並在與朋友交往中借機自解、論世、知人。

對自己的信佛禪暨處友標準，吳宓在日記中有一段很好的文字說明：「宓之知命信佛，輕生死、樂消閒，宓之不肯寫白話簡字文章刊布，宓不願在新時代得名受譽，宓不願居住輦轂之下，與當代名流周旋，宓之許由與伯夷、叔齊思想，『天子不得而臣，諸侯不得而友』，豈甘特製新衫，以干謁學術界之新貴人，容悅居上流之舊友生，以為宓進身揚名之地哉？」〔註 49〕故此，與吳宓交往的友生大都是有獨立人格追求、不與時代同流合污者，且大都是民國時代的老一輩人物。

陳寅恪，是吳宓任清華大學研究院主任時極力延聘的四大導師之一，是他一生歎服和敬佩的對象。解放後吳宓蝸居北碚 28 年，僅有過 1 次出省訪友，即 1961 年的遠足。1961 年 8 月 30 日至 9 月 4 日，吳宓一直呆在廣州陳寅恪處暢談言歡。吳宓稱陳寅恪為「兄」。9 月 1 日從 9：00 到 11：00，在陳寅恪「微不適」的情況下，兩人在陳宅「讀書論世」近 2 個小時，其中就談到了印度、佛教、韓愈等佛學話題。在兩位摯友的私密談話中，陳寅恪論韓愈闢佛，提出在新時代對印度佛教之「出家」生活應有「所辟」，以保衛中國固有之社會制度；認為熊十力之《乾坤衍》未免有「比附阿時」之嫌，無異於康有為借孔子託古改制之說以贊成戊戌維新的做法。陳寅恪的此種觀點，對吳宓來說，是別開新面之言。二人還說及到國際時勢，吳宓認為印度歸還玄奘骨灰及贈送我國大象事，「政府卒行之而莫詳所出，二事寅恪實首倡之」，而「眾莫敢言」，為陳寅恪鳴不平〔註 50〕。兩個一生的摯友，在風雨如磐的時代，難得有此機會暢所欲言，一展鬱結心胸的悶氣。既暢談佛事佛學，又借佛事佛學發表對時世、文化的看法，彼此寬慰，互為知音。

王恩洋，1897 年生，四川南充人，精通法相唯識學，曾創辦以佛教為主的成都東方文教學院，是吳宓敬崇和喜交的佛教知識分子。在吳宓眼中，王恩洋君虔依宗教，闡揚儒佛，艱苦力行，熱心救世。其所言所行，仍是真正之宗教生活，令人忻慕，亦與碧柳同一偉大。1952 年 9 月 2 日，吳宓在成都開政協會議期間偶遇王恩洋先生，印象深刻，「王恩洋先生來，黑髮紅顏，精

〔註 49〕吳宓：《吳宓日記續編》，北京三聯書店，2006 年，第 5 冊，第 134 頁。
〔註 50〕吳宓：《吳宓日記續編》，北京三聯書店，2006 年，第 5 冊，第 162 頁。

神奕奕，而氣宇宏闊，態度豪爽，雄談驚座，絕異宓之憂惕苟偷者」；雖然「王先生極稱讚共產黨、人民政府及毛主席之豐功偉績」讓吳宓感到意外，但他的落腳點旨在於「茲共產黨竟得成功，其所率由之道，亦必即是吾儕平日所篤信者，名異而實同」讓吳宓信服；特別是王恩洋認為在這個「儒道、佛教並遭摧抑」的時代，我輩中人應「善自韜晦，以待其時。保全自己，即所以保全中國文化，對天下後世有其責，吾儕之自待固不當薄也」，由佛教及處世及文化，喚起吳宓的強烈共鳴；最後，王恩洋勸吳宓「宜發菩提心，具救世度人之大願力」，「修佛非享樂、非逃避，乃甘願作此一大苦事」，「生死不可輕言，致成戲論」，可謂句句說到了吳宓的心坎上，紓解了吳宓當時緊張、焦慮的情緒，難怪吳宓在日記中記載為「聆之並深感佩」〔註 51〕。

吳宓在西南師範學院雖不待受用，但他能詩善文，又能仗義疏財，知心朋友倒不乏其人。其中因佛禪的因緣，段調元父子成為吳宓的至交。段調元，1890 年生，字子燮，留學法國，重慶江津人，1952 年任西南師範學院數學系教授，人格高尚，與佛有緣；段德樟，段調元長子，母為法國人，身世坎坷（他的母親與他父親相愛而未結婚，實為私生子），受其父影響，與佛親近，以佛教徒身份嚴格要求自己，以一顆出世之心看待人生和時世（1963 年 6 月投嘉陵江自殺，徹底「出世」)。「文革」前，吳宓與段氏父子交往很多，且絕大多數與佛禪有關，在他日記中留下了大量記載。在吳宓眼中，「燮、樟父子皆篤信佛教之溫厚人」〔註 52〕。吳宓經常與段氏父子交換閱讀佛經禪書，如《涅槃經》《六祖壇經》《八大人覺經》，及其他與佛禪有關書籍，如《佛學大綱》《佛學小叢書》，吳宓將自己在昆明時寫的《讀佛經筆記》3 冊也拿出來與段氏父子共讀，足見其「親密接觸」的程度。段德樟時常向吳宓請教佛理禪義，吳宓也非常樂意，如「樟復來，宓為講佛教真空妙有，即一多哲學之通理」〔註 53〕，「晚飯後樟來，同步操場，續授以梵文佛教名詞」〔註 54〕。由於與段式父子的友誼及涉及佛禪的交往，吳宓在西南的日子舒適了不少，如 1961 年 6 月 25 的生活記載：「燮老臥讀佛經。樟飲酒睡起。在樟處復閱梁任公所撰譯之小說傳奇」〔註 55〕，魏晉風度都出來了，這是何等愜意的生活，

〔註 51〕吳宓：《吳宓日記續編》，北京三聯書店，2006 年，第 1 冊，第 409～410 頁。
〔註 52〕吳宓：《吳宓日記續編》，北京三聯書店，2006 年，第 3 冊，第 532 頁。
〔註 53〕吳宓：《吳宓日記續編》，北京三聯書店，2006 年，第 3 冊，第 544 頁。
〔註 54〕吳宓：《吳宓日記續編》，北京三聯書店，2006 年，第 5 冊，第 128 頁。
〔註 55〕吳宓：《吳宓日記續編》，北京三聯書店，2006 年，第 5 冊，第 106 頁。

一切都要感謝佛禪的因緣。

同樣是因於佛禪的關係，李儒門成為吳宓在西南師範學院的朋友。李儒門乃一傳統文人，民國時，由貢高喇嘛之選拔，已入密宗。他不僅與吳宓詩歌唱和，且經常勸吳宓靜坐、念佛、誦經，勸吳宓熟讀《心經》《金剛經》等經書，且經常向吳宓宣講密宗教義。吳宓雖然不喜歡密宗，但經過與李儒門的交往，「歸佛懺情之志愈堅」〔註56〕。周邦式，1895 年生，湖南長沙人，畢業於北京大學，中國國民黨黨員，1950 年任教西南師範學院教育系，禪淨雙修，曾用功於唯識，亦深信佛禪，因詩與佛成為吳宓的同校好友之一，兩人時不時飲白酒，佐以桔及花參，並談詩及佛禪。穆濟波，1892 年生，四川合江人，1950 年任教西南師範學院，與吳宓詩歌唱和，如曾改正吳宓《吾生》詩。吳宓認為「改得極好」，而且各條解釋，「不特詩律深細，尤佩佛理高純，教宓者至當，益我無窮」〔註 57〕。兩人日後多就佛法進行切磋，以尋求彼此的安心立命之途。

吳適均，1892 年生，四川宜賓人，曾任民國縣長，悉中醫，修佛學，解放後在重慶行醫，為吳宓欣賞的醫師暨好友。1965 年 10 月 2 日，在吳宓就醫時，一起探討佛教「應無所住而生其心」之義理，吳適均以為應作「性空緣起，緣起性空」的理解；且談到了當時的佛教名士歐陽竟無先生及王恩洋君，吳適均認為二人皆注重學問思辨而不從事自己之修養及受用，皆是提倡佛學而非佛教。呂澂，1896 年生，江蘇丹陽人，專志佛學研究，輯印有《藏要》《佛教五教全書》，1952 年 9 月 16 日，友人王恩洋君為吳宓請得佛像及僧服，而呂澂說「甚可不必」，吳宓的反應是，呂澂惟以研究為職志，屬佛學而非佛教。歐陽竟無、王恩洋因佛理修養的精深，是吳宓欽佩的對象，雖然吳宓對吳適均的看法不認同，但他的特意記載表明了他的宗教取向：共和國時期的吳宓嚮往的是身與心雙向的「向佛」。故有對好友呂澂研佛而不依佛的直言不諱的點評。其實，吳宓自己何嘗不是屬佛學而非佛教。中年以後，他時時言出家，特別是戀愛失敗之後常思出家，但從未真正實行。佛教對吳宓而言，只是親近而「向佛」，並非親近而踐行。

因佛禪及人，吳宓對信佛禪故友的生老病死及命運沉浮特別上心。如 1961 年 2 月 18 日為農曆正月初四，在新春氣氛中，吳宓卻懷念起 1960 年 4 月逝世，

〔註56〕吳宓:《吳宓日記續編》，北京三聯書店，2006 年，第 1 冊，第 509 頁。
〔註57〕吳宓:《吳宓日記續編》，北京三聯書店，2006 年，第 2 冊，第 178 頁。

遺日記多冊，生平常念佛的林宰平先生來。1961 年 8 月 27 日吳宓出遊武漢大學，與友人談心時，不忘諮詢一下與佛學親近的陳銘樞將軍的情況，因陳 1949 年後雖任中南行政委員會副主席等顯職，但 1957 年已被劃成右派。而對有「向佛」意願的同事也能捐棄前嫌，給予安慰和幫助，典型個案如原西南師範學院歷史系主任孫培良曾有意為難吳宓，但在孫培良被罷職、母亡，欲為僧或自請退休之時，吳宓極力寬解，勸其乘暇自讀書為學，博覽深造，於此中求自得之樂。對當時人人避諱的地主，只因佛緣，吳宓也不忘要在日記中有意記上一筆作為紀念，如 1961 年 3 月 19 日遇到同事焦順文，詢問其岳父黃老先生（子嘉之父，能文而信佛之內江地主）的喪葬情況，得知全市無棺可購，而以衣被覆蓋屍體，以人拉之板車運送至楊家坪火化，骨灰投撒於江流中的淒涼境況，不禁慨歎今日社會人之不幸結局，為中華民族五千年養生送死之美善禮俗喪失殆盡而悲憤。吳宓在品論信佛禪之人事時，不忘捎帶上對時局與文化的擔憂和「牢騷」。

對與佛禪有緣的有修為之人，吳宓不吝欣賞，並積極與之交往；對與佛禪宣揚的信仰不符之人事，吳宓也是毫不客氣，直接針砭。錢鍾書，吳宓的學生；朱寶昌，吳宓的同事；賴以莊，吳宓西南師範學院的近鄰暨同事。此三人，俱與吳宓有聯繫，尤其後二人，與吳宓關係尤為密切。可一旦連結到吳宓所鍾愛的佛禪，就心直口快，敢於是非其人。如認為他們三人「或博識窮搜，自矜才學；或風流辨慧，信義毫無；或老於世故，圓滑自私」，皆是「無道德之毅力與宗教之熱誠」之人〔註 58〕，體現了佛家坦蕩蕩的赤誠胸襟。可見，在吳宓的晚年人生中，除膺服、踐行儒家理想外，在「無欲」、「不能多為」的大時代環境中，佛禪是他為人處世、解剖人生人心的一把利刃。

作為吳宓在新中國的精神支柱之一，佛禪不僅助吳宓交友度人，還幫他知世論世衡世。身為一個傳統文人，吳宓與新中國的價值觀念多有不合之處，佛禪的修為使他不自覺地經常以佛禪學說為參照系來量世衡人，得出一些常人所不見或未見之看法。如吳宓雖不贊同瞿秋白的信仰與實踐，但對他的人生選擇，能結合佛家「普度眾生」的教義加以理解；對他的人格及犧牲精神，能從佛禪「我不下地獄，誰下地獄」的角度高度讚賞，並佩服有加，認為：「瞿秋白亦一文情並茂、思深識卓之士，以佛家出世之心，走入蘇維埃、共產黨之路，終亦慷慨就戮，殉其黨、殉其主義而死」〔註 59〕。對整個中國共產黨，

〔註 58〕吳宓：《吳宓日記續編》，北京三聯書店，2006 年，第 2 冊，第 549 頁。
〔註 59〕吳宓：《吳宓日記續編》，北京三聯書店，2006 年，第 4 冊，第 259 頁。

吳宓解放前無所接觸，解放後也大多是一些感性認識，不一定都正確。但他從佛禪「普度眾生」「慈悲為懷」「關念天下蒼生」等樸素的義理出發，並資照歷史上的一些事例，對黨在特定時期的一些「諱病忌醫」的做法或「過激」「不當」的舉動，往往能發出一些驚人之見。如認為：「報載今日下午印度國新德里京城，舉行釋迦牟尼涅槃二千五百年紀念。中國報紙刊載均去『佛』字不書，過矣。」〔註 60〕當時的中國在毛澤東的號召、發動下，大力「禁佛毀佛」，以致達到杯弓蛇影的地步。對此，吳宓以簡單的「過矣」二字微言大義，言簡意賅卻力道無窮、意味無盡。對當時發動的舉國「除四害」，捕殺麻雀的做法，吳宓也將之上升到歷史高度，並結合佛禪義理加以觀照，認為：「佛教之大慈大悲，不傷蟲蟻以及微生物之命……實則善者自善，惡者恒惡。法律制度易變，人之本性難移。宓愈老，愈堅信聖賢之說，父師之教，為極真至當而不可易者也。至於北碚區今年 86 萬麻雀之死，亦如秦白起坑秦卒四十萬人於長平，為歷史中千萬之不幸之事實之一而已，痛哉汝麻雀也！」〔註 61〕從「麻雀事件」聯結到對中國文化和前途的擔憂，吳宓思之深矣！

對馬克思主義的世界觀、階級鬥爭論和社會進化觀，吳宓也能從佛禪的思路去理解、思考，加以理性剖析，甚至大膽質疑，有一些新見，顯示了一個擁有佛禪情懷的知識分子的清醒與良知。如認為：「今 Maixism 所首欲摧破之敵人，乃中國所本無者也」，「然佛教善能結合道德之肯定與世界之虛幻觀，而 Maixism 則以一套固定而狹隘之道德觀，配合於其變動不居之世界觀中」，「Hence，宓仍信物性與人性之別；而 from 孟子仍信人性與獸性之別」，「Moreover 剝削、壓迫、反抗：階級鬥爭——是否為歷史中唯一而最基本之法則？由原始社會→奴隸社會→封建制度→資本主義→社會主義——是否為社會演進之不變而必循之直線的規律？此二點，宓終甚疑。若以……為目的，而強調 Maixism 之全套學說，則又不免倒因為果，而非真理矣」。〔註 62〕將佛禪與馬克思主義的中國化道路對置並舉，認為佛教的中國化道路的成功在於善與中國傳統道德相結合；而馬克思主義的中國化的失誤在於完全拋棄中國的優良傳統。

懷疑歸懷疑，當吳宓感覺以自己的「青萍之力」還是無力「掀起一絲漪

〔註 60〕吳宓：《吳宓日記續編》，北京三聯書店，2006 年，第 2 冊，第 563 頁。
〔註 61〕吳宓：《吳宓日記續編》，北京三聯書店，2006 年，第 2 冊，第 350～351 頁。
〔註 62〕吳宓：《吳宓日記續編》，北京三聯書店，2006 年，第 2 冊，第 159、160 頁。

瀾」之時，佛禪又為他提供了一個重要的精神資源，幫助他混世、寬世、解世，散心、寄情、安命。在他感覺到社會愈是「黑雲壓城城欲摧」，他愈是向佛禪靠攏，出家依佛之心愈是強烈，吳宓日記屢有相關記載：

宓思，以宓之性情、年齡、地位，左右皆不妥，而當以離世依佛安靜獨居為上冊、為正道〔註 63〕。

決與蘭絕，而依佛懺情，不再作戀愛婚姻之想〔註 64〕。

宓不禁自悲生平，而歸佛懺悔之心油然而生。嗚呼，此真宓之歸宿處矣〔註 65〕。

乃今日下午回舍，則見此騾已如恒曳車矣。念萬物及生人之苦，惟思依佛〔註 66〕。

今後一切不思不想，力戒寫長信與知友，只求默慎自保，一切聽其自然，不必問何時是宓死期，亦不必為身後安排諸事之計。一方面誠心依佛，視百事如泡影空花；一方面努力工作，此外則但求休息自怡，以終餘年可耳〔註 67〕。

又宓已老，每思舊事，惟覺時光之迅速，年命之短促，數十年殆如一瞬，悔不可追，念及此生已完，固可悲；然生平許多錯誤之言行，許多笨拙可笑之瑣事，將消滅淨盡，歸入太空，不留痕影，此寧非宓之大幸，豈不令宓今該可大喜大樂者耶？佛教「求免再入輪迴」（往生西天，非所敢望），正宓此時期之清明心志也矣〔註 68〕。

這些文字書寫是不是讓今天的我們感到一個傳統知識分子的悲哀、一個佛禪信徒的無奈、一個時代的悲劇？所幸，歷史終將翻過這一頁。

（二）吳宓的耶教觀與民間信仰

1. 耶教觀

對基督教這種外來宗教，吳宓並不信仰。但在他的日記裏，可零星看到他對基督教的關注和獨特看法。

首先是閱讀基督教典籍及有關基督教的教學活動記載，如：「是夕晚讀《聖

〔註 63〕吳宓：《吳宓日記續編》，北京三聯書店，2006 年，第 1 冊，第 401 頁。
〔註 64〕吳宓：《吳宓日記續編》，北京三聯書店，2006 年，第 1 冊，第 402 頁。
〔註 65〕吳宓：《吳宓日記續編》，北京三聯書店，2006 年，第 1 冊，第 506 頁。
〔註 66〕吳宓：《吳宓日記續編》，北京三聯書店，2006 年，第 1 冊，第 516 頁。
〔註 67〕吳宓：《吳宓日記續編》，北京三聯書店，2006 年，第 4 冊，第 49 頁。
〔註 68〕吳宓：《吳宓日記續編》，北京三聯書店，2006 年，第 5 冊，第 405 頁。

保羅傳》，甚涼爽」〔註 69〕；「今日上下午，編繪《基督教之發展及分派圖》，至下午 4：00 始畢」，「上午一二節，授《世界史》課，講《聖經》、基督教及波斯史。」〔註 70〕

其次，是與基督教相關的人事記載，如：「四月二十三日成都天主教會主教所發之密諭，命教徒對革新運動應以不違悖對天主之信仰及教會之教律為限，云云」〔註 71〕，為我們保留了珍貴的基督教徒在新中國初期的應對之策。而有關友生的記錄：「王生（筆者注：王世垣）篤信耶教而喜古典英國文學」〔註 72〕；「垣遂述其由深感人生之痛苦，益得宗教之啟發，將以上帝為歸宿而力行實際生活中對人之各種義務 Duty 云云。垣又試論愛情 Love 與宗教之關係，宓勸其讀《石頭記》……遂各歸寢。」〔註 73〕讓我們看到基督教對時人的精神安慰和對世俗生活的啟發。

最有趣的是將共產黨、共產主義與基督教的對比。1951 年 1 月 4 日的日記中，吳宓認為共產學說及方法仿傚基督教者極多，如歐美基督教宣揚精神鼓舞，以增強信仰者之工夫與做作，共產學說正同此；然二者全部之目的及主要之精神則正相反：基督教主仁愛，主忍讓，主以理制欲而克己犧牲，主和平到底，共產學說則反其道而行。1956 年 6 月 1 日的日記中，吳宓又申說基督教之能戰勝其他宗教，乃由該教之鬥爭心堅強，必盡滅異族而後快，暗指今世共產黨實同此，而皆出於頑梗之猶太人也。1958 年 2 月 7 日的日記又發出共產主義與基督教，真有相同而符合之處的感慨。憑著對當時「過火」政治運動之侷限性的敏銳觀察，吳宓不憚壓力，率性直言，將政治宗教化、宗教政治化，發前人所未見，言人所未能言，可算驚世駭俗之論。

面對嚴酷的階級鬥爭，吳宓痛惜而無奈，有時也通過閱讀《聖經》中人物的苦行來尋求告解與慰藉，如：「晚覺不適，甚鬱鬱，以為階級觀點，主全消滅異己，我輩乃似《通鑒》中所載前朝舊臣遲速不免於死，優待苟活，亦將取消矣。悲憤之餘，取來基督教《聖經》，翻讀《路加福音》章，略謂汝應勿憂衣食榮辱，一切安命，而專心惟道是依是求，利世盡矣云云。」〔註 74〕

〔註 69〕吳宓：《吳宓日記續編》，北京三聯書店，2006 年，第 1 冊，第 194 頁。
〔註 70〕吳宓：《吳宓日記續編》，北京三聯書店，2006 年，第 5 冊，第 447～448 頁。
〔註 71〕吳宓：《吳宓日記續編》，北京三聯書店，2006 年，第 1 冊，第 169 頁。
〔註 72〕吳宓：《吳宓日記續編》，北京三聯書店，2006 年，第 1 冊，第 62 頁。
〔註 73〕吳宓：《吳宓日記續編》，北京三聯書店，2006 年，第 5 冊，第 101 頁。
〔註 74〕吳宓：《吳宓日記續編》，北京三聯書店，2006 年，第 4 冊，第 446 頁。

這種閱讀基督教經書「療傷」的做法類似於他經常通過閱讀儒家典籍尋求解脫的做法，二者一個性質。

2. 民間信仰

中國的民間信仰龐雜多元，既有各民族不同的民間宗教，也有鬼神信仰，也有抽籤問卦，及使用《易經》來占卜吉凶，各種做法，形式多樣，是一座令人眼花繚亂的大觀園。

很多民間信仰藏污納垢，但也是百姓的一種生命表達與精神依託。新中國成立後，大力「破四舊」，將其一律打倒、禁絕。對這種做法，吳宓有自己的看法，認為：「其後林昭德述鄉間農民之迷信多端，如算命、燒紙錢、見鬼等。宓謂此等事無關重輕，可聽其自然，『見怪不怪，其怪自敗』矣，云云。按今黨國正以毀滅淨盡一切舊習慣、舊風俗為號召，視為階級鬥爭之要務。」〔註 75〕字裏行間委婉地表達了對當時無所不在的階級鬥爭的不滿，類似「春秋筆法」。

中國的占卜之學源遠流長，最早是巫師的龜蓍，後有《周易》的系統總結與易理提升，為占卜之學輸入了文化底蘊。由廟堂流傳入民間後，在漫長的歷史長河中，又摻入了看相、算命、測字、打卦等民間做法，是一項將哲學意蘊、文化內涵與鄉野信仰、泥土做派羼雜在一起的民間習俗與信仰，鄉人崇信它，文人也樂意參與其中，不易做好壞優劣的定性。吳宓深信占卜之學，到達了無事不占的地步，下面僅選數例：

祈父鑒察而保祐宓行止安吉〔註 76〕。

乃翻四書五經得易經坤卦之「六四括囊，无咎無譽。」……按此即「退藏於密」之義，宓更應謹肅含默，當可免禍〔註 77〕。

今晨以正讀之《詩義會通》一書，禱父求卜，得「且寧」二字，當是與開桂如舊相安（而毋決裂）之意〔註 78〕。

晨 6 時起，剪鬚修面。以《古今名詩選》（第四冊）禱卜，得趙翼詩「古人渺去矣」句下之三字，認為當行，即應出遊〔註 79〕。

〔註 75〕吳宓：《吳宓日記續編》，北京三聯書店，2006 年，第 6 冊，第 141 頁。
〔註 76〕吳宓：《吳宓日記續編》，北京三聯書店，2006 年，第 1 冊，第 34 頁。
〔註 77〕吳宓：《吳宓日記續編》，北京三聯書店，2006 年，第 2 冊，第 63 頁。
〔註 78〕吳宓：《吳宓日記續編》，北京三聯書店，2006 年，第 5 冊，第 36 頁。
〔註 79〕吳宓：《吳宓日記續編》，北京三聯書店，2006 年，第 6 冊，第 283 頁。

范去後，宓以高亨撰之《周易古經今注》卜，得臨卦「臨，元亨，利貞，至於八月有凶」之六五爻「知（智）臨，大君之宜，吉」。釋云，「以智臨民，始克明察萬幾，曲應咸當」，似謂，宓當以理智（不以感情）對今之問題，即或出詞污罔，昧我良心，為求過關，斯亦可耳〔註 80〕。

宓述 1949 七月九日卜父安危事，以見人事之有不可以理測而偶似神奇者〔註 81〕。

昨瑨迎授賀昌群著《魏晉清談思想初論》一書。今晨以此書卜禱於父，得示云:「天地四時猶有消息，而況於人乎？」……作材料上工作組，訴田志遠之橫暴，陳述宓未寫大字報之理由……甫寫數行，筆中墨水忽罄，宓疑為父示警，命勿寫上此件，遂輟筆〔註 82〕。

吳宓的占卜做法，既有祈求祖先的祐護，又有命定論、預警說等神秘論，還有根據隨手所得書籍的測字法，千姿百態，無所不有。當然，憑他的造詣和《周易》工夫，吳宓的占卜之術是含有一定文化底蘊的，但也有不少先天論、不可知論等民間信仰的成份。吳宓對民間的相術之學也有一定信服，如下面的記載：

然後宓與琚（筆者注：鍾稚琚）在董寄安宅中久坐，啜茗。寄詢宓八字，並為宓看相。斷定宓為（一）天恩祖德，氣稟極厚。（二）羅漢相，主長壽，今年亦可無災禍。（三）命中無財，克妻。年三十餘為宓一生中最得意時。總之宓骨格「清奇古怪」，決非凡俗之人云云〔註 83〕。

吳宓深信占卜之說，對預言之說也感興趣，他的讀書活動對此也有顯露，如:「讀《花月痕》，按此書原序，書在咸豐戊午即 1858 年刊行，其敘全國各地兵亂，以倭寇之侵入為主，倭人時已佔據中國本部之半，幾成為 1938 前後（即約八十年後）日本大舉侵略我國之預言，奇矣。」〔註 84〕作為知識分子的吳宓肯定有一定的民間信仰，並不奇怪，也無可厚非，特別是在那個命運不可自主和預知的年代，一代知識分子常常惴惴不安、惶恐而無助。占卜吉凶不過是為了尋求一種自我安慰而已。

〔註 80〕吳宓:《吳宓日記續編》，北京三聯書店，2006 年，第 7 冊，第 6 頁。
〔註 81〕吳宓:《吳宓日記續編》，北京三聯書店，2006 年，第 7 冊，第 17 頁。
〔註 82〕吳宓:《吳宓日記續編》，北京三聯書店，2006 年，第 7 冊，第 481 頁。
〔註 83〕吳宓:《吳宓日記續編》，北京三聯書店，2006 年，第 1 冊，第 274 頁。
〔註 84〕吳宓:《吳宓日記續編》，北京三聯書店，2006 年，第 7 冊，第 62 頁。

（三）吳宓宗教觀的基本特徵

一個有生命質量之人，必定是一個內心世界豐富的人。吳宓的宗教思想豐富了他的內心世界，有著知識分子精神世界的一些共性和獨特性。

1. 儒佛並舉

儒佛並舉、禪靜雙修是中國傳統知識分子的共同特徵，吳宓只能說並不例外。

在《文學與人生》的講稿中，吳宓將東方孔子（中國儒學）、釋迦摩尼（印度佛教）與西方蘇格拉底（古希臘哲學））、耶穌（希伯萊基督教）共同視為世界古典文化的主要精華。吳宓西學功底深厚，熟讀柏拉圖語錄及新約聖經，認為希臘哲學和基督教為西洋文化之二大源泉，及西洋一切理想事業之原動力。吳宓的舊學淵源更是根深蒂固，傳統情緣深自內心。在他看來，以儒、佛互補為特點的中國文化是中國文明的驕傲，是東方文化的根基。東方文化和以「雙希」文化為源頭的西方文化是世界文化的四根擎天支柱，共同支撐起了世界文明的大廈，「若求其根本立人救世之道，則仍為儒道與佛教，希臘哲學與真正之基督教」〔註 85〕。

吳宓在日記中對他的儒佛並舉思想也有過明確闡述，如：「尊仰儒佛，篤行道德，研精學藝，工著文章，乃由本性，終身不變。」〔註 86〕對新中國棄置儒佛的做法痛疾於心：「吾儕獨惜宗教之溥仁、道德之真理，以及西國古哲之訓示，中國儒佛之德澤，既遭蔑棄於前，更受破斥於後，世界之人民轉死於左右貧富爭戰之中，而世遠文化益下趨於晦暗塞沉矣！」〔註 87〕

吳宓不是一個狹隘的民族主義者，既能看到西方文化之長，也不拋離中國傳統文化。他堅持認為中國文化是最好的，而且可以補充西洋文化之缺點。中國文化之內容，則是「以儒學為主佛教為輔」；中國傳統文人之信仰，也多是儒釋並重，禪靜雙修。故欲明曉中國的精神、道德、理想，必須「兼通儒佛」。1949 年他的入川行為就是對他「儒佛並舉」的文化和宗教理想的一個最好注解。

1949 年 4 月，國共紛爭進入最後階段，山河已近易色，吳宓當時任教武漢大學，面臨不同的去向：杭立武、張其昀、傅斯年動員他赴臺灣任教，甚

〔註 85〕吳宓：《吳宓日記續編》，北京三聯書店，2006 年，第 4 冊，第 366 頁。
〔註 86〕吳宓：《吳宓日記續編》，北京三聯書店，2006 年，第 1 冊，第 309 頁。
〔註 87〕吳宓：《吳宓日記續編》，北京三聯書店，2006 年，第 1 冊，第 119 頁。

至為他辦妥機票；錢穆也多次邀請他去香港共辦新亞學院；武漢大學則想極力挽留他。吳宓在武大執教期間就曾發出「未能盡我之所長」「不合時宜」的喟歎，所以他是堅決要離開武大的。但何去何從，在那個大變動的時代，他確實對個人的前途並無確切規劃，也無從規劃。可模糊的直感還是有的，這從 1949 年 10 月 1 日他給弟弟吳協曼的信中透露了「蛛絲馬蹟」:「宓年五十六，身非國民黨員，又無政治興趣，亦無活動經驗，然以中西文學及歷史道德之所召示，由宓之愚，自願在甲方區域中為一教員或民人。」〔註 88〕吳宓日記也多次記載，一般他稱共產主義世界為甲方，資本主義世界為乙方，所謂「甲方區域」者，自然指共產黨所控制的區域。由此可見，吳宓不願隨蔣介石政權去臺灣，而願留在大陸作一個「教員」，哪怕一介「民人」也可，確實是出自他內心的真正選擇，這也是當時大多數文化名人的共同選擇。只是風雲際會、世事不可預料，哪能料到他走上了一條多災多難的道路。在晚年的日記中，可多處看到對此舉的後悔，如 1965 年 9 月 2 日晚，就有「宓頗悔宓將解放時之不遠走高飛，則對中國之文化學術或可稍有貢獻也」〔註 89〕的記載。可他為何又偏偏選擇當時還屬於國民黨政權控制的西南地區作為容身之所呢？我們揣測，一個原因是當時西南地區暫無戰事，除此之外，吳宓可能還有一個「不成熟」的個人想法，只是不便與人明言（包括他弟弟）：他判斷當世時代會重演南北朝的歷史，國共雙方可能會劃江而治，期冀李宗仁代總統能收拾亂局、勵精圖治。他的好友陳寅恪也沒去臺灣，而是去了嶺南大學，兩人是「心有靈犀」，也可能是「互有某種約定」。因此，留居西南就是他嚮往的結局。加上朋友王恩洋等人的極力邀請，於是順勢到了西南。這是社會形勢、政治局勢的原因。而真正的原因還在於他所述的「以中西文學及歷史道德之所召示」，即文化及宗教上的考慮才是第一位的。吳宓早年就嫌國立大學只教授學術、知識而不講道德、精神、理想，認為此必求之於私立學院。1948 年秋，他就決意辭卸武漢大學外文系主任的職務，到成都去任教，只是後為武大當局所勸阻，沒有走成。熬至 1949 年 4 月 29 日，隨著國內時局的清晰，吳宓這一次的出走西南義無反顧。他抱著「尋求同道」「保存、發揚中國儒佛文化」之目的，不顧北京之親屬、武大之好友的諫阻與反對，隻身匆匆奔赴西南，原定是要到私立學院——王恩洋先生主辦的成都東方文教

〔註 88〕吳宓：《吳宓書信集》，北京三聯書店，2011 年版，第 361 頁。
〔註 89〕吳宓：《吳宓日記續編》，北京三聯書店，2006 年版，第 7 冊，第 215 頁。

學院（以佛為主，以儒為輔）去任教，施行他的文化理想（兼在四川大學任教，以維持生活），並研修佛教，慢慢出家為僧。到重慶後，因交通困難，不能前赴成都，而停在梁漱溟主辦的勉仁文學院（以儒為主，以佛為輔）講學，又不得不在夏壩私立相輝學院兼課以圖生計。解放後因院系調整，才陰差陽錯到了西南師範學院，在此度過了默默無聞的 28 年。這讓西南師範學院（現西南大學）的校史上多了一位學術大師，但卻苦煞了吳宓，讓他備受煎熬和打擊。我們是否可以設想，如果吳宓去到其他地方，其命運會不會好一些？比如北京、西安？當然，歷史不可改變。

從義理及功效上說，儒墨並舉，儒佛修內心，佛度外世，圓融如一，智忍雙修，往往能助一個知識分子卓然於世俗之中。在艱難時世中，吳宓能屈能伸，能堅守生命尊嚴與人格底限，應該說，是儒佛的底蘊為他提供了不竭的精神動力與思想支撐。

2. 以宗教知人論世

吳宓論宗教有一個顯明特點，就是不願意唯宗教而談宗教，而是喜歡借談宗教來表達對人物的品評，及對政治、時局、文化的看法。前述在分論吳宓的單一宗教影響時，已間有涉及，此處試作一個綜論。

（1）以宗教知己論人

以宗教知人首先表現為從宗教角度知己，定性自我，如：「宓乃一極悲觀之人，然宓自有其信仰，如儒教、佛教、希臘哲學人文主義，以及耶教之本旨是。又宓寶愛西洋及中國古來之學術文物禮俗德教，此不容諱，似亦非罪惡。必以此而置宓於罪刑，又奚敢辭？宓已深愧非守道殉節之士，依違唯阿，卑鄙已極。若如此而猶不能苟全偷生，則只有順時安命，恬然就戮」〔註 90〕。結合宗教分析自己的人生遭遇，剖析自我，一顆「苦時代」的「苦心」躍然紙上，讓人唏噓。

其次表現為以宗教為媒介，觀察、分析自己的友人，如：「儒佛之學，未能使澄（筆者注：李源澄，吳宓好友，西南師範學院副教務長）外榮辱而小天地，身與境俱空，而更以忠心為共黨之故，有屈原、賈生之痛，宜其以怨憤鬱怒傷肝而死也。」〔註 91〕表達對好友熱心做事，卻被劃為右派，淒涼而

〔註 90〕吳宓：《吳宓日記續編》，北京三聯書店，2006 年版，第 1 冊，第 112～113 頁。

〔註 91〕吳宓：《吳宓日記續編》，北京三聯書店，2006 年版，第 3 冊，第 282 頁。

死的身世之悲；同時反思好友未能透徹領悟儒佛真諦之教訓。

1959 年 12 月 27 日，在反對右派的驚悸過後，吳宓曾有一次通過宗教，結合時代，對諸多友生的綜合評價，並推及己身，很是精闢。吳宓首先是結合宗教，對郁達夫、瞿秋白等文人，及陳寅恪、吳芳吉、凌其嵦、姜忠奎、王蔭南諸友生進行評價，如認為王恩洋之虔依宗教，闡揚儒佛，瞿秋白亦以佛家出世之心為主義奮鬥至死。再返觀自身，自認為乃一極庸俗、渺小、平凡之人，雖生猶死，即不死而久活，亦無益於人，無益於己，並對自身悔恨不已。總共 707 個字的反思，有述有評，直指人心深處，文字淒惻，感人至深。其心之苦，其情之真，其意之切，著然可見，催人淚下。

（2）以宗教知世論世

作為一個自由主義傾向的知識分子，吳宓不願受各種政治律令的拘束，民國時期，他就較灑脫、獨立，很少參加跟政治有關的活動。解放後，吳宓這類遺留的舊知識分子，其言論空間受到壓縮，但當時黨的政策是明文規定宗教信仰自由。吳宓在苦悶中就採取一定的策略，借用譬喻，以論宗教論自由，來闡述思想自由，如：「思想不能以粗暴方法，強制解決。E·G 宗教不可以命令禁止。」〔註 92〕

吳宓曾在五四時期就以反新文化運動著稱，一生卻毫不介意，反而安享此「惡名」。解放後，即使胡適等人已到了美國，時代環境已發生重大變化，但吳宓還是毫不放過任何批判胡適之輩的機會，借說宗教將其與反思黨的「主義論」等相提並論，如：「然我輩之所惡於詹姆士、杜威、胡適者，正以其學說主張有近似於馬列主義唯物論社會主義等耳……彼行劫之子，雖惡其父，固不若其痛恨宗教、道德、法律之甚也。」〔註 93〕

吳宓以宗教知世論世還表現在他對當時世界局勢的特殊看法上，如：「昨偶讀白璧德師 1908 年所著書，論科學與人道主義……吾儕在今讀誦之猶覺慄然也。宓按，今世兩大陣營，略如古希臘之斯巴達與雅典。甲方貧苦而勇毅，乙方富樂而貪淫，相持相爭之結果，甲或當勝而乙將滅……似已成定局。若求其根本立人救世之道，則仍為儒道與佛教，希臘哲學與真正之基督教，即是人文主義。白師等所倡導與宓等所信奉者，此決不容疑者也。」〔註 94〕

〔註 92〕吳宓：《吳宓日記續編》，北京三聯書店，2006 年版，第 3 冊，第 57 頁。
〔註 93〕吳宓：《吳宓日記續編》，北京三聯書店，2006 年版，第 2 冊，第 172～173 頁。
〔註 94〕吳宓：《吳宓日記續編》，北京三聯書店，2006 年版，第 4 冊，第 366 頁。

以宗教知世、論世，是吳宓透徹時局、表達個人見解的策略之一。因為是個人日記，吳宓敢於大膽直說，發人所未能言，如他認為：「宓述所感，即今之所奉所行，實參用道家與法家之辦法，以『順天者昌，逆天者亡』為號召。特其所謂天，但指形而下（物質、肉體）之天；而天志、天道、天心、天命之天（上帝、佛、精神），則全蔑棄之矣」〔註 95〕；「宓所感者，此革命必成功，其大勢已定，無可避免。但成功之後，全世界之人，皆豐衣足食，工作享樂；然而無文化、無禮教、無感情、無歷史、無宗教信仰」；「總之，□□□□與□□□，實與道家中之兵家、法家為近，□□□□乃成功之秘術而不仁之極軌也。其不能容儒、佛之教，其不許保留中國文化，夫何待言？」〔註 96〕

吳宓對當時社會棄傳統文化如敝履，大肆反儒滅佛，視「天地萬物為芻狗」的做法大加非議，得出「其不能容儒、佛之教」，就是等同於「其不許保留中國文化」的結論。其言論大膽的尺度即使今天也為鮮見。

吳宓日記雖是私人文體，但他卻有日後將之出版，公諸世人的想法。從日記中也可看到，他並不忌諱向別人訴說此生唯一的興趣和依託就是撰寫日記，由此表明他並不十分懼怕被人看到日記內容。而他卻在日記中大膽批評時政，則是需要相當勇氣的。可以說，宗教態度似乎在一定程度上給了吳宓這種精神底氣，借宗教評說政治也讓吳宓找到了一種順暢的言說方式和話語策略。

3. 宗教的人文化

吳宓真正信仰的宗教是儒教和佛禪，但對儒教更多是一種文化理想；吳宓時刻準備出家，但至死也沒出家為僧，不算真正佛門中人。宗教對吳宓來說，本質意義上是將宗教作為一種實現道德的輔助性手段，是一種對待傳統文化的理想性態度，是一種人文主義的手段。

吳宓師承白璧德新古典主義，新古典主義注重宗教的文化價值；吳宓所屬的學衡派也顯然區別於純粹的宗教信仰論者，他們站在人文主義立場，主張對傳統文化的繼承吸收，從道德為人之根本角度主張宗教存在的必要性。一方面，他們從「宗教性」角度，使宗教走下神壇，使之寬泛化、世俗化、道德化，回到人的精神態度和內在氣質之中；另一方面，他們在對中西傳統

〔註 95〕吳宓：《吳宓日記續編》，北京三聯書店，2006 年版，第 1 冊，第 520 頁。

〔註 96〕吳宓：《吳宓日記續編》，北京三聯書店，2006 年版，第 2 冊，第 307、308 頁。

文化的理解上，把中國傳統文化中的儒家思想也解釋為具有宗教性〔註 97〕。

就吳宓來說，他在《我之人生觀》中明確表述過：「宗教實足輔助道德」〔註 98〕；也直截了當地說過：「宓一生所志，惟在道德。思辨工夫在此，所競競力行者亦惟此。宓以宗教為道德之源泉，詩文為道德之表現」〔註 99〕；更是乾脆定性「宗教性＝理想主義」，認為宗教「這是一種精神、態度，不能用事實或行為證明其是非」〔註 100〕。對「五四」新派人士的反感，更大程度上也是來源於其對宗教的非難、反對：「謂中國人所最缺乏者，為宗教之精神與道德之意志。新派於此二者，直接、間接極力摧殘，故吾人反對之。」

對儒佛這兩種主要宗教來說，吳宓對佛禪的信仰更多的是將之化到日常的交友論友及對人事和世事的處置上，體現出一種宗教道德化、實用化的傾向。儒家文明是中華傳統文化的源頭和主流，吳宓卻是將之概括為一種理想人格，並將之宗教化。他指出了孔教的宗教性，認為宗教的內質是「誠＋敬」，由此推之，「一切人，一切事，皆可云具有宗教性」，儒教更不例外〔註 101〕。

總之，吳宓對宗教既持一種理想主義態度，也抱一種實用主義態度。他的結論是：「人文主義需要宗教」〔註 102〕，吳宓把「宗教性」理解為一種擁有理想的精神態度，具有尊敬、虔誠的心情和品質。從這個意義層面上，「宗教性」就成為一切人和事都應具有的態度和品格，宗教性也就體現一種道德性〔註 103〕。王本朝先生認為，對吳宓來說：宗教的謙恭＝道德的節制＝智力的誠摯。在這種思路上，宗教、道德與智力具有相通的一面。這樣，也就能理解吳宓「人文主義需要宗教」的表白和定性〔註 104〕，應是至論和確論。

三、讀書觀：文以載「道」

讀書，每一個人都與之相關，看似稀鬆平常。但誰在讀，讀什麼，讀時

〔註 97〕王本朝：《宗教作為一種可能的現代價值資源——論吳宓的宗教觀》，《貴州社會科學》1998 年第 6 期。

〔註 98〕吳宓：《我之人生觀》，《學衡》第 16 期，1923 年 4 月。

〔註 99〕吳宓：《吳宓日記》，北京三聯書店，1998 年版，第 7 冊，第 130 頁。

〔註 100〕吳宓：《文學與人生》，清華大學出版社，1993 年版，第 72 頁。

〔註 101〕吳宓：《文學與人生》，清華大學出版社，1993 年版，第 127 頁。

〔註 102〕吳宓：《文學與人生》，清華大學出版社，1993 年版，第 123 頁。

〔註 103〕吳宓：《文學與人生》，清華大學出版社，1993 年版，第 72 頁。

〔註 104〕王本朝：《宗教作為一種可能的現代價值資源——論吳宓的宗教觀》，《貴州社會科學》1998 年第 6 期。

的環境如何，讀的效果和旨歸怎樣，卻有天壤之別。從此意義上說，吳宓 1949 年後的讀書就是一個有意味的話題。作為一個傳統的文人型知識分子，吳宓一生酷愛讀書。在他人生的後 28 年，他想方設法，利用一切便利場所，擠佔一切便利時間，在書籍的海洋裏盡情遨遊，並積極思考，留下了諸多的文學閱讀的痕跡和思想碰撞的火花。

從早到晚，只要一有空閒時間，吳宓就會抓緊讀書，日記中留下了很多此方面的記載，如：晨讀《莊子》；上午讀《遯庵書題》；中午讀唐玉虬《國聲集》；下午臥讀《文廷式詩集》；夕讀《宋詩選》三種；晚讀 Herodotus；夕晚讀希克梅特《土耳其的故事》；上下午讀《列子》；終日惟讀《杜詩鏡銓》；早晚讀《國史讀本》。而且不分地點，到成都去開政協會議、遠足訪親訪友的火車上在讀書。手頭暫無藏書可讀時，就去新華書店去讀書，如 1955 年 2 月 20 日到至新華書店重慶分店立讀郭沫若自傳；或去圖書館讀書，如 1962 年 8 月 28 日，至文史圖書館讀《中國近代思想資料彙編》；或在資料室讀書，如 1965 年 2 月 12 日，在中文系資料室立讀托爾斯泰小說《復活》；或在古典教研室讀書等等。「文革」中，無書可讀時，見他被沒收的書籍堆積在中文系，無人看管，就冒著極大風險，偷偷夾帶了幾本書回家去讀。

而且，吳宓喜用言簡意賅的文言記載他的讀書活動，使他的閱讀日記形式多樣，瑣碎但卻生動，如：「細評」《大至閣詩》；「細讀」黃師《阮步兵詠懷詩注》；「續讀」《談藝錄》；「臥讀」《全像古今小說》；「歸讀」《俄文津梁》；「翻讀」《聞一多全集》；「重讀」《白璧德與人文主義》；「竟讀」《唐人說薈》；「聽誦」沈從文近詩；「惡評」胡先驌《懺盦詩稿》，自有一番別樣風姿。

吳宓人生的後 28 年，接受了無休無止的「思想改造」，1968 年 12 月 20 日，更是成為「反共老手，資產階級反動學術權威，現行反革命分子」，被不斷批鬥，「勞動改造」〔註 105〕。是「讀書」，助他寬解人生，挺過逆境，化解危局，宣示理想。那麼，吳宓是一種怎樣的讀書狀態？一種怎樣的讀書觀？反映了他一種怎樣的生命狀態和人文理想呢？

（一）暢遊書海，率性「評人」

人民共和國時期，吳宓除花不少時間閱讀魯迅、郭沫若、茅盾等新文學作家並予以置評之外（另有專文論述），川籍作家李劼人在吳宓日記中也多有

〔註 105〕吳宓：《吳宓日記續編》，北京三聯書店，2006 年版，第 8 冊，第 666 頁。

記載。1949年前的日記，李劼人是一個負面形象。如1944年12月24日的日記：「入川以來，所見舊識之文士詩人，其愚者，則奔走末職而揚揚得意，如劉莊。其詐者，則一意營財以致富，如馮飛，如李惟建，如李劼人等，皆是。」〔註106〕緊接著，針對文人謀利的做法，吳宓又寫了一首《舊識一首：有感於馮若飛、李惟建、李劼人等多人而作》的詩歌：「舊識多文士，群趨貨殖營。時危能致富，世亂務逃名。鄉可溫柔老，園同水繪爭。自憐孤僧業，淡泊任枯榮。」〔註107〕此前，李劼人的長篇小說《死水微瀾》《暴風雨前》於1936年由上海中華書局出版，接著，長篇小說《大波》也由中華書局1940年出版，稿費很高可能是不爭的事實。李劼人「賣文為生」以維持生計，但在吳宓眼裏卻成了一心謀取財富的「詐者」，這其中可能有誤會，但也反映了吳宓對賣文為財不嚴肅的創作多持批評態度。不過，吳宓當時可能並沒有認真讀過李劼人的作品，直到解放後，才有時間去細讀。1958年11月18日的日記：「又讀李劼人撰小說第一冊《死水微瀾》（敘1892至1901）成都近郊情事，有中國舊小說寫實傳真及深刻簡練之美。」〔註108〕這也反映了一個謙謙老者的虛心和「以文說話」的嚴謹態度，從他以舊小說為參照系也可看出他對傳統文學的終生摯愛。

吳宓對同時代人物的「有為」「有道」之君多持謙恭而尊重，如評價對王恩洋：「晚8～11重讀王恩洋君（1897～1964）《儒學中興論》一過，極佩。蓋主張以中國文化（道德至上，天下一家）為西洋文化（人人有衣穿飯吃，人人得自由平等）與印度文化（共成共覺，得大轉依，指佛教）之中介，融合三者，以救濟、再造今日之世界人類。其識解之精正，願力之宏大，比昔年梁漱溟《東西文化及其哲學》之說，有過之，無不及矣。書中七十四頁論共產主義之缺失及弊害，一若為今日人民中國之預言者（其書出版於1947年六月……）。宓遂取此書及王恩洋《五十自述》（宓讀校本）包封，加注數語，明日託鄒琳內侄帶交劉天行讀。」〔註109〕說王恩洋，實際上是借他人酒杯澆自己胸中的塊壘。

對同時代人物即使是名家，吳宓也是毫不客氣，借「說書」以「說人」

〔註106〕吳宓：《吳宓日記》，北京三聯書店，1998年，第9冊，第385頁。
〔註107〕吳宓：《吳宓詩集》，商務印書館，2004年，第405頁。
〔註108〕吳宓：《吳宓日記續編》，北京三聯書店，2006年，第3冊，第521頁。
〔註109〕吳宓：《吳宓日記續編》，北京三聯書店，2006年，第7冊，第202頁。

「說世」，如：「又讀熊十力先生新著《原儒》……今當盡闢古說，以求孔子之真，則知孔子不當為帝王所利用，而可為無產階級專政時代之導師也，云云」〔註 110〕；「讀熊十力先生新著《體用論》，力主『體用不二，性相不二』，而不取佛法，歸宿於儒學，尤以《易經》之乾與坤，即體用之本旨。按熊先生說，大體極是。惟以佛之真教與後來之空有二宗不分。又謂西洋哲學只有唯心、唯物兩錯誤之分派，則不如白師與穆爾先生所召示者為痛徹一貫而無偏礙矣。全書尚待細讀」〔註 111〕。對一向敬重的清末民初詩人黃節（吳宓尊呼其為晦聞師）因其熱衷「事功」也遭批讁，如：「準時上班，上下午均讀《黃詩注》，益覺黃先生乃一熱心愛國之事功經濟中人，其詩固是『以新材料入舊格律』，然言志述事之內容多，純粹之情感則甚缺乏，詩味甚稀薄而非詩人。且以思想論，亦偏於改革、革命、破壞，而未能洞明宇宙人生之大道理，未能看出中國文化之真價值，易言之，黃先生仍是梁任公，胡適一流，而遠不如吳芳吉之為真詩人，而身列屈原……陶潛……杜甫……之傳統中，即比梅村亦遠不及矣！」〔註 112〕

吳宓一生是詩人，解放後繼續寫作舊體詩，但對以詩表達政治思想的詩人卻很不待見。他批評林庚白：「庚白（「南社」詩人）自負其詩為能寫今時此地之生活者，又自詡為社會主義之詩人，然宓觀其詩殊不佳，政治思想有新意，而情、氣、工、力均不足以舉之。（以黃公度與碧柳比之，可見）」〔註 113〕；對以新社會的新觀點評價舊體詩也頗反感，如：「閱楊世驥《中國近代古典詩評論》一卷，甚不喜其全用新觀點，而詆諆舊詩人」〔註 114〕。

在批判黃節（晦聞）及林學衡（庚白）時，反覆以吳芳吉（字碧柳）為參照。吳芳吉是吳宓的清華同學兼好友，也是他寫詩、做人追羨的對象，在日記中，吳宓多次提到吳芳吉，尤其是在遭受打擊或人生挫折之時，常從吳芳吉身上尋求精神力量。1952 年 3 月 21 日的日記說，如果碧柳可比杜甫，那他自己則可比吳梅村。1960 年 1 月 19 日，吳宓又將吳芳吉與自己類比，認為兩吳生皆寶愛中國文化而尊崇孔子者。在吳宓眼中，吳芳吉幾乎是一個完人，「確是一偉大之道德家與偉大詩人，其偉大處在其一生全體之完整與

〔註 110〕吳宓：《吳宓日記續編》，北京三聯書店，2006 年，第 2 冊，第 587～588 頁。
〔註 111〕吳宓：《吳宓日記續編》，北京三聯書店，2006 年，第 3 冊，第 470 頁。
〔註 112〕吳宓：《吳宓日記續編》，北京三聯書店，2006 年，第 5 冊，第 48 頁。
〔註 113〕吳宓：《吳宓日記續編》，北京三聯書店，2006 年，第 7 冊，第 90 頁。
〔註 114〕吳宓：《吳宓日記續編》，北京三聯書店，2006 年，第 2 冊，第 112 頁。

堅實」〔註 115〕。吳宓有重要節日祭祀先人的習慣，祭祀對象都是他感恩之人，如祭祀先父和妻子，他一生唯一祭祀的友人只有吳芳吉；1954 年 11 月 28 日，吳宓生前對自己後事作安排，希望死後能葬在江津碧柳墓旁，墓碑上書「白屋詩人之友」，就感莫大安慰和榮幸。吳宓日記中留下了許多有關閱讀吳芳吉作品的記載，如讀《白屋吳生詩稿》《白屋書牘》《白屋家書》《碧柳日記》《白屋書信》《蜀道日記》，他將吳芳吉生前所有創作讀了個遍，且反覆研讀、吸收。如：「回舍，宓讀《碧柳日記》」〔註 116〕；「下午 1～3 讀《碧柳乙卯、丙辰日記》」〔註 117〕；「宓最愛讀柳先生 1934《青島海水浴場》詩，茲蒙默正抄示，錄下……論其文，則具『史詩之莊嚴』Epic grandeax；究其意，則是史筆之定讞。宓之所以推崇此詩者以此。近人之詩，惟碧柳有此精神，有此眼光，有此議論。」〔註 118〕吳宓重情守義，既是詩人，更是君子。

吳宓也讀毛澤東的著作，特別是在「文革」期間，讀了《毛澤東選集》《毛主席語錄》《實踐論》《矛盾論》《毛主席的青少年時代》、「老三篇」等。據記載，從 1965 年至 1966 年，中間各有一段時間幾乎是每天都讀《毛選》；1968 年反覆讀「老三篇」——《為人民服務》《愚公移山》《紀念白求恩》；1973 年經常讀《毛主席語錄》。「文革」期間全國人民只有兩個人的著作可以閱讀，一個是魯迅，一個是毛澤東。吳宓「文革」期間讀魯迅，但不對魯迅的藝術成就作任何評判；他讀毛澤東的著作，卻時有評說。毛澤東是偉大的政治家、思想家和詩人，吳宓對毛澤東著作的精彩之處也由衷佩服，如：「上午 8～12 上班，細讀毛澤東《實踐論》，確有所得，作成筆記」〔註 119〕；1966 年 6 月 25 日上午 8～10 點在古典組自讀《毛選》卷一 144～155 頁的內容〔註 120〕時被吸引折服，特地在書旁批註：「深佩毛主席之英明偉大」〔註 121〕，特有的時代語言竟也出現在吳宓筆下，表明吳宓的心悅誠服。

〔註 115〕吳宓：《吳宓日記續編》，北京三聯書店，2006 年，第 4 冊，第 258 頁。

〔註 116〕吳宓：《吳宓日記續編》，北京三聯書店，2006 年，第 7 冊，第 43 頁。

〔註 117〕吳宓：《吳宓日記續編》，北京三聯書店，2006 年，第 7 冊，第 54 頁。

〔註 118〕吳宓：《吳宓日記續編》，北京三聯書店，2006 年，第 2 冊，第 54 頁。

〔註 119〕吳宓：《吳宓日記續編》，北京三聯書店，2006 年，第 7 冊，第 20 頁。

〔註 120〕筆者查閱的人民出版社 1952 年第 2 版《毛澤東選集》第 1 卷豎排本第 144～155 頁的文章題目為《論反對日本帝國主義的策略》，主要闡述根據國內外形勢的變化，敵我雙方力量的不平衡狀態，認為中國革命戰爭是持久戰，提出中國共產黨當前的策略任務是建立廣泛的民族革命統一戰線，防止軍事冒險主義，建議把「工農共和國」口號改為「人民共和國」口號。

〔註 121〕吳宓：《吳宓日記續編》，北京三聯書店，2006 年，第 7 冊，第 470 頁。

吳宓是性情之人，面對50年代初的土改和鎮壓反革命，吳宓就敢於以「易主田廬血染成」的詩句加以嘲諷。對毛澤東的著作和他的一些做法，吳宓也有不理解的地方。如：「讀《毛主席語錄》，感覺甚生疏」〔註122〕；「續研《實踐論》。念古今東西哲學之偉大而奉此一冊為不易之真理、無上之精思，競事讚頌發揮，可笑尤可恥也」〔註123〕；「讀《重慶日報》及《人民日報》所載之施丁撰《焚書坑儒辨》一文。又新寄示毛主席近作詩一首〔註124〕。據此，秦始皇之《焚書坑儒》未可厚非，且應稱頌此舉也」〔註125〕；「《日知錄》卷二十九《外國風俗》條，記遼、金、回紇、匈奴等，其勝於中國之處，乃在於其風俗、制度之儉樸、純實、簡易、迨染華風，則亦衰矣。故金世宗力勖其國人力保故俗，毋得學習漢人風俗，以使其國得長久存立，不受侵伐。……宓按：此正同毛主席之教導，力戒勿染資本主義國家風俗，並極力杜絕修正主義，期長保中國之無產階級專政及國家之獨立。（按，毛主席之許多政策、辦法、指令、號召，似皆出於中國古書舊史，但諱言之，而新其名。）」〔註126〕。「文革」時期，吳宓日記也直言當時的文化政策是「焚書坑儒」，有著老一代知識分子的憂憤和清醒。

（二）博通中西，微言大義

1. 閱讀古典文學

吳宓是一個典型的「守舊派」，他的古典文學涵養深厚，相對於現代文學，古典文學才是他的正業和至愛。他的傳統文化功底精深，閱讀相當廣泛，幾乎每天都要安排、擠出時間，閱讀古典著作。吳宓讀古典書籍的範圍無所不包，無奇不有，只要能順手撈到的，都埋頭就讀。在他的日記裏記有的書目有：

《左傳》、《孱守齋日記》、《豆棚閒話》十二則、《楚辭章句》一套、《嶺雲海日樓詩集》原版四冊、《撫時集》及《風沙集》、《元白詩箋證稿》、沈德

〔註122〕吳宓：《吳宓日記續編》，北京三聯書店，2006年，第10冊，第450頁。

〔註123〕吳宓：《吳宓日記續編》，北京三聯書店，2006年，第1冊，第200頁。

〔註124〕應該指毛澤東1973年8月5日寫的七律《讀〈封建論〉呈郭老》：勸君少罵秦始皇，焚坑事件要商量。祖龍魂死業猶在，孔學名高實秕糠。百代多行秦政治，十批不是好文章。熟讀唐人封建論，莫從子厚返文王。

〔註125〕吳宓：《吳宓日記續編》，北京三聯書店，2006年，第10冊，第506頁。

〔註126〕吳宓：《吳宓日記續編》，北京三聯書店，2006年，第7冊，第139頁。

潛《清詩別裁》、王船山《讀通鑒論》、孟森《清史講義》、元曲《趙盼兒風月救風塵》、張孟劬先生《遯堪文集》、《資治通鑒目錄》、《蒹葭樓詩》、《唐詩別裁》、《居易堂集》、《石頭記真諦》、徐天閔《陶詩集注》、《散原精舍文集》、《漢魏百三十名家集》、《陶彭澤集》、《野史無文》、《青邱高季迪先生詩集》、《李滄溟先生集》、《明紀》、《明史紀事本末》、《明史兵志》、《審安齋詩集》、唐敬杲選注《顧炎武文》、《鏞憶》、《歷朝七絕正宗》、《李秀成供狀真本》、成都鉛印本《孽海花》原本、錢鍾書《宋詩選注》、周汝昌《紅樓夢考證》、章嶔《中華新史》（明代）、沉著《國文自修書》中《說文部首》、侯外廬編明末清初《陳確遺書選集》，及讀何文煥編《歷代詩話》第一冊（內收 1.梁鍾嶸《詩品》2.唐皎然《詩式》3、唐司空圖《詩品》）完；談《婉容詞》；讀明末清初張岱之《金匱續編》一過，疑非岱作；翻閱劉師培《中古文學史》；中午回舍注釋《古詩源・例言》完；中午讀唐玉虬《國聲集》；下午讀《西泠印社記》；夕讀《康熙字典》；晚讀《三國志・曹植傳》；晚讀《宴池詩錄甲集》；晚，讀《通鑒》卷二十一至二十二；晚讀《蒹葭樓詩》；晚，讀皮錫瑞《經學通論》（《書經》）；讀《清詩別裁》，早寢；讀《晉書》郭璞傳、葛洪傳，10：30 寢；上午翻讀《顧亭林詩集》二冊《審安齋詩集》一冊黃師《詩旨纂辭》二冊。等等。

此處例舉的只是一小部分。從中也能窺出一些秘密：吳宓閱讀的範圍廣泛，經史子集，無所不包。

吳宓看書廣、雜、多、全，且在日記中隨手記載，對自己欣賞的詩人和詩作也會由衷讚美，如：錢秉鐙「《田園雜詩》（五穀）十七首，清真自然，毫無矯飾，實得陶淵明之精神者。」〔註 127〕有時還會予以細緻的辨析評論，如：

比而論之，亭林陽剛，梅村陰柔，各具其美，一也。亭林詩如一篇史詩，梅村詩如一大部小說，二也。亭林詩如書經，梅村詩如《漢書》外戚傳及唐人小說，三也。亭林詩如《三國演義》，梅村詩如《石頭記》，四也。亭林寫英雄，而自己即全詩集之主角；梅村寫兒女，而深感並細寫許多、各色人物之離合悲歡，五也。亭林詩，讀之使人奮發；梅村詩，讀之使人悲痛。亭林之詩正，梅村之詩美，此其大較也。然二人者，其志同，其情同，其跡亦似不同而實同，不得以「亭林遺民、梅村貳臣」為說也〔註 128〕。

〔註 127〕吳宓：《吳宓日記續編》，北京三聯書店，2006 年，第 5 冊，第 259 頁。
〔註 128〕吳宓：《吳宓日記續編》，北京三聯書店，2006 年，第 3 冊，第 150 頁。

對顧炎武和吳偉業的詩歌分析體貼入微，準確到位，連續以小說或經史比喻顧吳二人之詩歌藝術、境界的不同，新穎、獨特，特別是由吳偉業的詩歌轉而聯結到他的人生，得出「然二人者，其志同，其情同，其跡亦似不同而實同，不得以『亭林遺民、梅村貳臣』為說也」，而替吳偉業翻案，論述途徑和結論都發前人所未發，顯示出吳宓獨到的藝術眼光和深厚的藝術涵養。而且，對自己喜愛的吳梅村，吳宓往往能從自身出發，予以精彩點評，如：「臥讀吳梅村七律詩，深悟其入清頌聖及懷古詩中之真意微旨」〔註 129〕。吳宓是感同身受，境同而心同！

對他一生鍾愛的《紅樓夢》，吳宓更是終生守護。據考校，吳宓從 14 歲起開始讀《石頭記》，一直到「文革」末期的 1968 年 74 歲高齡時仍在讀或憶《石頭記》〔註 130〕。解放後吳宓讀憶《石頭記》〔註 131〕，《續編》予以了明確記載：

1951 年 7 月 3 曰：又讀《石頭記》，泣涕不止。〔註 132〕

7 月 5 曰：下午臥讀《石頭記》，泣涕。〔註 133〕

1956 年 9 月 9 曰：偶翻《石頭記》，重讀抄家一段，流淚不止。〔註 134〕

1957 年 4 月 16 曰：續讀《石頭記》尤二姐一段，流淚不止。〔註 135〕

1958 年 8 月 8 曰：午飯後，未眠。讀《石頭記》，覺其中人物乃如父、碧柳、心一、彥等之一樣真實，開卷任意讀一段，涕淚交流矣。〔註 136〕

1962 年 10 月 13 曰：遂臥讀《石頭記》散段，直至涕淚橫流，覺心情悲苦、清明、安定始已。〔註 137〕

1964 年 11 月 5 曰：下午 1～5 讀《石頭記》二尤故事始末。又斷續翻閱至晴、黛之死，念蘭，流淚甚多。〔註 138〕

〔註 129〕吳宓：《吳宓日記續編》，北京三聯書店，2006 年，第 3 冊，第 281 頁。

〔註 130〕沈治鈞《平生愛讀〈石頭記〉——吳宓戀石情結摭譚》，《紅樓夢學刊》2010 年第 2 輯。

〔註 131〕吳宓曾說：「是《石頭記》，不是《紅樓夢》！《紅樓夢》是後人強加的！」轉引自張致強：《吳宓暮年點滴事——吳宓教授逝世二十週年祭》，《魯迅研究月刊》1997 年第 3 期。

〔註 132〕吳宓：《吳宓日記續編》，北京三聯書店，2006 年，第 1 冊，第 167 頁。

〔註 133〕吳宓：《吳宓日記續編》，北京三聯書店，2006 年，第 1 冊，第 168 頁。

〔註 134〕吳宓：《吳宓日記續編》，北京三聯書店，2006 年，第 2 冊，第 508 頁。

〔註 135〕吳宓：《吳宓日記續編》，北京三聯書店，2006 年，第 3 冊，第 54 頁。

〔註 136〕吳宓：《吳宓日記續編》，北京三聯書店，2006 年，第 3 冊，第 449 頁。

〔註 137〕吳宓：《吳宓日記續編》，北京三聯書店，2006 年，第 5 冊，第 447 頁。

〔註 138〕吳宓：《吳宓日記續編》，北京三聯書店，2006 年，第 6 冊，第 393 頁。

1966 年 1 月 15 曰：晚，久讀《石頭記》抄家前後若干回，與解放土改等比較，傷心落淚不止。〔註 139〕

2 月 19 曰：又讀《石頭記》八十三至八十七回，深為妙玉及黛玉悲痛，11 時寢。〔註 140〕

4 月 2 曰：宓在會中，心甚憤懣。回舍，讀《石頭記》三十七八回，乃略舒〔註 141〕。

1967 年 3 月 21 曰：偶讀《石頭記》，愈見其「極真、極慘、極美」，讀至林黛玉病深、焚稿等回，直不忍重讀，即在平淡閒敘處，亦感其精當細密，歎觀止矣。〔註 142〕

4 月 3 曰：讀《石頭記》43～44 回，流淚，覺甚舒適（宓此情形，少至老不異）。〔註 143〕

1968 年 1 月 29 曰：臨寢，遙拜於父之靈，兼對碧柳及蘭芳辭歲，行跪叩禮。（六十年前此日，方遭祖母喪，侍父鄉居，宓始讀《石頭記》未至半也。）〔註 144〕

除親炙《紅樓夢》原典，吳宓還積極投身於「紅學」講座〔註 145〕。1944 年，他去雲南大學、浙江大學（時在遵義）、四川大學、燕京大學（時在成都）巡迴作有關《紅樓夢》學術報告，曾轟動一時，「街頭巷尾都在談論《紅樓夢》」，成為當地重要的文化事件〔註 146〕。解放後，他反感被尊為「花瓶」到大會上作報告，為數不多的幾次學術報告，也大都與《紅樓夢》相關，如 1957 年 5 月 26 日 8～10 時在 3128 大教室給西南師範學院中文系三四年級學生做《紅樓夢講談》報告，1963 年 4 月 13 日爽快答應去重慶市政協文化俱樂部做《紅

〔註 139〕吳宓：《吳宓日記續編》，北京三聯書店，2006 年，第 7 冊，第 343 頁。

〔註 140〕吳宓：《吳宓日記續編》，北京三聯書店，2006 年，第 7 冊，第 377～378 頁。

〔註 141〕吳宓：《吳宓日記續編》，北京三聯書店，2006 年，第 7 冊，第 406 頁。

〔註 142〕吳宓：《吳宓日記續編》，北京三聯書店，2006 年，第 8 冊，第 75 頁。

〔註 143〕吳宓：《吳宓日記續編》，北京三聯書店，2006 年，第 8 冊，第 91 頁。

〔註 144〕吳宓：《吳宓日記續編》，北京三聯書店，2006 年，第 8 冊，第 367 頁。

〔註 145〕沈治鈞在《吳宓紅學講座述略》一文中（《紅樓夢學刊》2008 年第 5 輯）認為：在現代學術史上，吳宓是業餘從事《紅樓夢》學術講座的第一人，因他最早舉辦《紅樓夢》業餘講座，最早在海外針對留學生開設《紅樓夢》業餘講座，也是上個世紀舉辦業餘紅學講座場次最多的學者（據他考校和統計，20 世紀吳宓的紅學講座共 71 場）。

〔註 146〕《陝西省志·人物志》中冊《吳宓傳》，陝西人民出版社，2005 年，第 619 頁。

樓夢與世界文學》講座，1963 年暮春應重慶市川劇院二團之邀做「晴雯故事之改編」的知識普及與業務指導。1972 年 11 月 4 日，中文系政治學習，且有解放軍某領導參加，中間休息時，有人詢問吳宓「《紅樓夢》之價值何在？」吳宓逕自回答：「在能描寫封建貴族家中人性（尤其婦女習性）之真實」〔註147〕，當時，「人性」一詞已屬禁區和雷區，但吳宓卻堅持紅學的人性觀。吳宓日記還存有他對《紅樓夢》的見解，如：「晚，讀 1955 影印本《高蘭墅（名鄂，滿族，鐵嶺人）集》僅有文三篇、詩一首，詞四十四首，八股制藝三篇。均庸劣，不足取」，「據此，則高鶚僅在《紅樓夢》全書 120 回（程本）付刊時，參與校訂之一人耳。續撰四十四回之說，不攻自破。」〔註 148〕

吳宓讀書往往有意忽略作品的藝術技巧，而將目光投向思想層面，並常聯繫現實社會和政治境況，以古觀今、以古喻今、以古鑒今，如下面的記載：

述近日讀魏晉南朝史，專究諸名士所以得禍而不克苟全之故，然以嵇康之正命達道，與謝朓之險仄反覆，其中大有分別，可以等別者也。又以某公誠命世之英雄，顧其閱理操術，多得力於中國舊書，而其精神行事，甚似創教之教主若穆罕默德一流人，即自信代天受命，為億兆君師，拔乎流俗之上，如拜倫詩所謂突入雲端之孤峰，寂獨在所不免者矣云云〔註 149〕。

晚，翻閱《儒林外史》全書一過，夜半始寢。宓年十六讀此書，今年六十二重讀之，乃更覺其佳，略記所感如下：（1）我中國以古聖先賢之教澤，一般人之道德觀念甚強。中國舊文學誠如歌德所稱讚，皆有裨於道德之作，於所謂世道人心者三致意焉。即如《儒林外史》，今所推為諷刺小說之巨擘者，然《儒林外史》作者之觀點，非「無道德的」，更非「反道德的」，乃是「道德」的。……又《儒林外史》作者諷刺科舉制度……科舉之毒，與專制之威，止此。豈若今中國解放六年，全國無男女老少之人，上至名流宿學，莫不規規焉誦述馬、恩、列、斯以及毛主席之書，談講政府所發、報章所載之文件，於其思想內容、文字體裁摹仿追步，莫敢或違，又莫敢稍有出入。嗚呼，明太祖之□□□□如彼，使生今日，必當驚目咋舌，自歎望塵莫及〔註 150〕。

10～12 至文科圖書館讀鄧之誠編撰《清詩紀事》八卷，惜止於康熙中年。

〔註 147〕吳宓：《吳宓日記續編》，北京三聯書店，2006 年，第 10 冊，第 218 頁。
〔註 148〕吳宓：《吳宓日記續編》，北京三聯書店，2006 年，第 10 冊，第 282、283 頁。
〔註 149〕吳宓：《吳宓日記續編》，北京三聯書店，2006 年，第 1 冊，第 550 頁。
〔註 150〕吳宓：《吳宓日記續編》，北京三聯書店，2006 年，第 2 冊，第 166～167 頁。

然亦可見當時政治受禍之酷，與文字科罪之嚴。其過程則先鬆後緊，與近今同〔註151〕。

與友人小酌並恣意談讀書體會，是吳宓晚年人生中不可多得的享受，且此種情況只出現在建國後不久還相對較寬鬆的環境之中。如第一段引文就是在1953年11月28日晚與朋友朱寶昌「共酌」時發生的：由自己讀魏晉南北史的體會，談到那個「諸名士所以得禍而不克苟全」的時代，並將嵇康與謝朓二人作了人格高下的評判，更絕的是接下來對「某公」的「精神行事」甚似宗教之創教之主，「自信代天受命，為億兆君師」的驚世駭俗之論，言一般人所未能言。而第二、三段引文由讀《儒林外史》和《清詩紀事》，將現今的文化政策與明太祖和康熙時期的「文字科罪」相提並論，體現出吳宓「以古說今」的慣有策略。

吳宓閱讀古典文學也常聯繫自身實際，以自己的人生體驗和文化旨歸去理解作品，如：「凡書之影響，只視讀者個人之品性而異。若宓讀《金瓶梅》，只感覺現實人物及生活之可憎可厭，男女淫樂之傷身耗精而無趣味，國家社會風俗敗壞之不可挽救，終以佛教真理之為立身安命惟一良方而已。」〔註152〕他讀《金瓶梅》側重小說的內容指向，注重對「男女淫樂」的批判，回歸對「佛教真理」的精神皈依。

同時，吳宓還借讀書體會談及到對當時的讀書風氣、學生教育以及大學圖書館的看法，如：

今日討論蘇軾文《李氏山房藏書記》，眾對「書籍」及「讀書」加以痛詆。遇學生之稍勤學業者，則指為該生「好讀書」之罪與教師引導不善之責，由是知□□□之有意消滅中國及全國世界之文化，實無可疑〔註153〕。

皆注重政治思想之要求及標準，務圖避免中國古典文學對學生之惡影響……又古典文學教師，必須多讀現代文學作品，如小說《紅岩》及《創業史》等，此亦思想改造者所必當行之事，云云〔註154〕。

圖書館近頃之改革，如大量剔除、封存所謂有毒害之書籍（如《海外繽紛錄》及張恨水著小說），並批判不應接受某項捐贈之中西書籍（封建道德、忠孝及佛教道教之書）等〔註155〕。

〔註151〕吳宓：《吳宓日記續編》，北京三聯書店，2006年，第7冊，第399頁。
〔註152〕吳宓：《吳宓日記續編》，北京三聯書店，2006年，第1冊，第164頁。
〔註153〕吳宓：《吳宓日記續編》，北京三聯書店，2006年，第4冊，第461頁。
〔註154〕吳宓：《吳宓日記續編》，北京三聯書店，2006年，第7冊，第40頁。
〔註155〕吳宓：《吳宓日記續編》，北京三聯書店，2006年，第7冊，第105頁。

由談讀書風氣，「罪」及當時的文化政策；對政府只強調和重視「現代文學作品」的做法也有微詞；對圖書館的做法不以為然。這些讓我們看到了當時時代的剪影，不僅有學術價值，還有珍貴的文獻價值。

值得深思的是，最後伴隨吳宓的書竟是《辭源》，他逐一按照部首順序，將漢字的音形義仔細咀嚼品味，並做成筆記。「1970 十月始讀，至 1973 十一月二十日讀畢。其下冊 1334 頁，1973 四月二十六日始讀，約歷七個月而畢」〔註 156〕。面對不可逆轉的漢字簡化趨勢，《辭源》竟成了他最後的精神支撐。他孤獨而又饒有興味地埋首《辭源》之中，回憶起幼時父親對他識字的啟蒙，流連於漢字造化之工，欣賞著漢字的美麗。

2. 閱讀外國文學

吳宓的博學不僅體現於古典文學，也表現在他外國文學領域的精深。共和國時期，吳宓對外國文學的閱讀也相當廣泛，如讀《復活》(《心獄》)《悲慘世界》《海上勞工》《葛朗臺》《孤星淚》《Help to the study of the Bible》《阿拉貢詩文抄》《世界現代史》《西洋哲學史簡編》，讀阿拉貢《論約翰・克利斯朵夫》，夕晚讀希克梅特《土耳其的故事》(三幕劇)，完大圖書館讀《錢達爾短篇小說集》，晚讀《水仙花》，讀傅雷譯《高老頭》，歸讀周啟明譯《浮士澡堂》，重讀《白璧德與人文主義》，校閱《拜倫詩選》等等。

吳宓讀外國文學與讀現代文學及古典文學相似，有「為思想而談藝術」的做法，如對艾略特文藝論文的見解：「艾略特認為純粹的圖式是資產階級藝術衰敗的一個象徵。(1) 書生氣的語言是不得人心的「純」藝術；(2) 自然主義的語言也是不得人心的社會學的藝術。它們應共同建立為一種既文學又口語的語言。艾略特只是反映了文學界知識分子的流派以及它們無助、無望、絕望和不安的心態。」〔註 157〕對紐約 1952 年《科學與社會》季刊上所載羅賽爾・阿姆斯論艾略特藝術的論文所作的有是有非、涇渭分明的點評：「艾略特認為衰敗之途徑有二：一是對形式的極端推崇；二是對形式和技巧的破壞。甚是，而謂取而代之者應為『共產主義的、勞動人民的新的和健康的藝術』則非矣。」〔註 158〕一旦聯想到政治性作品，吳宓總是壓抑不住，直接批評。

吳宓讀書重內容，不重藝術，在讀 Blyht《英國文學史》的筆記中體現得

〔註 156〕吳宓：《吳宓日記續編》，北京三聯書店，2006 年，第 10 冊，第 527 頁。
〔註 157〕吳宓：《吳宓日記續編》，北京三聯書店，2006 年，第 1 冊，第 461 頁。
〔註 158〕吳宓：《吳宓日記續編》，北京三聯書店，2006 年，第 1 冊，第 460 頁。

更為明顯：

續讀 Blyht 書（《英國文學史》）。按作者此書純由其個人之觀點寫成，論莎士比亞及菲爾丁極精闢，如舉 Tom Jones 書中一段，Tom 方以理想高尚純粹之愛，懷念 Sophia，自誓必無二心，適於此時，Molly 來前，片刻交談，遂與苟合。作者謂 Fielding 深明男女之心情及行事之真際者，方能寫得如此，云云。宓按，寶玉與襲人數載同居，而以理想之愛對黛玉，正與此同。※作者又謂 Love 與 Pride 人皆具有。但甲多則乙少，互為消長。按昔年宓函彥約，Pride is the enemy of Love，即是此義。作者對男女愛情之看法，甚似 Hardy，兩盲人互捉迷藏之說。不取 Chaucher，Spenser，Pope，Tennyson 等，而痛斥 Burke 與 Arnold 則以作者無白璧德師等悲天憫人、熱心救世，與保存、擁護人類文化道德宗傳之毅力弘願故耳〔註 159〕。

這裡既有對作者文學史書寫的點評，還有借題發揮自己的人生思考和總結。這樣的閱讀特點在下面的讀書筆記裏也表現得直接、充分：

至於柏拉圖《語錄》之內容，其精思至理，必待世已極衰大亂，人已身歷浩劫、窮愁危苦之際，方能讀之得益，方能深徹瞭解，方知其所言既高尚又切實，而讀之不忍釋手也〔註 160〕。

宓讀此新聞，自悲屈辱苟活，同於帕氏及其書中之日瓦戈醫生。而宓一己理想之高潔是否勝過日瓦戈，亦不敢言，但卑屈與怯懦，則實與彼同耳〔註 161〕。

下午讀 Oblomov 完。以宓與 Oblomov 比較，所感如下，（1）心地純潔，天性仁慈而忠厚，堅持理想道德，不為物慾所誘。又雖經歷憂患艱難，而仍富於同情心，不吝助人。以上為兩人相同處，在其人之本質及天賦。（2）宓較富生活力，意志較強，才能較廣，故除戀愛與婚姻而外，尚有其他多方面之事業及活動。（3）Oblomov 之悲觀、消沉、頹廢、病歿，固由其人之性格，但據評者所言，實由世變之所趨……然 Oblomov 與作者 Gonchalov，幸其生尚早，不獲見 1917 十月革命及以後之事，而宓竟身歷目擊心感 1949 中國解放及其後之種種，迄今十年，猶未能安息長眠於地下，此則是更大之國變與世變，而宓之痛苦乃十百倍於 Oblomov，此繫於時勢與境遇者矣。其他零星所感尚多，不悉記〔註 162〕。

〔註 159〕吳宓：《吳宓日記續編》，北京三聯書店，2006 年，第 6 冊，第 299 頁。
〔註 160〕吳宓：《吳宓日記續編》，北京三聯書店，2006 年，第 2 冊，第 168 頁。
〔註 161〕吳宓：《吳宓日記續編》，北京三聯書店，2006 年，第 3 冊，第 546 頁。
〔註 162〕吳宓：《吳宓日記續編》，北京三聯書店，2006 年，第 4 冊，第 135 頁。

帕斯捷爾納克及主人公日瓦戈醫生的受難者身份和人生，均引起吳宓強烈的人生共鳴，19 世紀俄國批判現實主義作家岡察洛夫及其筆下的奧勃洛摩夫形象，更引發吳宓的身世之歎和悲。

（三）自鑒與鑒世：吳宓閱讀的特點

吳宓一生酷愛讀書，進入新中國以後，有的是強制，更多是自願，讀書更甚，除了古典文學與外國文學著作，連他一向不太以為然的現代文學作品和政治類書籍，也願意認真一讀。那麼，吳宓的讀書活動有什麼特殊意義和特點呢？

1. 讀書以自樂自遣

解放初期，吳宓在西南師範學院外語系和歷史系的課務較多，加之各種應接不暇的政治學習和政治運動，他的讀書時間相對有限，但無論多忙，他總要擠出時間去讀書；後來特別是「文革」以後，吳宓上課的權利被剝奪，成了「閒人」，吳宓讀書的時間就充裕一些，讀書的量也就非常大。可以說，讀書幾乎成了吳宓生活的支撐與依託。如果說他是教授、名人、學者，似乎都缺乏一些事實依據，是教授但不准他上課，是文化名人但不受尊重，是學者但沒有著述，說他是一個讀書人，似乎還準確些。首先，讀書不僅助他消磨時光，更帶給他莫大的身心愉悅與享受，如：「讀嚴幾道書札（七十五）『然君子處草昧變化之時，要常有樂天知命之學。生老病死，時至後行。』又補錄（二）『故西人……者矣。』此宓今日之所感者也」〔註 163〕；「借來《今古奇觀》讀之至深宵，萬感叢生」〔註 164〕；「宓隨意翻閱《石頭記》。真感覺宓亦已出家為僧，超塵離俗者」〔註 165〕。

在 1967 年「文革」武鬥期間，吳宓幾乎被人遺忘，這對他來說卻是莫大的幸事，他躲在小樓自成一統，樂得讀書，乃至 12 月 28 日在本組檢討會上，吳宓不無自得的自擬：「當武鬥最激劇之時，宓猶以靜讀中國舊文史之書自樂自遣，故堅持愛好中國舊封建主義之學術文藝，乃是宓有之私，而當努力克服、消去者也。」〔註 166〕看似檢討，實則自負；與朋友也有類似的交流，「軍謂，我輩必須沉默寡言，在舍盡可恣意自讀古書，云云。」〔註 167〕

〔註 163〕吳宓：《吳宓日記續編》，北京三聯書店，2006 年，第 3 冊，第 266 頁。
〔註 164〕吳宓：《吳宓日記續編》，北京三聯書店，2006 年，第 2 冊，第 86 頁。
〔註 165〕吳宓：《吳宓日記續編》，北京三聯書店，2006 年，第 10 冊，第 287 頁。
〔註 166〕吳宓：《吳宓日記續編》，北京三聯書店，2006 年，第 8 冊，第 336 頁。
〔註 167〕吳宓：《吳宓日記續編》，北京三聯書店，2006 年，第 7 冊，第 221 頁。

吳宓的好心境也多與讀書有關，如「宓休暇時之最大快樂，厥為靜讀中西文學古籍與名著，尤以描寫男女愛情之詩與小說為最。」〔註 168〕

吳宓的讀書不僅是「樂身」與「樂心」，還有更高一層的認知，即宣示對保存、發揚中國傳統文化的決心與志願，如：「宓之『保存中國文化』之宏願；宓之守先待後之意；宓每日必讀舊書，可使『心曠神怡』之習慣。」〔註 169〕

吳宓的讀書還帶著研究的志趣與旨趣，如：「下午，寢息。讀《史記》。近年宓之感覺，不但讀書最樂，開卷有益身心健康，而且中國之經史子集，下至詩詞小說，任何部分，宓偶費時力不多，稍事研讀，即有心得，若繼續用功，定可獲發明與結論，惟傷古稀之年，時不我待，讀書之快樂與成績皆不得享有耳。」〔註 170〕這種「稍事研讀，即有心得」，但又不能自由讀書、寫作，感覺「時不我待」的感受，是共和國時期民國「過來人」的共同況味，也是時代、國家和民族的悲哀。

如不能讀書，無疑宣判吳宓的「死刑」，會讓他食之無味，寢之不安。如在 1955 年 2 月，吳宓實在無時間讀書，他對此痛苦不已，且看他的自述：「至乃每日無時休息，每夕不外出散步，朋友書信斷絕不復，詩不作，課外之書不讀，更不親聖賢典籍、古典名著，於是志愈摧、氣愈塞、情愈枯、智愈晦、神愈昏、思愈滯，而身愈瘦、肢愈弱、目愈眩、髮愈白、容愈蹙、膽愈怯，尚為不足重輕者矣！」〔註 171〕以一連串言簡意賅的排比句，形象地傳達出了不能讀書對其身心的雙重戕害！

2. 讀書以醫治受創的心靈

孫犁在其《書話》中對國人的讀書心態和效用有過很好的說明：「中國人的行為和心理，也只能借助中國的書來解釋和解決」，「書無論如何，是一種醫治心靈的方劑。」〔註 172〕並有自己切身的讀書體會之談：「近日友人送前後出師表字帖一本，翻到：『親賢人，遠小人，此先漢之所以興隆；親小人，遠賢人，此後漢之所以頹敗』一節，掩卷唏噓，幾至流涕。」〔註 173〕

孫犁的「書無論如何，是一種醫治心靈的方劑」的說法，實際上也是說

〔註 168〕吳宓：《吳宓日記續編》，北京三聯書店，2006 年，第 5 冊，第 516 頁。
〔註 169〕吳宓：《吳宓日記續編》，北京三聯書店，2006 年，第 3 冊，第 357 頁。
〔註 170〕吳宓：《吳宓日記續編》，北京三聯書店，2006 年，第 6 冊，第 61 頁。
〔註 171〕吳宓：《吳宓日記續編》，北京三聯書店，2006 年，第 2 冊，第 132 頁。
〔註 172〕孫犁：《孫犁書話》，北京出版社，1996 年，第 26 頁。
〔註 173〕孫犁：《孫犁書話》，北京出版社，1996 年，第 42 頁。

吳宓的。吳宓曾在讀阮籍詩歌時說過：「讀阮嗣宗《詠懷》詩自遣」〔註 174〕。吳宓歷經坎坷，「文革」期間更是備受折磨與摧殘，在日記中他反覆表達過「棄世」「求速死」的想法。每當他在現實生活之中遭受不住、挺不住的時候，只有從朋友或讀書中才能尋找到精神的支撐與心靈的安慰。如：「宓讀浙人陳琳所編《楹聯新集》中錄曾文正公所作聯云：丈夫當死中求生，禍裏得福。古人有困而修德，窮則著書。錄以自警勖」〔註 175〕

吳宓讀書時是全身心的投入，如：「宓讀《亭林文集》，流淚甚多」〔註 176〕。在遭受人生困厄之時，是讀書緩解了吳宓的心理壓力和情緒，如：

1965 年 3 月 18 曰：午飯後，重讀吳梅村七古詩，涕淚滂沱〔註 177〕。

1965 年 10 月 14 曰：復閱《古今繡像小說》四篇，為書中人之仁情義氣所感動，流淚甚多。至 11 時，乃寢，猶不思睡〔註 178〕。

1971 年 1 月 29 日。朗誦（1）王國維先生《頤和園詞》（2）陳寅恪君《王觀堂先生挽詞》等，涕淚橫流。久之乃舒〔註 179〕。

1971 年 2 月 19 曰：晚，讀《吳詩集覽》（七古）感動流淚〔註 180〕。

甚至通過閱讀自己的著作，來追憶往昔，尋求慰藉。從 1941 年 10 月直至去世，吳宓常讀自己的作品，「讀之感泣」；又從別人處借閱《學衡》，「真不辨是真是夢，是生是死，是今是昔矣。」「異感叢生」，「如死人重生，舊境入夢者。更不勝百感刺心矣。」1954 年底，他又不斷翻閱自己的日記，12 月 17 曰：「是晚讀宓居昆明之日記至深夜」；1954 年 12 月 18 曰：「終日讀宓日記直至深夜，如真如夢，亦喜亦悲。憧然回思，今者人間何世，此生人之同日記，乃不異數千年之古史矣。（以中國之文化、禮俗、社會，已全消亡也）」；12 月 19 曰：「三時頃回舍，宓又讀宓日記」〔註 181〕。從「晚讀」「終日讀」「直至深夜」，可以看出吳宓對自己日記的喜愛，日記成了他的心理寄託。吳宓的詩集也是他解憂、舒壓的另一個渠道，如：「一部《吳宓詩集》與多年之吳宓日記，僅成此一下愚可憐之人之寫照」；及「上午 8～11 讀《吳宓詩集》卷末

〔註 174〕吳宓：《吳宓日記續編》，北京三聯書店，2006 年，第 1 冊，第 513 頁。
〔註 175〕吳宓：《吳宓日記續編》，北京三聯書店，2006 年，第 1 冊，第 104 頁。
〔註 176〕吳宓：《吳宓日記續編》，北京三聯書店，2006 年，第 3 冊，第 253 頁。
〔註 177〕吳宓：《吳宓日記續編》，北京三聯書店，2006 年，第 7 冊，第 77 頁。
〔註 178〕吳宓：《吳宓日記續編》，北京三聯書店，2006 年，第 7 冊，第 249 頁。
〔註 179〕吳宓：《吳宓日記續編》，北京三聯書店，2006 年，第 9 冊，第 178 頁。
〔註 180〕吳宓：《吳宓日記續編》，北京三聯書店，2006 年，第 9 冊，第 195 頁。
〔註 181〕吳宓：《吳宓日記續編》，北京三聯書店，2006 年，第 2 冊，第 83 頁。

《餘生隨筆》《空軒詩話》一過，感動流淚甚多。」〔註 182〕當吳宓一次又一次在孤寂中翻開自己的日記和詩集，長時間沉浸過去的回憶裏，百感交集，如夢如幻，反覆咀嚼，不忍釋卷的時候，也是他走入自我封閉的心靈世界，慢慢舔傷口、療傷的時刻。

從吳宓那多情善感、憂傷、自信，以及神經質的病態中，可以看他日記的另一層意義和價值：自我治療。依靠日記這種「自我觀察的慣常藝術」，創造一種自我理解。一般說來，日記是誠實的自我，借助對所記錄的生活經驗的領悟與回想，可為以後的生命提供精神的支撐。日記還有自我發洩、排解的功能，這對吳宓而言尤為重要。日記讓吳宓實現了與歷史對話，與自己對話，緩解了精神的緊張，使其不至於瘋狂或者自殺。1966 年 9 月 2 日，他所珍藏的全套《學衡》、《吳宓詩集》26 部、《吳宓日記 1910～1966》、吳宓詩文稿筆記，以及其他書物（生活資料、旅遊畫片、畢業證書、有關戀愛書刊、西洋名畫等）等等皆被紅衛兵悉數擄去，他痛不欲生、雖生猶死。他藏在同事兼好友陳新尼家中的己丑日記、庚寅日記（1949，1950）各 1 冊，當風雲突變時，為懼禍，陳也焚毀不留。吳宓自認為這兩冊日記寫的是驚心動魄，天翻地覆之情景，附有他所作之詩及諸知友之詩詞甚多且佳，外無存稿，至為可惜。他的日記被沒收後，他感覺自己的生命、感情和靈魂都已消滅了，只留著一具破機器一樣的身體在世上，忍受著寒冷與勞苦，接受譴責與懲罰，過一日是一日。在此後很長一段時間，吳宓都沒能從「失書」的陰影中緩過神來，一直過著渾渾噩噩、行尸走肉的生活。

也許是自感著述甚難，而不得不敝帚自珍的緣故，也許是他對自己著作的價值也有一份自信在。吳宓非常珍惜自己的日記和藏書，如果借閱者稍不愛惜護他的書籍，他就會直言直言不諱地批評，甚至是苛求，如：「還宓所索《吳宓詩集》一部，不遵宓囑，不包紮，而夾於脅下，不免折污，封皮都破，宓甚不悅，益知笛缺乏誠敬，非真心好學之人也！」〔註 183〕他還隨時編訂或校讀自己的作品，如 1967 年 10 月 29 日上午編訂 1942～1944 宓詩集（卷十四《南渡集》之最後一段）；11 月 11 日待唐昌敏來用針線將《雨僧雜著》釘成一冊；1973 年 1 月 21 日求孫荃為縫釘《吳詩集覽》；3 月 10 日校讀 1913 癸丑暑假《雨僧著短篇小說》。

〔註 182〕吳宓：《吳宓日記續編》，北京三聯書店，2006 年，第 10 冊，第 345 頁。
〔註 183〕吳宓：《吳宓日記續編》，北京三聯書店，2006 年，第 1 冊，第 223 頁。

3. 道德主義的讀書觀

吳宓極為重視文學與道德的關係。在他為電影明星阮玲玉所作的《弔秋娘》一詩及其早年日記中，他曾以「東方安諾德」自況〔註 184〕（英國批評家馬修·阿諾德認為，作為文化的核心部分，高尚的文學在塑造和完善人性方面，更是具有不容忽視的作用）。對文學與人生（包含道德）的關係，他作過如下明確表述：「文學以人生為材料，人生藉文學而表現，二者之關係至為密切」〔註 185〕。他從文學裏找尋道德的「理想城邦」。借用梅納迪為《湯姆·瓊斯》作序的內容，吳宓為一本優秀小說開具了六個條件，而被他排在首位的就是小說題旨的「宗旨正大」〔註 186〕，且每提及此，都興致盎然。

無論是解放前，還是解放後，吳宓始終圍繞文學道德這個中心。他判斷「寫實小說」成功與否的重要標準就是作品主旨所達到的層次，對符合真、善、愛的小說不吝讚美，如 1925 年在《學衡》第 39 期評論楊振聲的長篇小說《玉君》:「此書作者敢為長篇，注重理想，以輕描淡寫之筆，表平正真摯之情」〔註 187〕；在 1933 年 4 月 10 號的《大公報·文學副刊》上，他稱讚《子夜》為「近頃小說中之最佳之作也」。他無法接受那些描寫灰色人生或揭示扭曲人性的寫實小說，把它們與黑幕文學、鴛鴦蝴蝶派文學混為一談，指責它們「好色而無情，縱慾而忘德」〔註 188〕。解放後，他也拿著「有益中正深厚之人生觀之培養」這一標尺，衡量作品的價值。每言文學必涉道德，以致他的好友溫源寧不無調侃地評論道:「你常常搞不清他是在闡釋文學問題呢，還是在宣講道德」〔註 189〕。因此，吳宓的文學道德觀曾受「道學」的「迂腐」之譏。其實，吳宓對文學與道德關係的探究，不只是傳統的，也是以西方人文主義思想為核心內容，主要是建立在對現代社會、現代人所處境遇之認識上，基於他對文學所負使命的深入理解。他試圖借助於文學潛移默化的力量來完善現代人性，探尋現代人性的出路，實現人類的自我拯救。

〔註 184〕吳宓:《吳宓日記》，北京三聯書店，1998 年，第 3 冊，第 252 頁。

〔註 185〕吳宓:《文學與人生（一）》，《大公報·文學副刊》，1928 年 1 月 9 日。

〔註 186〕吳宓:《文學與人生》，清華大學出版社，1993 年，第 27～28 頁。

〔註 187〕嚴家炎:《二十世紀中國小說理論資料（二）》，北京大學出版社，1997 年，第 391 頁。

〔註 188〕吳宓:《論寫實小說的流弊》，見嚴家炎編《二十世紀小說理論資料（二）》，北京大學出版社，1997 年，第 286 頁。

〔註 189〕溫源寧:《吳宓先生其人——一位學者和博雅之士》，見黃世坦編:《回憶吳宓先生》，陝西人民出版社，1990 年，第 22 頁。

1935年9月1日，沈從文在《大公報·文藝》發表了小說《自殺》，吳宓看後很不高興，認為小說寫劉習舜教授的戀愛、自殺，是在影射自己。沈從文對此予以否認，為此還專門寫了一篇《給某教授》刊於9月15日的《大公報·文藝》，公開作答。沈從文說吳宓：「您看書永遠只是往書中尋覓自己，發現自己，以個人為中心，因此看書雖多等於不看（難怪書不能幫助您）」，「您在生活上和心靈上的悲劇，也許是命定的，遠近親疏朋友皆無法幫忙的。」〔註190〕可謂一語中的，說到了吳宓讀書的點子上。

如果認為吳宓的讀書只限於個人悲喜的小天地，那就小瞧吳宓的精神境界了。吳宓在讀書中，小則為朋友鳴不平，至性至情，如「讀《人物》雜誌林異子撰痛詆漱公文，實誣，可恨」〔註191〕；大則從國家、民族層面去思考。如：「然自1964春以來，加強階級鬥爭，階級觀點，批判吳晗，評斥《海瑞罷官》，只是教我們如何認識歷史、文學，即是『封建社會，地主官僚階級，從來無一好人，無一好事』，勖我們如是想、如是說而已，云云。」〔註192〕「讀書」也是治學。由書籍文字之工，求鍛鍊心智，察辨事理，進而治國安民，從政治軍，興業致富。其技術方法之取得與熟習，以及藏息精神、陶冶性情，其根本訓練與培養，莫過於讀書。這也是吳宓的夫子自道。

對讀書觀，讀書的方法，讀書的效用，1955年10月7日，吳宓有過「夫子自道」：「宓按中西古來皆重誦讀古籍名篇，就文字精心用功，故名治學曰『讀書』。蓋由書籍文字之工夫，以求鍛鍊心智，察辨事理，進而治國安民，從政治軍，興業致富。其技術方法之取得與熟習，以及藏息精神、陶冶性情於詩樂畫諸藝，其根本之訓練與培養，莫不自文字中出也。近世妄人，始輕文字而重實際勞動與生活經驗，更倡為通俗文學、『白話文學』之說，其結果，惟能使人皆不讀書、不識字、不作文，而成為淺薄庸妄之徒。」〔註193〕讀書即是「治學」，「治」個人生命之「學」，「治」人情世事之「學」，「治」國家、民族、文化之「學」，三者在吳宓這裡是有機統一、不可分割的。

〔註190〕沈從文：《給某教授》，《沈從文全集》，北嶽文藝出版社，2002年，第17卷，第194頁。

〔註191〕吳宓：《吳宓日記續編》，北京三聯書店，2006年版，第1冊，第64頁。

〔註192〕吳宓：《吳宓日記續編》，北京三聯書店，2006年版，第7冊，第338頁。

〔註193〕吳宓：《吳宓日記續編》，北京三聯書店，2006年版，第2冊，第286～287頁。

教育篇

吳宓的一生跨越了清末、民國與新中國三個時期，整個人生都充斥著國家的戰亂與政治的動盪。同時，他又處在一個「舊學」逐漸沒落而西方文明傳入中國並愈演愈烈的年代。他所面對的不僅僅是政治上的改朝換代，更是中國傳統文化與學術在世界文明之風的吹拂下發生巨大轉型的時代。此時的中國剛剛邁出了西式現代化教育的第一步，在學習歐美的道路上亦步亦趨，對民主思想和西方教育制度有著深刻瞭解和個人見解的吳宓，在教育實踐中對中國教育的走向和實踐產生了一些新的想法，並形成了系統的教育思想。解放後投身於新中國教育事業的他自然也逃不過一波又一波洶湧襲來的社會浪潮。國家對教育事業的干涉和壓力一次又一次地攪動吳宓敏感的神經，使他在新的崗位上戰戰兢兢。不同的文化認同和教育理念使吳宓與新中國的政策漸行漸遠，最終化作一尊堅毅的銅像。孑然獨立於世界，用沉默守護一名學者的尊嚴、以及他所摯愛的傳統文化。

一、吳宓的教育人生

自從西方列強用炮火轟開了中國的大門，西方學術隨著堅船利炮一起逐漸傳入中國，掀起了一股「西學東漸」的浪潮，隨後激蕩在全中國的「新文化運動」更是刺痛了整個中國社會敏銳的神經，中國傳統學術在風雲突變的政治環境下被迫實現了從傳統到現代的艱難轉型。在這個過程中，外部因素起到了極大的推動作用，使傳統的信仰、價值觀等發生了巨大的震盪，這使得極不情願發生任何變化的中國傳統學術的維護者們產生了強烈的危機感。解放後，新中國一改民國時期模仿歐美的路數轉而學習蘇聯，新的政策與機械的模仿使得中國學術在這一時期遭到重創，中國傳統學術遭到了毀滅性的打擊。

吳宓正經歷了中國學術轉型的整個過程，在風雲迭起的大環境下，吳宓是兩難的，他的學術立場總是與社會風潮格格不入，特別是新中國成立後，政治的高壓擄走了學術的自由，而吳宓作為一個有著獨立思想的教育家與中國眾多學者一樣，經歷了時代的洗禮和浩劫。

作為一個新舊交替時代的產物，吳宓自少年起便接受了「新」「舊」混雜的教育，並在對中外文化的不斷接受和領悟中產生了融匯「新」「舊」、中西的念頭。從留學時期開始，受白璧德新人文主義影響極深的吳宓，便把將孔孟之道與新人文主義推行於全世界作為自己的終身事業。這一理想使他在政治運動大潮中成了一個特立獨行的人，他艱難地「固執己見」，逆勢而行。從在東南大學任教開始，吳宓便守住了大學講堂與《學衡》雜誌兩大陣地，將自己的文化理想與學術追求揮灑在熱愛的土地上、灌輸給嗷嗷待哺的學子。他試圖通過宣講學術與輿論造勢這兩種方式保存文化傳統，傳播西方文明，同時宣揚自己的政治、文化主張。在大學講堂上，他神采飛揚條理明晰，用他高潔的品德和豐富的學識吸引了無數學子，他完整有序的將文化知識與學術理念傳播給年輕一代學者，並用人格魅力感染著他們對傳統文化的摯愛；而《學衡》雜誌的創辦則提供了一個在新文化傳播中保留自己聲音的陣地。他將「論究學術，闡求真理，昌明國粹，融化新知」作為創刊宗旨，試圖對中西文化進行新的整合。

吳宓的教育思想形成於求學時期，成熟於清華國學院時期。少年時期，他便樹立了高遠的教育理想。在宏度學堂求學期間，就已經嘗試結合自身處境瞭解並思考中國教育的問題，而考入清華學堂之後，他對教育的思索更為自覺。彼時的吳宓根據學校所聘教員的學術水平及品德優劣而形成了對大學教師聘用資格的初步思考；而 1911 年由於清華學堂教務長一職即將被美國人得之這一傳聞，也引發了吳宓對中國教育獨立性問題的思考。在美國的學習生活開拓了他的學術視野，使他不僅學到了很多西洋學術知識，也瞭解到美國大學制度和教育理念。在清華國學研究院以及三次遊學歐洲期間，他有幸在牛津大學、巴黎大學等高校學習，在對各地民風與學術進行考察的同時，對有著深厚歷史的歐洲大學更有了深入的瞭解，試圖將牛津大學的「導師制」在自己的教學生活中作初步嘗試。

綜觀吳宓的一生，其教學實踐經驗是極其豐富的，他先後在東南大學、東北大學、清華大學、長沙臨時大學、西南聯合大學、武漢大學、西南師範學院等 12 所高校任教，並在重慶大學、四川大學 10 等所大學兼任教職，此外，他的學術演講更是多不勝數。博學多識的他所開設的課程不僅數量多，而且跨度上也是十分驚人的：不僅有傳統方面的，還有西化的，也喜歡新文學，對茅盾的《子夜》有著很高的評價。在主編《大公報·文學副刊》之時，也積極主動傳播新文化，邀請新文學家朱自清一同編輯《大公報·文學副刊》，宣傳新文學作品，連他自己也說，他不是反對所有的新詩，而是反對那些沒有詩意的不像詩歌的「新詩」。

自 1921 年吳宓獲得哈佛大學碩士學位回國赴東南大學任教開始，直到生命的盡頭，吳宓以傳道授業為己任，將一腔熱忱奉獻給了中華民族的教育事業。為了支持中國第一個西洋文學系的建成，他拋棄北京高師的高薪聘約和繼續在美國攻讀博士的機會，毅然奔赴東南大學擔任《英國文學史》等課程的講授，直至因教育理念不同和學校人事的矛盾，忍痛離開東南大學這個曾經寄予了諸多夢想的地方。之後，吳宓接受了東北大學的聘約，在戰局不穩的環境中從事教學工作，他對東北大學也是寄予熱望的，認為「那是全中國唯一嚴肅和誠實地進行教育工作的地方」〔註 1〕，可惜半年之後，又因東北大學被政治局勢牽累而呈搖搖欲墜之勢、特別是《學衡》雜誌的續辦受到多方阻力，迫使吳宓又接受了清華學校的聘約，出任清華學校研究院籌備主任，並兼任「清華大學籌備委員會委員」，自此開始他的清華事業。任職清華研究院期間，在吳宓的努力和張羅下，王國維、梁啟超、陳寅恪、趙元任四大導師齊聚清華，還網羅了當時在北京各個高校對國學有很高造詣的學者去講學。他積極地招收全國各地熱心於國學教育和國學研究的學子，設立章程、籌建圖書館，吸引了多方賢士。直至 1926 年 3 月，因研究院之性質及發展方向與吳宓所持主張不同而被迫辭職。

在清華學校研究院籌備期間，吳宓對研究院的經費預算、房舍安置、導師聘任、招收學生、書籍器材的購置等諸多問題都做了細緻妥當的安排。1925 年 4 月 23 日，在吳宓的主持下，研究院確定了招生考題和「選考科目表」，完成了首次招生的準備工作。為了使學生在研究院能夠閱讀到足夠的國學書籍，吳宓協助王國維審查了圖書館的館藏情況，並多次進城選購國學書籍，

〔註 1〕吳宓：《吳宓書信集》，北京三聯書店，2011 年，第 34 頁。

完成了館藏書的審查和添置工作。研究院正式落成後，吳宓調整自己的身份，不肯做院長，只願做學生與教師們的服務者，即作行政崗位主任一職，承上啟下，「在上呈校長，中與各方合作，措辦研究院各種食物，並籌思未來之計劃，總使教授學生，能得最大之便利，專心學問，指導研究，獲益倍蓰，而研究院原來之目的，得以實現」〔註 2〕。此後，他分別於 1926～1927、1932～1933、1943～1944 年間三次擔任西洋文學系代理主任一職。任職期間，制訂了本系教學大綱，修改了原先混亂的課程體系，設定了明確的教學目的、培養目標，為清華大學外文學科的建設和發展奠定了堅實的基礎，更為我國培育了一大批有深厚學術功底的會通中西的博學人才，如季羨林、錢鍾書、吳其昌等。

1944 年秋，吳宓原本像十幾年前一樣暫別清華而出外休假進修一年。離開西南聯大之後，他先後滯留在成都、武漢兩地，兼職於燕京大學、武漢大學、相輝學院、重慶教育學院、重慶大學，甚至一度自辦學校，在友人吳芳吉的家鄉創辦了「白屋文學院」。最終落腳在重慶北碚，在西南師範學院擔任教職，直至 1977 年離開重慶回到故鄉。雖然在 1961 年遊訪各地時有過北京的短暫停留，但那時的他依然是過客，物是人非。

可以說，吳宓的一生就是為教育而活著，畢生奮鬥在中國教育事業的路上，學通古今、融匯中西、獻身於學術，為中國教育事業做出了巨大貢獻。他堅守信念不忘初衷，雖然理想總與現實相悖，卻依然無怨無悔，哪怕得到的是各方的誤解，仍孑然獨立地走下去，且走的坦然、堅定。以其寬厚廣博的學術積累和知識修養、高尚的道德品格得到了社會的廣泛認可，而他高遠的教育理想和對教育的執著追求，及其所提出的「博雅」教育思想，會通中西的教育理念，特別是他所培育出的累累碩果，都是教育史上不可磨滅的印記。

與吳宓令人糾結的愛情一樣，雖然他的內心有著堅定的信念和目標，但他的事業仍然面臨著無數的矛盾與抉擇。求學時代面臨去美國專攻報業還是學習人文學科，是留在哈佛大學繼續學業攻讀博士學位，還是回到風雨飄蕩的祖國，同他的朋友梅光迪等並肩作戰，開創中國學界西洋文學專業的選擇？摯友相繼離去之後，是繼續獨自堅守在失去摯友與同盟的東南大學，還是拋

〔註 2〕吳宓：《清華開辦研究院之旨趣及經過》，《清華週刊》1925 年 9 月 18 日第 351 期。

棄已經蹣跚起步的成果？在日寇的鐵蹄踏破北平城的城門時，是留在北京守住中國文化之根，還是緊跟學校的腳步到祖國邊陲將教育事業進行到底？抗戰勝利清華復校之際，面對校方及摯友們千里飄來的書信，他又猶豫起來：是與眾友人復歸北京，還是繼續在外「流浪」呢？吳宓是天生的理想主義者，他艱難地在幾個選擇中踟躕不前。是留在武漢繼續教職，還是到廣州嶺南大學與亦師亦友的陳寅恪相聚？或是奔回日思夜想的清華園回到他留戀不已的「藤影荷聲之館」？還是離開故土趕赴大洋彼岸的美國講學，專心研究與傳播中國古典文化，亦或者與于右任、俞大維等師友一樣跟隨潰敗的國民黨遠渡臺灣？在反覆與猶豫中，吳宓似乎也認識到，這大概是他人生中最關鍵的時刻，任何一個選擇都會成為他生命中的分水嶺，將他與過去徹底隔離，於是，他更加彷徨、猶豫。也許周詳的考慮會帶給他一個完美的選擇，可是顧慮過多也是他無法克服的一個性格弱點。1949 年 4 月 29 日，伴隨著轟隆的炮聲和解放的號角，吳宓終於做出了一個讓大家都很震驚的選擇：在解放軍進駐武漢的前夜，他乘飛機奔往了重慶，開啟了他個人教育實踐的新篇章。

其實，他原本只想做重慶的過客，他的目的地是成都王恩洋創辦的東方文教學院。不知是命運的安排，還是他與僧人有著莫名的緣分。1948 年秋，已然看透世事的吳宓便暗下決心，拋下俗念遠離世間紛爭，辭去武漢大學外文系系主任一職，到成都王恩洋主辦的東方文教學院任教，並從此研究佛學，而後「慢慢地出家為僧，並撰作一部描寫舊時代生活的長篇小說《新舊姻緣》，以償多年的宿願」〔註 3〕。但這一心願還未付諸實施，便被武漢的同事和朋友以及武漢大學當局所阻攔。1949 年 4 月底，吳宓抵達重慶，重慶僅僅是他趕赴成都的中轉站。初到重慶的他經濟拮据，只得暫停腳步就地講學，準備籌措路費以便再次上路，但最終卻因交通困難不能趕往成都，加之對成都的政治環境與前景不能夠樂觀把握，吳宓滯留在北碚，每週在私立相輝學院和梁漱溟主辦的勉仁文學院任教。此時的吳宓雖然備嘗生活的艱辛，但內心充滿了為理想與道德而犧牲的衝動。

或許晚年生活對吳宓是不幸的，但對於重慶的文化教育來說卻是一件大幸事。建國後的吳宓在重慶生活、工作 28 個年頭。在此期間，面對女兒、摯友們的呼喚，吳宓望而卻步了。他考慮到的不是個人前途問題，而是西南地

〔註 3〕吳宓，《改造思想，站穩立場，免為人民教師》，重慶《新華日報》，1952 年 7 月 8 日。

區的教育事業，因地域的限制和經濟的閉塞，西南地區教育資源匱乏，師資特別是優秀的師資少，其現狀與未來不容樂觀。但是，「四川（西南）學生一樣聰敏好學，而需要一位西洋文學通博詳實而又授課講解認真且得法之外教授乎？目前具此資格者而在重慶（在西南地區）實只有宓一人，是故為國家計，直應遣派宓駐此地區」〔註 4〕。所以，他拒絕了那些在北京為他謀求回到清華大學機會的親朋好友們的好意，獨自一人留在了重慶。

二、吳宓的教育實踐

對於吳宓這個敏感多疑又剛直不阿的老人來說，重慶濕熱的空氣中總是夾雜著由政治高壓所帶來的凝重氣氛。每一學年的開始，吳宓都會為自己新的教育工作展開一個充實完美的策劃，然而事與願違，開會、反省、莫名其妙的揭發與檢討，成了吳宓在上課之餘所必須面對的事情，教學生活受到政治活動的干擾，很大程度上也壓縮了吳宓的教育空間，使其在壓抑的校園環境之中，難以自由地呼吸。雖然課堂教學並不是他想去就去、想講什麼就講什麼的地方，但教育本身仍是他關注的事業。與 1949 年前相似，吳宓在新中國的教育活動也主要是通過兩個方面展開的，大學講堂與私人授課。當然，他已不可能創辦學術刊物了，除了偶而參與學報的建設，沒有機會去主編不感興趣的出版物。已進入天命之年的吳宓將自己有限的精力毫無保留地傾注於培養人才、提高人們道德水平上。從 1949 年到 1963 年被趕下講臺，十幾年傳道授業，風雨無阻。由於新中國所倡導的學制與複雜的政治環境給他的公開授課增加了不少阻力和干擾，吳宓更傾向於私下授徒，他歡迎有志於崇尚文化，有德性素養的有志青年投身門下，並毫不吝嗇將自己的治學之方和學術觀點傳授給他們。

1. 大學講堂的苦與樂

大學講堂是教育家吳宓幾十年來一直堅守的陣地。他重視教育，認為教育的功能不僅在於能夠傳播文化，延續文明，更認為育人是千秋萬代的功業。數十年中，吳宓在大學講堂將自己的才學及思想傳達給求知若渴的學子們，為中國學術界培養了一大批如錢鍾書、季羨林、李賦寧、吳其昌、許國璋等博學中西、品德高尚之士。但在重慶的日子，他感覺到理想的遠去，自身影

〔註 4〕轉引自胡國強：《憶吳宓先生晚年在西南師範學院》，《第一屆吳宓學術討論會論文選集》，陝西人民教育出版社，1992 年，第 93 頁。

響和力量的微小。解放後，中國共產黨正式接管民國時期遺留下來的教育事業。此時的教育特別是高等教育正處於一種衝突又雜糅的狀態，吳宓面臨的不是一所單純的大學，而是由三種精神傳統硬生生拼湊在一起的單位和機構。在這裡，受現代西方啟發而將西方學說與古代儒家相結合的民國大學傳統與中共在延安時代摸索出的辦學新經驗以及 50 年代開始接受的蘇聯模式，都融合在一起，有激勵也有微妙的碰撞。三種傳統各有特色，有相似之處，又有難以糅合的地方，互相牽制也相互抵消，在此起彼伏中影響著高校的建制。吳宓正是在這樣的複雜體系中，帶著自己的「舊學問」去適應這突如其來的新生活。在這裡，他因自己的飽學與高潔的品格也獲得過一如往日的尊敬，也因滿腹經綸與剛勁不阿的性格而遭受到更多的白眼與屈辱。可以說，吳宓的新生活充滿了憧憬，也心存畏懼。

吳宓先在私立相輝學院及勉仁文學院擔任教授，因兩所學校均為私立學校，經費拮据，吳宓只能拿到少量薪水，「住處及飲食皆不好、不便」〔註 5〕。他在此度過了一段從未有過的困苦生活，11 月在白沙私立白屋文學院講學。後經邵祖平教授介紹，重慶大學校長張宏沅聘請吳宓到重慶大學外文系兼任教授，講授「歐洲文學史」「英國小說」。據吳宓弟子江家駿回憶，那時的吳宓精神飽滿，衣著樸素，總是身穿一件已經洗得發白的灰布長袍，一手拿書，一手拄一根普通的木質手杖，健步如飛地往返於沙坪壩和磁器口之間，風雨無阻〔註 6〕。而此時的吳宓依然像以往一樣樂於與學生為友。課堂上認認真真傳道，課堂下平易近人交友。1950 年 4 月，吳宓專任四川教育學院外文系教授，講授一年級「英國散文選」及二、三年級「世界文學史」，並兼任重慶大學教授，同時在相輝學院、勉仁文學院義務教課。1950 年 10 月，四川教育學院與國立女子師範學院合併為西南師範學院，吳宓在新合併的學校仍任外語系教授。自此，吳宓的生活、事業以及生命都與西南師範學院緊緊地連在一起了。

吳宓在西南師範學院先後任教於外語系、歷史系、中文系。在此期間，他所開設的課程量及跨度都十分驚人，足以顯示吳宓根底之深和功力之厚。正是這樣一個西化的「老學究」在他風燭殘年時，還將中西方文化的博大精

〔註 5〕作者於 1962 年 6 月 2 日至 12 日「文革」中所寫交代材料，轉引自《吳宓日記續編》第 1 冊. 北京三聯書店，2006 年，第 12 頁。

〔註 6〕李繼凱、劉瑞春主編：《追憶吳宓》，社會科學文獻出版社，2001 年，第 74 頁。

深傳授給學生，使之得以延續傳承。在外語系他先後講授「英國文學史」「英國散文選」，1953 年推行蘇聯模式之後，俄語成了通行外語，取代了英語自晚清以來的外語霸主地位，因外文系取消英語而重點設置俄語課，吳宓雖精通英語、法語、德語、拉丁語等語言，卻不懂俄語，在外文系已無課可上，只好申請調入歷史系，主要為歷史系一年級和專科二年級講授必修課「世界古代及中世紀史」。1954 年 10 月，歷史系設立世界古代及中世史教學研究小組，吳宓擔任教研小組組長，直至 1958 年，此教研組的課程包括「世界古代史」「世界中世紀史」「世界古代及中世紀史」。在此期間，吳宓主持每週的小組例會，與組內教師們一起編寫講義、商議課程安排及學生考察等教學事宜。1956～1957 學年，整整一學年的時間吳宓雖然身在歷史系，但是實際上並未開課。從 1957 年開始，吳宓在歷史系教授歷史系三四年級選修課「世界文學」，為中文系開設「外國文學」課，並為教師進修班講授「世界文學名著選讀」「世界文學史」兩門課程。1958 年 10 月，因教育界「大躍進」及大量學生退課，加之年輕助教對他的排擠導致吳宓在歷史系無課可上，又因年輕教師對他的授課與學術事業強加干涉，失去教學自由的他無法忍受這些壓力與逼迫，在他的多次要求下終於准許他轉入中文系。在中文系，吳宓主要教授「外國文學」「文言文導讀」課，並代替病中的鄭思虞先生教授中三年級「古典文學作品選讀」課，還擔任「古典文學作品選」的注釋、教改工作。1962 年底學校招收進修生後，吳宓便把最主要的精力放在對外國文學進修教師的培育上，他為進修生開設「文言文選讀」「世界通史」「英語」「世界文學名著」等課程，以上課程除「英語」課是進修生必修課外，其他課程均為吳宓作為導師為自己所輔導的進修生所開設課程，此外，吳宓還單獨為江家駿講授拉丁文、法文、德文。1964 年「以階級鬥爭為綱之全國、全民社會主義教育運動」開始，吳宓突然變成了「有罪之人」，授課已經不再可能，每天除了開會、上班就是寫交代及自我檢查的材料，每週還要參加運煤、抬木料石塊、打掃教研室擦拭桌椅等工作，這位為教育而生的老人再也未能登上講臺。

從「文革」之前的社教、四清運動開始，吳宓同其他「黨外學術權威」一樣，受到了猛烈衝擊和批判，在教學與其他各項工作上一直「靠邊站」。「文革」開始，吳宓這位「老頑固」正式成為運動的靶子，時而被拉出來批判。理由也是很容易找到的。比如吳宓出身不好，自幼生活在富足的鄉紳之家，按成分劃分屬於地主家庭，又飽受中國傳統舊學的薰陶，不論其家庭還是思想都與新時代格格不入。再如吳宓在 1949 年前後與國民黨有些「曖昧」牽連——解放前在成都參加過為歡送蔣介石而組織的高校教師見面會，並在會上與蔣介石有短暫的交流；弟弟吳協曼身為國民黨員已隨潰敗的國民黨遠渡臺灣，新中國想將他召回，吳宓出於為吳協曼人身安全考慮，並未積極牽線；解放後吳宓又發表了令人產生誤解的「親娘」「後媽」之說，將國民黨比作自己的「親娘」，共產黨比作「後媽」，他的本意是繼母像親娘一樣照顧愛護他，然仍不免有人故意拿來做文章，將其本意強加修改。第三，吳宓骨子裏存有的那些「死不悔改」的思想以及由這些思想而導致的「逆反」行為，如他反感學校和社會上破「四舊」（舊思想、舊文化、舊風俗、舊習慣）活動，將「封建的」已經被新社會視作殘渣的古典藝術、書籍等視如珍寶，更將流行於新中國的「蘇聯模式」視作糟粕，對他所不容的行為公然提出反對意見。新中國的一系列新政也使他反感，他曾試圖反抗，最終結果是得到變本加厲的束縛。這一系列的行為使他脫離了時代潮流，讓他在人群中更加孤獨，雖特立獨行，但也成了不斷遭受批判的箭垛。

吳宓將授課視作精神依託，讓他不能登上講臺的滋味是酸楚的，站在講臺上授課的日子卻是令人歡欣的。那些每日只看書、開會的日子只能代表肉體的存活，在精神上卻是無意義的。此時的他言行舉止皆被關注，乃至同事、學生都勸他堅忍、沉默，避免發表不合時宜、句句是錯的意見。很多老教授勸他稱病告老隱匿書齋，不要主動要求授課，以免被當局揪住過錯，他一時認為他們的規勸很有道理，但仍積極努力爭取授課的機會。此時的他幾乎沒有可以傾訴的對象了，朋友不敢往來，同事們更是儘量避禍不見，於是日記變成了他宣洩內心壓抑情緒的場所。在日記中，吳宓多次記載授課時的歡欣、被迫停課時的苦惱與憤恨。1964 年 8 月 24 日，吳宓被告知本學年不再教課，只對中文系之全體青年教師作專題演講兩次，共 4 小時。此時的他甚是悲鬱，「宓按，近今教學改革，階級鬥爭加嚴，宓之不得授課，原意中事，惟如《英文》等課亦不令宓授，留置閒散，負此精力（雖大班，十餘小時，宓亦能任之）與學識，並領厚薪，有如坐待宓之死，以顯示黨國如何優待（「照顧」）老教師、舊知識分子也者！宓固可潛心讀書自修，但終有「人人盼我速死」之感，而宓之生機斬絕盡矣。」〔註 7〕雖是教授卻無法上講臺，沒有教課任務，與死無異，再美的風景也沒有欣賞的心境：「秋景雖美，而宓以無課之教師，

〔註 7〕吳宓：《吳宓日記續編》第 6 冊，北京三聯書店，2006 年，第 310 頁。

有如待決之死囚，行人世中，一切人事皆與我無關，悲喪殊甚」〔註 8〕。

即便有授課的日子，吳宓也苦不堪言。且不說吳宓本人性情耿直不擅長處理生活工作中的人事糾紛，單是一波接一波的政治浪潮也已經使這位老人疲於奔命了。自解放以來至 1976 年，吳宓共經受了大的政治運動「文革」前 7 次，後 10 年就是「文革」。吳宓最後 28 年裏，幾乎都處在政治運動的風潮中，殘存的日子，也是杯弓蛇影，自保不及。肅反、批胡適、批胡風、批舊紅學、三反五反、思想改造、反右、大躍進、社教及四清、文化大革命。每一次運動都讓這位年邁老人膽戰心驚！

吳宓日記詳細地記錄了自己被裹挾在政治運動中的恐懼和無奈。1955 年 2 月 25 曰：「乃最近半年來，奉命完成之工作日重，自晨至晚，不獲須臾休息，尚苦堆積填委，不能如期完繳」〔註 9〕，如批判胡適、政治思想學習、開會及組織學習、討論、檢查、批判不休……「於是宓有限之光陰、寶貴之精力，盡耗於上列十事之中，而猶患不給。身為『人民教師』而無暇備課，奉命『學習蘇聯』而無暇細讀譯出之蘇聯教本《世界古代史》諸書，……在此雜亂繁複之章程政令與嚴急督責之下，無人能盡職完責，只得草率敷衍，虛飾空談，以了『公事』而已。是故宓近半年來，未嘗為預備教課而讀書」〔註 10〕。還出現了這樣的情形：「詩不作，課外之書不讀，更不親聖賢典籍、古典名著，於是志愈摧、氣愈塞、情愈枯、智愈晦、神愈昏、思愈滯，而身愈瘦、肢愈弱、目愈眩、髮愈白、容愈蹙、膽愈怯，尚為不足為重輕者矣！」〔註 11〕身心皆被折磨，倍受摧殘。

在大躍進時，西南師範學院大辦高爐煉鐵活動，全校停課、校園如工廠一般如火如荼。而吳宓也被迫晝夜參加勞動。此外，還要響應黨和學校的要求，寫大字報、學唱革命歌曲、開批判會與自我批判，有時按照要求，還要在規定時間內上交兩千份大字報。且不說吳宓所要上交大字報的數量是多少，單單是大字報中的內容，那些違心的自我批判與批判他人，就已讓這個耿直的老人難以應對了。政治環境如此複雜，校園內的政策與學風同樣不盡人意。解放初期，吳宓在重慶大學兼職時，在日記中曾這樣坦露，「重大學生方議改換課本，不讀小說等，而專讀今日政府宣傳之雜誌、日報。蓋庸劣懶

〔註 8〕吳宓：《吳宓日記續編》第 6 冊，北京三聯書店，2006 年，第 318 頁。
〔註 9〕吳宓：《吳宓日記續編》第 2 冊，北京三聯書店，2006 年，第 131 頁。
〔註 10〕吳宓：《吳宓日記續編》第 2 冊，北京三聯書店，2006 年，第 132 頁。
〔註 11〕吳宓：《吳宓日記續編》第 2 冊，北京三聯書店，2006 年，第 132 頁。

惰之學生，自己不用功，而忌嫉同學中之精勤進步者，故相率壓抑之，使共趨卑淺耳。宓按此固民主政治與提倡平等者所必有之結果」〔註 12〕。痛心當時學生只願讀《蘇聯文學》《人民文學》等雜誌，對中外古今優秀典籍不屑一顧，而致學術幾近廢棄。「今全國之人，皆忙於開會、學習、運動、調查、審訊、告訐、談論、批評，而事業停頓，學術廢棄」〔註 13〕。

高度統一的教學計劃和教學大綱，也嚴重影響了吳宓這類老教授的授課積極性。自 1952 年起，新中國的高等院校就開始使用統一的教育計劃、教材和教科書——每種教學計劃都是精心擬定的，包括這門專業所應開設的課程，每門課程都設有精心擬定的教學大綱，並規定課程的具體目標。教學大綱還要詳細列出分配給每一章節的授課時間以及每節課講授的確切內容。在吳宓擔任組長的教學研究小組中，年輕助教嚴密監視吳宓這類老教授的授課情況，以免吳宓在課堂上用他的「封建思想」「毒害同學」，雖然吳宓並不是唯一一位失去教學自由的教授，但助教在備課、授課過程中對吳宓的橫加干涉，他精心編寫的教案被全盤否定，精心設置的課堂內容下課後也被學生所攻擊，每週數次的「交流經驗」和相互批評、鑒定等諸如此類的工作程序，在吳宓看來如同沉重而又粗暴的枷鎖，令他無法也無力將真才實學傳授給學生，只得按照年輕助教的意見，用「馬克思主義的觀點」來講授課程。吳宓在歷史系時，學校為他配備兩名助教，但名為助教，實為批判者。吳宓每備一課、每講一堂、每一觀點，都會受到助教的批評，最後，吳宓只好按他們的教案，即蘇聯式的階級鬥爭觀點講。在日記中吳宓時常抱怨「按宓為興、甫挾制，一言一字，均須聽其命而講出。若偶有爭執，不相下，則必斷為宓錯而彼二人是」〔註 14〕。這種如同法律般的計劃和大綱使吳宓如同被縛住的木偶，不能動彈，不能有獨立的思想。儘管不能在課堂上盡情施展自己的才學，不能講授自己深愛的學術，甚至連自主編寫教案的權利都沒有，吳宓依然還是極其認真地完成自己的工作。每堂課前都根據他人所撰寫的教案稿，細讀參考書目，並另作精簡的演講稿直至深夜，每日上課之前必將提前到達，調整好授課狀態。

吳宓在日記中也無奈地記錄了對課堂上學生的失望。「今與少年談學，尤

〔註 12〕吳宓：《吳宓日記續編》第 1 冊，北京三聯書店，2006 年，第 82 頁。
〔註 13〕吳宓：《吳宓日記續編》第 1 冊，北京三聯書店，2006 年，第 327 頁。
〔註 14〕吳宓：《吳宓日記續編》第 2 冊，北京三聯書店，2006 年，第 278 頁。

增煩累而無所裨益也。回思我等平生受父師之教，讀聖賢之書，知中西文明社會之真實情況，甚至 1920 至 1930 間猶得欣見白璧德師之教一時頗盛行美國。由今觀之，真如佛國莊嚴淨土，彈指一現，片刻得窺，而永存在於我心目中，縹緲至極，亦真實之極。然若語今之少年，其誰信之？」〔註 15〕他認為在這個孔孟之道和人文主義崩塌的世界，極少有學生能夠繼承自己的願望，發揚中國古典文化精神，他們根本不願也不能去深入學習。在課堂上講授他所珍愛的古典文化又被看作是復古，開歷史倒車。他也多次向中文系領導陳述，希望能夠多上課，多輔導學生，可惜均被拒絕了。學生忙於政治學習和勞動，根本無暇讀書、學習和思考，這就給吳宓在課堂上的授課增加了很多困難。吳宓日記大倒苦水，認為當局年來對師生之所號召，一言以蔽之，曰「萬不需多教，應以今之中學課本為範圍；萬不可多學，應務強身保健，勉盡其執干戈衛『祖國』之天職』而已。若多教多學，則是『急躁冒進』，則是『個人英雄主義』，則是『違背國家總路線政策』。」〔註 16〕

2. 私授學徒尋找繼承者

眾多禁忌使吳宓的教學放不開手腳，反而更傾向於在自己狹窄的住所與專心向學的青年學子交談，以期能夠「傳中國詩文之精神和材料，而繼承吾輩之志業」〔註 17〕。與陳寅恪與世隔絕、避世不出不同，吳宓不甘於我國傳統睿智聰明的思想、文化、文字隨風湮滅，試圖通過教授私淑弟子與大學千篇一律的教學相抗衡，將他所鍾情的「宗教之溥仁、道德之真理，以及西國古哲之訓示，中國儒教之德澤」〔註 18〕發揚光大。他知道「千年流佈涵濡之文化與道德，業已斬斷澌滅」，但仍希望「能隱忍苟存，乘暇完成一己之著作，擇人託付，傳之後世」〔註 19〕。

吳宓在西南師範學院的居所雖然狹小，但同清華校園內的「藤影荷聲之館」一樣，依然有不少常去請謁、問學，只要是勤敏好學、品行正直者，吳宓不問出身，不問年齡，來者不拒，跟隨自己學習「博通中國全部學問」〔註 20〕。只要有人來執弟子禮，吳宓就大為興奮，比得到什麼榮譽和獎賞都開心。他

〔註 15〕吳宓：《吳宓日記續編》第 2 冊，北京三聯書店，2006 年，第 233 頁。
〔註 16〕吳宓：《吳宓日記續編》第 2 冊，北京三聯書店，2006 年，第 35 頁。
〔註 17〕吳宓：《吳宓日記續編》第 5 冊，北京三聯書店，2006 年，第 477 頁。
〔註 18〕吳宓：《吳宓日記續編》第 1 冊，北京三聯書店，2006 年，第 119 頁。
〔註 19〕吳宓：《吳宓日記續編》第 2 冊，北京三聯書店，2006 年，第 131 頁。
〔註 20〕吳宓：《吳宓日記續編》第 2 冊，北京三聯書店，2006 年，第 26 頁。

的日記仔細記錄了來求學的情況，如：「衛懷傑來，欲從宓治中西學，拜宓為師，行一跪三叩禮（宓還禮）乃久坐細述其一生之經歷：今年五十四歲，山西沁縣人。父為木匠，極貧。」〔註21〕；「熊明安來，久談，欲從宓自修中國教育史」〔註22〕；「藍仁哲來，俊秀而溫恭，求教（1）英國文學（2）英詩（3）中詩」〔註23〕。這些學生有如他的知音，他從不擺教授架子，和藹平等地與他們討論學術，回憶年輕時的經歷，並指點疑難之處。若學生久久沒有工作，吳宓還會給各方朋友寫信，幫助他們求職。吳宓給他們規定所讀書籍、篇章，若學生完成得好，他便會在日記中表達自己的喜愛，若不好，也會記錄下自己的失望。這間小方室如同吳宓的小巢，外面暴風驟雨，室內卻書香四溢。在變幻莫測的社會運動中，這一方小室亦如一葉扁舟，無法完全阻斷喧囂的世界，但卻可以讓吳宓和他的弟子們敞開心扉，暢談理想，分享人生經歷。吳宓循循善誘，授之以漁，不同學子傳授不同的知識、運用不同的方法，嚴謹而認真。即使是英文底子差的學生，他也不厭其煩，從最基礎的發音開始教起，為學生打下牢固的基礎。他不論家室，不問錢財，只要一心向學，愛好文學，樂讀古文，好學英語，都能推門而入，得到他的指點。當藍仁哲等人需要北上，到北大或清華進修時，他還寫信給北京的各位友生介紹自己的學生，向各位前輩問學、求教。

他將這一切都詳細地記錄在自己的日記裏，他提到了一連串名字，如江家駿、吳靜文、楊溪、鄧心悟、周錫光、陳道榮等等。吳宓在傳道解疑的同時，也照顧他們的生活，為他們指引方向。吳宓的收入相對較高，但他卻異常節儉。他的飯量雖大，但伙食的質量並不高，而且沒有幾件像樣的衣服，幾件樸素的衣服大多已歷經時日，被照顧他起居的工人縫縫補補，破舊不堪，就連他自己的女兒吳學昭都看不過眼，在信中屢次提醒自己的父親能夠在穿著上講究一點，體面一點，不至於在生活上被人看不起。大家不禁要問，享受著國家二級教授工資的吳宓為何過著如此清貧的生活？翻閱吳宓先生的日記，人們會恍然大悟：他並不是一個惜錢如命的人，也不是一個懶於修飾的邋遢老人，而是世界上最最慷慨、最注重細節，急公好義的好人。朋友有難，他都會奔走相助，他每個月的收入除了接濟親戚朋友，就是幫助身邊的學生，

〔註21〕吳宓：《吳宓日記續編》第5冊，北京三聯書店，2006年，第314頁。
〔註22〕吳宓：《吳宓日記續編》第5冊，北京三聯書店，2006年，第394頁。
〔註23〕吳宓：《吳宓日記續編》第5冊，北京三聯書店，2006年，第397頁。

上門求學的大多享受過吳宓的特殊照顧。這些學生多從農村來到大學，得到家庭資助不多，慷慨、仗義而又惜才如命的吳宓就成了他們的庇護者。吳宓不僅給予他們錢財，提供食宿，甚至連往返路費都要提供。在資助他們的同時，吳宓甚至還照顧他們的家人，誰的家人病了，誰的家庭遇到了困難，他都會伸出援助之手。在吳宓的書齋中，書籍可以隨時借閱，錢財按需分配。在那個人心叵測而又生活貧困的年代，吳宓卻向他們敞開了心扉，與他們大談時局，探討文字改革等文化政策和措施的利與弊，學生留給他的則是晚年的照料和未來的希望。

在進修生與青年教師的培養上，吳宓在參與培養的過程中也發表了自己的看法。從 1961 年 9 月起，吳宓擔任進修生曾宛鳳、江家駿等人的專任導師，在此期間，他積極主動的履行自己的職責，認真備課、上課、批改作業，嚴格要求學員認真學習。當時學校對進修生的規定是一律三年畢業，注重專業基本訓練。且當時學校根據教育部政策為了提高進修生的學識修養與授課水平為其安排了大量課程致使進修生在修習大量課程及政治學習之餘已經無暇進行個人自修和思考。進修生「增加（1）《古漢語》（2）《古典文學》等，課程遽增至每週二十餘小時，再加勞動及政治學習，進修生更無自己讀書及謁見指導教師承教之時間矣，況所增諸課程，皆在本科四年所已修過者，空疏而重複，徒耗進修生之時力，致『進修』又將成為虛語而已耳」〔註 24〕。吳宓根據自身學習和授課的經驗多次提出改善意見。首先在招收進修生方面，應該招收那些有一定學術功底的大學畢業生，只有具備一定的學術基礎學生才能在研究高深學問之路上獲得益處。其次，他認為培養進修生和研究生目的是提高其科學研究能力，是在擴充其知識水平的同時對其研究思維的訓練，所以在課餘時間留給他們個人自修與思考的時間是十分必要的。在《文言文選讀》課上，吳宓批評進修生「不應上課太多；且應自由研究，隨緣求益，即不必多訂計劃，勤事『檢查』」〔註 25〕。他提倡模仿舊日書院的培養制度和英國牛津大學所提倡的「導師制」。在中文系黨總支特邀老教師九人座談會上，吳宓「重申」他「所想望之輔導制度，略如牛津之導師 tutor 制，由中文系全體教師分任輔導全系學生之責」〔註 26〕。對待進修生更應該如此，他

〔註 24〕吳宓：《吳宓日記續編》第 5 冊，北京三聯書店，2006 年，第 195 頁。
〔註 25〕吳宓：《吳宓日記續編》第 5 冊，北京三聯書店，2006 年，第 210 頁。
〔註 26〕吳宓：《吳宓日記續編》第 5 冊，北京三聯書店，2006 年，第 220 頁。

認為為了更好的培養優秀的進修生，應該使學生根據自身興趣與學術基礎自由的選擇某位教授作為自己的指導導師。其研究的方法注重個人自修，而教授的作用不是為了授課，而是對其進行指導。教授根據學生的興趣愛好幫助其擇定研究方向，帶領其進行思維的訓練，學員與教授應自由的對話。但是教授不是灌輸知識的機器，而是在學員的學習過程中起到啟迪的作用，教授根據學員的研究興趣進行指導，為其定制培養時間、為其推薦應用書籍，將自己所學系統的傳授給多指導的學生，加深其學術根底，並對其治學方法進行全面、有序的指導。

吳宓的授課，更多是對青年學子們的人文關懷和精神感化。他為藍仁哲、楊溪、江家駿等人講述治學方法，還要求他們必須養成良好的生活習慣，做事要專注、執著，在完成政治學習勞務工作之餘，要有自己的學習興趣和愛好，積極完成工作任務，同時還要注重只記得興趣培養。他教導學生對人生及學術應有全盤計劃，不能渾渾噩噩將人生浪費在閒雜瑣事之中。做人不欺騙、不驕傲，戒空談，保持獨立高潔的人格，做事防微杜漸，謹小慎微，腳踏實地，一字一句一事一物逐步實現，而不在虛妄的幻想上面做白日夢。

1973 年以後，吳宓已是一個瘸腿老人，可他依然在開會學習之餘，如饑似渴地閱讀、校注古典文集，還抽出時間為那些願意學習英語的少年補課。雖然有時他已不適應少年的戲謔與喧鬧，但對於那些注意聽講且熱心者，吳宓仍是熱心講授。1976 年已重病臥床的吳宓被其胞妹吳須曼女士接回陝西老家居住，雙目幾近失明的吳宓聽聞有的學校仍然沒有開設英語課，他還很著急的詢問原因。當得知是因為沒有外語教師時，他還急切的表示「他們為什麼不請我？我還可以講課……」〔註 27〕教育者吳宓已深入其骨髓，無私忘我，好為人師。

三、教育理想與現實的困惑

吳宓這位既在美國沐浴過西式教育春風的學者，又在早年接受深厚的傳統文化教育，自幼受到秦風古韻的薰陶。國外新思潮不可避免地影響了他，入過私塾，接受了舊式綱常倫理和四書五經，儒家倡導的格物、致知、正心、修身理念也在他心裏紮下了根。新學與舊學、國文與外語、傳統與現代、西

〔註 27〕李繼凱、劉瑞春主編：《解析吳宓》，社會科學文獻出版社，2001 年，第 24 頁。

洋與東洋都融合在他的思想觀念裏，有孔孟之道的潛移默化的濡染，也有西方思想文化的理性啟蒙。

1917年9月，吳宓到了大洋彼岸，先在弗吉尼亞省立大學學習文史基礎，後到哈佛大學，投拜在美國新人文主義領袖白壁德教授門下，接受了白壁德倡導的人生哲學、教育理念和文學理論，領悟到古今中外文化的傳承與互通，認識到中國人必須吸收中西文化之精華而加以轉化才能救亡圖存。面對共和國的教育，吳宓內心有著深深的憂慮。在他看來，自由與獨立，是教育事業得以發展的首要前提。但現實中他感受到的教育卻不是這樣的。所以，在日記中他常發牢騷，不理解為什麼中國的教育以及至國家政策和社會生活，無論事情大小都要照搬蘇聯模式和標準。學生和老師都被統一在一個標準裏，使用蘇聯翻譯過來的教科書，以其為藍本，制定中國的教材和教學計劃。教學計劃都限定本專業開設的課程，並為每門課程精心擬定教學大綱，規定課程目標，開列學年或學期學習的種種細目。吳宓以前沒有遭遇到這樣的情形？於是，陷入種種不理解的困惑和迷茫之中。

吳宓日記頻繁使用「失望」「憤慨」「畏懼」來表達不滿。每一次政治運動都成了他生活的陰霾，一旦獲得課堂上講課的自由，他就會燃起生活的希望。吳宓早年就反對美國教育重實際而輕理想的做法，但當人文教育已被解放後的中國所拋棄時，吳宓的痛苦可想而知。吳宓還時常為被迫填寫教育部、各機關或學校下發的表格而深感苦惱，1955年2月19日的日記說：「今教課不難，辦事亦不難，惟編製各種詳密繁瑣之計劃，嚴行檢查，則費時費力極多，為之甚苦。而究之毫無實益。蓋由不許有『心』而只『唯物』，不信人而但恃法，捨本而逐末。此在經濟實業等事，對下劣庸俗之人，或為有用；而施之於思想文藝之域，對高明博學上智之人，則此等辦法，非徒無益，而又害之。然而我輩苦矣！如宓者，今既不敢言其志，亦不得用其學。在校則惟填表格、開會，出校則做政治上之傀儡，列席、發言，而使宓等疲憊不堪，至乃損其天年，徒作犧牲，不亦可悲之甚者耶？」〔註28〕填表格和計劃教學，不符合教學規律，還沒教學就要先填計劃表格，費時費力，還折騰人。於是，吳宓有了既「苦」又「悲」的感受。他認為這樣的辦法，「重實功，嚴督責，而過於瑣屑，捨本逐末。若此類表格填寫，以及教學大綱之撰作，教師成績之檢查，教課日曆之編製，實皆無裨於教學，更無關於學問。用之於財政，

〔註28〕吳宓：《吳宓日記續編》第2冊，北京三聯書店，2006年，第125頁。

或可節流而稽弊；施之於庸俗，亦能懲惰而勵勤；然在教育與學問中，決無是處。以教育首重心靈之啟發，不能束縛整齊以求劃一。學問更必沉浸融貫，需充裕之暇時，廣讀而深思。此類表格，徒耗費教師之時力，尤妨礙學問之進修。」〔註 29〕在吳宓看來，教學計劃、教學大綱和教課日曆的編製，使教學活動「整齊」「劃一」，「無裨於教學」，既耗費了老師時間和精力，而無暇沉潛於學問。吳宓非常敏感，看到了事情的可怕結果，在教學計劃背後有對教師和教學的不放心，編製教學活動計劃，並不完全為了節省人力物力，而是對教育教學和師生的約束，意在對知識和思想的操控。

吳宓所在歷史系被分成了若干個教學研究組，教學小組定時開會探討授課內容，教學大綱的編寫，並負責培訓年輕教師和助教，每門課程的教學課時均由研究組教師一同商議決定，並由年輕助教負責監督備課。這樣的做法能夠確保每位教師按照各專業的教學計劃授課，有助於老師們交流經驗，推廣教學方法，開展批評和鑒定。有利必有弊，這種做法也極大地限制了教師們的授課自由和積極性。年輕助教緊跟國家政策，樂於接受蘇聯模式，在教學中更有發言權，而德高望重、學術功底深厚的老教授則被排擠，時被要求反思課堂上是否講授歷史唯物主義和階級觀點，是否流露資產階級觀點，是否擁護科學真理，是否批判了舊歷史觀等等問題。為此，吳宓叫苦叫苦不迭，當學生呈上對吳宓教學的意見後，吳宓的感受是：「閱之甚痛憤」，有「如上下兩磨石夾碾我肉身，厄於二者之間，無所逃命」〔註 30〕。「宓本學期授課之內容與方法，不能自主，為甫、興所挾持，惟命是從，如大車之轅騾為三梢螺強拽以亂馳」〔註 31〕。吳宓深感無奈，只得申請辭去主講教師職務，然而「院長偏不許，必命宓主講」〔註 32〕。

學校還規定教師工作時間為「三三制」，即教學人員要用三分之一時間從事教學，三分之一時間進行研究，用三分之一時間開展社會調查。這完全限制了教師的自由，讓吳宓感到無法自由開展自己的研究。在中文系的一次政治學習會上，他談到對此項制度的看法，提出「生產勞動與政治學習應劃定時間，盡力做好；此外，所餘時間可由教師自由支配，以自己之方式工作，其工作應以教學為主，而以科學研究為輔，既以全時全力多讀書，兼深思，

〔註 29〕吳宓：《吳宓日記續編》第 2 冊，北京三聯書店，2006 年，第 128～129 頁。
〔註 30〕吳宓：《吳宓日記續編》第 2 冊，北京三聯書店，2006 年，第 318 頁。
〔註 31〕吳宓：《吳宓日記續編》第 2 冊，北京三聯書店，2006 年，第 320 頁。
〔註 32〕吳宓：《吳宓日記續編》第 2 冊，北京三聯書店，2006 年，第 318 頁。

以豐富教學之內容及質量，其科學研究則為教學讀書預備之副產物，不當以科學研究為專務，或以科學研究篇題之多定某人之成績。總之，三者之中，以教學為主。」〔註 33〕吳宓所提「以教學為主」意見估計不會引來非議，但他所說「所餘時間」「可由教師自由支配」，「以自己之方式工作」顯然是不允許的。在那個年代，哪容得下教師有「自己的方式」，即使是時間，都被大量的政治學習和工作安排佔據了。最令吳宓無法適應的是，學校要求所有教師在規定時間內都要到教室裏統一辦公。在嘈雜的環境裏，哪能隨心所欲，既「不能靜心讀書作文」，也不能做其他事。在吳宓眼裏，人要有「安靜、自由、舒適之環境，方可『靜而後能慮，慮而後能得』也」〔註 34〕。吳宓一直認為，大學是給教者和學者一個疏懶閑暇的地方，這樣的「閑暇」不僅是要有大量的可供自由支配並能暢談學術的時間和空間，還包括沒有來自外界的各種精神壓力。一個不為生活所迫，四處奔走謀生，而有空餘時間和精力去思考的人，才是能研究學問的人。相反，一個為生活所迫，苦苦謀生，頂受巨大精神壓力，沒有自由思考，是無法做出令人欽佩的學術的。

這樣，在學校失去教育自主權的同時，教師失去了教學的自由，學生也失去了學習的自由。於是，吳宓有了這樣的質問：「一切學習蘇聯」，「嗚呼，如此安言『學術』？安言『教育』？」〔註 35〕吳宓是有底線的，有他能被改變的，也有不能改變的，在他眼裏不能改變的，即使是殺了他，他也不屈服，哪怕為此不能授課，即使有無盡的痛苦，但為了堅持自己的信念，寧願放棄授課，哪怕為圖書館做西文書籍編目，為教師們搜集編輯中西資料也心甘情願。

其實在教育應該由誰管理這個問題上，吳宓從年輕時代就已經對其進行了思考。在清華讀書時，他目睹了學校的大小事務被美國人把持的現狀，那時候的清華是由美國人用「庚款」幫助中國建立的預科學校，掌握財政大權的一方總是有更大的發言權。學校該怎麼管理、學生該學習什麼課程，在這樣的問題的爭論下總是有美國人的聲音，他們干涉著學校的經費和行政，使吳宓頗為憤怒。吳宓認為中國的教育主權必須由中國人自己掌管而不能依賴於外國勢力，不能照搬照抄外國的模式和經驗。中國悠久的歷史和學術文化

〔註 33〕吳宓：《吳宓日記續編》第 4 冊，北京三聯書店，2006 年，第 9 頁。
〔註 34〕吳宓：《吳宓日記續編》第 3 冊，北京三聯書店，2006 年，第 412 頁。
〔註 35〕吳宓：《吳宓日記續編》第 2 冊，北京三聯書店，2006 年，第 287 頁。

是外國人無法理解和企及的。而國外的經驗在其本國之內或許能產生好的收效，但是同樹木移植不一定適合一方水土一樣，國外的經驗在中國或許與中國的國情並不相符，這樣國外的模式在中國不僅不能有收效，反而會對中國沉澱幾千年的學術文化造成致命的傷害。且教育主權若被外國人所竊取，那麼中國所面臨的不僅僅是喪權辱國，就連千百年來連綿未斷的學術根基或許會被毀於一旦也未可知。「宓痛感今之所謂『蘇聯先進經驗』，豈必皆是，而值得吾人學習者？」〔註 36〕全面而徹底的學習蘇聯在中國造成了極大的影響，吳宓學了半年俄文才知道：「今日中國流行之語句，如『英明的領導』『……和……是分不開的』『為……創造了條件』以及奇異謬誤之文法修辭，如以『坦白』『明確』『瞭解』作動詞用，不曰演講而曰『報告』，不曰該篇而曰『社論指出了』等，其例不勝舉，全悖漢文文法及中國一般人民之習慣。凡此，蓋皆由於直接摹仿蘇聯書報中之俄文文法、句法，是則蘇聯之控制中國，中國之隸屬蘇聯，固不止於軍事外交政治經濟諸方面。」〔註 37〕

吳宓認為，大學傳授的應是純粹的學術。西南師範學院的前身主要是由四川教育學院和四川國立女子師範學院合併而成。在這裡，教育改革是從對舊教育的批判開始的。面對眾教授、學者對舊式教育的批評、攻擊，吳宓卻有不同意見。他反對將新舊教育一刀切，認為新式教育固然好，舊教育也並不如大家所批判的那樣，是政府剝削人民的幫兇，舊式教育提倡對高深學術的研究，所培養出來的學生也並不都是貪圖名利、全無良知，是人民的敵人，其大部分是有社會擔當、博學多才、有遠大理想的人。片面的對其進行批判是極不公平的。新教育雖然有其長處，但未必處處都比舊式教育先進。他說：「宓對新教育之好處極知曉，然舊教育似未盡如言者所指，如理論空談及實用狹隘之弊，舊日亦皆論及。而舊時師生未必皆貪嗜名利，有意做幫兇、壓迫人民者，似未可一概而論。」〔註 38〕表面上，他在為舊式教育鳴不平，實際隱含著評判事物的不同思維方式，任何事並非只有新舊之分，不能簡單化，一刀切。新東西定有其不完善的地方，舊事物也有其合理性。

西南師範學院根據黨的政策、按照蘇聯做法，將學校從磁器口遷往北碚，並在其內部細分若干專業並根據專業設置科系，使各學科專業化。新的系比

〔註 36〕吳宓：《吳宓日記續編》第 2 冊，北京三聯書店，2006 年，第 338 頁。
〔註 37〕吳宓：《吳宓日記續編》第 2 冊，北京三聯書店，2006 年，第 173 頁。
〔註 38〕吳宓：《吳宓日記續編》第 1 冊，北京三聯書店，2006 年，第 414 頁。

原先的系範圍更寬，新專業所涵蓋的知識面與範圍比原先更窄，其結果是，在校大學生學習的知識看似更精細更專業了，其實卻是知識面更小了，較早開始以實用為目的專業化學習。這一改革思路與吳宓所提倡的「博雅」教育完全相悖。他氣憤難平，在各級會議上都提出自己的建議，可惜的是在那個時代，吳宓的忠言就是一股逆流，是對社會主義建設毫不負責的破壞行為。吳宓所在系也正在根據國家要求修訂教學計劃，吳宓也提出反對意見，但都不為教師所重視。他不得不發出這樣的感歎：「今之教育與文學，只是政治宣傳與命令，愈改愈誤，愈改愈空，直舉中國文字與世界文明盡剷除之而後已耳」〔註 39〕。

吳宓的感嘆是有一定根據的。在他曾經的學習和教學生涯中從沒有經歷過唯某家學說、某國知識為獨尊的情形，而今卻被要求只能說俄語，讀蘇聯文學，宣傳蘇聯文件，甚至連考試方式也要學習蘇聯。這樣照搬照抄對教學和研究無所助益。在他看來，大學教育與中學教育、職業教育是完全不同的。中學主要完成對學生基礎知識的培養，是大學的預備學校。職業學校是為培養特定職業而設的技術性學校，側重於就職前的培訓，為學生更好地適應工作需要而設。而大學不是專科學校，更不是職業學校，而是造就通才碩學者的學術機構。它注重高深學術的研習，注重對相關部門知識的融會貫通。大學的目的是造就「博而能約」、具有深厚人文素養，能在廣博學海中收放自如的通才，不是訓練「職業的」及「技術的」人才。在大學裏面，要傳授根本學問，如純粹自然科學、哲學或經典國學等，目的在掌握一種通達的學術研究方法，以及事事物物都要推求它的法則和原理，追求一種無偏無頗的「圓通智慧」。所以，大學培養的是博雅之人。這樣的文化人，在知識上應該具有廣博學識，能研究高深學問；在人格上應該擁有遠大抱負和高雅志趣。在他看來，對知識的學習是人的整體提升的前提，博雅的學識才能夠提升一個人的人文品質，使其達到一種雅致境界。學識的廣博只能代表教育的外在能量，在廣博學識的基礎上形成高雅的志趣，才是教育的內在能量和表現。即便是一所為各類學校培養師資的師範類高校，其學習內容也應該是寬廣的、精深的、高雅的。只有經受過這樣培訓的年輕人才有資格站在講臺上，如錢鍾書、季羨林等人一樣傳道授業。因為知識並不是孤立的，所有的知識都有其內在關聯。他認為，作為一名中文系的本科生，僅僅學習中學教材以早日適應未

〔註 39〕吳宓：《吳宓日記續編》第 4 冊，北京三聯書店，2006 年，第 20 頁。

來教學工作的學習方法是極其錯誤的。他不僅要瞭解課本，還至少應對本國及國外文化歷史背景，有一個深入而全面的瞭解，應該閱讀更多古今名著以提升自己的學識和氣質，開闊自己的視野，拋棄其他知識學習的畢業生將無法勝任將來的教育工作。

1951 年 2 月，吳宓給弟子李賦寧寫信，特別叮囑李賦寧兩件事：一件事是雖然目前英國文學與西洋文學不被重視，形同無用之知識，但要相信：「我輩生平所學得之全部學問，均確有價值，應有自信力，應寶愛其所學。他日政府有暇及此，一般人民之文化進步，此等學問仍必見重。故在此絕續轉變之際，必須有耐心，守護其所學，更時時求進益，以為他日用我之所學，報銷政府與人民之用。」〔註 40〕二是介於目前傳統文化不受重視，舊日典籍慘遭銷毀或以廢紙出售。但也要堅信：「英國文學及西洋文學、哲學、史學舊書籍，亦無人願存，更無人願購。然他日一時風氣已過去，政府與人民必重視而搜求此類佳書，學者文士，更必珍寶視之。故我等（至少宓與寧）斷不可棄書，斷不可賣書。寧受人譏罵，亦必大量細心保存書籍。」〔註 41〕由此，可以想像得到那個時代的吳宓是怎樣痛心古籍名典被毀，又怎樣擔心中國傳統文化的中斷。吳宓深知中國文字之優美、文化之深厚，深信儒家孔孟有助於救世救心。於是他希望大學應該是保存和弘揚人類精神文化遺產的地方。認為僅僅培養能夠適應時代發展，能夠投入國家建設的人還是不夠的，國家在發展的同時不能一味向前看而拋棄歷史，拋棄在悠久歷史中積澱的傳統文化。所以，大學需要承擔保存和傳承文化的職能。如同蘇格拉底、柏拉圖流佈於世界，成了全世界的精神財富一樣，中國古代先賢的論著與思想以及千年來沉澱的古典文化都是中國傳統文化遺產。雖然這些文化遺產不能夠在短時間內產生經濟收益，但作為全人類共同遺產，卻有研究和保存的必要。將這些遺產保存並發揚光大，高等學校應有這樣的歷史使命。

所以，吳宓對廢除漢字使用拼音，將繁體字改為簡體字等做法非常不滿，屢次與人在會議中辯論。他認為中國文字優於西方文字，若漢字改革委員會強制推行簡體字，並以拉丁化拼音作為文字改革目標，則會帶來「漢字亡，中國文化全亡，已成事實」〔註 42〕的結局。當他從報紙得知國務院下令將各

〔註 40〕吳宓：《吳宓書信集》，北京三聯書店，2011 年，第 370 頁。
〔註 41〕吳宓：《吳宓書信集》，北京三聯書店，2011 年，第 370 頁。
〔註 42〕吳宓：《吳宓日記續編》第 2 冊，北京三聯書店，2006 年，第 137 頁。

省、縣名更改為筆劃極少之字時，也有這樣的感歎：「今之柄國者，事事妄行己意，毫無歷史觀念，不知山川州縣之名，在古今學術文化史中，在在牽連，一改即全部迷亂，無法理解與考證，更不論中國人之感情所繫，失去舊名，雖仍居華夏，即無異彼野蠻黑人之在非洲者矣。」〔註 43〕中國的漢字是中國文化的載體，漢字本身也是文化的一部分，在地名背後是地域文化、是人文情感的寄寓。古人說，某某，什麼地方人氏。這不僅是表明籍貫，更有文化和感情在裏面。

吳宓不反對白話的普及、推行，他自己也很欣賞優秀的白話小說和新詩，但也認為文言文和繁體字也不能被廢棄，文言也不是死文字，而是中國精神和文化的載體。他曾坦言：「人民政府、共產黨之政策及設施，宓無不熱心擁護，獨於文字改革及通行簡字（如以叶代葉以谷代穀）。未能贊同。」〔註 44〕文字是文化的整體，文字破滅了，文化也就會消失。所以，吳宓認為：「中西古來皆重誦讀古籍名篇，就文字精心用功，故名治學曰『讀書』。蓋由書籍文字之工夫，以求鍛鍊心智，察辨事理，進而治國安民，從政治軍、興業致富。其技術方法之取得與熟習，以及藏息精神、陶冶性情於詩樂畫諸藝，其根本之訓練與培養，莫不自文字中出也。近世妄人，始輕文字而重實際勞動與生活經驗，更倡為通俗文學、『白話文學』之說，其結果，惟能使人皆不讀書、不識字、不作文，而成為淺薄庸妄之徒。」〔註 45〕他相信中國文化的基本精神，「即孔孟之儒教，實為政教之圭臬、萬事之良藥」〔註 46〕。主張「文言斷不可廢，經史必須誦讀」。他憂慮的是白話文和簡體字的暢行會導致數十年之後的中國人無法讀懂《史記》《詩經》等文言文及繁體書籍。而將這些古籍經典傳承下去的唯一方式便是啟用學通古今的老教授，鼓勵其將畢生所學傳授給嗷嗷待哺的學子，趁有一批懂舊學的學者尚在，「今時尚賴舊時代所遺留之中西新舊學者與教師，可以使用，並資傳授。再過若干年後，來源已絕，典型已盡，彼時真成沙漠荒田，只能練步伐、習口令，所謂教育云乎哉？學問云乎哉？」〔註 47〕傳統學術尚有傳承的可能。吳宓被稱為保守主義者，他自認為雖保守但不利己，「乃深知灼見中外古今各時代文明之精華珍寶（精神＋

〔註 43〕吳宓：《吳宓日記續編》第 6 冊，北京三聯書店，2006 年，第 332 頁。
〔註 44〕吳宓：《吳宓書信集》，北京三聯書店，2011 年，第 321 頁。
〔註 45〕吳宓：《吳宓日記續編》第 2 冊，北京三聯書店，2006 年，第 286～287 頁。
〔註 46〕吳宓：《吳宓日記續編》第 2 冊，北京三聯書店，2006 年，第 307 頁。
〔註 47〕吳宓：《吳宓日記續編》第 2 冊，北京三聯書店，2006 年，第 129 頁。

物質）之價值，思欲在任何國家、任何時代圖保存之，以為世用而有益於人，非為我自己」〔註48〕。

吳宓有他的困惑。什麼樣的教師是好教師？什麼樣的學生是好學生？這兩個問題竟然使在講臺上站立了三十餘年的吳宓困惑了。眼見著自己欽佩的學富五車、人品高潔的老教授一個個被批判被打倒被迫當眾做檢討，眼看著沒讀過多少書的無學無才而又陰狠忌刻功於諂媚逢迎的人，只因讀過幾本漢譯之蘇聯課本及參考書，懂得迎合馬列主義之觀點立場的人變成了人見人愛受人尊敬的好教師。1951 年 2 月 23 日參加外四學生會談復課問題座談會上，吳宓將自己內心對學生的譏諷心存畏懼之情感向學生表達了出來，希望學生們可以給教師一個可以安心施展自己長處的環境以指導學生，會後他感覺「今後教授益不易充當，不但品質不分，抑且愆尤叢集，吾儕將至置身無地，偷生乏術」〔註49〕。1955 年 6 月 19 日的日記記載：學生參加「世界古代史」考試，吳宓自以為命題甚好，學生答卷也令他滿意，但卻被學生斷定「題目太難太煩」，於是，吳宓感歎：「冤哉苦哉，今之為教授者也！宓教授三十餘年，備受學生敬服愛戴，今老值世變，為師之難如此，宓心傷可知矣。」〔註50〕甚至他一度有燃起了離開西南回到北京去的想法。從這個時候起，教師是否稱職不再是由其學識、人品決定，而是由政治傾向、身份背景決定。而從 1958 年開始這種情況變得更加極端，學校在提拔師資時，改善教師工作環境為教師劃分級別時，首先所要注重的也是政治思想條件，而學識水平和解決實際問題的能力被放在了政治之後，正式的學校文憑和資歷竟然比不上教師們在政治學習會上的發言和政府、學生為其做的思想鑒定。

學校鑒定學生品質的標準同樣也令吳宓有些氣急敗壞。那些被他認可的勤敏好學、成績優異的學生被排除在好學生之列甚至被剝奪了繼續學習的機會驅逐出學校，反而平日平庸懶惰不學無術、擅長政治積極參加政治活動的學生成為學生中的佼佼者。新制定的評定學生好壞的標準同樣也首先注意政治覺悟的程度即對黨的政策思想的擁護程度及其家庭背景成為學生質量評定的分水嶺，解決實際問題的能力也優先於學生課內學習的成績。大中小學的招生門檻同樣也發生了強烈的變化，學識與考試成績不再是被大學錄取的首

〔註48〕吳宓：《吳宓日記續編》第 3 冊，北京三聯書店，2006 年，第 352 頁。

〔註49〕吳宓：《吳宓日記續編》第 1 冊，北京三聯書店，2006 年，第 73 頁。

〔註50〕吳宓：《吳宓日記續編》第 2 冊，北京三聯書店，2006 年，第 201～202 頁。

要標準，而家庭成分一躍而上成為劃分學生等級的標準，將許多學子因出身的限制而被擋在了大學校門之外。政治標準變成了高大的籬笆又彷彿是堅固的壁壘，將那些出身於資本家和地主家庭的人，特別是那些其父母在以前的運動中被挑選出來作為打擊對象的人擋在了籬笆之外。如李知勉，被批為「右派」含冤而死的老教授李源澄的女兒，在知友李源澄去世後吳宓負擔起了李知勉的生活用度，他認為這位博學的老教授的女兒應該攻讀大學以繼承其先父的遺志，並多方求助，希望能夠幫助這位少女考取西師附中進而能被大學錄取，然而這位可憐的「右派」女兒在由初中升入高中的過程中就受到阻礙。她無權報考高中，嚴重的政治問題剝奪了她升入大學的機會，無奈她只有報考職專，早早踏入工廠。而那些工農出身的考生或革命幹部卻可以優先入學。更有甚者，一些工人、農民、速成中學的工農畢業生及幹部，只要具備特定的推薦條件，甚至不需經過任何書面考試就可以上大學。

與民國時期的大學畢業生基本自主擇業的原則不同，新中國的學生們無論是大學還是高中畢業，他們都要等待黨組織統一安排就業。黨組織根據國家需要將畢業生安排到農村或城市的某一個崗位上，但是國家需要並不是唯一的標準，畢業生日漸增多但城市中的就業崗位並沒有大幅度的上漲，加之黨對學生思想控制的原因，對黨的服從程度成為鑒定畢業生品質及為其分配工作的最高標準。學生就業只考評家庭背景、成分、學歷、朋友交往等，「擇業而不問其職業之性質及需要，論人而不取其學問才能品德，惟重所謂政治思想水平，以反封建反地主為標準，其為治誠隘矣。」〔註 51〕吳宓認為，政府對畢業生的安置與選擇應該將其的學問、人品作為第一選擇，而政治思想水平不應該是一刀切的標準。吳宓自己也是地主家庭出身，博學多識、品德高尚，一樣可以為社會主義建設做貢獻。若單論政治而拋棄學問與品德條件，像排斥民國時期遺留下的人才和拋棄中國古典文化一樣將畢業生排斥在外則未免偏狹。而國家統一分配工作，使畢業生喪失了自由選擇職業權利的做法也是有缺陷的。畢業生在就業之前，應當先瞭解自己所要選擇職業的性質和職能，若任憑國家分配而對職業一無所知，則容易出現學生與職業不相適應的不良循環。

根據 1966 年「文化大革命」開始時發布的「五・一六通知」和「十六條

〔註 51〕吳宓：《吳宓日記續編》第 1 冊，北京三聯書店，2006 年，第 115 頁。

決定」，教育制度應該徹底改革。應設計出一種大學和高中招收新生的新辦法，因為現有的辦法不能從資產階級考試制度的固有模式中解放出來。新的挑選方法應以推薦和無產階級政治為基礎，以使工人階級出身的青年學生有更多的升學機會。另外，教學、考試及升學等一切安排都要與教育內容的改革同時進行。學習的時間要縮短，課程要少而精。雖然學生的主要任務是學習，但是他們也要兼學別樣，如工業、農業知識及進行軍事訓練。這與吳宓所提倡的以文化水平和道德品格來決定錄取與否的方案又一次的背離。

同樣的，對於廣大的莘莘學子他也是寄予了很大的希望的。在日常的工作和生活中，吳宓注意到學校在評定同學努力程度時，時常按照學生用在某項工作學習的時間長短來決定，而成績的好壞也重於學生品德的高劣，很少顧及對學生做人道理的培養。對此他希望學生學習不是為了獲取分數、求得一張文憑，或是為了在社會博取名聲，而是要在大學這一散發著濃厚學術氣氛的場所受到文化的薰陶。在學校中通過閱讀、學習與大學教授的耳濡目染懂得「學以為己，非以為人」的道理。他認為教育不僅要培養學生「治事治學之能力」，更要養成學生「修身之志趣與習慣」，使他們具有高尚的道德品質，而高尚的品德與良好的習慣比做事、修學的能力更為重要。為此吳宓由始至終堅持並踐行「博雅」的教育，在將引導學生撲向廣博的書海之時，更加注意對學生道德品格的培養。

1951 年 5 月，《武訓傳》被批判為宣揚資產階級改良主義的電影，認為「武訓精神」已經「成為人民教育事業前進的嚴重的思想障礙」，要求要把對電影的批評普及每一個學校、每一個教育工作者和文藝工作者，並要聯繫實際檢查自己〔註 52〕，據此，吳宓等老教授也被迫開展了對電影《武訓傳》的批判。1954 年對俞平伯的批判，實際上是要利用《紅樓夢》向人們灌輸馬克思主義的歷史觀點，但它最大的目標是要把學術上的政治觀點強加給中國的知識分子。這些政策直接激怒了像吳宓這樣的學者。1951 年 2 月 24 日的日記，說到這一行為對中國文化乃至整個民族的毀滅性的作用：「中國近日所勵行之政治、經濟、教育等改革辦法，無非抄襲蘇俄，一切恪遵照搬，而中國及中國文化已亡，所不待言者矣！哀哉！」〔註 53〕1955 年 5 月 6 日，聽完鄧止戈講

〔註 52〕林蘊暉：《1949～1976 年的中國：凱歌行進的時期》，人民出版社，2009 年，第 175～176 頁。

〔註 53〕吳宓：《吳宓日記續編》第 1 冊，北京三聯書店，2006 年，第 74 頁。

阿歷山大羅夫編《辯證唯物主義》第八章之後，吳宓認為：「今之哲學，只為無產階級革命與國際政治鬥爭服務，只有宣傳與訓練，顧安得有哲學？」〔註 54〕當吳宓看完蘇聯專家 C.A.彼得魯舍夫斯基演講的《列寧反對主觀唯心主義的鬥爭及其對科學的心理學和教育學的意義》小冊子後，認為「其內容及語調，仍為政治辯爭及宣傳」〔註 55〕。黨之所以要進行這一系列的改革和革命的目的，就是要吳宓這類知識分子徹底摒棄他們接受的西方理論和學術，轉而信奉從蘇聯來的這一套理論和學術。其目的是洗淨知識分子內心已經根深蒂固的西方自由主義價值觀，接受馬克思列寧主義思想。

自古以來，中國的學術從未脫離過政治。從漢代的察舉制度開始，國家便將擺脫貧困和飛黃騰達的許諾作為誘惑，試圖將知識分子收編於體制之內。每一位學子在內心深處總是激蕩著「知識改變命運」的呼聲。其實，當知識與入世掛鈎的時候，國家需要直接干擾教育內容和方向的設置，中國的教育是不可能實現獨立和自由的。可是吳宓認為政治對教育過度的干涉違反了教育規律，過多意識形態的干擾和控制，只能將教育變成了政治的工具，或許在短時間內能對國家建設或經濟發展有較好的收效，但從長遠來看，這種忽視教育規律的政策和措施對教育的打擊和影響是致命的。吳宓歸國從教時科舉制度已廢除多年，其時的政府與教育的關係不再如原先緊密，在一定程度上教育是獲得過獨立於政治之外的社會地位的。在那個時代文教界呈現出繁榮狀態，培養出了一批學術界的鴻學巨儒。雖然教育仍擺脫不了政治的干涉和意識形態的左右，但大學終是朝著獨立與自制的理念走去。從 50 年代開始，高校收歸國有，多種辦學體制並存的格局被打破，自由、獨立於政治之外的大學再一次被納入體制之內。

1923 年 7 月 6 日，在給恩師白璧德的信中，吳宓寫道：「自從我回國後兩年，中國的形勢每況愈下。國家正面臨一場極為嚴峻的政治危機，內外交困，對此我無能為力，只是想到國人已經如此墮落了，由歷史和傳統美德賦予我們的民族品性，在今天的國人身上已經蕩然無存，我只能感到悲痛。我相信，除非中國民眾的思想和道德品性完全改革（通過奇蹟或巨大努力），否則未來之中國無論在政治上抑或是經濟上都無望重獲新生。」〔註 56〕吳宓當然不會

〔註 54〕吳宓：《吳宓日記續編》第 2 冊，北京三聯書店，2006 年，第 171 頁。
〔註 55〕吳宓：《吳宓日記續編》第 1 冊，北京三聯書店，2006 年，第 172 頁。
〔註 56〕吳宓：《吳宓書信集》，北京三聯書店，2011 年，第 19 頁。

寄希望於奇蹟，而是將自己投身在這樣的工作中，為創造一個更好的中國而努力。他所希望的教育是對大眾的知識普及，在傳播文化知識的基礎上對民眾道德品性的提升。然而事與願違，解放後的中國教育更加重視政治宣傳，民眾道德的提升被思想統一的目標所代替了。

在學校裏，不論是政治學習還是文藝演出，甚至是普通的文化課上，當局所重視的基本都是對現今政府的政治宣傳，即對馬列主義毛澤東思想，共產黨之道理，蘇俄之制度，中國人民政府之政令而已。而「□□之政令與學校之教育，無非強迫改造，使老少師生、男女民眾，悉合於此一陶鑄之模型。其態度極嚴厲，其方法極機械。而世界古今之大，歷史文化之深廣，以及人性之繁複變幻，則不問焉。但以力服，以威迫，使人莫敢不趨從，莫取不就範。嗚呼，生此時代之中國人，真禽犢之不若，悉為犧牲。」〔註 57〕吳宓認為，教育是獨立於政治之外的，教育是對人的道德的美化，是對民族道德的整體水平進行提升的唯一良方，而不能將其當做在政黨的掌握下的政治宣傳或攻擊工具的。作為教育家的吳宓，他非常注重教育在涵養人性、培植道德、救國經世方面的倫理作用，因而在他的教育思想中始終傳達著傳統儒家和新人文主義改良人心、提倡道德的主張。吳宓秉承傳統儒家的教育思想，認為為人之道的教育至為重要，他指出教育的本質就在於「學以為已」「教以成人」。他提倡通過個人進行道德修養，祛除人性中之卑下部分而培養人性中之高尚部分，從而達到理想人格的養成，在此基礎上才能起擔當改良社會的重任。他認為現在政府和學校比起育人更傾向於對學生進行意識形態的灌輸。若拋棄教育的道德修養作用，一味將其作為政治訓育的工具，這樣的政策會造就學生的自私自利，重己而不恕人，成為錙銖必較的人。這樣的人或許擅長政治手段，會是「優秀學生」，然而這樣的學生在思想、行為、品格、道德上或許是卑劣的，中國歷史上所異常的聖賢之道德將不復存在。

讀完吳宓的一生，或許我們會哀歎他生不逢時。學富五車卻無施展之地，身懷理想，理想卻總是厄於現實的強力。他一生追尋真理、與世無爭，走時依然帶著學者的尊嚴。在吳宓看來，社會及他人是否理解自己並不能觸動他本真的追求，雖然他苦於沒有知音相和，卻在自己的教育之路上心懷大義、任性執著。在今天的教育界，人文、博雅、通識、國學傳承等詞彙一遍又一遍的被人們提起，而早在上世紀就將這些作為人生理想並為此不懈奮鬥過的

〔註 57〕吳宓：《吳宓日記續編》第 1 冊，北京三聯書店，2006 年，第 171 頁。

老人卻已經離我們遠去。如今我們讀吳宓、感傷吳宓一生的遭遇，我們理解他、追憶他，因為理解他，所以更加愛他、尊敬他，然而再多的讚美和讚揚都無法喚回他、補償他，唯一能做的便是懂他、繼承他，懂他的堅持、繼承他的理想，以撫慰他那因遺憾而不安的靈魂。

政治篇

翻開現代中國的歷史，我們會發現每一歷史進程中都跳動著無數知識分子的身影。每一次社會的轉型，每一次政治風潮的發生，也都會將無數的知識分子推到風口浪尖。他們往往能最早感知到時代異常跳動的脈搏，聆聽到民族對自由的呼喊，但同時，也往往能最深刻地同情於文化撕裂的痛楚，悲哀於精神的衝突。他們或以筆為旗，充當革命的先行者，在動盪的時局中留下振聾發聵的聲音；或孤燈寂夜，忍辱負重，用深沉的文字雕刻自我理想的價值。他們執著於不同的文化立場，形成了文化的交錯和融合。當歷史漸漸遠去，他們中的許多人都濃縮成了一個又一個名字，深深地嵌入了我們的精神世界裏。他們的文字也為後世留下了一份寶貴的財富，這些泛黃的書頁可帶我們懷想那些逝去的時光，瞻仰那些偉大的靈魂。

《吳宓日記》及其《吳宓日記續編》就是這樣的文字。

一、吳宓的政治思想

自中國近代以來，延續了近百年的政治運動無疑改變了無數知識分子的命運，連綿不斷的戰火和紛爭，無數次的遷徙與逃亡都讓這段歷史寫滿了苦難和沉重，吳宓作為這萬千飄零者中的一位，他的一生都被國家政治所牽引。1894 年中日甲午戰爭爆發，國家危在旦夕，著名學者吳宓便在這舉國憂憤的政治環境中誕生了，而後頻繁的戰事、動盪的時局都伴隨了他一生的時光。他見證了近現代中國歷史的巨變，從辛亥革命到抗日戰爭，從國共內戰到新中國成立，他所生存的外在空間幾乎都被戰爭和衝突所充滿。新中國成立之後，他更是被巨大的政治運動所裹挾，遭受了精神和身體的雙重摧殘，在痛苦和失意中淒涼的度過了最後的 28 年。他將這所有的情緒都留在了日記裏，《吳宓日記續編》記載了他在共和國政治中所遭受的煎熬與痛苦，字裏行間都傳達了一個知識分子的理想和信仰，如今，當我們觸摸到這些珍貴的文字時，我們依舊能感受到它思想的溫度和博大的情懷，並為之動容。

（一）吳宓的政治理想

縱觀吳宓的生活經歷，我們會發現他在青少年時期所受的文化薰陶直接影響了他這一生的政治選擇。20 世紀初的中國內憂外患，政治已然成為每個知識分子都無法迴避的話題，而身處於這個社會大環境中的吳宓很早便從父輩那裡獲得了「國家」意識的啟蒙。吳宓早年生活在一個向資產階級過渡的舊家族中，吳氏家族是大家望族，書香門第，從故宅大廳裏懸掛著的「敘天倫之樂事：父子，兄弟，夫婦，朋友；著大學之明法：格物，致知，正心，修身」的木刻楹聯中便可見吳家深受儒家思想的影響，吳宓自小耳濡目染，所受影響甚深。同時，他的嗣父與當時的民族資產階級革命派有著密切的往來，他也因此很早便接觸了維新思想，在他少不更事時，「宓亦屢聞父執先生們談論國事及世局，終以幼稚，不知注意。」〔註 1〕上了私塾之後，除了在課堂上學習四書五經，業餘時間則泛讀嗣父遊日隨筆《愛國行記》及《新民叢報》《新小說》《上海白話報》等維新刊物，以至於自陳：「宓一生思想，受梁任公先生（啟超）及《新民叢報》之影響，最深且鉅。」〔註 2〕深受維新思想影響和儒家文化薰陶的吳宓在少年時便對國家的貧弱有了深刻的印象，並使之自小便懷抱了救國的理想。而他後來所就學的三袁宏道書院是陝西著名書院之一，不僅教授傳統學術，並且積極宣傳資產階級民主主義改革思想，這所學校的文化教育讓吳宓的文化理想有了最初的雛形，吳宓由此相信傳統文化不可一概否定，要在重評傳統的基礎上吸收西學。1911 年，吳宓考入清華學校，結識了一批志同道合的好友，受了梁啟超「報刊救國」的啟發，欲效其《新民叢報》而自編雜誌，他在清華期間積極參與了《清華週刊》《清華學報》的編輯活動，並於 1915 年冬與湯用彤等清華丙辰級同學一起成立了天人學會，「會之大旨，除共事犧牲，益國益群而外，則欲融合新舊，擷精立極，造成一種學說，以影響社會，改良群治。」〔註 3〕從中我們可以窺見到鮮明的

〔註 1〕吳宓：《吳宓自編年譜》，北京三聯書店，1995 年，第 39 頁。

〔註 2〕吳宓：《吳宓自編年譜》，北京三聯書店，1995 年，第 47 頁。

〔註 3〕吳宓：《吳宓詩話》，商務印書館，2005 年，第 180 頁。

維新思想，而這種融合新舊的文化理念也與此後的《學衡》宗旨具有一致性。清華的學習培養了他通達寬闊的學術視野，也塑造了他獻身文化和學術的人生理想，至此，他「文化救國」的理想已經成型，而後哈佛的學習為這一理想提供了更多理論的支撐，是對其思想的進一步的強化。基於對傳統文化的認同和推崇，吳宓在哈佛大學選擇了新人文主義的倡導者白璧德為師。在白璧德看來，現代西方世界混淆了物質進步和道德進步，一心營求物質利益，以至於商業精神肆行無憚，帝國主義的衰落不可避免。而改造社會政治的唯一途徑便是人文，即用道德主義來改造社會，主張道德自我對自然自我的克制，提倡由道德精英來統治國家，建立起與近代文明相抗衡的文化體系，從而達到真正的文明更新。這些與中國儒家思想有諸多相通之處，新人文主義思想無疑強化了吳宓對儒家思想的認同，同時也讓他對中國的政治改革有了更清醒的認識，中國的貧弱在於精神的墮落，而「救國經世，尤必以精神之學問（謂形而上之學）為根基。」〔註 4〕他將新人文主義作為救國的唯一良方，並欲通過此來實現他的政治理想。

1921 年，他畢業回國，此時新文化運動的破舊除新已經取得了巨大的成就，看到自己所珍愛的傳統文化正被批判打倒，他陷入對國家未來深深的焦慮之中：「自從我回國後兩年，中國的形勢每況愈下。國家正面臨一場極為嚴峻的政治危機，內外交困，對此我無能為力，只是想到國人已經如此墮落了，由歷史和傳統美德賦予我們的民族品性，在今天的國人身上已經蕩然無存，我只能感到悲痛。我相信，除非中國民眾的思想和道德品性完全改革（通過奇蹟或巨大努力），否則未來之中國無論在政治上抑或是經濟上都無望重獲新生。」〔註 5〕1937 年盧溝橋事變之後，日本不費力而坐取華北，他認為中國的失敗也與國人的隱忍苟活、屈辱退讓有關。「中國之科學技術物質經濟固不如人，而中國人之道德精神尤為卑下，此乃致命之傷。非於人之精神及行為，全得改良，決不能望國家民族之不亡。遑言復興？」〔註 6〕民眾的道德精神決定了國家的興亡，同理，一個政黨的成功與否也與此有著很大的關係，他對各國政黨曾作出對比和評價：「然昔年國民政府上下將吏之奢惰貪私，及美國之愚傲拙侈，實為其覆亡之原因、崩敗之徵。共產黨及蘇俄之艱苦奮厲，深

〔註 4〕吳宓：《吳宓日記》第 2 冊，北京三聯書店，1998 年，第 101 頁。
〔註 5〕吳學昭：《吳宓書信集》，北京三聯書店，2011 年，第 19 頁。
〔註 6〕吳宓：《吳宓日記》第 6 冊，北京三聯書店，1998 年，第 170 頁。

心遠謀，確有其成功與強大之理由。」〔註7〕在他看來，國家的衰敗必然與文化的腐化有關，而它的復興和一個民族生命力的維繫也必須依靠強健的精神文化，因此，不管是早期的救亡圖存，還是後來參與到新中國的建設，他都是從文化入手的，對文化傳承的執著也貫徹了他的一生。

自從回到祖國之後，他便開始致力於傳播新人文主義思想和弘揚傳統文化，這一方面出於他對文化的珍愛，而同時也是他救世理想的踐行。《學衡》和《大公報．文學副刊》都在一定程度上承載了他的政治理想，《學衡》雜誌不僅致力於中國古代文化和古代文學的研究，同時大量引介西方文化和文學，以客觀公允的態度來宣揚新人文主義，並針對當時反舊倡新的熱潮發出了不同的聲音，引起了頗多關注。但最後這兩份刊物都因為某些原因相繼停刊，失去了兩個輿論陣地的吳宓感到十分沮喪，加上戀愛生活的重創，他陷入了深深的痛苦之中，「才性志氣已全漓滅矣！」此時的他亦知在戰火紛飛的環境中，其主張是不可能得到實現的，「達則兼濟天下，窮則獨善其身」，此後的他逐漸疏遠政治，將心志全放在整理典籍書本之上。內戰結束後，硝煙逐漸散去，生活也開始趨於平靜，此時吳宓內心理想的星火再次點燃，他「嫌國立大學只教授學術、知識而不講道德、精神、理想（此必求之於私立學院）」〔註8〕，毅然辭掉武漢大學的工作來到成都，卻因戰亂最終滯留於重慶。在拋棄了文化學習的校園裏，在無數政治運動的打壓之中兢兢業業的撰寫講義，執著於自己的文化理想，將全部的精力都投入到了傳統文化的研究中。

在吳宓看來，只有強健的文化才能讓中國擺脫壓迫和貧弱，走向獨立。而對於國家的統治，吳宓亦一直秉承著新人文主義的觀點，他認為國家若要實現民主自由就必須依靠一個優秀的統治者。他曾在給友人的信中談到這個觀點：「我們所要的是倫理社會和道德的政府，但我們首先要的是對待人類生活的健全和現實的觀點。我們在倫理道德和宗教信仰方面的中心信念，是美德和邪惡的二元論。在政治方面，我們的理想是權力的正確行使，並由一群具有智慧及品德的精英分子掌握。」〔註9〕這種精英思想直接影響了他對領導者的認識，對於領導者應具備的素質，吳宓在譯文《班達論智識階級之罪惡》中說：「智識階級之主張，本於一己之良心及理性。以是非真偽為歸，而不以

〔註7〕吳宓：《吳宓日記續編》第1冊，北京三聯書店，2006年，第119頁。
〔註8〕吳宓：《吳宓日記續編》第1冊，北京三聯書店，2006年，第10頁。
〔註9〕吳學昭：《吳宓書信集》，北京三聯書店，2011年，第152頁。

己身之成敗枯榮為意。然後竭力推廣。希望己之學說理想能得實現，而決不可能遷就一己修改學說。以媚人而求榮，或阿諛以圖利。」〔註 10〕即要求領導者必須擁有豐富的學識和高尚的道德，並將此作為評判領導者的重要標準。例如在 1941 年 7 月 19 日的日記中，在與朋友談及中共相爭的問題時，他這樣寫道：「宓乃侃侃而陳道德及立誠、為公之要，盼蔣公及國民黨及全國領袖人物，均能於此加意自勉。」〔註 11〕從中可以看出，他認為一個優秀的領導人應不僅具有儒家所倡導的君子風範，同時，這些精英領導者必須對民眾施以仁政，而這其實又回到了他的政治理論起點：文化。在吳宓看來，基督教的仁愛，傳統儒家的「民本」等合乎道德倫理的觀點都應該在政治決策中表現出來，「我們反對新文化，反對布爾什維主義，反對反基督教運動，反對學生和市民非法暗中策劃集會遊行，等等。我們認為政府和偉大政治的基礎是道義，而所有法律和體制改革的嘗試都幾乎沒有結果。」〔註 12〕只有實施仁政，政府才可能保全和鞏固它的統治。吳宓的政治理念帶有很濃的理想主義的色彩，比如他的精英主義極有可能導向專制集權，但是毫無疑問，他所提倡的「仁政」乃是鞏固政權的必需，而他對傳統文化的重視在今天仍具有很強的現實意義。

（二）吳宓的政治態度

從吳宓的政治理想中我們可以看出，吳宓是從文化精神的角度進入政治的，即使後來漸漸疏遠政治，但他的政治立場卻一直貫穿始終，對政治的評判準則都基於文化和道義。因此，他對一切破壞文化和違背仁義道德的統治都不贊同，認為頻繁的政治運動有「不事休養生息，而用民力太過」等弊端，認為「廢文言，行簡字」的做法會「割斷中國文化之歷史根苗」，對黨制文藝提出了「文藝創作亦不能出自人心而發揚民志」〔註 13〕的批評。

1949 年，共產黨取得了內戰的勝利，為了鞏固新生的政權，在全國範圍內開展了頻繁的思想政治運動，這些運動讓吳宓極其不適應。如 1951 年的「土改」運動，吳宓感受到了「以階級為界，以報仇立義。對地主及一切有資產有文化之人，悉欲根絕之、剷除之而後快」〔註 14〕的緊張。在鎮壓反革命運

〔註 10〕吳宓譯：《班達論智識階級之罪惡》，《學衡》第 74 期，1931 年 3 月。
〔註 11〕吳宓：《吳宓日記》第 8 冊，北京三聯書店，1998 年，第 131 頁。
〔註 12〕吳學昭：《吳宓書信集》，北京三聯書店，2011 年，第 152 頁。
〔註 13〕吳宓：《吳宓日記續編》第 4 冊，北京三聯書店，2006 年，第 129 頁。
〔註 14〕吳宓：《吳宓日記續編》第 1 冊，北京三聯書店，2006 年，第 23 頁。

動中，「聞合川、隆昌等邑亦各捕千餘人，捕去皆予槍斃。」〔註 15〕而學校中亦有學生在教室鬥爭工人特務，「眾怒叱詈，喧乎震天」。隨之而來的「五反」運動，吳宓更是親眼目睹了批鬥會上的暴力酷刑，「十餘犯，則跪地凳或煤渣上，剝其外衣，遮面蒙頭，群眾威呼，促其坦白至再至三。」〔註 16〕而隨著運動範圍的不斷擴大，打擊力度的增強，禍及人數也逐漸增多，因此致死之人更是多不勝計。在「文革」期間，被認定為階級敵人的「黑五類」不僅要進行繁重的體力勞動，同時還要無條件、無反抗的接受紅衛兵的訓斥和毆打，而吳宓亦在「文革」中以「反革命」的罪名被施以專政，遭受了殘酷的批鬥，他在 1969 年 5 月 9 日的日記中記載了他有史以來遭受的最嚴重的毆打：「兇猛之二男生來，分挽宓之左臂、右臂，快步疾馳，拖宓入食堂（由兩行橫木厚板之間走進）。行約及 2/3 處，宓大呼曰：『請緩行。宓腳步趕不上，將跌到！』彼二人大怒，遂乘向前奔衝之勢，放手，將宓一猛推，於是宓全身直向前左方，傾倒在極平之磚地上。宓全身骨痛已甚，而彼二人怒益增，徑由後挽起宓之左腿，拖動全身，直至主席臺前，面對群眾，接受鬥爭。」〔註 17〕而這次毆打也致使他的「左腿乃受扭折：上腿（大腿）向左、向外扭折，下腿（小腿）向右、向內扭折，膝蓋與胯下兩處關節脫卯（非復原來窠臼銜接）」〔註 18〕，並因此落下了終身殘疾。吳宓在日記中說：「頗感今中國之對待一般人士，皆如中世歐人之待猶太人矣！」〔註 19〕這些被專制的人喪失了尊嚴和自由，除了身受暴力摧殘，還要承受精神上的冷暴力，遭受群眾的控訴和辱罵，忍受各種冷眼和疏遠。很多人因此精神失常，更有人不堪受辱而選擇自殺。吳宓在被打倒之後也遭到了紅衛兵甚至孩子們的戲弄和侮辱，而對此，勞改隊卻規定：「兒童們侮辱汝等牛鬼蛇神是所應當，決不許還手抵抗，倘敢打擊兒童者重懲。」〔註 20〕因此對於他們的惡意挑釁，吳宓只能避而遠之，上下班都選擇繞道而行。一個老教授的尊嚴被踐踏至此，內心的痛楚可想而知。

政治運動的輪番來襲嚴重干擾了人的正常生活，政治學習和各種會議成了吳宓每日工作中的重要組成部分，且時間密度和長度也在逐漸增加。根據

〔註 15〕吳宓：《吳宓日記續編》第 1 冊，北京三聯書店，2006 年，第 87 頁。
〔註 16〕吳宓：《吳宓日記續編》第 1 冊，北京三聯書店，2006 年，第 300 頁。
〔註 17〕吳宓：《吳宓日記續編》第 9 冊，北京三聯書店，2006 年，第 103～ 104 頁。
〔註 18〕吳宓：《吳宓日記續編》第 9 冊，北京三聯書店，2006 年，第 106～107 頁。
〔註 19〕吳宓：《吳宓日記續編》第 1 冊，北京三聯書店，2006 年，第 171～172 頁。
〔註 20〕吳宓：《吳宓日記續編》第 8 冊，北京三聯書店，2006 年，第 34 頁。

日記記載，1951 年平均一天兩個小時，1952 年則增加到平均每天 4 個小時，吳宓對此感到苦不堪言，「今全國之人，皆忙於開會、學習、運動、調查、審訊、告訐、談論，批評，而事業停頓，學術廢棄，更不必言『其細已甚』與『民不堪命』也！」〔註 21〕即便如此，此時的吳宓仍舊還可以將上課作為一種調劑，偷得些許閑暇，但從 1958 年開始，政治已然成為了生活的全部內容，「眾皆忙於提意見，寫大字報，公務幾全停頓，無暇辦事。」〔註 22〕各種思想彙報，大字報任務讓學生和老師每天日夜趕工，「諸人之辛苦奮力，尤以學生為難能，數日不回寢室，在教室中倦則伏案而寐，焦思苦行，不斷揮毫書寫。」〔註 23〕根據吳宓日記中的記載，在教育的大躍進運動中，迫於任務的壓力，他時常要趕寫大字報到深夜，而夜晚一點鐘復起，再寫至五點，疲於應付，終日愁苦憂思，並因此經常失眠。除此之外，迫於「大躍進」不斷漲高的糧食產量指標，大量的學生和老師被派往農村參與勞動，而民眾更是終日勞作不止，吳宓日記記敘了他的所聞：「農民五日中，僅食乾飯一餐，餘皆粥，菜以辣椒、泡蘿蔔為主，生活已極勤苦，每畝產量 800 斤。農民屢言其斷不能再增產，而黨召開會時，竟定為 1200 斤指標。……教師之往農村鍛鍊者，……皆患食不能飽，勞苦不勝。每日未明即起，為農民煮飯，做家事，終日擔運掘築，無午睡，夜間猶需開會學習至十一時半，故多鬱苦。」〔註 24〕可見，全國上下無一不受政治的侵擾。而在「文革」中，被關進牛棚接受改造的「黑五類」除了參與生產勞動之外，其餘時間則必須背誦語錄，撰寫交待材料，「士勞忙不暇用思」，終日為改造所累，不得休息。「親親而仁民，仁民而愛物」的儒家思想被政治拋棄了，人們勞忙不閒，深感其苦，遑論個人幸福。

接連不斷的政治運動極大的侵佔了人的生活空間，而與之相伴的則是政治思想的全面入侵。電影、書本等一切傳播媒介都被當做統治輿論的工具，鋪天蓋地的政治宣傳無孔不入，「唱歌，作秧歌舞及種種文娛遊戲。無事不富宣傳督促改造投降之意味者。」〔註 25〕政治就如一張巨大的網，控制了任何有思想的生命。在 1954 年「肅反」運動期間，學校開會規定，師生員工一律

〔註 21〕吳宓：《吳宓日記續編》第 1 冊，北京三聯書店，2006 年，第 327 頁。
〔註 22〕吳宓：《吳宓日記續編》第 3 冊，北京三聯書店，2006 年，第 247 頁。
〔註 23〕吳宓：《吳宓日記續編》第 3 冊，北京三聯書店，2006 年，第 331 頁。
〔註 24〕吳宓：《吳宓日記續編》第 3 冊，北京三聯書店，2006 年，第 248 頁。
〔註 25〕吳宓：《吳宓日記續編》第 1 冊，北京三聯書店，2006 年，第 22 頁。

不准請假，不許出校園，不准會客，不許通信，在行為上予以規範，同時勒令進行思想改造，而改造最主要的方式便是相互之間的檢舉揭發，不僅個人的行為時刻暴露在他人咄咄相逼的目光之中，同時還要忍受牽強而又無理的苛責。吳宓在運動中無數次交代坦白，撰寫了大量的思想彙報，這種強制性的思想規範對於追求自由的知識分子來說無疑是最大的折磨。而到「文革」時期，對思想的控制更是達到了極致，任何有違集體意志的個人發聲都可能影響到生命的安危，這種全民被迫性的思想改造，無疑會造成思想的僵化，「政令與學校之教育，無非強迫改造，使老少師生、男女民眾，悉合於此一陶鑄之模型」〔註 26〕。吳宓日記記載，有一次他奉命寫大字報，由於疏於檢查而未將「毛主席」三個字用紅筆標出，便因此受到了學生們的譴責，甚至將其罪名上升到了反黨、反領袖的高度。在「文革」中，很多少不更事的少年都是被這種崇拜感和使命感所驅使，捲入這場盲目爭鬥的遊戲。吳宓不禁感歎：「生此時代之中國人，真禽犢之不若，悉為犧牲」〔註 27〕。仁政不存，大道將失。深愛中國文化的吳宓經歷了無數次的政治運動，他在每一次政治變動中都表現得十分憂慮而痛苦，因為對他而言，輪番的政治運動不僅會摧毀個體精神，更會加重對文化的摧殘。

在解放前，他對國共交戰雙方都持否定態度，他認為此時的國共兩黨分別稟明於美、俄，兩黨相鬥，必然會帶來俄、美等國的交戰，由此，「赤縣古國，遂至末日，淪胥以盡。況文字已擅改，歷史不存。教化學術，悉秉承於美、俄，即中國名號猶在。甚至人民安富尊榮，其國魂已喪失，精神已蕩滅。」〔註 28〕他亦從文化上對政治作出估算，中國文化「若國亡於日，存 5/10；亡於美，存 3/10；亡於蘇，存 1/10。」〔註 29〕隨著密度和力度的不斷增加，濃鬱的政治風氣迅速彌漫了整個中國，校園裏到處充斥著政治口號，學生趨之若鶩，積極地投入到了運動之中，「今校中已無人讀書。姑不論中西文哲史之學，敢有學生用功英文、數、理、化者，亦將犯『阻礙進步，破壞團結，反對參軍，援助美帝』之嫌疑矣！」〔註 30〕不僅如此，學校圖書館的流通之書也必須經過嚴格篩選，以防思想流毒之患，學校教育的缺失讓吳宓深感學術

〔註 26〕吳宓：《吳宓日記續編》第 1 冊，北京三聯書店，2006 年，第 171 頁。
〔註 27〕吳宓：《吳宓日記續編》第 1 冊，北京三聯書店，2006 年，第 171 頁。
〔註 28〕吳宓：《吳宓日記》第 9 冊，北京三聯書店，1999 年，第 519 頁。
〔註 29〕吳宓：《吳宓日記續編》第 7 冊，北京三聯書店，2006 年，第 119 頁。
〔註 30〕吳宓：《吳宓日記續編》第 1 冊，北京三聯書店，2006 年，第 37～38 頁。

被冷落的悲哀。而隨之而來的教學改革則導致了文化被政治的同化，首先是尊蘇思想的盛行，在學校中，對教師素質優劣與否的評價完全取決於其政治思想的高低，「僅讀過二三本漢譯之蘇聯課本及參考書，但合乎馬列主義之觀點立場，便是好教師。而非博學通識，精度史籍原著以及通悉古今西洋文字語言之人。」〔註 31〕在教學過程中亦必須遵循嚴格的政治標準，「每一段甚至每一句講話，每一個名詞，深思密造，用馬列主義之立場觀點，表現出階級鬥爭之感情、精神。」〔註 32〕教學「重今輕古」的要求讓他感到極其痛苦，無所適從，吳宓也因其思想的「落後」而倍受學生的指責。而最讓他難以接受的就是廢除繁體字的主張，文字是民族文化的符號，對文字的改變無異是對文化的自殘，「漢字亡，則中國文化全亡」。看到自己無比珍視的文化正被肆意的摧殘，他不禁悲歎：「數千年文明古國之中華，為正統馬列主義（一種信仰，一派學說）之犧牲。只知有黨而不知有國，為某階級之利益而不顧全體民眾。若輩志驕氣盈，冥行猛進，孤注一擲，恐不免玉石俱焚，中華人民之厄運將何所底乎？」〔註 33〕眼見文化的凋敝，身處其中的他無時無刻不在忍受著煎熬，並對自我的存在產生了深深的破滅感，多次想要以死解脫，「宓自恨生不逢辰，未能如黃師、碧柳及迪生諸友，早於 1949 年以前逝世，免受此精神之苦」〔註 34〕。

在政治的巨大干擾之下，傳統文化被拋棄，道德信念如仁愛、恭順、謙卑等品質都隨之消亡。在吳宓日記裏，無處不透露著他對精神文化凋敝的痛惜和對卑劣人性的批判。他強烈地感受到了政治運動對淳樸民風的巨大破壞力：「蓋數月，或期年以來，中國人之一般習性，已變為殘酷不忍，而不自覺知。甚矣，移風易俗之易，而收功見效之速也！」〔註 35〕革命鬥爭思想的鼓吹、對階級成分的重視，讓原本以親情人倫維繫的家庭關係轉變成了赤裸裸的階級對立。在吳宓的日記中，婚姻已無家室男女之感情，充滿了政治和鬥爭，很多青年為了追求「進步」與家庭決裂，棄絕愛情，因為政治而致夫妻反目者更是無數，甚至還出現了弒父的慘劇。失去了文化信仰的國家陷入了一片混亂，非理性肆意橫行，它們嚴重損害了社會的安靜和穩定，而「文革」

〔註 31〕吳宓：《吳宓日記續編》第 2 冊，北京三聯書店，2006 年，第 228 頁。
〔註 32〕吳宓：《吳宓日記續編》第 2 冊，北京三聯書店，2006 年，第 151 頁。
〔註 33〕吳宓：《吳宓日記續編》第 5 冊，北京三聯書店，2006 年，第 439 頁。
〔註 34〕吳宓：《吳宓日記續編》第 2 冊，北京三聯書店，2006 年，第 65 頁。
〔註 35〕吳宓：《吳宓日記續編》第 1 冊，北京三聯書店，2006 年，第 97 頁。

的「武鬥」無疑是最明顯的證明。紅衛兵以革命的名義肆意妄為，完全喪失了理智，「今道德、法律不存，任何大人或孩童，可持械毆傷或打死任何人而不受懲罰。更不償命。」〔註 36〕無數人在鬥爭火拼中陣亡，很多無辜的人因此喪命。吳宓認為道德的淪喪會帶來社會的混亂，而終將導致政權的坍塌：「今方以工人及貧農為最高尚優秀之人，而痛斥舊習慣、舊禮教為遺毒害世，急圖消滅之不遺餘力，而不知五千年儒先之教化，孝悌、仁愛、慈惠等感情，猶在人心。今已有此類殺父之行為，則數千百年後，中國人兇惡暴狠過於猛獸之時，汝□□□□□□□，又安能穩坐江山，使六億人俯首聽命耶？」〔註 37〕而「違反人情之政教，吾信其必不能持久不敗耳。」共和國接連不斷的政治運動讓吳宓感到極大的失望，他所珍愛的文化也因為政治的破壞而枯萎凋零，其內心的憐惜和痛苦可想而知。

（三）吳宓的政治立場

隨著吳宓政治理想的破滅，心灰意冷的他不再投入政治運動，而轉入對文化的追尋。但作為一個深諳儒家思想的人，他卻一直保持著對國家政治的關注。在他的日記中，政治時事一直是一項很重要的內容，他幾乎對每一次重大的事件都有記載，並且還時常和朋友討論時事。1949 年以後，政治與個人的關係變得更加密切，而吳宓日記裏對政治事件的記載也就變得更為詳細，在每一次政治學習中，他都會對會議內容和發言做詳細的記錄，並在會後將其抄錄黏存。除此之外，他每天都保持著看報的習慣，哪怕到 1970 年三月份後每月工資只有三十多塊錢，但他仍會花 1.3 元訂一份《人民日報》。但是我們又不難發現，吳宓雖然關心政治，但同時又與政治保持著距離，他不會主動參與政治甚至會刻意地疏遠，他曾多次在日記中表示對政治學習的厭惡：「赴第一小組學習會，心甚不快。勉強發言一次」〔註 38〕，「循例隨眾，不得不言，既違良心，又不合時宜，殊自愧自恨也」〔註 39〕，這樣的敘述在日記中隨處可見，並且他會經常以各種理由拒絕參加會議和政治活動。朋友曾求他為《大公報》撰文慶祝建黨 30 週年，他堅決拒絕了並表示：「若至萬

〔註 36〕吳宓：《吳宓日記續編》第 8 冊，北京三聯書店，2006 年，第 159 頁。
〔註 37〕吳宓：《吳宓日記續編》第 6 冊，北京三聯書店，2006 年，第 259 頁。
〔註 38〕吳宓：《吳宓日記續編》第 1 冊，北京三聯書店，2006 年，第 24 頁。
〔註 39〕吳宓：《吳宓日記續編》第 1 冊，北京三聯書店，2006 年，第 24～25 頁。

不得已時，被逼，寧甘一死耳」〔註40〕。又一次，《重慶日報》來徵文，學校擬定吳宓等三位教授撰文，吳宓日記寫道「嗚呼，當局焉知吾心，吾寧甘減薪降級調職，而不願作文登報。此吾特有之苦衷，不敢對人言者。宓自視如無物，然人猶以往昔之虛名而尊我或用我，哀哉名之為累也！」〔註41〕而當他得知自己的思想改造文章被譯成英文，對美國廣播宣傳而作為招降胡適等之用，他對此事極為不滿，「宓今愧若人矣」〔註42〕，並在詩中寫道：「心死身為贅，名殘節已虧」。吳宓不願意沾染政治，更不願卑躬屈膝來獲取名利，他認為一個獨立的知識分子一旦附和於政治，就已經喪失了獨立和氣節。因此，吳宓一生都未曾真正服膺政治，他一直渴望保存自己獨立的品格，不屈服於強權，不為名利所累。

吳宓的這種政治態度與他的文化信仰有關，他嚴格恪守「君子不群不黨」的道德準則，「吾自抱定宗旨，無論何人，皆可與周旋共事，然吾決不能為一黨派或一潮流所溺附、所牽絆。彼一黨之人，其得失非吾之得失，其恩仇非吾之恩仇，故可望游泳自如，脫然絕累。」〔註43〕吳宓一直以來都對政治保持著中立的態度，專注於內心的安定和平和。「無偏無黨，不激不隨」不僅僅是吳宓的學術理想，也是他為自己的行為思想所確立的準則。觀其一生，吳宓一直都身處於黨派紛爭的大環境之中，但卻如其宗旨所說，他沒有參與過任何的黨派爭鬥，也從未有確定的黨派偏向。即使多次被迫參與到政治活動中，但他始終都以專注於文化研究的知識分子自居，保持著獨立的品格和姿態，與政治保持著距離。面對民盟領導的邀請，他表示不願入，為捍衛思想的獨立和自由，他甚至表現出了願意為之獻身的堅決：「總之，他人求入黨，宓求不入黨、不入盟：許我生則生，不許我生則樂死」〔註44〕。

「惟宓殊惡參加黨派團體。」〔註45〕綜其原因，首先在於他自身對政治的拒絕，「因宓素不喜政治及社交，為之亦不宜。故寧始終遠避此類團體活動，而獨行自樂耳」〔註46〕。他不願意委曲求全，並且他認為政黨的觀念必然會

〔註40〕吳宓：《吳宓日記續編》第1冊，北京三聯書店，2006年，第164頁。
〔註41〕吳宓：《吳宓日記續編》第2冊，北京三聯書店，2006年，第62頁。
〔註42〕吳宓：《吳宓日記續編》第1冊，北京三聯書店，2006年，第432頁。
〔註43〕吳宓：《吳宓日記》第2冊，北京三聯書店，1998年，第45頁。
〔註44〕吳宓：《吳宓日記續編》第2冊，北京三聯書店，2006年，第397頁。
〔註45〕吳宓：《吳宓日記續編》第1冊，北京三聯書店，2006年，第472頁。
〔註46〕吳宓：《吳宓日記續編》第1冊，北京三聯書店，2006年，第450頁。

成為自由思想的牽絆,而獨善其身、保持獨立的唯一的辦法只能是拒絕參與一切政治活動,從而拒絕一切政黨思想的同化。但據日記記載,在這其中也有一個例外,那就是吳宓曾連續三屆擔任四川省的政協委員,這似乎與吳宓之前的態度相左。但縱觀整個事件發展,我們發現,吳宓參與政協會議無關政治的需要,而更多夾雜著私人情感,同時他也將此作為自我身份認同的一種方式。最初,吳宓也對這一政治安排表示拒絕:「宓述生平從未參加任何『政治』會議,思想改造雖勉為之,已極痛苦,但願為教師,安心苟活;若省政協之委員,傀儡鸚鵡,附和傳聲,宓實羞為之,且厭為之。」〔註 47〕最後在領導的殷殷勸解下,吳宓才勉強為之。吳宓來到成都,除了開會之外,其餘時間都用來尋訪眾多老友,成都之行使他暫時脫離了緊張的政治環境,通過與朋友的會面交談,有效地排遣了自己的憂鬱情緒,這無疑是一次有效的精神緩衝。同時,會議並非想像中的苛刻,一反平時嚴厲的思想批判,而以自由發言的方式展開,且都只是「虛與敷衍而已」。而他的家人亦認為,他擁有政協委員的資格正是當局對其知識分子身份尊重和認同的一種表現,而當時深陷改造之苦的吳宓正迫切得到這樣一種肯定,因此也就同意了這種安排。所以,我們不能將參與政協的活動當作是與其獨立思想的偏離,相反,從他對自我價值被認同的渴望中,我們更能深切的體會到他對自我獨立的強調。

其次,吳宓的文化本位思想也影響了他對政治的態度。他曾在給家人的信中表示:「宓年五十六,身非國民黨員,又無政治興趣,亦無活動經驗,然以中西文學及歷史道德之所召示,由宓之愚,自願在甲方局域中為一教員或民人。」〔註 48〕他留在大陸,只是因為對民族文化的熱愛,與政治無關。而他也在學習座談會上表明過這個觀點:「宓一向不關心政治革命及經濟情況,與夫個人享受,而惟念在文化,尤其文字、文學」〔註 49〕。對他而言,文化才是他生命的信仰,因此在思想改造中,他坦白可以對黨的一切政策予以擁護,唯獨反對廢繁體字。他在」文革」之中,即使身處囹圄,仍會抽出一切時間看書學習。吳宓一直自覺行走於政治的邊緣,哪怕是被迫捲入鬥爭,他也一直秉持著沉默和敷衍的態度。

另外,他對政治的疏遠也是一種出於避禍的自我保護。陳寅恪曾評價吳

〔註47〕吳宓:《吳宓日記續編》第 2 冊,北京三聯書店,2006 年,第 98 頁。
〔註48〕吳學昭:《吳宓書信集》,北京三聯書店,2011 年,第 361 頁。
〔註49〕吳宓:《吳宓日記續編》第 4 冊,北京三聯書店,2006 年,第 166 頁。

宓為「本性浪漫」，而他自己也認為自己「陰性多欲」，這兩個詞是對他性格的最好概括。從吳宓日記中，我們可以看出他是一個很情緒化的人，身處在荒唐的政治運動中，他感到十分痛苦和憤恨，並時常不能抑制自己的衝動，發出一些驚人的「反動」之詞，他也因此多次在會上遭到批評。隨著思想控制的不斷加強和自我檢討次數的不斷增多，吳宓更是「開口就錯」，他深知這種衝動會讓他惹禍，並對此感到十分困擾，他時常告誡自己：「夫以宓為高年宿學之教授。又在人民政府及共產黨之國立學院中，首宜謹慎自保，勿多預諸事，次當矜持養望，勿下親瑣屑，反致為人輕賤」〔註50〕。「默處深居最我宜」〔註51〕，「至於在學習中出席發言，但當依樣葫蘆，隨眾敷衍，以為應世悅人、避禍全生之具而已」〔註52〕。他常以「忍默」「靜超」〔註53〕二字為箴，督責自己少發言，多沉默。不僅如此，他還經常向朋友講述自己的經歷，私勸他們應謹言慎行，巧於應世。在建國後的二十多年裏，吳宓一直都被政治跟隨，亦一直在欲說而不能說的困擾中生活，他的日記裏有無數次的「悔多言」和「強忍之」，也有無數次的「宓隨眾」和「不曾發言」，從中我們看到了文人不得鳴的悲哀，他們本是見識獨特的精英分子，卻被政治無情地封口，吳宓的悲劇是萬千知識分子的悲劇，亦是一個時代的悲劇，他用苦難警醒我們銘記歷史，不要讓悲劇重演。

二、吳宓的生存處境

中國結束了國共內戰，長久以來的炮火硝煙和遷徙逃難終於得以停止。為了鞏固政權，共產黨實施了一系列破舊除新的政策，隨之而來的也有連續不斷的政治運動。戰後的吳宓長居重慶，在這裡度過了28年的歲月，經受了無數次的政治運動，遭受了身體和心靈的巨大折磨，他將其所見所聞所思所想一一記錄在案，從他的個人敘述中，我們可以回到那段歷史場景，一窺當時知識分子的艱難處境以及他們的心路歷程。《吳宓日記續編》是吳宓個人的受難史、思想史，更是一部深處於共和國政治漩渦中的知識分子的血淚史。

從吳宓的日記記載中，在這28年裏，吳宓身處國家的集權統治與思想高壓控制下，他一直都表現得極為厭惡、憂懼和痛苦，並多次想到以死獲得解

〔註50〕吳宓：《吳宓日記續編》第2冊，北京三聯書店，2006年，第195頁。
〔註51〕吳宓：《吳宓日記續編》第1冊，北京三聯書店，2006年，第234頁。
〔註52〕吳宓：《吳宓日記續編》第1冊，北京三聯書店，2006年，第279頁。
〔註53〕吳宓：《吳宓日記續編》第2冊，北京三聯書店，2006年，第195頁。

脫。從 1950 年到文化大革命後期，吳宓的個人心境和思想都隨著政治運動的發展發生了微妙的變化，而引起他思想發生變化的轉折點分別是：「土改」詩案、1958 年「反右」運動和 1969 年的牛棚改造。吳宓在建國初期的運動中表現得憂慮而警惕，但隨著閱歷的增多，他開始獲得了某些自保之法，學會在會議中對無關緊要之事隨聲附和，敷衍過關。但到了「文革」，吳宓成為了重點批判對象，被迫接受勞動改造，並遭遇了無數次的批鬥，在侮辱和折磨中度過了生命中最黑暗的歲月。吳宓堅強地熬過了「文革」，經受了政治的狂風暴雨之後，他顯得十分的從容和淡定，懷抱著自己的信仰和夢想平靜地度過了生命的最後年月。這其中的每一個變化都見證著吳宓的煎熬與隱忍，時間不曾停留，但是吳宓卻讓它在日記中流淌出了故事，將精神刻畫成了永恆。

（一）初入「反右」運動

吳宓一直懷抱著文化本位思想，在解放前期，面對國共兩黨的交戰對文化的巨大破壞，他一直都深感不滿。而隨後共產黨獲得了勝利，大局已定，吳宓十分擔憂自己的處境，他在給弟弟的信中說他「在思想上極不贊成共黨，恐日後不能脫出」〔註 54〕。因此，建國之後，處於共產黨領導之下的吳宓一直深感不安。1950 年，全國開展鎮壓反革命運動，加之他所處的學校正對教師進行思想調查，吳宓感到十分恐懼，甚至懷疑自己的言行受到了當局的監視，他在每一次會議中都儘量謹言慎行，保持著旁觀者的沉默態度。即便如此，他還是被捲入了運動之中，隨之而來的詩稿事件第一次將他真正地推進了政治的漩渦。據 1951 年 12 月 6 日的日記記載，吳宓等人的重陽社集詩已被西南軍政委員會搜得，他們的集會也被懷疑為反動政治組織的特務活動，當局對此正在進行密查。而讓吳宓擔心的是，他的《贈蘭芳詩》恰在其中，其中「易主田廬血染紅」一句敘述了「土改」運動的殘酷，無疑帶有反動色彩，他對此感到十分憂懼和後悔，「此案禍發，宓將遭槍斃乎？五年徒刑乎？派入革大學習乎？勒令參加土改乎？均可未知。而日內必將搜查宓之書籍、函札、日記等，宓之罪將更重。偶一不慎，遂將殺身，真可謂『自作孽，不可活』者矣！」〔註 55〕回室之後更是用手指占卜吉凶，以求天意指點，而「是夜復失眠，頓成消瘦。」〔註 56〕吳宓的焦慮可想而知。第二天一早他便去訪

〔註 54〕吳學昭：《吳宓書信集》，北京三聯書店，2011 年，第 349 頁。
〔註 55〕吳宓：《吳宓日記續編》第 1 冊，北京三聯書店，2006 年，第 251 頁。
〔註 56〕吳宓：《吳宓日記續編》第 1 冊，北京三聯書店，2006 年，第 251 頁。

問他的多位同事和好友，以請教避禍之法。他聽從了朋友的勸告，撰檢討文，並「求諸之友刪潤妥幟，留以備用。俟時機到日，便可呈繳公布」。〔註 57〕而在此後的數月裏，他一直都因此事終日惴惴，憂鬱不振，而聽聞北京的好友梁漱溟也遭遇了批判之後，他的憂慮更重了幾分：「宓心殊憂懼，恐將不免一死」。〔註 58〕因為此事的擱置，他在之後的討論會中總顯得格外緊張：「宓十分憂懼，唯恐道破宓詩案。」〔註 59〕可見，這突如其來的禍端的確給他帶來了巨大的心理壓力。半年之後，此事的發展終於有了轉機，成都的朋友寫信告知寄詩尚無大影響，而他也從領導處得知，此次思想改造並不處罰，但須自知錯誤，因此他隨後便主動地在會上對詩案作了陳明，長久以來的心理包袱終於可以放下了，「宓坦白後，心情快愉」，但又「憂懼至極，準備一死」〔註 60〕。1952 年 8 月 15 日，調查之事遂終，「雖聞有續來之新運動，然暫獲喘息」。〔註 61〕困擾了吳宓半年的詩案事件終於得以告一段落，而吳宓也終於得以從他所遭遇的第一次政治運動中解脫。

相對於後面日益頻繁的運動來說，詩案還只是一個開始，經歷了這一次驚心動魄的事件之後，吳宓清楚地瞭解了政治運動的嚴肅性，他開始吸取教訓，在處事方面也顯得格外謹慎。吳宓日記曾記載過這樣一件事：一日，吳宓在茶店飲茶，主人家有一個婢女，自言也姓吳，家住在天生橋南街街尾，因為「土改」被沒收了家產，因此來到這裡為婢。「宓驚其吳姓，欲就婢探尋南鵠身後情形，而未敢也。」〔註 62〕吳南鵠與吳宓是詩友，因地主成分而在「土改」中遭到批鬥，他曾在給吳宓的信中講述了他的慘痛遭遇，吳宓為了避禍而不敢詢問，可見他在詩稿事件之後仍心有餘悸。他不僅事事小心，並且還會時常檢討並約束自己的言行，避免自己禍從口出。他在 1952 年的日記中曾多次提到自己「多言之悔」，而他在每次寫完交代材料之後都會拿給朋友代審，避免言辭不當而再生事端。同時，由於政治環境的變化，他在交友方面也顯得更為警惕，「宓與諸友，昔年號稱同志同道者，皆未敢通信。宓所作詩，真切而明顯，懲 1951 冬之失，深懼禍危，只有秘不示人」〔註 63〕。

〔註 57〕吳宓：《吳宓日記續編》第 1 冊，北京三聯書店，2006 年，第 260 頁。
〔註 58〕吳宓：《吳宓日記續編》第 1 冊，北京三聯書店，2006 年，第 342 頁。
〔註 59〕吳宓：《吳宓日記續編》第 1 冊，北京三聯書店，2006 年，第 262 頁。
〔註 60〕吳宓：《吳宓日記續編》第 1 冊，北京三聯書店，2006 年，第 349 頁。
〔註 61〕吳宓：《吳宓日記續編》第 1 冊，北京三聯書店，2006 年，第 397 頁。
〔註 62〕吳宓：《吳宓日記續編》第 1 冊，北京三聯書店，2006 年，第 431 頁。
〔註 63〕吳宓：《吳宓日記續編》第 2 冊，北京三聯書店，2006 年，第 55 頁。

除此之外，他更是本著「子入太廟，每事問」之旨，甚至對於能否送錢接濟友人等事都向領導請示。經歷了詩案之後的吳宓保持著高度的警惕，正因為這種警惕心理，幫助他安然地躲過了「鳴放」運動。1957 年初，中共中央將「百家爭鳴，百花齊放」的方針引入到整風運動中，號召各界人士大膽立言，自抒己見，為政府及黨提意見，毛澤東更是多次在會上鼓勵大家大膽暢言，民眾的熱情得到被極大激發。而吳宓在此時卻表現得極為謹慎，他認為「此未可信，舉一二例。（一）簡字之推行，人不敢有異議。（二）以俄文之法教英文，必須遵。」〔註 64〕因此，他在會議上只提出了「對知識分子使用不足」這一無關政治宏旨的觀點。但是並非所有人都對時局有清醒的認識，他們響應號召，在會上提出了很多切實的問題，言辭頗為激烈和大膽，從日記的記載中，我們也可以發現這段時間的政治會議顯得十分開放和自由。而隨即在 1957 年 6 月，政治情形發生了巨大的逆轉，「鳴放」的範圍大大超過了黨的限制，它釋放出了比預計更多的不滿和牢騷，因而黨決定停止運動，這些直率的發言人的意見被認為是資產階級對黨的惡意進攻，必須從嚴鎮壓。因此，眾多敢言之人都被打成「右派」，「嗚呼，經此一擊，全國之士，稍有才氣與節概者，或瘋或死，一網打盡矣！」〔註 65〕而吳宓因為謹慎少言，且言辭溫和，尚能幸免。「此次鳴放和整風，結果惟加強黨團統治與思想改造，使言者悔懼，中國讀書人之大多數失望與離心，而宓等亦更憂危謹慎與消極敷衍而已。」〔註 66〕這次「鳴放」運動讓吳宓更加瞭解了政治運動的險惡和殘酷。

從詩案到「鳴放」，我們看到吳宓面對政治運動的心態和應對方法已經發生了很大的變化，他處理政治運動的方式漸漸變得成熟了。詩案發生時擔驚受怕的吳宓就像一個初次惹禍的孩子，而「鳴放」運動中的他已經漸漸領悟到了沉默的要義，此時的吳宓也更像一個青春期的少年，對於一切都保持著警惕，也開始掌握了一些社會生活的基本法則。身處於變幻莫測的政治漩渦中，這位不諳政治的學者並不知道前面還有多少道關卡等著他，他亦不知道失去了可靠的庇護之後他又將如何面對。更最重要的是，他必須要在各種誘惑和磨練中仍竭力保持這份「純真」，而這才是最令人疼痛的成長。

〔註 64〕吳宓：《吳宓日記續編》第 2 冊，北京三聯書店，2006 年，第 522 頁。
〔註 65〕吳宓：《吳宓日記續編》第 3 冊，北京三聯書店，2006 年，第 135 頁。
〔註 66〕吳宓：《吳宓日記續編》第 3 冊，北京三聯書店，2006 年，第 117 頁。

（二）再遭困厄

隨著運動範圍的不斷擴大，任何一個遊走於邊緣的人都有可能被牽涉其中，吳宓當然也不能例外。1958年的「反右」運動與「大躍進」結合在一起，表現出了一種大張旗鼓的反知識分子的姿態，所有的知識分子都被迫參與其中。在前幾次運動中，吳宓還可以保持一種旁觀者的姿態，甚至可以在「鳴放」運動中逃過一劫，但這一次卻不能幸免，這次運動意在貶抑知識分子和個人的知識與威信，因而他被無情地推到了運動的風口浪尖，而這也讓他的心境再一次發生了重要的變化。

「反右」運動要求對知識分子進行思想改造，這直接關係到吳宓的文化立場，是對吳宓文化思想的一次徹底否定，因此他在此中感受到了從未有過的痛苦。運動之初，他便首當其衝，成為了眾矢之的，批判他的大字報鋪天蓋地，「堆疊之，比宓之身軀猶高」〔註67〕，學生紛紛指責吳宓授課未能說明階級鬥爭及歷史發展規律，缺乏思想性，認為其反對文字改革就是反黨、反革命，更有學生從《學衡》中尋章摘句，檢查他昔日之舊思想。而他之前的土改詩也再一次被挖出來，並被用作史系展覽。他開始意識到，此次運動中他的處境會異常艱難，「連日大躍進中之大字報，對宓責難過甚，靜觀世變，消滅舊知識分子之政策正在厲行，宓等雖蒙優待，亦坐待其死滅而已。於是宓今日頓成消極，不但欲早退休，以圖免罪免禍，且有望早死之心，惟祈正命而死，不遭橫禍，斯為幸已！」〔註68〕在改造期間，吳宓終日被逼迫著開會、學習，「勞忙氣苦為多年所未有」，他在給親人的信中描述了當時的辛苦：「每天上午7：40至12：10，又下午（午眠）後3：00至5：30，又晚8：00至 10：30，開會（或全係教職員，或小組座談）三次，發言，學習。期間又有上午 10：30 前後之體操，夕 5：30 至 6：00 之文娛（唱歌），均須集體參加，並出場（登臺）表演。星期日亦不放假，不休息。偶有一二次星期日下午或某日晚間不開會，但必另派工作，如寫報告、檢查、論文等，在家趕作。總之，不給休息，只要趕速。」〔註69〕其中辛苦可想而知。除此之外，還被督責日夜不停地寫大字報，進行深刻地自我批評，「宓盡力趕寫，五天內寫出200張。又三天，寫到274張。」〔註70〕同時還要進行無數次的「交心」坦白，

〔註67〕吳學昭：《吳宓書信集》，北京三聯書店，2011年，第409頁。

〔註68〕吳宓：《吳宓日記續編》第3冊，北京三聯書店，2006年，第256頁。

〔註69〕吳學昭：《吳宓書信集》，北京三聯書店，2011年，第407頁。

〔註70〕吳學昭：《吳宓書信集》，北京三聯書店，2011年，第408頁。

接受究根追底的盤問。而身邊很多人更是落井下石，趁機詆毀，稍有不慎就會被聲討批評。有一次吳宓隨眾到鄉下參觀，天降大雨，路途泥濘，且小路窄陡濕滑，極其難走，吳宓憤怒難忍，對空用陝西土話罵了一句，第二天，便有人書寫大字報斥責他，吳宓只好寫大字報檢查認錯，一連寫了數篇，此事才算完結，從中可見其改造之苦。此次運動讓他精神緊張，身心俱疲，而讓他最不能忍受的就是強迫其否認舊文化，改變立場。在「交心」會上，大家一再批判其思想的守舊和頑固，但在下一次的會議中，他仍會將自己的文化保守觀點帶到發言中，他的舊思想、舊感情也成了他不能通過改造的重要原因。面對大字報的嚴厲斥責和思想改造的督促之切，六旬老人在如此高壓重任之下，體力嚴重受損，「宓近日身體疲弱而精神不振，手與腿腫脹，胸口抑塞，氣喘無力，恐一年內必將壽終，而得離此宓所憎恨且畏懼之世界也」〔註 71〕。縱觀他的日記，沒有哪一個時期像現在這樣讓他深感絕望，哪怕是在牛棚，他都未曾如此頻繁地談到死，每日歸家，對「交心」會上的種種言論都久久無法釋懷。「宓鬱憤甚。惟思早日死去為樂。」〔註 72〕所幸的是，到了 1958 年 9 月，學校為了響應全民大煉鋼鐵的號召，大量學生和老師都被派遣加入生產運動，對知識分子的思想改造也就暫時擱置，吳宓也終於可以暫得休息了。

經歷了 1958 年教育改革運動的磨難之後，吳宓的心態和情緒發生了很大的變化，他深刻地體會到了個人在政治運動中難以逃脫的宿命和和掙扎的無力。而對於難以預知的政治生活，自知不能逃，便也就只能勉力為之，因此，吳宓在此後也就表現得很坦然：「對於現今之宓，我即刻死，明天死、二年五年十年二十年後死，心情上都是一樣的，早死不悲，遲死不喜，臨死亦不懼。……然在世一日，仍必勤學勤讀，努力工作，一若我尚可在世許多年者。」〔註 73〕這一方面由於他經歷了身心摧殘之後更加明白自由和平靜的珍貴，而另一方面則因為 1958 年至 1965 年這段時間政治風氣較為緩和，政治運動的干擾較少，且生活適宜，因此吳宓對此感到十分滿足和樂觀。1958 年 9 月，應政策要求，吳宓也加入了勞動生產，被安排從事磨石粉的工作，吳宓日記寫道：「連日工作，用筋力而不勞心，在宓適得休息，又如遊戲，翻覺快適，故眠食均增益云。」〔註 74〕可見，政治運動的勞心之苦遠勝於勞力，沒有了

〔註 71〕吳宓：《吳宓日記續編》第 3 冊，北京三聯書店，2006 年，第 471 頁。
〔註 72〕吳宓：《吳宓日記續編》第 3 冊，北京三聯書店，2006 年，第 461 頁。
〔註 73〕吳宓：《吳宓日記續編》第 7 冊，北京三聯書店，2006 年，第 340 頁。
〔註 74〕吳宓：《吳宓日記續編》第 3 冊，北京三聯書店，2006 年，第 495 頁。

終日學習、批鬥的摧殘，他的身體和精神都開始慢慢得以恢復。在大躍進運動中，學校對吳宓仍舊十分照顧，只安排他做一些如種菜、拔草、打掃教研室等較為輕鬆的工作，校外勞動則一律豁免。1959 年，學校青年教師和學生都紛紛下鄉勞動，吳宓與幾位老教授留在學校，生活、工作都較為自由和輕鬆。雖然到了 1960 年六月，教學改革運動復起，吳宓等老教師仍舊為主要批判對象，「但遠不及 1958 之嚴厲」，學校有意識地在教學中壓制吳宓，為他安排了助教，且教課等活動也大為減少，到最後只讓其參與編寫講義、為作品做注釋等簡單的工作。此時的吳宓雖然也有不得重用的苦惱，但同時他又安慰自己說「若宓亦不如一般老年教師，我樂得『尸位素餐』，不授課而領厚薪，受肉、糖等，我樂得休息閒遊，或乘暇自己從事個人著作，豈不更好耶？……宓倘如此想，則亦無所謂『不滿』矣。」〔註 75〕因而他顯得格外輕鬆和積極，並精神飽滿地在 1961 年夏天出遊武漢、北京、廈門等地去會見老朋友。到了九、十月份學校成立研修班，讓其重新授課，他亦欣然從之，「故教課雖多，樂此不疲。雖 14 小時，加輔導，又加諸多助教、學生頻頻來舍請問、求講、求答（略似在昆明之情形），宓遂成為甚勞忙之人，亦覺疲憊，然以愉快，故健康。」〔註 76〕從他的日記中也可以看出，大躍進之後直到 1963 年，吳宓的生活都較為舒適，雖然政治學習仍在繼續，但都是循眾發言，也沒有嚴厲的、強迫性的改造，他也因此有了更多自由的時間學習和工作。而學校當局對他的生活亦十分照顧，在他住院治療癰症期間，學校多次派人看望慰問，雖然治療時間長達一個月，但他並不為其所苦，在病房裏依舊讀書、會友，表現得十分閒適和滿足。在這期間，朋友來函望其加入上海或北京政協，家人亦希望他回到北京，他都一律拒絕了，在他看來，恭恪自保、隨遇而安為最好之辦法，「不願離此他適，寧終老於此矣。」〔註 77〕

政治風向的變換之速讓人始料未及，1964 年，「社教」運動開始，其旨在使教育成為思想鬥爭之工具，而知識分子也被要求重新接受思想改造。此時的吳宓憑著之前運動的經驗深刻的知道，頑固不改變的態度只會導致更加嚴厲的斥責，倒不如迎合政策，言不由衷，敷衍過關。他在給女兒的信中寫道：「蓋自 1957～1958 以後，所有知識分子（尤其民主人士）無不極力揣摩

〔註 75〕吳學昭：《吳宓書信集》，北京三聯書店，2011 年，第 383 頁。

〔註 76〕吳學昭：《吳宓書信集》，北京三聯書店，2011 年，第 383 頁。

〔註 77〕吳宓：《吳宓日記續編》第 5 冊，北京三聯書店，2006 年，第 130 頁。

迎合遵照當前之政策、運動及領導人、上級之意旨而發言，而決不表露自己之思想、看法，決不作任何建議主張，至多只增飾詞藻，或聯繫自己，以示忠誠而已，宓則更增二條。1.私人信件，皆假定其將被取去登報發表。2.與張談話，則假定王、李、趙等皆在座中參加。宓如此寫、如此說，庶可無患。」〔註 78〕而從他日記記載的會議發言中，我們可察覺到吳宓在會上的隨聲附和，對政策多表贊同，並一再聲明：「願積極改造我之思想，站穩無產階級立場觀點。」〔註 79〕儘管如此，吳宓還是被認為「對無產階級專政及社會主義，僅能做到表面奉行與實際服從之態度」〔註 80〕，領導督責他須大力轉變，才能過此關。在 12 月底，吳宓被群眾指為「反黨、反革命分子」，他深感憂懼，在認為敷衍的方法無效之後，他只能選擇「積極」行動，於是便有了下午獨自打掃教研室並書柬請求參與勞動一事。領導對他的請示不予批准，開會時決議吳宓等五人可以免除勞動，但是他仍然再三請求參與，在他的日記中寫到這個場景：「宓請打掃教研室，盼示決。其後眾議事時，宓復作此提議，眾不理。田志遠曰，尚須拭高處窗玻璃，宓一人之力，斷不能辦此事。宓曰，然則請派一位同志，星期四下午，以一部分時間助宓打掃教研室，餘時仍隨眾作農田勞動如何？眾仍不理，宓沮喪，乃曰，『宓之意，惟求參加勞動而已。』」〔註 81〕可見，吳宓在勞動改造這個事情上表現得很急切。以前經常在勞動改造中上柬請辭的吳宓這次主動要求參與，在他認為，唯有如此才能顯現出自己改造的誠心，才能度過此關。即便多次在日記中談到自己打掃「甚勞苦」，但仍勉力為之。不僅如此，他對身邊發生之事亦積極向領導交代，為了鄒開桂被清除而暫住在家的事情，他主動作柬呈繳領導，並祈「尹院長或陳同志有暇，賜宓再會談一小時。」〔註 82〕過了幾日，見沒有音訊，他又在會場同尹院長談及此事：「前約敘談，恐公無暇，今改寫為文，日內繳呈，然後逐條寫出交代之材料」。尹院長答：「任交一位同志收，皆可。」〔註 83〕其實，我們從這兩件事中不難看出，當局並無心懲治吳宓，只是將他作為典型，以儆效尤，但是不諳政治的吳宓卻因此事倍感焦

〔註 78〕吳宓：《吳宓日記續編》第 6 冊，北京三聯書店，2006 年，第 267 頁。
〔註 79〕吳宓：《吳宓日記續編》第 6 冊，北京三聯書店，2006 年，第 241 頁。
〔註 80〕吳宓：《吳宓日記續編》第 6 冊，北京三聯書店，2006 年，第 419 頁。
〔註 81〕吳宓：《吳宓日記續編》第 6 冊，北京三聯書店，2006 年，第 420 頁。
〔註 82〕吳宓：《吳宓日記續編》第 6 冊，北京三聯書店，2006 年，第 425 頁。
〔註 83〕吳宓：《吳宓日記續編》第 6 冊，北京三聯書店，2006 年，第 432 頁。

心，努力尋找更為積極的辦法，但是對吳宓而言，這種「積極」只是一種避禍的方式，他深知自己思想改變的不可能，所以只能選擇從行動上改變。誠然，他的積極行動確實也起到了一些作用，當局看到了他的努力和誠心，工作組的同志在與他談心的過程中告訴他此次政教運動之目的不在打倒、摧毀某人，而在督責其進行思想改造，並勸解他不必消極悲觀，因此，吳宓也才得再次勉強過關。

可見，隨著對政治運動套路的不斷熟悉，吳宓已經開始學會在不違背本心的情況下保全自己，對於吳宓而言，這種行為方式中也有不得已而為之的無奈，他曾在日記中寫道：「宓自解放後，自視毫無價值，又痛心中國文字與文化之亡，久欲自殺，而終不敢引決者，則在今日自殺，當局必不諒我信我，必斷我有某種政治陰謀，從而追迫牽連我之諸親友，禍及於多人，是以苟活至今，愧未能效法王靜安先生。」〔註 84〕吳宓曾多次在給友朋的信中訴說自己與家人政治覺悟的差距，而擔心自己的行為牽連到家人，而在「文革」期間，紅衛兵亦常以家人的安危威脅吳宓，因此，吳宓只能勉力改造，不敢怠慢。而對於這種違心的改造，吳宓感覺極其痛苦，他認為一個有氣節的知識分子不當如此，特別是身邊好友都能臨危不懼，守志不渝，他甚至為自己的行為感到羞恥和深深的自責：「本無昭昭之明，亦無赫赫之功，小廉曲謹，與世推移，至六十歲後，卑躬屈節，盡棄理想與人格，揣摩迎合，以求自保其生命和職位」〔註 85〕。從此描述中，我們可以感受到他的無奈和痛苦。我們無法斷定家庭責任感是否影響了他的行為處事，但是我們或許可以從他的處境中尋找到一些必然性，面對文化荒蕪的現狀，選擇默默堅守或許比死去更能彰顯出理想的價值，同時吳宓早年與家庭的脫離讓他一直對家人有著深深的愧疚感，而對於任何與家庭安危有關的事情都足以決定他的選擇。因此，暫且不論現實的考慮，即便是迫於外界的壓力，他也必須學會適時的妥協，但是這種妥協只存在於表面的敷衍和應付，在這背後更包含著果決的堅持。在他看來，他的存在即是為了讓自己盡可能多的創造一些價值，而對於文化立場，他一直都不曾動搖過。總之，吳宓之所以能夠一次次的躲過劫難，不僅在於當局對他的庇護，還在於吳宓能夠較好地把握這種屈伸之度，而這也讓他最終在「文革」中得以保全生命。

〔註 84〕吳宓：《吳宓日記續編》第 4 冊，北京三聯書店，2006 年，第 410 頁。
〔註 85〕吳宓：《吳宓日記續編》第 4 冊，北京三聯書店，2006 年，第 259 頁。

（三）身陷囹圄

儘管吳宓在前幾次運動均能幸運地順利通過，但是到了「文革」，一切正常的秩序都被打亂了，在一切價值倫理都被否定的年代，想敷衍過關已經是完全不可能了，更何況吳宓的知識分子身份以及他堅定的文化信仰都會成為他必須接受改造的原因，而最終使其難逃一劫。

1966 年初，全校學習《海瑞罷官歷史資料》，此時的吳宓同大多數人一樣，認為此次學習同以往區別不大，「只是教我們如何認識歷史、文學，即是『封建社會，地主官僚階級，從來無一好人，無一好事』，勖我們如是想，如是說而已。」〔註 86〕其形式和目的無非是揭發、批判、寫大字報、厲行階級鬥爭，督促思想改造。此時的吳宓並未認識到殘酷的運動即將來襲，他對斥責他的大字報沒有給予回應，並且認為「近日情形較鬆舒，組長並未責督宓必須寫大字報，似可如此再混下去。」〔註 87〕並撰寫「陳情書」給領導，請求退休。可是事情並非如他所預料，運動轉入批判鬥爭階段，長久以來庇護他的幾位校領導亦接連受到批判，吳宓也因一直受到方敬重用而被捲入其中，此時他才開始醒悟：「今知運動轉入批判鬥爭階段，宓不勝憂懼」，隨著紅衛兵在運動中的掌權，吳宓等人也開始了漫長的革命受難史。九月份，吳宓被抄家，他的日記、詩文稿和書物都被全部搜去，緊接著幾日，吳宓被紅衛兵戴上「反共老手吳宓」的木紙牌，作為陪從犯接受批鬥，並受到管制，進行勞動改造。吳宓每天隨眾去菜圃勞動，參與政治學習，並經常遭受紅衛兵的責罵。吳宓心思敏感，在以前的運動中面對辱罵之事尤感憤怒，他曾在日記中寫道：「吾儕寧肯被殺，亦勝於受如此辱罵。」〔註 88〕但是在勞改隊中，吳宓卻對此「靜聆未作一語」，他深知明哲保身的要義，因此沉默便成為了他對抗暴力的最好武器。

1967 年，全國大範圍內發生「武鬥」事件，此時西南師院被「春雷」和「八三一」輪流把持，隨著運動勢頭的不斷高漲，廣播戰終日不休，吳宓驚懼不安。他每日仍在勞改隊勞動，只是工事較為輕鬆，吳宓受優待，只看糞池或打掃室內清潔，「未有如宓之安逸者」〔註 89〕。但是勞動隊隊員卻各懷心

〔註 86〕吳宓：《吳宓日記續編》第 7 冊，北京三聯書店，2006 年，第 338 頁。
〔註 87〕吳宓：《吳宓日記續編》第 7 冊，北京三聯書店，2006 年，第 488 頁。
〔註 88〕吳宓：《吳宓日記續編》第 6 冊，北京三聯書店，2006 年，第 381 頁注釋①。
〔註 89〕吳宓：《吳宓日記續編》第 8 冊，北京三聯書店，2006 年，第 44 頁。

思，甚至以進讒、告密等方式以求自保，隊員相互攻擊，紛爭眾多，而身處其中的吳宓亦一直保持沉默。隨著「武鬥」的升級，兩個團夥忙於互相攻擊，而對勞改隊疏於管制，因而吳宓等人也就暫時獲得了解放。學校裏的人都紛紛出去躲難，學校戒嚴，「室外不見一人往來行走，極淒清幽寂之象」〔註 90〕。偌大的民主村只剩吳宓一人，伴隨著炮火的轟鳴，他一個人看書寫日記，「靜讀舊文史之書自愉自樂」，偷得輕閒。1967 年 9 月，武鬥被勒令停止，而批鬥又復開始，吳宓由於資歷較老，而又首當其衝成為典型，「各系所已貼出之鬥爭人名單」，「惟各系皆將吳宓列入其單中為鬥爭之對象」〔註 91〕，因此吳宓被定為「反動學術權威」，而勞動隊的其餘五人皆被「解放」，「後進者」吳宓深知此時自身處境的危苦，但是面對朋友勸其誠心改造的苦心，他卻表現得尤為坦然，「賀君所勸教，極是。然宓殊不能降心，壹志已為此，大異 1952 之心與境矣」〔註 92〕，我們知道 1952 年的吳宓剛經歷了詩案事件，如同驚弓之鳥，凡事都表現得極為謹慎，經歷了多次運動的吳宓亦知道此次運動同以往大不相同，沒有了當局的庇護，唯有脫胎換骨才能徹底擺脫，而這種違背心志之事，他絕不會做，也不願意做。「然宓對中西古今學術文藝、道德政治之全盤思想（以及宓對天、對人、對物、對事之深固感情）焉能改造？」〔註 93〕因而，此時的他似乎已經拋卻了擔憂和顧慮，「然目前且享受此安樂，過得一日是一日而已！」正是這種順其自然的態度讓他看輕了所得，而變得更為豁達。1969 年 3 月，吳宓等人遷入李園施行「專政」，過著「集體管制生活」，每日參與勞動，除此之外，他必須要反覆接受調查，反覆交代，忍受紅衛兵的斥責甚至打罵。同時伙食上也受到了嚴厲的管制，他長久以來吃雞蛋的習慣也被禁止，就連他的日記也需要接受紅衛兵的檢查，因此此段時間的日記只是簡單的記錄事件，不帶有任何自我感情色彩的評論。儘管如此，我們依舊能從他的字裏行間感受到他的隱忍和堅持。此時的他經受著身心的折磨，也越來越認識到享受平靜的生活已然成為了一種奢望，吳宓日記寫道：「（一）只要不鬥爭，生活萬事足；（二）飲食（如煮雞卵），可有可無。（三）群眾之打罵，同人之責評，悉當恭默忍受」〔註 94〕。吳宓忍辱負重，終於在 4 月結

〔註 90〕吳宓：《吳宓日記續編》第 8 冊，北京三聯書店，2006 年，第 172 頁。
〔註 91〕吳宓：《吳宓日記續編》第 8 冊，北京三聯書店，2006 年，第 326 頁。
〔註 92〕吳宓：《吳宓日記續編》第 8 冊，北京三聯書店，2006 年，第 470 頁。
〔註 93〕吳宓：《吳宓日記續編》第 8 冊，北京三聯書店，2006 年，第 378 頁。
〔註 94〕吳宓：《吳宓日記續編》第 9 冊，北京三聯書店，2006 年，第 88 頁。

束了長達 49 天的管制。但是他並不曾想到，相對於以後的「梁平改造」來說，此時的生活還只是痛苦的開始。1969 年 4 月 24 日，接受了李園管制的吳宓請求豁免不得，與若干「牛鬼蛇神」一起被派往梁平，並在此經曆人生中最為黑暗的兩個月，「受了一生未經歷之苦」。1969 年 5 月 9 日，吳宓在拉去進行批鬥的過程中被施以暴行，左腿骨折，竭力支撐接受了三個小時的批鬥。而後昏迷兩天，不飲不食，神志較清之後仍要參與會議、撰寫材料，更因生活不便而遭受組員同志的百般刁難和苛責，「本組諸君除晨起誦讀『老三篇』外，終日在舍不說他事，而惟揭發及斥責吳宓；晚間 10 時後，亦不樂就寢，而共揭發、斥責宓至夜深」〔註 95〕。不僅如此，還強制其行動、洗衣、限制其伙食，其做法之殘酷與吳宓處境之艱難，讓人不忍卒讀。1969 年 6 月 21 日，吳宓隨眾回到家中，「當時已在半死之狀態中。」經過數月修養，終於漸漸康復，八旬老人經受如此重創卻仍能堅強地活下來，這無疑是一個奇蹟，但這其中艱辛，我們難以想像。

1966 年至 1969 年可謂是吳宓人生中的最低谷，自由全無，而尊嚴亦遭受了踐踏，他被認為是人民的敵人，長久以來遭受著語言的暴力和精神的摧殘，而他能夠堅強地活下來與他的心境不無關係。吳宓在得知自己難逃厄運之後，他選擇了順其自然，「活得一日是一日」，「今日安居，且讀書自適；明日禍至苦來，亦不可知；身後各事，更難安排耳！」〔註 96〕因而，對於外界的吵鬧和隊員的勸解，他都不為所動，這樣的心境讓他即使身處囹圄，依舊能在自我的世界裏尋找樂趣，在勞改隊時，他將各種外文版的《語錄》比較細讀，從枯燥的政治學習中尋找樂趣，「平生用力之外文知識與政治學習、思想改造，兩俱有益，誠樂事也。」〔註 97〕剛到梁平時，他們住在肥料室，條件極其艱苦，但是吳宓卻並不以此為苦，反而對這種鄉野生活充滿了欣喜，日影斑駁，鳥語花香，微風習習，且「近曉必聞雞鳴，又時聞犬吠之聲，宓皆樂之（皆自然社會所恒有，而學校、機關必無者也）。」〔註 98〕因為這種心境，面對瑣碎而無趣的生活，他卻無一不感到滿足，即使身體遭受重創，他也從未因此而悲觀抱怨，在他的日記中，無處不顯現著讓人倍感心酸的感恩，他受傷之後，兩男生將他抬回宿舍，「彼二人不言徑去，宓心極感激（蓋其時宓

〔註 95〕吳宓：《吳宓日記續編》第 9 冊，北京三聯書店，2006 年，第 113 頁。
〔註 96〕吳宓：《吳宓日記續編》第 8 冊，北京三聯書店，2006 年，第 334 頁。
〔註 97〕吳宓：《吳宓日記續編》第 8 冊，北京三聯書店，2006 年，第 547 頁。
〔註 98〕吳宓：《吳宓日記續編》第 9 冊，北京三聯書店，2006 年，第 99 頁。

已成半死，非其助何能得歸）。」而專政隊管理員的一聲問候都會讓他感到無比溫暖，「此來梁平兩月，其對宓，不加責斥，而致寬慰者，獨此人而已！」這種發自內心的感恩與滿足，讓他即使身處困境，也不忘記從中尋找溫暖來鼓勵自己。

回到北碚之後，他一直在家休養，半年之後才漸得康復。此後他又經歷了幾次抄家和批鬥，並在 1971 年再一次隨眾遷往梁平，繼續接受改造。此時，政治運動仍未鬆懈，因而梁平的生活依舊清苦而紛擾，但是對於一個曾經如此逼近死亡的人，經歷了無數次運動風暴的吳宓此時已經更多地理解了生命繁華謝去之後的本真，已達八十高齡的他經歷了數次摧殘之後，早已被苦難磨平了憤怒和銳氣，只剩下了從容和淡定，甚至在平靜中透著滿足，「目前宓之生活，甚為平靜，即此是福，由天賜。惟當靜居俟命，以每日能讀書自愉自樂，則但絕時日之飛逝而已！」〔註 99〕他在政治學習中仍舊恭默自守，不憂不急，不請不問，「以自晦、自藏、自隱為務，使一切人能忘記宓之生存，為最善」〔註 100〕，每日看書學習，會友散心，他總會在吃飯時自飲一杯，也會在飯後去田間散步，「途中不斷瞻望銜山之斜陽」。〔註 101〕吳宓從未如此頻繁地在日記中寫過陽光，而他的心境從未像現在這樣釋然。「宓自感覺，宓今竟成以純粹之個人主義者。每晨至晚，惟注意自己之眠食、起居，享受飲饌，無異孩童。再則讀書自樂，此外無任何思想、感情與主張、計劃，惟遵令學習，隨眾接受、服從、發揚毛主席思想及黨國法令政策，恪勤而被動，渺小而無我，自樂其生，苟且等死而已！」〔註 102〕他會因為一餐美味的饌食而欣喜不已，也會在失眠的夜晚背誦古詩來排解寂寞，此時的他樂天知命，開朗達觀，對生活中的一切都感到閒適而滿足。

隨著勞改隊的解放，吳宓等人也要奉命遷回，而此時的他習慣了鄉間的日子，竟對這樣的生活產生了留戀和不捨，「宓今樂於在此地之生活，不欲去之矣！」〔註 103〕回到北碚之後，局勢已經大為好轉，國家開始為知識分子落實政策，吳宓也逐漸恢復了工資和待遇，生活也甚為舒適，他每天讀書看報，閑暇時給小孩教授英文。但是他的身體也在逐漸變壞，他長期飽受耳鳴之症

〔註 99〕吳宓：《吳宓日記續編》第 9 冊，北京三聯書店，2006 年，第 171 頁。
〔註 100〕吳宓：《吳宓日記續編》第 9 冊，北京三聯書店，2006 年，第 201 頁。
〔註 101〕吳宓：《吳宓日記續編》第 10 冊，北京三聯書店，2006 年，第 48 頁。
〔註 102〕吳宓：《吳宓日記續編》第 9 冊，北京三聯書店，2006 年，第 183 頁。
〔註 103〕吳宓：《吳宓日記續編》第 10 冊，北京三聯書店，2006 年，第 55 頁。

的困擾，而之前的政治運動給他留下的陰影也一直未曾散去。到了 1973 年，政治學習已經漸漸停止了，但是吳宓還是會每週按時去教研室，直到得到確切消息再回來。每次聽到燃爆竹，便會不勝疑懼，以為又是戰爭殺伐。而他回到涇陽老家之後，每次吃飯時總要問：「還要請示嗎？」在他彌留之際，尚不時疾聲振呼：「我是吳宓教授，給我開燈！我是吳宓教授，我要喝水！我要吃飯！」〔註 104〕對於這位善良而飽經政治風霜摧殘的老人，歷史虧欠他的太多了。

吳宓最後的 28 年裏，一直身處於政治的漩渦中，經歷了無數次的批判，也忍受了無數次的侮辱和打罵。從詩稿事件的無助感到 1958 年「社教」運動的絕望，再到「文革」之後的從容，他由義憤填膺的憤青變成了平靜安定的老者，舊時的書生意氣、雄心壯志在經歷了歲月的滄桑之後都漸漸散去，看透了人世百態的吳宓在老年的時候終於被時間磨去了棱角，撫平了憤怒。可以說，「文革」的鬥爭是他人生的轉折，這不僅僅指他受到了生平未受之折磨，更在於讓他的心態變得更為堅定和坦然。從吳宓這 28 年裏，我們看到了眾多如吳宓一樣的民國知識分子在政治風潮裏的失意落魄，也看到了他們在困境中的自我調試與堅守，即使在生命的最低谷，他也仍舊依靠著強大的精神支撐而堅強地活了下來，並且從未曾因為失望而放棄過信念。這個混亂的時代給吳宓的身心留下了一道深深地印記，這個印記也是很多有氣節的民國文人在遭遇了共和國政治之後所共有的，他包含著時代對於人性真善美的戕害，更包含著永不墮落的品格和永不放棄的精神。

三、困境中的精神堅守

如果要給吳宓的人生塗色的話，最後的 28 年無疑是灰色的，他懷揣著重建文化的理想來到這裡，卻不曾想被社會現實毫不留情地擊碎了，一次又一次的政治風暴遮蓋了他所有的閃光，讓他的生活逐漸趨於黯淡，「文革」時期，年近八旬的他更遭遇了非人的待遇，這無疑是其黯淡生活中最沉重的一筆。但是身處淒風苦雨中的吳宓卻一直在用自己的方式固守著堅定的信仰，永遠保持著獨立的姿態和高尚的品德。

（一）篤於信仰

吳宓曾在日記中說：「宓乃一極悲觀之人，然宓自有其信仰」〔註 105〕，

〔註 104〕趙瑞蕻：《我是吳宓教授，給我開燈》，《收穫》，1997 年第 5 期，第 113 頁。
〔註 105〕吳宓：《吳宓日記續編》第 1 冊，北京三聯書店，1998 年，第 112 頁。

這一句話最好的概括了吳宓的一生。他的悲觀情緒會讓他習慣逃避，他會在失意時萬念俱灰，終日埋頭書本，甚至欲皈依佛教以求解脫。但同時，他又會在很多時候表現的極端固執和堅持，比如信仰。信仰是人類生命的支撐，對吳宓更是如此。從翩翩少年到耄耋老年，他一直保持著堅定的立場，甚至不惜放棄生命來保全。

吳宓的文化信仰是他個人的精神支撐，同時也是他對抗暴力和強權的思想武器。作為一個裹挾於政治漩渦中的知識分子，吳宓已然淪為一個反動的典型，成為了一個為民眾所訓斥的對象，其尊嚴和自信早已在各種批鬥運動中消磨殆盡，吳宓曾多次懷疑過自己存在的價值，「今雖猶生存，實無異於死」，當大多數民眾仍在政治運動中殘喘苟活，尋求肉體的生存時，吳宓卻在一直試圖尋求自我價值的存在。政治已經將人的精神逼仄到了荒蕪的沙漠之中，吳宓只能通過寫日記來保持自我思想的獨立性，而在內心深處他亦渴求安寧和精神的滋養，而這些只能從學術中獲得，只有純粹的學術才能將自我與政治徹底地隔離開來，從而從中獲得一點自我存在的價值。

吳宓堅持的文化本位主義讓他一直都將保護文化作為自己畢生的追求和目標。王國維自沉之後，吳宓在日記裏曾寫道：「宓固願以維持中國文化道德禮教之精神為己任者，今敢誓於王先生之靈，他年苟不能實行所志，而澳忍以沒；或為中國文化道德禮教之敵所逼迫，義無苟全者，則必當效王先生之行事，從容就死。」〔註 106〕可見，吳宓早就以傳承文化為己任，並立誓願為其獻身。因此，他在臨近解放時放棄了武漢大學優越的環境偏居西南，在複雜的政治運動中，甚至是在學術荒廢的「文革」期間，他都一直沒有放棄過努力。他深知學問的價值，曾告誡學生：「應有自信力，應寶愛其所學。他日政府有暇及此，一般人民之文化進步，此等學問仍必見重。故在此絕續轉變之際，必須有耐心，守護其所學，更時求進益，以為他日用我之所學，報效政府與人民之用。」〔註 107〕他堅持著自己「文化報國」的夢想，他堅信歷史終將會為自己的每一分執著賦予意義，因而當人們都沉浸於政治運動的麻醉中時，他卻堅持利用一切閑暇時間讀書做學術。1971 年，政治風氣漸漸緩和，他在梁平勞改隊的工棚裏仍會每天讀書思考，並撰寫《王國維先生〈頤和園〉注釋》，〔註 108〕他

〔註 106〕吳宓：《吳宓日記》第 3 冊，北京三聯書店，1998 年，第 346 頁。
〔註 107〕吳學昭：《吳宓書信集》，北京三聯書店，2011 年，第 370 頁。
〔註 108〕吳宓：《吳宓日記續編》第 9 冊，北京三聯書店，2006 年，第 320 頁。

對他的詩集、文稿尤為珍視，他認為他所珍愛的文化書籍終有一天會被人民所重視，因此他花費了大量的精力和金錢來保全自己的書籍。每次搬家，他都會將書籍精心整理，而每次政治運動中，他最擔心的就是自己的書籍文稿，恐被遺失，他們是吳宓最寶貴的財產。他曾在給友人的信中寫道：「宓詩稿、日記、讀書筆記若干冊，欲得一人而付託之，只望其謹慎秘密保存，不給人看，不令眾知，待過 100 年後，再取出世人閱讀，作為史料及文學資料，其價值自在也。」〔註 109〕他本有很多著作的計劃，但由於政治運動的干擾最終都沒有成行，這不能不說是一個遺憾。作為一名教師，他希望能將自己所學傳授與人，以己之力傳承文化。在這個拒絕學術的政治環境裏，吳宓對每個真心向學之人都會尤為珍視，他會耐心地解惑答疑，甚至會資助錢款，讓他們免去後顧之憂而專心向學，這個視文化為生命的人盡了自己的一切力量傳遞薪火。

建國後時局的大變讓他在實現理想的路上舉步維艱，因為深諳傳統文化，「封建主義思想」成了他受批判的罪名之一，但強大的政治力量從來沒有使吳宓的信仰動搖絲毫。在政治運動之初，就一直反對文字改革，「新華書店觀書，見中國文字改革委員會報告，大旨決定廢漢字、用拼音，但宜穩慎進行云云。索然氣盡，惟祈宓速死，勿及見此事！」〔註 110〕他在運動中因頑固的文化思想而屢受批判，身邊朋友都勸他放棄立場，贊同文字改革，面對朋友的勸告，他都「漫應而謝之」，甚至答曰「只能改至此，過此請死」。而在批判會上，他也從不悔改，他亦表示：「宓自言誠心服從並擁護黨國之一切政令設施，惟不贊同文字改革云云。今若再行坦白，仍是此語；惟存之於心，不敢明言宓對文字改革之意見耳。今若以宓不贊同文字改革，將宓槍斃，宓欣願受刑就死。」〔註 111〕1974 年，批林批孔運動開始，吳宓對批孔的政策堅決不從，他是全國為數不多的公開反對批孔的人之一，他明確表示：「批林，我沒意見；批孔，把我殺了，我也不批。」他的學生曾經在文章中回憶了與吳宓的一次談話：「提起批林批孔，他顯得很激動。仍是堅執成說，認為批林可以，批孔則斷然不行。道理很簡單，一是林彪非君子，小人而已，不可與孔子同日而語，如果他能踐行『小不忍則亂大謀』的孔門聖訓，克己忠恕，

〔註 109〕吳學昭：《吳宓書信集》，北京三聯書店，2011 年，第 379 頁。

〔註 110〕吳宓：《吳宓日記續編》第 2 冊，生北京三聯書店，2006 年，第 26 頁。

〔註 111〕吳宓：《吳宓日記續編》第 5 冊，北京三聯書店，2006 年，第 516 頁。

必不會招致失敗。但到底是小人，不可能躬行實踐，決無此種涵養工夫，放決難成事，把林彪與孔子相提並論。是對孔聖的莫大侮辱，絕對不可以。孔子乃中國文化之根基，國人萬世之儀型師表，舉世同尊之文化偉人，其道德智慧，高偉卓絕，千古而今，無人可與倫比。如今肆意攻詆毀侮，無異於斬殺中國文化之根基，取消國人立言行事之標準，根本否認道德之存在，如此下去，世不講儀型廉恥，人獸無分。文明社會何以為繼。」〔註112〕也因為這種頑固的態度，他再次被作為「現行反革命分子」遭受批鬥，基於種種原因，我們無法看到這些激烈的言辭，但是從他的反抗中，我們能看到吳宓在強權面前不卑不亢的姿態。個人生命不足惜，他只是擔憂中國的文化無以為繼，1965年，他在同友人的交談中說道：「宓年七十二，再多在世二三年或七八年，均無足輕重，宓個人無足憂，死亦不足惜。宓惟憂今後無人能讀中國經史舊籍；惟惜《清史稿》以後，中國遂無正史，私家史料亦不得保存；惟痛中國文字之破毀，中國文化之滅亡耳。」〔註113〕「願對個人之損失達觀，而誠祝民族文化之復興而已」〔註114〕。1918年，王國維殉道而死，如今，身處囹圄的吳宓卻沒有因此放棄生命，他依舊選擇堅守。因為他處於一個視生命為草芥的時代，任何為文化的犧牲都激不起半點波瀾，「『殉道』已不知『道』在何方，『成仁』亦不知成誰家之『仁』。作為文化所託命之人，反不如以己身之經歷為中國的反文化傳統留一實證」〔註115〕。因此，吳宓一直都致力於文化的研究和保存，他像一個勤勞而執著的播種者，在幾近荒蕪的土地上播下種子，並用自己一生的時間培育和守候，在他有生之年，他沒能見到花朵和果實，但有幸的是，他終其一生的付出在後世被證明是偉大而可敬的，他畢生守護的文化在今天已經成為了民族最寶貴的遺產並將永遠受用，這也正是吳宓思想的價值所在。而他們不畏強權的反抗與堅守則具有永恆的價值，是留給後世的最寶貴的財富。

（二）不違本性

翻開有關吳宓的回憶錄，我們會發現他們對吳宓先生的評價最多的兩個詞就是奉獻和真誠。在瘋狂的政治運動中，很多人都習慣於隨聲附和，落井

〔註112〕彭應義：《一代學人的黃昏剪影》，《紅岩》1990年第2期。
〔註113〕吳宓：《吳宓日記續編》第7冊，北京三聯書店，2006年，第87頁。
〔註114〕吳宓：《吳宓日記續編》第8冊，北京三聯書店，2006年，第187頁。
〔註115〕傅宏星：《吳宓評傳》，華中師範大學書店，2008年，第88頁。

下石，但是吳宓卻從來沒有因此違背過本性。即使在被批鬥的牛棚裏，他依舊保持著善良和同情心，季羨林曾評價他為「道德之真人」，而這種「真」不關乎時代和處境，在於他不管何時何地都能不失本性，他一直都恪守和踐行著儒家君子的行為準則，給予周邊的人以善良和關愛。

吳宓一生助人無數，解放後，吳宓作為學校的兩個貳級教授之一，月工資有將近三百元，收入可謂頗豐，可是他自己生活卻非常簡樸，其大半工資都被用來資助別人，這其中包括家人、朋友、同事甚至還有很多素不相識的學生。他在解放前一直資助好友吳芳吉，而吳芳吉去世之後，他還會定期匯款給他的遺孀及子女，甚至當他的外孫女在西南師院上學期間，他都一直予以資助。他的妻子鄒蘭芳去世之後，他仍舊不遺餘力的幫助她的家人。在勞改隊時，他每月的工資幾乎都用來資助隊友，而到了梁平之後，工資被剋扣只剩下三十餘元時，他還會定期將 20 元匯給曾照顧過他的女工。學校很多學生聽聞吳宓的慷慨，也會主動請求資助，吳宓幾乎從未拒絕。有人見吳宓如此大方，於是想盡各種方法來騙取錢財，而他卻不以為然，認為能幫人度過難關亦是善事。由於平日資助之數過多，他的生活時常很困窘，甚至有時候靠借債度日。而他離開重慶時一貧如洗，其全部的家當就是幾件衣服和幾本日記手稿。

在政治運動期間，吳宓身邊的很多人都因政治原因遭到了打壓，並因此遭遇了眾多人的冷眼和疏遠，但是吳宓從來不以政治觀念來評斷是非，他重情重義，與朋友保持著「君子之交」。他在西南師範學院時，與教務處長方敬關係密切，方敬敬重吳宓的學識，極力維護並幫助他安然度過了多次政治運動。1966 年方敬因犯了「只重業務不問政治」的錯誤遭到批判，很多人都紛紛落井下石，而吳宓也被牽涉其中，被強迫加入到揭發方敬的行列，而他一再以多種理由推辭和逃避，他曾在日記中談到其中的原因：「今知運動轉入批判鬥爭階段，宓不勝憂懼。……其實西師領導人中，能知曉教育、學校及學術、課程、業務為何事者，僅一方敬而已。宓以方敬為西師唯一功臣，亦宓之知己。」〔註 116〕他在會中為方敬辯解：「進修班，以及研究生，提高業務等方法，在當時似由中央教育部發出指示，全國一致（恐非敬個人主張）。」〔註 117〕這種拒不揭發的態度致使他在批鬥方敬時多次被當做陪鬥。在」反右」運動中，學校教師凌道新被打成右派後接受改造，眾人唯恐避之不及，但是

〔註 116〕吳宓：《吳宓日記續編》第 7 冊，北京三聯書店，2006 年，第 502 頁。
〔註 117〕吳宓：《吳宓日記續編》第 7 冊，北京三聯書店，2006 年，第 503～504 頁。

吳宓卻經常去同他聊天，給他以安慰和鼓勵。他的好友李源澄因不堪政治運動而患瘋疾去世之後，眾人都為避禍而不聞不問，吳宓卻一直盡心保管著他的遺物，並積極地尋求買主以資遺孀，此後還一直資助他的女兒完成學業。吳宓從未在運動中揭發舉報過任何人，甚至還會對曾經傷害過他的人施以援手，在「文革」中，他的鄰居經常對其進行監視並多加誹謗，但是他仍舊會不計前嫌，在鄰居經濟拮据時予以幫助。另外，在運動中，他一直秉持著人道主義的信條，對一切苦難和弱者抱有同情。在「土改」運動中，他對很多遭受家庭變故的朋友施以援手，反革命運動中，學校一位職工精神失常，身邊之人都將此事引為笑談，而吳宓卻表示願意以己之力幫其治病，並代管其子，在他的幫助下，她終於得以恢復健康。在梁平改造期間，他亦對受人排斥的異者盡力幫助，即便自己疼痛難忍，對於暈車不適的同事亦表現出了「心憐之而莫能解救」的善良。他也曾一度以救濟地主反革命的罪名被批判，但是他並沒有因此懼怕而放棄，甚至會轉變方法繼續予以資助。處於一個特殊的時代，這種善良顯得難能可貴，他的慷慨相助讓更多的人在這個人情荒蕪的社會裏感受到了溫暖，而他也因此收穫了很多可貴的真情。年老的吳宓是孤獨的，家人遠離，更沒有兒女繞膝，但同時他也是幸福的，他用他的善良換來了溫暖，吳宓在重慶得到了朋友、學生以及身邊很多人的照顧，經常會有人來拜訪問候，讓他免於孤獨。

今天，當我們重新回看吳宓在共和國所走的這一段路程時，我們會為他貫通古今的學識所折服，為他的善良和單純所感動，更會為他不畏強權的堅持感到由衷的敬佩。身處於那個時代的知識分子是十分不幸的，他們遭遇了中國社會急劇變動的幾十年，新文化運動讓這些知識分子的內心充滿了對文化選擇的焦慮，抗日戰爭讓他們體會到了國破家亡的危機，而在共和國時期，他們更是經受了無盡的失望和痛苦。特殊的時代環境給予了他們更多的磨難，而他們的每一次選擇都不可避免地帶著時代政治因素的影響，當個人與國家如此緊密的聯繫在一起時，他們的心靈更早地充滿了家國的意識，也更懂得生存的意義和自由的珍貴。每一個人生軌跡的背後都有著無數個複雜的細節，他們或許帶著很多的心酸和無奈，當我們試圖掰開歷史的褶皺去探究這些細節時，我們永遠都不應該簡單地論斷，也不應忘了給予每一個生命報以理解和同情，只有這樣，我們才能真正地體會到他在政治運動沉浮中的種種糾結和痛苦，才會更加明白其對本心的堅守和執著理想的可貴。

文學篇

吳宓在清華留美預備學校的願望是去美國學化工或新聞出版，認為化工有助於發展社會經濟，而新聞出版則可以傳播智識，傾向於通過做實業來為國效力。但到美國後，最終選擇的卻是文學研究，投身在著名的新人文主義領袖白璧德教授門下。其實，吳宓早年也曾有過從事文學創作的想法，還一直構思著一部自傳小說，甚至連書名都取好，叫《新舊因緣》(後又想改為《中國文化的衰退與沒落》)。並說自己寫日記的一個重要原因，就是為日後積累寫作素材。遺憾的是，雖經友朋多次催督，自己再三下決心，他的小說最終還是未曾動筆。吳宓寫得最多的還是舊體詩詞。

吳宓一生歷經晚清、民國、新中國幾個時代，從少年英才，到《學衡》主編，從名教授到逐漸被邊緣化；由政治爭取的對象到成為批判的罪人，晚年黯然神傷，一生坎坷，毀譽褒貶相隨；一直不想成為詩人的吳宓，卻因詩得名，一生以詩抒懷，以詩酬答，以詩言政。從他留下的詩作中，我們可以大致推知其人生軌跡，也可從中管窺一代知識分子在風起雲湧時代的人生情懷。

吳宓在民國時期就出版過詩集，且以落花詩而得詩名。劉得天曾以詩讚吳宓：「風骨棱棱形貌奇，知君苦瘦緣作詩。海外曾師白璧德，尊前還見杜牧之。落花句句傳人口，石鼓亦稱絕妙辭。」〔註 1〕詩集收錄的詩作雖不多，卻是他一生中頗以為傲之事，時常向人提及，還不時重溫舊作，為此頗有些自負，其中也洩露出吳宓難言的苦楚：自己身前就只此一本早年詩集得以出版面世。

〔註 1〕劉得天：《初抵舊京吳雨生招飲鹿鳴春席間感念亡友芳吉愴然賦此》，《吳宓詩集》，商務印書館，2004 年，第 408 頁。

解放後，吳宓主要在大學從教，在疾風驟雨般的政治運動中，吳宓一直是被爭取、改造的對象，公開的文學活動並不多，正式發表的詩文大都是一些勉為其難的應景之作。雖然外在寫作的空間受到政治運動的擠壓，加之解放後白話文學佔了主流，吳宓的文言詩詞在很多場合顯得有些不合時宜，但吳宓依然保持著私下吟詩填詞的習慣。如果說解放前吳宓的文學活動更多是朝向社會的一面，想以詩名自詡，解放後吳宓的文學活動，則基本上轉向了自身，更多體現為不能對外的自我言說，或者友朋間的相互唱和。也正是如此，舊體詩就成了吳宓在特定時代抒發情感，結交詩友，評判時事的最重要的方式。縱觀吳宓的一生，雖然其頭上有《學衡》主編、西洋文學教授、紅樓夢研究專家等頭銜，但本性上他是一位以詩言志，借詩抒情，憑詩藉懷的詩人，故對他有情癡詩僧一說。

吳宓的詩歌觀念，不完全是傳統文以載道文學觀的延續，也非對西方文學觀念的零星照搬，當然，也不是中西古今的簡單雜糅。可以說，吳宓是在中國近現代將文學地位標舉得最高者之一。他的《文學與人生》，以文學探究人生要義，強調文學即人生的表現，文學是人生的精髓所在。吳宓回顧自己大半人生的跌宕變幻，曾唏噓不已，發出了「萬事皆空，惟有文學好」〔註2〕的感歎。

要理解吳宓的詩歌創作，我們先要瞭解他對詩歌的主要看法，即吳宓寫詩、評詩的基本主張。

一、吳宓的詩學主張

1. 詩歌須有真性情真懷抱

吳宓強調「詩非有真性情、真懷抱者不能作」，認為「詩詞文章，均與一時之國勢民情、政教風俗，息息相通。如影隨行，如鏡鑒物。苟捨社會，去生涯，而言詩，則無論若何之雕琢刻飾，搜奇書，用偏典，皆不得謂之詩。此古今不易之理，亦中西文學公認之言。」〔註3〕表現真性情，關注人生、社會和時代，這是吳宓評詩的一條準繩，也是他對自己詩歌創作的基本要求。這一點說來容易，做來甚難。尤其是在解放後，心中有感發言為詩，不避利害，很容易招致非議，甚至災禍。撇開解放前的詩歌不論，吳宓在解放後的

〔註2〕吳宓：《擬好了歌》，《吳宓詩集》，商務印書館，2004年，第473頁。
〔註3〕吳宓：《餘生隨筆（21）》，《吳宓詩話》，商務印書館，2007年，第32頁。

詩歌創作，即便在言說空間十分逼仄的情況下，依然體現出他對社會與人生的真切關懷，力求言行一致，以詩見性，較少違心之作。

吳宓的詩歌創作，既是個人情志的表達，也是對社會和時代的感受和記錄；是一個知識分子心路歷程的寫照；因為真誠與真實，所以也成了時代的一面鏡子。蘇東坡說：「真人之心，如珠在淵；眾人之心，如泡在水。」〔註4〕雖言養生，也可用於觀世。吳宓以詩存照，表達對社會、人事的見解，在今天讀來，不僅是歷史事件的微觀記錄，而且讓我們感受到寫作者的獨立精神與坦蕩情懷。在上世紀的五六十年代，人們習慣於對外同聲歌唱，往往把自己的真實想法淹沒在時代的頌詞之中，而吳宓本著真性情創作的一些詩歌，為我們理解當時知識分子內心的真實想法提供了很好的材料。吳宓的詩多為有感而發，因事而作，是在各種學習會和批判會之後自己抑鬱在心、骨鯁在喉的不得不發，更多是個人性的，因而顯得更為真實可信。

吳宓詩作所體現的，是一個詩人對自己身世的哀悼，對生民的悲憫，對國是的憂懷。吳宓用自己的詩歌實踐著諾言：「凡為真詩人，必皆有悲天憫人之心，利世濟物之志，憂國恤民之意。蓋由其身之所感受而然，非好為鋪張誇誕也。」〔註5〕所以吳宓不滿詩友許伯建和潘伯鷹的世故，批評他們作詩「但主頌揚，而不望述事抒情。然而此類不明述吾志，不代伸民情之偽詩，雖多亦奚以為」〔註6〕。臺灣學者陳敬之認為，吳宓關於文學的「至性至情」說，抓住了文學的根本，也是他文學最核心的主張。〔註7〕

2. 詩歌要近時代顯民情

吳宓強調「詩之一道，欲其工切，必與其時代之國勢民情，諸方呼應乃可」，強調詩「足可徵世變」。〔註8〕強調今日作詩，必須洞明世界大勢，熟悉中國數十年來的掌故，把新的理想、新的事物鎔鑄在舊的風格之中才行。

吳宓同時還強調，「文學作品總的說來必須是『創造』出來的，想像出來的」，「好的文學作品表現出作家對人生與宇宙的整體觀念，而不是他對具體的某些人和事的判斷」。〔註9〕吳宓的詩歌是他對人生與宇宙的整體理解，

〔註4〕蘇東坡：《養生說》，《東坡志林》，京華出版社，2000年，第10頁。
〔註5〕吳宓：《餘生隨筆（23）》，《吳宓詩話》，商務印書館，2007年，第34頁。
〔註6〕吳宓：《吳宓日記續編》第4冊，北京三聯書店，2006年，第206頁。
〔註7〕陳敬之：《新文學運動的阻力》，臺北成文出版社有限公司，1980年，第92頁。
〔註8〕吳宓：《餘生隨筆（2）》，《吳宓詩話》，商務印書館，2007年，第18頁。
〔註9〕吳宓：《文學與人生》，清華大學出版社，1996年，第19頁。

並非簡單的應和時代，是他「一多哲學」看人事的詩化表達。看似寫的一人一事，但其中一以貫之的是吳宓基於社會、人性和文化的基本看法，而不是隨一時的政治要求或者暫時的政策宣傳。這也是吳宓一直被視為另類的地方。

吳宓在「學衡」時期被視為保守派的代表，在解放後的歷次政治運動中，吳宓都被視為思想落後但可堪改造的舊知識分子代表。在政治面前，吳宓有自己的「幼稚」，在政策面前，吳宓有自己的「落伍」。但吳宓的這些「落後」，是他基於人性和文化的中西古今之理來看時事與政治，雖很難被時人所理解，但隨時勢的推移，我們回頭再去打量他的「迂腐」之時，卻發現了吳宓難得的定力和遠見卓識。當然，與其說是遠見，還不如說是吳宓得於對文化和人性的「固執」。吳宓強調的詩歌要貼近時代，當作如是理解。在他看來，物質的東西可以不斷推陳出新，與時推移，而文化和人性，卻有著不變的規律，它是超時代的，也是超政治的。抑或可以這樣說，真正要經得起時間檢驗的政治，也要符合人性的實際。所以，吳宓對那些不合人性之常的行為大為不滿，即便在嚴苛的時代，他依然要用各種方式來表達自己的見解。在公開言說不可能的時候，就用日記和詩歌來傳達心聲。他的看法，在當時看來有些「反動」，但在吳宓看來，這卻是基於人情之常的至理，並且他至死堅持自己的看法，決不移易。

吳宓強調詩歌貼近時代，並非是對時代的盲目追慕，而是從民情和民性出發，在文化、風俗、時尚的變遷中去體察時代的變化，以人性的圓周去度量政策的得失與民心的走向，體現的是作為一個人文主義知識分子信徒對社會的獨到聚焦與深刻洞察。

3. 詩歌宜鎔鑄新材料以入舊格律

吳宓認為「鎔鑄新材料以入舊格律」為詩歌創作的「正法」。〔註 10〕吳宓的表述雖與晚清的黃遵憲類似，但又與黃遵憲、梁啟超在「詩界革命」中強調的「舊風格含新意境」有所區別。「詩界革命」強調的是基於律詩格式的「我手寫我口」，實際上就是倡導寫詩要用新學語，用翻譯詞和白話，但白話和翻譯詞在構成上的複合詞化，又很難與舊形式相吻合。吳宓強調的舊風格，指的也是舊形式，但他的舊形式並非單指律詩的形式，而是古代詩歌豐富的各種形式，如詩經、楚辭、古詩十九首、詞曲等形式，其核心觀念是文言，而

〔註 10〕吳宓：《論今日文學創造之正法》，《學衡》第 15 期，1923 年 3 月。

非一種單純的文學形式觀。而新意境新材料，在他看來除新思想之外，重要的還有新的美感形態。

吳宓所說的新詩或者新文學，不同於傳統舊詩，也有別於白話新文學；吳宓所倡導的「新詩」，屬於一種保留傳統語言規律的新體文學。他強調：「詩意與理貴新，而格律韻藻則不可不舊。晚近詩界革命，而粗淺油滑之調遂成。是如治饌，肥脂膩塞，固不適口；純灌白湯，亦索然寡味，則精練尚矣。」〔註11〕他所強調的是漢字和文言漢語立場，吳宓企圖給中國詩歌的發展規劃一條不悖於世界化和民族化的道路。當然，在胡適等人的鼓動下，新詩的白話化最終還是佔了上風。但文學史上對新詩的白話一家獨大和對傳統詩學的絕然背離，也一直存在爭議，這種爭議一直延續至當代，鄭敏等詩人依然對新詩的白話持批判態度〔註12〕。白話新詩發展的曲折道路，也印證了吳宓的想法並非是完全無可取之處。

實際上，新詩總是在中西古今之間搖擺不定，從五四的自由體到20年代新月詩人的「三美」主張，再到三十年代現代詩派企圖對中西古今詩學的糅合，一直延續至九葉詩人在現代困境中形式與精神的雙重突圍，形式就像新詩頭上的魔咒，始終沒能得到很好地解決。這在吳宓看來，主要就是沒有尊重漢語的特性和規律，尤其是對西方詩歌無韻的偏執理解。在他看來，形式對於詩歌來說，與內容具有同等重要的意義。而這種形式就是基於漢語的特點而形成的中國詩詞的歷史的形態，即中國讀者最熟悉的詩歌的審美形態。也正是基於詩歌創作的體會，使得吳宓固執地堅持文言，堅決反對任何破壞漢字形音系統的做法。在他看來，牽一髮而動全身，語言的改變勢必引發文學形式和美感的變化，造成文學傳統古今的斷裂。吳宓對文言與文學傳統形式的堅持，一度被視為文化上的保守和政治上的反動，但其對中國文字、文化與文學關係的理解，聯繫上世紀九十年代保衛漢語的口號，以及當下中國語境的提出，確有必要對之進行重新估量。有研究者就認為，吳宓對文學形式審美意義的強調，構成了中國詩學現代性問題的另外一種思想力量和理論資源〔註13〕，這值得我們對其重新反思與珍視。

〔註11〕吳宓：《餘生隨筆（21）》，《吳宓詩話》，商務印書館，2007年，第33頁。

〔註12〕如鄭敏：《中國新詩八十年反思》，《文學評論》2002年第5期。

〔註13〕孫媛：《叩問現代性的另外一種聲音：王國維、吳宓、錢鍾書詩學現代性建構理路研究》，中國社會科學出版社，2012年，第182頁。

4. 詩歌應表中西古今之理

近代基於國家危局而引發的文化危機，使得古今中西區隔甚嚴，新與舊，西與中，儼然成為進步與落後的代名詞，而且彼此很難通融共存。新文化激進派強調的是革命主張，強調中西差異與古今不同，要以新的觀念、西方的觀念變革傳統。但吳宓卻不這樣認為。他從文學和文化中，看到的更多是不變的成分。「竊謂莎氏所以不可及者，即其胸羅宇宙，包涵萬象之力。……試以實事驗之，無論何地何時何人何事，舉其境遇懷抱，於莎氏劇本中，求一相似者，必可得之。特末節細枝，不無歧異耳。蓋形跡縱極萬變，而此心此理初無不同。上智之人，一覽盡得，根據立言。常人讀之，惟覺其有先獲我心之樂。……昔嘗以此驗諸《石頭記》，而知其為小說巨擘，實非無因。他小說連篇累牘，悉《石頭記》三數行之材料而已。又《史記》之特長亦在此。後世之史，汗牛充棟。所敘之人與事，幾不脫二三種模型。」〔註 14〕吳宓認為，人性天理並非隨時更易，中西古今皆有相同要素。文學藝術要表現的，就是這種相同的東西，即古今至理。他的這種看法並非折衷論，而是基於中西比較和文學史實基礎得出的結論。

所以，吳宓強調「詩乃曉示普遍根本之原理者，特必出以藝術之方式，而有感化之功用耳。是故詩以載道，且以佈道」。〔註 15〕尤其強調「詩人之載道佈道，實有代天受命、參贊化育之功」。〔註 16〕吳宓認為，作詩是知識分子使命所在，更是因為文學與人生須臾不可分離。文學雖然表現的是個別人生，但卻含有普遍的真理。故此，吳宓認為文學有助於人生。吳宓贊同文以載道，但他所言之道，不是傳統的儒家之道，而是天理人情，是宇宙間的普遍道理。時事有變異，存在各種變相的「多」，但最終要尊崇不變的「一」，文學與人生，最終都要朝這個「一」邁進。某種程度上說，吳宓是一個人生與文學的理想主義者。理想是他文學的旨歸，也成了他後來度過各種坎坷劫波的精神支柱。是文學和人性中的理想，化解了吳宓與現實生活的諸多矛盾，使他在備受肉體折磨、人格屈辱及精神困頓的艱難處境下，依然堅守著自己作為人文主義知識分子的理想信念。

〔註 14〕吳宓：《餘生隨筆（17）》，《吳宓詩話》，商務印書館，2007 年，第 27 頁。
〔註 15〕吳宓：《餘生隨筆（33）》，《吳宓詩話》，商務印書館，2007 年，第 43 頁。
〔註 16〕吳宓：《餘生隨筆（33）》，《吳宓詩話》，商務印書館，2007 年，第 44 頁。

5. 詩歌之用在造就良好人格與道德

吳宓自認是一位現實主義又兼具浪漫主義或理想主義氣質的道德家〔註 17〕。在行與言之間，他更看重實際行動，甘願做一個苦行僧，在日常生活中體現出自覺的道德律求。他既以傳統知識分子的道德倫理要求自己，同時也追求西方的平等、自由，雖然存在著一定的矛盾，但作為中西道德的實踐者，其內心之真誠，行動之堅持，宗教般的虔誠，令時人稱道，讓後人汗顏，這也使得他既有傳統士人迂闊的一面，又不乏現代知識分子的浪漫心性。吳宓認為，詩歌並非是單純的藝術鑒賞品，詩歌之用還在於成就良好的道德與人格。當然，詩歌中的道德人格並非簡單的訓教，而是就精神實質而言。他認為，「詩之功用，在造成品德，激發感情，砥礪志節，宏拓懷抱。使讀之者，精神根本，實受其益。而非於一事一物，枝枝節節之處，提倡教訓也。」〔註 18〕詩歌之所以有這樣的功能，是因為詩歌具有感化效力，具有攖人精神的效果。「蓋詩者一國一時，乃至世界人類間之攝力也。其效至偉，以其入人心者深也」，認為「古人之詩，即今世最良之報紙，所以伸公理而重輿情」〔註 19〕。吳宓所強調的是詩歌的審美效應，詩性的正義與力量，他並非是一個簡單的文學教化主義者，這一點從他《文學與人生》的講義中尤可見出。

在吳宓看來，對於個人，詩歌有救人之力，可以砥礪志節；對社會而言，詩歌可轉換世風，有救世之功。所以他標舉詩人的崇高地位，甚至把詩歌抬高到了宗教的高度。吳宓借安諾德的話說，「詩之前途極偉大。因宗教既衰，詩將起而承其乏。宗教隸於制度，囿於傳說。當今世變俗易，宗教勢難更存。若詩則主於情感，不繫於事實。事實雖殊，人之性情不變，故詩可永存。且將替代宗教，為人類所託命」。〔註 20〕這與同時代的蔡元培、梁啟超等的文化體認非常一致。「五四」對封建制度及附翼的道德、倫理、文化進行深入的批判，雖然摧毀了禮教對人性的禁錮，但也導致了國人生活在精神層面的斷裂，帶來了信仰的危機。他們開出的藥方是以審美代宗教，後來沈從文將之具體化為以小說為新宗教的主張，吳宓則強調詩歌替宗教為人類託命，面對價值重建的現代中國，他們入思問題的方式是很接近的。

〔註 17〕吳宓：《文學與人生》，清華大學出版社，1996 年，第 168 頁。
〔註 18〕吳宓：《餘生隨筆（23）》，《吳宓詩話》，商務印書館，2007 年，第 34 頁。
〔註 19〕吳宓：《餘生隨筆（31）》，《吳宓詩話》，商務印書館，2007 年，第 41 頁。
〔註 20〕吳宓：《空軒詩話（9）》，《吳宓詩話》，商務印書館，2007 年，第 188 頁。

吳宓結合白璧德的依靠「內心的約束」來挽救社會倫理的坍塌，以及依循安諾德強調的「文學則使人性中各部分如智識、情感、美感、品德，皆可受其指示薰陶，而自得所以為人之道，故其稱詩為人生之批評」〔註 21〕的看法，強調在現代物質主義時代，要使人性不役於物，不滯於理，必須借助文學藝術的涵養與超越功能，借助文學藝術來激發源自內心的道德情懷。解放後，吳宓在革命語境中對傳統文化的強調與堅守，如將其簡單視為政治偏見或文化保守，實在是一種淺薄之見，其實吳宓的思考更多帶有反對政治功利主義的目的，屬於文化和審美現代性的一部分。吳宓所看到的是革命時代精神層面存在的危機，尤其是在大變革之後，期望能恢復社會的人倫道德與人際情感，為民族找一文化憑藉和道德棲身之所，以把美好的社會制度與良善的道德結合起來。其遠見卓識，時人殊難理解，但在今天看來，卻是別有深意，別有寄託！

二、吳宓的詩歌創作

解放後，吳宓在生前並沒有出版過詩集，其詩作主要散見於報紙、日記、友人的書札和自己整理的部分文稿中。根據吳宓創作詩歌的動機和詩作內容，大致可以分為賦贈酬答、抒懷自慰、紀事議政三大類。

1. 賦贈酬答：同深換世哀

李白豪言：「古來聖賢皆寂寞，惟有飲者留其名。」杜甫也說「寬心應是酒，遣興莫過詩。」〔註 22〕詩與酒曾是古典文人的重要精神寄託。在解放後的相當一段時期，人被高度組織化，人與人之間的私人交往有限，但吳宓和一些詩友依然保持著傳統士人的交遊方式，常以詩酒唱和，以詩酒自況，用詩歌互通款曲，以詩作表達掛念之情，略表自己的心跡。當然，也時不時連帶發一點牢騷。友朋賦贈，是吳宓在解放後創作詩歌的動機之一。在這些賦贈酬答的詩歌中，寫給陳寅恪的較多，也最能見出那一代知識分子的心境和現實遭際，體現特定時代知識分子特殊的情感態度及交流方式。

吳宓與陳寅恪是在哈佛求學時結下的故交，回國後一起為共同的文化理

〔註 21〕梅光迪：《安諾德之文化論》，《學衡》第 14 期，1923 年 2 月。

〔註 22〕杜甫：《可惜》，《杜甫全集》之十，仇兆鰲注，韓鵬傑點校，時代文藝出版社，2001 年，第 845 頁。全詩如下：花飛有底急，老去願春遲。可惜歡娛地，都非少壯時。寬心應是酒，遣興莫若詩。此意陶潛解，吾生後汝期。

想奮鬥，在西南聯大的顛沛流離中更是相互砥礪，有著深厚的情誼。二人前後交往五十餘載，書信不斷，詩詞贈答甚多。解放後，陳寅恪客寓南方中山大學，吳宓偏居西南重慶北碚的西南師範學院。地偏途遠，兩人之間主要通過書信和詩歌聯繫。吳宓評價解放後的陳寅恪是壁立千仞之態度，不降志，不辱身。在祝陳寅恪六十壽辰的詩中，稱陳寅恪是「文化神州繫一身」。在感懷傳統文化潰敗的同時，也不乏惺惺相惜之意。即便在「文革」的艱難歲月，吳宓還多次夢見自己與陳寅恪聯句賦詩。1973 年 6 月 3 日的早上，受盡批鬥折磨的吳宓，夢到的居然是陳寅恪誦釋其新詩句「隆冬乍見三枝雁」〔註 23〕，可見吳宓對陳寅恪的牽掛之深，念想之切，某種程度上，陳寅恪成了吳宓生活中的一支精神拐杖。

陳寅恪堅守人格獨立與自由精神，與解放後的政治運動難免有所牴牾，吳宓非常擔心友人的生活。《懷寅恪》作於 1952 年 12 月 28 日，日記中記載說：「未曉，夢與陳寅恪兄聯句。醒而遺忘，乃作詩一首。」〔註 24〕詩中說：「兩載絕音問，翻愁信息來。高名群鬼瞰，勁節萬枝摧。空有結鄰約，同深換世哀。昆池嗚咽水，祇敬觀堂才。」〔註 25〕第一句表思念牽掛之苦；第二句贊友人「高名」「勁節」，也有對可能因之而招禍的擔心；第三四句真切道出身處社會大變革，無法適應新時代的悲哀，「同深換世哀」，可謂感同身受；借對王國維的懷念，既贊陳寅恪之才，聯繫當年王國維臨終的文化託命，又有相互激勵的意思。

尤其是在經歷政治運動時，吳宓和陳寅恪兩人更是相互牽掛，彼此揪心，害怕對方過不了關，多方搜求對方的訊息。「反右」運動中，吳宓在圖書館讀到陳寅恪的近作，見文若睹人，知其平安，難掩心中的欣喜之情。1959 年 7 月 29 日接到陳寅恪詩函，其中有七絕和七律各三首，雖然陳寅恪寫的是閒情娛事，吳宓則看出了其中所寓含的正意，認為正是陳寅恪的人格、精神、懷抱，以及近年的處境與一生大節的體現，可以作為後來者寫史和知人論世的材料。〔註 26〕1959 年 9 月 6 日，吳宓於風雨晨曉中寫成《寄答陳寅恪兄詩》〔註 27〕三首，當日抄寄給陳寅恪。其中有「回思真有淚如泉」的切切思念，

〔註 23〕吳宓：《吳宓日記續編》第 10 冊，北京三聯書店，2006 年，第 401 頁。
〔註 24〕吳宓：《吳宓日記續編》第 1 冊，北京三聯書店，2006 年，第 483 頁。
〔註 25〕吳宓：《懷寅恪》，《吳宓詩集》，商務印書館，2004 年，第 472 頁。
〔註 26〕吳宓：《吳宓日記續編》第 4 冊，北京三聯書店，2006 年，第 140 頁。
〔註 27〕吳宓：《吳宓詩集》，商務印書館，2004 年，第 502 頁。

也有對「過眼滄桑記夢痕」身世的感歎，更有對「文教中華付逝流」的黯然神傷。在這些看似朋友間的問候閒作中，正可見出彼此的趣味和性情，以及字裏行間相濡以沫的情誼，也給了彼此堅守自己文化信念和道德理想的力量。

尤令人感歎的是，在 1961 年 8 月，67 歲高齡的吳宓經三峽至武漢，南下廣州探望陳寅恪，進而北上訪友，假道西安回老家省親。雖是一次朋友會面，在當時的政治環境和交通條件下，也算是行道遲遲，旅程艱辛。一路上吳宓以杜甫和吳芳吉的詩句印證三峽兩岸的景致，還作詩題字張貼在輪船食堂感謝船員對自己一路的悉心關照。詩中化用李白的詩句，說「荊門直下秋風早，千里江陵一日通」〔註 28〕，可見他心情之好。25 日抵武漢，會見劉永濟、金月波，陳登恪等舊友，相互以詩和贈，朋友間是「十年不見頭俱白，千里相存眼尚青」〔註 29〕的唏噓，和「亂定重逢倍有情」〔註 30〕的感歎。這些詩作，言說世事變幻的同時，見證的是友情的彌足珍貴，特別是對昔日那份志同道合的追念。

吳宓到廣州的時候已過夜半，眼已失明的陳寅恪等在家裏迎候。二人見面，陳寅恪以一句「老來事業未荒唐」，酸楚中算是對老朋友自己多年來事業的一個交代。他們見面就像一對老小孩，興奮激動中也難免會有些許歲月帶給他們的感傷，陳寅恪臨別的《贈吳雨僧》七絕，也成了訣別的讖語：「問疾寧辭蜀道難，相逢握手淚汍瀾。暮年一晤非容易，應作生離死別看。」〔註 31〕生離若死別，本是古人交通不便下的人生慨歎，也是對人間情感的珍視，作為一個現代人心生此感，難免更令人悲傷。其實友人間傷心的不僅僅是年事已高，再難晤面，而是橫亙著的政治阻隔，相期難虞，對彼此未來命運的擔憂。

在廣州，吳宓受到中山大學的熱情接待，會見了不少舊友，還與冼玉清談自己的「土改」詩和「反右」詩。9 月，從廣州北行至京，見賀麟、金岳霖、湯用彤、錢鍾書、李賦寧、金克木等人，還與朋友在宴會上辯論對文字改革的意見，將院刊中自己的詩稿介紹給女兒的同事們欣賞。從這些也透露出，

〔註 28〕吳宓：《賦贈荊門輪》，《吳宓詩集》，商務印書館，2004 年，第 509 頁。

〔註 29〕劉永濟：《雨僧老兄由渝來漢遠相承問感賦小詩即希哂正》，《吳宓詩集》，商務印書館，2004 年，第 509 頁。

〔註 30〕劉永濟：《減字木蘭花・贈別》，《吳宓詩集》，商務印書館，2004 年，第 509 頁。

〔註 31〕陳寅恪：《贈吳雨僧》，《吳宓詩集》，商務印書館，2004 年，第 510 頁。

吳宓對自己的詩作是非常在意的，對自己的詩歌創作和文化觀念充滿自信，也想藉此表明自己還不是個一無所用之人。

此後，吳宓還曾三次計劃南遊廣州拜會陳寅恪，但因身體、江水暴漲等原因皆未能如願。其實這些都是託辭，主要還是因為政治形勢的緊張，使吳宓最終下不了再次南遊的決心。但即便在「文革」中，他們的書信也未曾斷絕。吳宓與陳寅恪之間的交往和友誼，主要在於彼此間對文化理想的託付與艱難人生中的鼓勵，其精神的溝通和詩詞的應和，可謂現代的高山流水，管鮑之交，堪稱那一代知識分子交誼的一段佳話。

蟄居重慶期間，吳宓與邵祖平、潘伯鷹、李思純、劉永濟、穆濟波、胡蘋秋、金月波、徐澄宇、賴以莊、周邦式等數十詩友交遊頻繁。有的是他早年在《學衡》時代的舊友，有的是他到重慶之後的新交，還有不少是他的學生輩。他們都十分樂於與吳宓步韻和詩，把自己的詩作寄給吳宓批正，而吳宓也樂意為他們批改詩作，暢談自己的體會，即便在「文革」中，也是樂此不疲。

在詩友圈子中，吳宓被稱為「一字醫」，有詩伯之名，詩壇盟主之譽。吳宓對友人的詩，並不礙於情面，經常是直言得失。如批評潘伯鷹在「文革」中的詩缺少真摯感情，說他日漸成了詩匠。而吳宓寄給詩友的詩作，常常是有感而發，有事而記，既以此互通訊息，也有相互勸慰之意。有表想念之苦，有發時事感慨。1953 年送朋友的詩中有：「枯樹臨崖萬丈深。昏鴉逐隊遠天沉」〔註 32〕。雖然是面對畫作的言說，有希望朋友珍惜前程的感言，但也有自己面對一個新時代如枯樹臨崖無所適從的戰戰兢兢，和對未來不可把握的惶恐心情。又如寫於 1954 年的《寄凫公（潘伯鷹）四首一》：「鸞鳳多長隔，參商不再明。百年如昨日，一夕夢千程。世局無窮變，吟詩自寫情。」〔註 33〕表達的是時事變幻中對友人的關切。對詩友的詩，吳宓堅持用自己的詩歌主張和人生體悟進行批評。如 1963 年，穆濟波、唐玉虬等賦詩為吳宓祝壽，吳宓讀了以後，認為這些詩盡是歌頌國家、時代的，自鳴得意其快樂與積極，而完全不能表達自己的痛苦及心情，而對他們視自己為同道，吳宓感到了難言的悲傷。〔註 34〕

〔註 32〕吳宓：《題志遠畫幀》，《吳宓詩集》，商務印書館，2004 年，第 473 頁。

〔註 33〕吳宓：《寄凫公（潘伯鷹）四首一》，《吳宓詩集》，商務印書館，2004 年，第 475 頁。

〔註 34〕吳宓：《吳宓日記續編》第 6 冊，北京三聯書店，2006 年，第 87 頁。

吳宓也曾將《遣懷詩》等詩稿抄呈詩友求正，穆濟波認為其「病在質實，少空靈之致，可勿嫌平淡，亦宜力避枯澀、生強」。吳宓認為評價極是。〔註 35〕吳宓還常常用詩函的方式，報告自己的情況。1959 年 2 月 2 日，覆信關懿嫻，附錄近年詩作三首。〔註 36〕2 月 3 日，寫信給金月波，附有 1957 年 6 月自己和潘伯鷹的《蝶戀花》詞。〔註 37〕1959 年 6 月 30 日，吳宓在成都開政協會，作《懷劉君慧》寄送〔註 38〕。其中有「榮枯得失莫繫心，詩文畢竟有知音」，勸慰朋友寵辱不驚，以詩文同道相慰。即便在政治氣氛非常緊張的情況下，吳宓依然堅持以詩函的形式與朋友聯繫，言說自己的生活近況，互通音訊，他解放後的很多詩作就是出於這樣的情景寫成的。詩歌成為吳宓解放後與他人最主要的交流與交往形式，也正是這些詩歌，成為他情感的寄託與慰藉，使他在歷經各種政治運動後，還能感受到一絲絲人情的暖意與來自友朋的掛念，體味到一種知識分子的詩意生存。

2. 遣懷自慰：嘉陵春水綠

吳宓生性敏感，對解放後頻繁的政治運動內心反應劇烈，常懷憂懼與惶惑，更因為自己的思想不合時宜，經常覺得會有大難臨頭，始終感到生命中有著難言的「罔罔的威脅」，甚至祈盼著自己能以早死求解脫。他的一些詩作，就是當時此種心境的流露，用詩歌宣洩心中的恐懼，抒懷以自慰。吳宓解放後所在的西南師範學院，以及曾授課的勉仁學院和重慶大學，都在嘉陵江邊。面對濤濤嘉陵江水，吳宓有感「逝者如斯夫」！對各種政治學習、時事宣傳，自己所受到的責難，以及人事糾葛，敏感的詩人，只能以詩歌遣懷，用詩歌來自責、自悔、自傷、自勵。

《遣懷》四首寫於 1953 年，吳宓注釋說「第一首總敘，以 1952 春宓心情之樂與 1953 夏宓事實之苦相較，而悔與蘭婚也。第二首述雪事，第三首狀蘭病。第四首本宓《送蘭芳土改》詩（第四首之五六兩句）而責蘭之負宓（事異卓文君，情遜孟光）也。」〔註 39〕歷經解放初期的「鎮反」運動、抗美援朝運動，加之國家從政治、教育到文化各方面越來越傾慕蘇聯，作為信奉新

〔註 35〕吳宓：《吳宓日記續編》第 1 冊，北京三聯書店，2006 年，第 537 頁。
〔註 36〕吳宓：《吳宓日記續編》第 4 冊，北京三聯書店，2006 年，第 27 頁。
〔註 37〕吳宓：《吳宓日記續編》第 4 冊，北京三聯書店，2006 年，第 27 頁。
〔註 38〕吳宓：《吳宓日記續編》第 4 冊，北京三聯書店，2006 年，第 113 頁。
〔註 39〕吳宓：《吳宓日記續編》第 1 冊，北京三聯書店，2006 年，第 534 頁。

人文主義的吳宓，越發覺得自己被邊緣化，跟不上新形勢。在學習會上，吳宓謹言慎行，盡可能不傷害別人，也力求保全自己，但往往又被指定發言，不得已要應付說辭，因此常常過後而自悔。正如他在第一首詩中所說的那樣：「一年行事悔難追，幽谷投身望峻崖。鳥語花香猶昨景，心灰骨折始吾哀。」〔註 40〕詩人的追悔與絕望溢於言表，希望能夠像麝那樣投岩退香，以成晚節，但懷念往昔歲月，隱隱又顯出心中的怯懦，覺得最終無法踐行，只能自我哀悼、悔恨與糾結。在第二首詩中，遺恨知己難尋，知音難遇，「感贈明珠知我意，幾番珍重在臨歧。〔註 41〕感慨自己在文化上少有同道之人。在第四首裏，「滄桑歷劫自心危，呴沫殘生更倚誰。」〔註 42〕說的是歷經劫波之後，一個垂垂老者，無依無靠的孤獨。這些詩句把一個歷經人世滄桑、萬分傷懷、無限悽楚的詩人活脫脫呈現給了後世的讀者。

吳宓詩歌中的情懷雖然是他個人化的人生體驗和感受，但也從一個側面記錄和反映了那一代知識分子的生存狀況，尤其是他們豐富而複雜的內心世界。吳宓在民國時期就是教育部部聘教授，曾執教東南大學、清華大學、西南聯大，倍受學生愛戴和同事尊重。但在勞工神聖的新時代，大學以政治掛帥，學生不思學業，教師忙於各種政治學習，政治和文化都以蘇俄為師，吳宓發現自己的知識和學術已無用武之地，倍感失落；雖力求進步，甚至還自學俄語，啃背政治書籍，但依然無法跟上時代的步伐。在政治運動中，作為名教授的他，還常常受到普通工人的指責甚至批評。《僕婢一首．蓋自傷也》，寫的就是這種情形。詩中自嘲「知史明聖」並非是自己的罪過，然而如今卻遭受到「賤隸」「牛馬」一般的對待和欺侮，為此他覺得有辱一個文化人的斯文和尊嚴，因而心生憤慨。〔註 43〕吳宓覺得不僅工農群眾不尊重他，甚至連鄰家小孩也敢對他肆意欺侮，使他感到「今昔異勢，工人階級在上，吾儕只可受其淩虐，於是始終隱忍不較，而心滋痛！」〔註 44〕吳宓認為當時對待舊時代過來的文化人，不尊重他們的思想學術，而社會又全然否定傳統文化的價值，結果造成「一夫獨智輕千聖」的局面，覺得自己的思想受到禁錮，結果是「摧志抑情盡喪詩」；作為以文章道德安身立命，將其看得甚高的吳宓一

〔註 40〕吳宓：《遣懷四首（一）》，《吳宓詩集》，商務印書館，2004 年，第 473 頁。
〔註 41〕吳宓：《遣懷四首（二）》，《吳宓詩集》，商務印書館，2004 年，第 473 頁。
〔註 42〕吳宓：《遣懷四首（四）》，《吳宓詩集》，商務印書館，2004 年，第 474 頁。
〔註 43〕吳宓：《吳宓詩集》，商務印書館，2004 年，第 502 頁。
〔註 44〕吳宓：《吳宓日記續編》第 1 冊，北京三聯書店，2006 年，第 415 頁。

類知識分子來說，他們懼怕的是自己「詩亡身在去嫌遲」〔註 44〕，其悲哀與痛心，於詩中盡情顯現。

面對一浪接一浪的政治運動和思想改造，吳宓深感無奈，但內心又不乏對自己苟且偷生的自責，於是在詩中說，「不死便當隨改造，有靈何忍棄前聞。自慚苟活名為累，誰信石交道亦分。」〔註 46〕對於自己思想的落伍，眼看文化道統的衰頹，吳宓覺得自己既無法脫胎換骨，又無法保持以前的思想，覺得是在無功受祿；面對「頻張禁網更離群」的孤獨，於是「衰年但盼須臾死，易簀無憂安此心」。〔註 47〕最終只得感歎「奇愁無限對嘉辰」「難追時代物情新」。〔註 48〕從這些詩句中，我們可以看到吳宓當年既想有所作為，有知識分子報國的入世心情，但又礙於情勢無法「自新」，不能自新，以至於想消極避世，有求死不能的猶豫、矛盾和無奈。每次政治運動，吳宓都希望能夠如自己的老師黃晦聞、朋友吳芳吉那樣早死，以免精神受苦、人格遭辱。在這樣的情況下，吳宓往往以懷念師友的方式，以詩歌來獲得想像性的精神支持，以緩解內心的痛苦。

在「博學多能皆賈禍」的情況下，吳宓以忍默為座右銘，希望求得「和光同塵」，做到與世無爭，隨波逐流，於是想以老莊之道為處事的指針。〔註 49〕但要真做起來又談何容易。面對思想定於一尊，剪除異己，面對新形勢又不願應景入世的吳宓，緊張之餘，也不乏自嘲幽默一下，以調適自己的心情，因此寫下了一些帶諷刺的俚言詩。如在《即事俚言（五）》中，寫到「講義未完受責評，當年我亦負才名。如何握管艱成字，思想文章有定程。」〔註 50〕雖有點打油詩的味道，但自然真切，令人在捧腹中難免有酸楚。每逢吳宓對政治學習反感，或者是對要求他寫批判文章而感到絕望的時候，抑或是遇到極為憤慨之事，都有自沉嘉陵江之心。濤濤嘉陵江水，見證了吳宓解放後的人生，一年又一年的「嘉陵春水綠」，見證的是這位知識分子數不盡的辛酸往事。其實，類似的遭際與心情，又何止吳宓一人！

〔註 45〕吳宓：《依韻答稚荃並示恕齋志遠三首》，《吳宓詩集》，商務印書館，2004 年，第 476 頁。

〔註 46〕吳宓：《賦贈黃君有敏》，《吳宓詩集》，商務印書館，2004 年，第 490 頁。

〔註 47〕吳宓：《無題》，《吳宓詩集》，商務印書館，2004 年，第 505 頁。

〔註 48〕吳宓：《七十一歲生日》，《吳宓詩集》，商務印書館，2004 年，第 519 頁。

〔註 49〕吳宓：《即事俚言（三）》，《吳宓詩集》，商務印書館，2004 年，第 504 頁。

〔註 50〕吳宓：《即事俚言（五）》，《吳宓詩集》，商務印書館，2004 年，第 505 頁。

3. 聲名之累：苦恨儒林識姓名

吳宓作為知名教授，在思想改造運動中常常被拉來做典型，常常感到「人猶以往昔之虛名而尊我或用我，哀哉名之為累也！」〔註 51〕詩句「生累浮名多困苦，家罹橫禍到滄桑。」〔註 52〕說的就是這種情形。吳宓經常因聲名之累，無法言行一致而自責，他還在詩中說：「深悲異感老難生，苦恨儒林識姓名。依佛求真輕世幻，隨人說假保心明。」〔註 53〕吳宓在 20 年代就已賦盛名，解放後遂成為思想改造和重點政治爭取的對象，他想忍辱偷生確實是很難的。他想遠離政治做閒雲野鶴，政治卻不可能遠離他。

政府希望吳宓能在思想改造中起帶頭示範作用，這無形中給了他很大的壓力。正如友人所言，「不欲爭鳴標異彩，卻因識字隱深憂」。〔註 54〕吳宓也認為此句深得其心。在歷次政治運動中，吳宓雖謹言慎行，戰戰兢兢，但終究還是免不了受責難，因此感到極度絕望，以至常痛恨苟活於世，希望早日追隨王國維、吳芳吉而去。在 1957 年 8 月 3 日的《餘生一首》中，「學德才名皆禍累，隨緣知命始無憂」〔註 55〕，就是他的痛苦感言。而另外一首中的「藏名遠害惟自適，降志捐情命苟全」〔註 56〕，顯示的是那樣的百般無奈。不論吳宓如何委曲求全，但最終還是不能避禍全身。尤其是「反右」之後的 1958 年，吳宓雖然沒有被打成右派，但卻感到甚為煎熬，真所謂是「驚濤駭浪度一年」〔註 57〕。從這些詩作中，我們看到的是在疾風驟雨的政治運動中，知識分子的無所適從，個人命運在時代大潮中的無助，以及人格操守與現實牴觸後產生的苦痛，尤其是那隨時都有可能招禍的疑懼，就像懸在頭頂的一把劍，隨時都有可能落下來，傷害自己也累及別人。

關鍵是，吳宓認為自己不同於當時多數的隨波逐流者，而屬於那些少數真誠之士，是「既不沾染舊朝，復何求於新代」之人。吳宓認為當時把與他

〔註 51〕吳宓：《吳宓日記續編》第 2 冊，北京三聯書店，2006 年，第 63 頁。

〔註 52〕吳宓：《生日曉作寄稚荃》，《吳宓詩集》，商務印書館，2004 年，第 484 頁。

〔註 53〕吳宓：《七月二十四日入城車中作》，《吳宓詩集》，商務印書館，2004 年，第 483 頁。

〔註 54〕曾曉櫓：《奉贈吳雨僧先生》，吳宓：《吳宓日記續編》第 3 冊，北京三聯書店，2006 年，第 87 頁。

〔註 55〕吳宓：《餘生一首》，《吳宓詩集》，商務印書館，2004 年，第 495 頁。

〔註 56〕吳宓：《丁酉生日》，《吳宓詩集》，商務印書館，2004 年，第 496 頁。

〔註 57〕吳宓：《戊戌春節沙坪壩訪晤諸友好》，《吳宓詩集》，商務印書館，2004 年，第 497 頁。

類似的知識分子看成是舊政權的知識分子，進而需要加以改造成為新政權的知識分子是不妥當的。在他看來，知識分子不能用政治立場簡單加以劃分，因為知識分子堅守的是道德、良知和學術，追求的是真知，這些與政治並不完全是一回事，而且這些方面也不應該隨政治而隨時加以變易。換言之，吳宓認為，政治上並不能保證道德的高尚和正義的訴求，尤其是不能確保學術的真理性。所以吳宓對政治學習更多的是應付，自信「尊仰儒佛，篤行道德，研精學藝，工著文章，乃由本性，終身不變」〔註 58〕。對他這類知識分子，硬要對其加以所謂的思想改造，要麼只能是「殉道死節」，要麼就只能是「空言偽飾」，而後者又正是吳宓所擔心的。吳宓認為政治運動造成社會普遍以空言偽飾應對，會助長假話、空話、套話、大話的暢行，最終毀傷社會的誠信和言行一致，造就各種各樣的投機取巧的「偽士」。吳宓所堅守的是學術的獨立和道德的神聖性，反對應時而變，說「當局可以改變其筆與口，詎能改變其心耶」，還說自己「無心干與世事，而甚優人之視我者如此，故深自危也」。〔註 59〕

吳宓對道德、文化和學術的理解，堅持的是無新舊之別，無中西之分。如從歷史層面看，知識分子對真理和道德永恆神聖的堅持是有道理的；但放到具體的時代中，難免又有些理想主義，甚至有被視為保守反動的嫌疑。在建國後，在一切都高度政治化的時代，能夠游離於政治之外去思考學術與道德問題，不為稻粱謀，這是一種極為難得的思想，也是需要勇氣的，這也正是吳宓悲情的地方。一個社會，也正是因為有這類知識分子的存在，才能校正一般人的盲目和自負，歷史才能在波瀾迴旋中，最終走入正軌。然而就現實人生而言，卻往往是充滿坎坷甚至是悲劇性的。1959 年 4 月，吳宓回想 10 年前自己由武漢來渝，作《飛花》詩以感世變之速，舊友思想變化之巨，感慨「墮地飛花已十年，人間何處著杜鵑。舊交縱在非同道，新曲難工只自憐。秘記楹書愁託付，離鸞寡鵠悵琴弦。溪山大好緣如許，急鍛密耕少墓田。」〔註 60〕在今天，我們處於安穩時代，可能對吳宓那種面對時事的悵然和友朋的離散難有感同身受，如果我們設身處地回到吳宓所處的年代，我們一定會對那一代知識分子跌宕的人生和大才難成事業充滿惋惜，也對吳宓那樣能夠堅守自

〔註 58〕吳宓:《吳宓日記續編》第 1 冊，北京三聯書店，2006 年，第 309 頁。

〔註 59〕吳宓:《吳宓日記續編》第 1 冊，北京三聯書店，2006 年，第 309 頁。

〔註 60〕吳宓:《吳宓日記續編》第 4 冊，北京三聯書店，2006 年，第 75 頁。吳宓後將《飛花》改名《墮地》。

己獨立人格與思想的少數知識分子心存敬意。正是因為他們的存在，使那個時代有了另外一種形象的對照，也為我們後來反思歷史有了難得的鏡象，尤其是他們獨立承擔的勇氣和對自己的知識和理想矢志不移的信念。在眾人諾諾之時，難得的是知識分子中還有少數愕愕之士。

4. 亂世情緣：此情只待成追憶

吳宓被世人稱為情癡，他的感情生活常常成為人們津津樂道的話題。有人指責他是好德好色的偽君子，也有人讚賞他的感情出自真誠。他曾對人說自己除了學術與愛情，其他事一概免談。雖是一句玩笑話，也足見吳宓率真的一面。對吳宓的情感糾葛，這裡暫且不作詳細的描述，更不想去加以道德的評判。非局中人，妄加揣測，只能滋生更多的八卦話題。在這裡，主要是就解放後吳宓詩作中所涉及到的一些感情做一個簡要的勾勒。因為吳宓對舊情的懷念和新感情的投入，對他的詩歌創作也存在一定的影響，其情感也在詩作中也有所呈現。

從吳宓一生與幾位女性的情感糾葛來看，其出自真心，無意欺騙，無心作偽是基本可信的。與女性的交往，坦蕩真誠，愛即愛，不愛絕不勉強，是吳宓對待情感的一貫態度。當然，作為一個感情上的浪漫主義和理想主義者，在面對生活現實的時候，他的確也呈現出幼稚的一面，常常因為沒有顧及到別人的感受和旁人的看法，容易成為他人的話題，成為受指責的對象，他越是辯解，越是容易被人認為是一種矯情的表現。吳宓回想一生情緣，說「早浮孽海出情天，悔結空花鏡裏緣。是愛是憎心悵惘，不生不死病纏綿。」〔註 61〕既算是總結，也可算是過來人的一種悔悟吧。大凡男女感情之事，也許還是局外人看得更清楚一些，而當事者總在過去之後才有所明白。

吳宓解放後雖與鄒蘭芳有過短暫的婚姻，但對毛彥文、陳心一，卻也有揪心的懷念。對毛彥文，吳宓自認「愛君深亦負君多」〔註 62〕。1952 年 1 月 12 日，因朋友家事想到自己和毛彥文的糾葛，「宓近年固已深服彥之明知矣」，認為毛彥文與之斷絕音訊，「實最上最正之途徑及方法」。〔註 63〕吳宓為毛忖度開脫，實在是沒有從心裏把她忘掉，其乃自苦也！1 月 14 日，吳宓給朋友講自己和陳心一離婚而愛毛彥文的始末，朋友認為 1931 年春不肯到美國與毛

〔註 61〕吳宓：《葵巳中秋》，《吳宓詩集》，商務印書館，2004 年，第 474 頁。
〔註 62〕吳宓：《鵲橋仙・懷念海倫》，《吳宓詩集》，商務印書館，2004 年，第 515 頁。
〔註 63〕吳宓：《吳宓日記續編》第 1 冊，北京三聯書店，2006 年，第 278 頁。

彥文成婚，「實宓之大錯矣」，而吳宓自己似乎也承認了這種看法，正所謂「宓復痛感平生愛彥之誠與悔恨之切」〔註 64〕。「彥之身世，最可痛傷，而宓之負彥亦最深也」〔註 65〕。愛與悔，只有吳宓與毛彥文當事人最明白，也是人世間愛情的淒婉可歎之處。愛情一旦修成正果，雖有世俗的完滿，但並不一定刻苦銘心，也少了幾分美麗和哀愁。

在重慶生活期間，最令吳宓感到喜悅、苦惱、悔恨的是與弱女子鄒蘭芳的一段黃昏戀。鄒蘭芳就讀重慶大學，吳宓長期接濟她的生活開支，鄒先是對吳仰慕，進而依賴而漸生感情。鄒蘭芳出身地主家庭，幾位兄長在「鎮反」運動中被槍斃，母親在淒苦中離世。家庭的不幸，加上個人感情的受挫，孤苦無依的情況下，吳宓成了鄒蘭芳生活中唯一的信賴和依賴。吳宓覺得自己與鄒蘭芳在年歲和地位上存在巨大差異，也再三拒絕過鄒蘭芳的感情和婚姻，但最終還是在鄒蘭芳的任性和逼迫下，半憐半愛半拒地結了婚。

從日記記載看，吳宓在沙坪壩的時候，有一段時間幾乎每天都會和鄒蘭芳見面，不是鄒蘭芳來找吳宓，就是他主動去邀鄒蘭芳。解放初吳宓剛到重慶的那段時間，在頻繁參加政治運動與學習會的壓力下，吳宓身邊基本上沒有可以傾訴的對象，鄒蘭芳就成了他最信賴的人，成了他枯燥生活中的一種調劑。吳宓將與鄒蘭芳的婚姻在《孽果一首》中作這樣的總結：「老健偏逢少病生，應從後果看前因。原期道合能偕隱，豈意恩多不解顰。度得紅蓮拌破戒，搗將香麝任成塵。春風一夕花憔悴，畏死勞生各苦辛」。〔註 66〕鄒蘭芳身患重病，加上家庭變故，婚後不久即病亡，這對吳宓和鄒蘭芳都算是一種無奈的解脫，但白髮人送黑髮人，對吳宓的打擊也是極為沉重的。

鄒蘭芳去世後，從 1956 年 4 月到 1957 年 4 月，一年間吳宓為鄒蘭芳寫了四首《悼亡詩》〔註 67〕。詩中敘述了「七年來往沙渝路」的溫馨和「北碚逢君又葬君」的哀婉。「因君才斷死生腸」，「獨坐思君淚滿衣」，可見吳宓對鄒蘭芳用情頗深，遺憾的是最終還是難免「鳥語不聞人影絕」。尤其是婚後鄒蘭芳生病期間性情乖戾，鄒家侄兒侄女在經濟上精神上拖累吳宓；吳宓雖時有怨言，但始終沒有斷絕對鄒家的幫困。艱難年代度日不易，世事難料，好

〔註 64〕吳宓：《吳宓日記續編》第 1 冊，北京三聯書店，2006 年，第 280 頁。
〔註 65〕吳宓：《吳宓日記續編》第 2 冊，北京三聯書店，2006 年，第 434 頁。
〔註 66〕吳宓：《吳宓日記續編》第 1 冊，北京三聯書店，2006 年，第 547 頁。日記中的詩歌與《吳宓詩集》所收詩歌在文字上有差異，此處遵照日記。
〔註 67〕吳宓：《吳宓日記續編》第 3 冊，北京三聯書店，2006 年，第 86～87 頁。

景難虞，鄒蘭芳的離世，更加重了吳宓的傷感和孤獨。鄒蘭芳死後，吳宓親自書寫墓碑，把鄒蘭芳居住過的屋子取名蘭室，吳宓好長一段時間神情恍惚，覺得自己也瀕臨死亡。

吳宓說《悼亡詩》第一首的三句，用的是 1935 年《懺情詩》第二十首的舊句，最末一句「冤債償清好散場」用的是《紅樓夢》中二十五回癩和尚勸寶玉的話，也符合鄒蘭芳生前對吳宓講他們的婚姻都是緣法所致。吳宓記述說錄此詩入日記時，害怕對此句記憶有誤，「特就《石頭記》原書查對，乃隨手取翻，即得該冊該頁所載和尚詩語，亦云靈異矣」。〔註 68〕可能有人會覺得吳宓癡愚，是在有意杜撰迷信故事，但確有很多人間事是很難用常情常理解釋的。真所謂精誠所至，感天動地吧！基於吳宓對鄒蘭芳的感情，我們相信吳宓日記中的記載是真實的。吳宓思念鄒蘭芳的時候，還想過向朋友借望遠鏡，以便從學校看對面山巔上鄒蘭芳的墓。每次到沙坪壩，吳宓都會想起與鄒蘭芳在此的生活交往而「無任悲傷」。據說後來吳宓在北碚電影院看電影，特意買兩張票，為鄒蘭芳留著身邊的位置。人亡情在，一段白首情緣，其情可憫，這也見證了吳宓對待愛情的一貫態度，愛之則深，無怨無悔，即便偶有悔意，也用一緣字作結。鄒蘭芳去世後，吳宓經常去墓地祭掃，獨自傷感，常以讀《水雲樓詞》及汪水雲詩消解心頭悲情，經常獨自啜泣不止。〔註 69〕在校園裏經常睹物思人，觸景生情，更難免傷心，其用情之深之苦，外人很難明白。尤其是在友朋雲散，親人又與吳宓基本斷絕聯繫的情況下，吳宓的這段老少戀情，雖然酸楚悲痛，想來惘然，但也不失為一種人間暖意。有研究者把吳宓一生感情糾葛中的幾位女性以《紅樓夢》中的女子加以比附，說吳宓把鄒蘭芳看作是《紅樓夢》中短命的金釧兒〔註 70〕，以吳宓對《悼亡詩》本事的解釋及他對《紅樓夢》的癡迷，此說還是比較符合吳宓的情思。1956 年 5 月 31 日第一首中最初的「平生好讀《石頭記》」一句，在 1957 年 5 月 18 日的日記中改成了「徘徊自絕彌留景」〔註 71〕，應該是在特定情勢下為避嫌而作的修改。一個老人能用情如此，最終雖是悲劇散場，但其情可憫，其情也可嘆。

〔註 68〕吳宓：《吳宓日記續編》第 2 冊，北京三聯書店，2006 年，第 439 頁。

〔註 69〕吳宓：《吳宓日記續編》第 2 冊，北京三聯書店，2006 年，第 559 頁。

〔註 70〕沈治鈞：《隔雨紅樓夢未稀——吳宓七言律詩七首箋議》，《紅樓夢學刊》2009 年第 4 輯。

〔註 71〕《吳宓詩集》中所收的《悼亡詩》，採用的是後來的修改稿，但筆者認為初稿更能體現吳宓原意。

一些研究者認為，鄒蘭芳接近吳宓，最後與吳宓結婚，主要是因為其家庭成分不好和身體疾病的原因，是精心設套佈陣，把吳宓作為靠山而請君入甕；而吳宓與鄒蘭芳結婚，實在是濫情所致。不排除鄒蘭芳最初有找人依靠的想法，但從二人的交往細節和吳宓的詩文來看，兩人應該是動了真情的。其實，吳宓與鄒蘭芳「黃花白髮相牽挽」，作為吳宓晚年人生中的一段插曲，在其感情的背後，是無法擺脫的解放後的政治對人的影響。與其說是吳宓的多情與鄒蘭芳的工於心計，還不如說是解放後吳宓和鄒蘭芳因政治大背景而促成了人生的交集。我們在刻意窺探吳宓私人感情生活的時候，不要忘記在鄒蘭芳病亡後，吳宓對她的切切思念以及對鄒蘭芳一家的幫困，其所顯示的人格力量和道德高度。

5. 紀事議政：引罪陳辭事未央

（1）應景詩文：甘隸新邦作幸民

吳宓反感寫應景文章，如在 1954 年 11 月他就拒絕寫《解放臺灣》一文。吳宓覺得政府是想利用他的聲名做宣傳，以此招降故友。但在一切都高度政治化的時代，誰也無法規避政治的影響和被政治強行裹挾。就像吳宓所寫的那樣，「述志遵驅遣，聽歌頌黨魁」〔註 72〕，實在是在所難免。對俞平伯的《紅樓夢》研究的批判，在「無端考證紅樓夢，舉國矛鋒盡向渠」〔註 73〕的情況下，吳宓就不得不隨眾參加，而且單位領導還希望他也寫批判文章。這使終身癡愛《石頭記》，視自己為書中人的吳宓有錐心之痛。於是他寫了《和金月波甲午中秋詩》〔註 74〕，詩中說「我亦經年斷酒觴，勞勞晨夕意茫茫。洗心但恨人非石，開物齊欣海變桑。獵獵雄風除蔓草，曈曈旭日掩螢光。身存尚有名為累，引罪陳辭事未央。」想到「引罪陳辭」的事情肯定還會發生，對未知的前路和不斷變化的時局，吳宓感到痛苦而迷茫。

但即便是應景詩文，吳宓依然還是不願同聲應和，還是用隱晦曲折的方式表達了自己的一些看法。《國慶十年禮讚》〔註 75〕是奉學校中文系領導之命，為國慶十週年向黨的獻禮，後在院刊刊出（刊出時與原作有異），吳宓還在中文系慶祝會上朗誦過。許伯建、高夢蘭、李仲咸都有原韻的和詩。詩中

〔註 72〕吳宓：《壬辰中秋》，《吳宓詩集》，商務印書館，2004 年，第 472 頁。
〔註 73〕吳宓：《歲暮懷人詩》，《吳宓詩集》，商務印書館，2004 年，第 482 頁。
〔註 74〕吳宓：《吳宓詩集》，商務印書館，2004 年，第 480 頁。
〔註 75〕吳宓：《吳宓詩集》，商務印書館，2004 年，第 504 頁。

讚美了建國後工業所取得的成績，說「已鋪長軌連雲棧，待駕飛船指月宮」，但最後卻是「落日虞淵驚速墜」（後經友人建議改為「日落崦嵫餘返照」），暗含了作者對當時浮誇風氣的諷刺，預言有日薄西山的不祥之兆。其諷喻之意，在吳宓同一晚所作的《感時》一詩中說得更明顯，其中就有「強說民康兼物阜，有誰思古敢非今？」一句。吳宓之所以同意如此修改《國慶十年禮讚》，主要還是想掩蓋自己的真實看法，但又在不示外人的另一首詩中吐露自己的真實感受，從他同時創作的詩歌中可以看到一個矛盾、糾結，甚至無所適從的知識分子形象。既要寫好命題文章，於是不得不說一些違心的場面話，但作為以真誠自勵的吳宓，又於心不安，於是久久難眠，輾轉反側。日記中記載的是：「夜中月明，屢醒。」〔註 76〕在人格與良知的感召下，起身作《感懷詩（一）》，以泄心頭對當時不顧民生和自然規律，瞎指揮亂折騰而民無飽食的怨憤，此中「哀民生之多艱」，才是當時的真實情況，也是吳宓的真實想法。

《一九六零年元旦獻詩》〔註 77〕是吳宓為院刊徵稿而作，詩中說：「開門見喜滿堂紅，元旦六零氣象雄。戶戶豬欄供肉飽，村村水庫卜年豐。」但再看他的《一九五九年歲暮感懷》，卻是「文明禮俗波間盡，骨肉親朋夢裏逢」。前者是「學習我仍隨改造，休緣六六限衰翁」，而後者卻成了「殉文殉道成虛話，積憤積勞俟命中」。再聯繫他之前的《鵝嶺公園社集》〔註 78〕中寫當時市民「種菜節糧隨躍進，難尋一日脫塵忙」，看似肯定群眾勞動，其實表達的是對當時政策的不滿。我們看到，對外的詩文，吳宓多是在肯定中有所憂慮，而在那些不對外的詩作中，吳宓卻更多的是憤激的批評。

在另一首《院慶十週年祝詞》中，我們依然能夠感到吳宓內外言語不一致的緊張。「十年樹木已成林，樓閣崢嶸氣象森。馬列精神多創造，工農兒女喜專深。士能勞動兼生產，黨是紅旗亦指針。濟濟良師從此出，山如畫黛水鳴琴。」〔註 79〕如果聯繫他之前對獨尊蘇聯，唯馬列是絕對真理，學校重政治不重學術，重勞動不重學業，「半年紙上三周課，博學何如一技工」〔註 80〕，「業務課輕別有責，推行政令助宣傳」〔註 81〕的批評，就可以真正理解他作

〔註 76〕吳宓：《吳宓日記續編》第 4 冊，北京三聯書店，2006 年，第 172 頁。
〔註 77〕吳宓：《吳宓日記續編》第 4 冊，北京三聯書店，2006 年，第 257 頁。
〔註 78〕吳宓：《鵝嶺公園社集》，《吳宓詩集》，商務印書館，2004 年，第 505 頁。
〔註 79〕吳宓：《院慶十週年祝詞》，《吳宓詩集》，商務印書館，2004 年，第 507 頁。
〔註 80〕吳宓：《詠教育史一首》，《吳宓詩集》，商務印書館，2004 年，第 458 頁。
〔註 81〕吳宓：《教育工會》，《吳宓日記續編》第 1 冊，北京三聯書店，2006 年，第 71 頁。

為一個文化人的苦楚及言不由衷的鬱悶。最後兩句，在暗示自己落伍的同時，更多是說自己不願順應時代的倔強。說的是「愧不能死」，「俯仰求活，思想既不能且不願改造，（仍堅信儒佛之教及西洋人文主義。）學習發言，應事接物，全是作偽，違心做作，患得患失，瑣屑計較，故觸處碰壁，其苦彌甚」〔註 82〕的真實處境。

其實，吳宓並非不想對外展示自己的詩才。參加四川省第二屆政協會，他將同車代表的名字作成對聯：左良玉、秦良玉、蔣良玉：一男二女；呂調元、陳調元、段調元：二古一今。〔註 83〕在顯示他幽默風趣的同時，也表現出不掩藏自己能吟詩成賦的本事。但就應制詩而言，一個不願說假話、套話、空話的吳宓，注定是做不好的。比起他同時代的知識分子來說，吳宓也許是做應景詩文較少的一位，但我們可以從其少有的作品中，看到吳宓在不得不媚俗時的緊張，如何保留自己判斷時的張皇，在不得不人云亦云中的耿介與迂闊。吳宓這些詩作體現的是在無法體現個體思想和價值的時候，其懷疑思考的態度本身比思想更為重要。

從對別人的評價中，依然可以印證吳宓耿介不阿這一點。吳宓在收到友人廖鉞的《蘇聯火箭到達月球喜賦二首》後有如此感慨：說廖鉞的詩在應制詩中算是好的，但顧亭林絕對不會作應制詩，吳梅村也不過是偶一為之，黃晦聞老師和吳芳吉斷不會作，而自己不得已偶而也要勉為其難作少量這樣的詩；但廖鉞、潘伯鷹、穆濟波等卻很高興為之，而且還試圖強迫自己也一同作。〔註 84〕吳宓對平生詩友的「進步」不表贊同，更多的是對友人如此變化的不解和錯愕。基於吳宓的死腦筋，有時友人還一番好意代他作應景詩，如穆濟波就給吳宓作了新樂府《總路線》長詩。〔註 85〕朋友的好心美意吳宓是懂的，但吳宓的心思他人未必明白：非不能為之，不願而已。他所追慕的是如吳芳吉那樣「感情與行動一致」，「詩與其生活一致」。〔註 86〕但在紅旗獵獵，口號震天宇人人奮進爭先的時代裏，別人很難理解吳宓為何如此落伍，可能吳宓自己也不太明白為何跟不上形勢，一個以古今至理思考問題的人，卻在現實中屢屢出錯。

〔註 82〕吳宓：《吳宓日記續編》第 4 冊，北京三聯書店，2006 年，第 324～325 頁。
〔註 83〕吳宓：《吳宓日記續編》第 4 冊，北京三聯書店，2006 年，第 103 頁。
〔註 84〕吳宓：《吳宓日記續編》第 4 冊，北京三聯書店，2006 年，第 209 頁。
〔註 85〕吳宓：《吳宓日記續編》第 4 冊，北京三聯書店，2006 年，第 382 頁。
〔註 86〕吳宓：《吳宓日記續編》第 4 冊，北京三聯書店，2006 年，第 361 頁。

(2)「土改」詩案：易主田廬血染紅

中國有詩歌紀史的傳統，吳宓也贊同「詩為社會之小影，詩人莫不心在斯民」〔註 87〕的觀點。吳宓雖不情願參政議政，但在詩中並不諱言對政治時事的看法。吳宓以一個人文主義者的角度，多是從道德和文化的層面去看社會問題，且以悲天憫人的態度，故對解放後一些嚴酷的政治運動頗有異議。對解放後的農村土地改革，分配地主財產，甚至還對一些地主及家屬處以極刑，吳宓就不表認同。吳宓不贊同以階級分敵我，判生死〔註 88〕，不贊成分地主的浮財。吳宓曾在逛街時看到一個壯年男子穿著從地主那裡分來的絹綢紅褲衣衫，極為反感。在他看來，衣服是禮儀和秩序的象徵，是斯文和體面，穿衣不當本應感到羞恥，然而這些人反倒招搖過市，毫無廉恥之心。吳宓從民眾胡亂穿衣這些細小的生活瑣事，觀察到的是暗藏其中的社會亂象的徵兆。這天吳宓憂憤地寫下了《讀〈漢書・王莽傳〉》一詩：昂軀健步裹花香，飄拂羅襦錦繡裳。千古「翻身」原一例，赤眉喜作婦人裝。〔註 89〕吳宓以此見微知著，以史鑒今，強調社會秩序的重要。認為即便是在革命主導的年代，基本的禮法道統依然需要維持，如禮崩樂壞，人就會隨心所欲，從而造成社會的失範，最終勢必釀成更大的社會惡果。此言如讖，後來世事的發展也應驗了智者的擔心並非多餘。

解放初期由於新政權剛剛建立，加之國內外嚴峻的政治局勢，使得基層政權在處理一些問題上存在著比較簡單、過激的情況。吳宓瞭解到身邊朋友的一些家人在「鎮反」中被槍決，認為運動中有「從我者生，逆我者死」的殘忍；有感「蓋數月，或期年以來，中國人之一般習性，已變為殘酷不仁，而不自覺知。甚矣，移風易俗之易，而收功見效之速也！」〔註 90〕而在思想上，往往以強迫改造為主，態度嚴苛，方法機械，不行寬恕之道，使得社會戾氣橫行，而對「世界古今之大，歷史文化之深廣，以及人性之繁複變幻，則不問焉」〔註 91〕感到十分遺憾。吳宓看出政治運動導致名實混淆，其間往往還夾雜著個人私欲，容易把不同於自己的東西都視為異端予以剪除，使得中國舊有的倫常關係、社會組織、連同經濟基礎都一同被革除，完全依賴政

〔註 87〕吳宓：《餘生隨筆（31）》，《吳宓詩話》，商務印書館，2007 年，第 41 頁。
〔註 88〕吳宓：《吳宓日記續編》第 4 冊，北京三聯書店，2006 年，第 438 頁。
〔註 89〕吳宓：《吳宓日記續編》第 1 冊，北京三聯書店，2006 年，第 161 頁。
〔註 90〕吳宓：《吳宓日記續編》第 1 冊，北京三聯書店，2006 年，第 97 頁。
〔註 91〕吳宓：《吳宓日記續編》第 1 冊，北京三聯書店，2006 年，第 171 頁。

府通過政治手段去解決一切問題，致使社會失去了自我調適的能力。對此吳宓憂心忡忡。因此在重讀《金瓶梅》和《石頭記》時，念及人的善行惡念與社會盛衰之關係，常常是涕淚不止。當然，這絕非是吳宓過於多愁善感，而是出於他對傳統社會自我修復能力與禮俗對人性控制的體會。然而，這一切，都在革命的風暴和政治的高壓下逐漸被掃蕩殆盡，人成了除政治之外無任何約束的存在，吳宓認為這樣做是非常危險的。在他看來，人性需要各種力量去加以規訓，所謂禮失求諸野，簡單的政治手段不可能解決一切有關人的問題。如果個體的道德自我不能控制自身人性中惡的因素，那麼人性中的惡就可能侵蝕主體而使其褪變為惡的存在，這時候，政治的規訓也會失去效力，甚至政治還可能進一步推助人性惡因素的泛濫。如果社會一旦提供了釋放人性惡的環境，那麼人性中的惡就可能成為一種社會的普遍存在，進而演化為嚴重的社會問題。吳宓的追問使我們意識到，善與惡的界限並不一定存在於國家與國家之間、階級與階級之間、政黨與政黨之間——而是存於每一個人的心中，人性的自律是必要的，只有人的自律加上社會外在的他律，才可能造就良善的人際關係和社會秩序。求富求強的生物性目標，有可能導致精神的荒蕪與心智的畸形。吳宓對社會的觀察和批評是有一定道理的，但他過於強調道德和習俗的重要，沒有顧忌當時複雜的社會背景，尤其是採取極端手段鞏固政權的迫不得已。在敵對勢力還大量存在，隨時都有可能顛覆一個新生人民政權的時候，對之行寬恕仁義，勢必帶來更大的社會混亂與動盪，這些是吳宓沒有深刻體會到的。

吳宓聽學生講在涪陵參加「土改」的事情，說一些良善清貧的地主曾施惠於民，農民也想對之寬大處理，但幹部卻主張嚴厲處置，有的甚至受到鏟滅，甚至還將從地主那裡收來的中西書籍故意毀壞。〔註 92〕另一學生也告知說「土改」如何嚴厲殘酷，還動用刑具逼供，不問罪刑輕重，只管財產多少，殺人甚多，慘禍不斷。〔註 93〕吳宓從學生那裡瞭解到的「土改」情況，加上本人的家庭出身，以及對鄒蘭芳身世的同情，使吳宓對「土改」運動產生了比較大的牴觸情緒。所以後來鄒蘭芳要到四川參加「土改」，吳宓就多方勸阻。最後鄒蘭芳還是隨眾下鄉參加由學校統一組織的「土改」運動。在 1951 年 10 月 15 日，18 日和 31 日，吳宓寫了《贈蘭芳詩》四首。11 月 3 日，以《贈蘭

〔註 92〕吳宓：《吳宓日記續編》第 1 冊，北京三聯書店，2006 年，第 205～206 頁。
〔註 93〕吳宓：《吳宓日記續編》第 1 冊，北京三聯書店，2006 年，第 223 頁。

芳土改詩》為題給友人修改，寄給朋友欣賞。12 月 6 日，吳宓寄給胡蘋秋的信件被西南軍政委員會搜得，被懷疑是搞反動政治組織活動，其中就有《國慶》《送重慶大學女生鄒蘭芳赴川西參加土改》詩。

吳宓的《國慶》一詩，最先作於 1951 年 5 月 1 日，當天吳宓在日記中記載：「未曉即起，晨 4：30 早午合餐。是日為五一勞動節大遊行之期，全校曉夜籌備。……今晨 7：00 排隊出發，傾城盈路，遊行隊踵接擁塞。其秧歌隊、腰鼓隊彩衣秀服，五光十色，誇多鬥靡，盛況不可形容。約 9：00 行抵南開廣場，……11：00 大會開始，張文澄等演說，仍反覆申說『抗美援朝，鎮壓反革命』之旨」。「今日遊行時作二詩，合成一首」。〔註 94〕但日記原稿下文空缺，根據《吳宓詩集》中的注釋，其原標題為《五一國際勞動節慶祝會》〔註 95〕，全詩為「勞動節期萬國同，今來況更貴農工。重描新式葫蘆樣，共慶中華解放功。揮擊鐮錘平宇宙，飛翔鴿鳥耀兵戎。誰憐禹域窮鄉遍，易主田廬血染紅。」後在 10 月 1 日對其進行了修改，把一二句改為「列隊場錦繡叢〔註 96〕，旗牌歌舞亂秋風。」把標題改為《第二國慶節》，即吳宓日記中所說的《國慶》一詩。詩中的最後一句「易主田廬血染紅」，後來成了吳宓反對「土改」的重要證據。

《送重慶大學女生鄒蘭芳赴川西參加土改》詩，共四首〔註 98〕，作於 1951 年 10 月 15 日到 31 日之間。第一首主要寫鄒蘭芳「滄桑萬恨集微生」的悲苦，和「美宅豐田齊籍沒，錦衣玉食易饑貧」的身世變幻，也寫到其父親的死，以及當時「土改」中地主以錢財退押的情況。第二首是對鄒蘭芳「生長繁華是孽因，艱難未識性慈仁」的同情，其中有「強持新法為人說，身是韓黎苦頌秦」的類比，在當時的政治環境下，這很難被政策所認同。第三首中「荊榛暴狼遍蜀西」，看似說川西的自然環境，但也有含沙射影批判「土改」的意思；而「覆巢地主除應盡，得意農民上有梯」的說法，雖是事實，但很難被工農所接受。第四首主要寫的是自己與鄒蘭芳的感情糾葛。其中「風流彤史

〔註 94〕吳宓：《吳宓日記續編》第 1 冊，北京三聯書店，2006 年，第 127 頁。

〔註 95〕吳宓：《五一國際勞動節慶祝會》，《吳宓詩集》，商務印書館，2004 年，第 461 頁。

〔註 96〕此句錄自《五一國際勞動節慶祝會》整理者注，詩句應有脫字，見《吳宓詩集》，商務印書館，2004 年，第 461 頁。

〔註 97〕吳宓：《送重慶大學女生鄒蘭芳赴川西參加土改》，《吳宓詩集》，商務印書館，2004 年，第 465～466 頁。

照前蹊，一樣情深命不齊」，吳宓認為自己與鄒蘭芳很難有好結果，所以只能羨慕司馬相如和卓文君的愛情，以及梁鴻孟光的舉案齊眉，所以有「卻羨當壚文鳳侶，難為賃廡伯鸞妻。」從其詩作看，主要是悲哀鄒蘭芳的身世，基本上是事實加自己的感慨，也涉及到對鄒蘭芳家人的同情，流露出不贊同「土改」中「除惡務盡是今仁」〔註 98〕的做法。在當時的政治環境中，加之吳宓的敏感身份，有些話確實不足與外人道。吳宓知道自己的詩作被截後極為緊張恐懼。加之下午在中文系參加邵祖平檢討侮辱魯迅的大會上，批評者認為邵祖平的反動思想出自封建堡壘《學衡》，而自己又是雜誌的主編，更是感到大禍臨頭。幸好有方敬從中斡旋，說要將政治反革命和教育界中的頑固思想分開，前者嚴懲，後者只需改造，而吳宓只是屬於後者，因有方敬的圓場和開脫，吳宓才略感寬慰。〔註 99〕

對寫給鄒蘭芳的「土改」詩，吳宓有自己的說辭和辯解。他說自己的詩「乃情感之發洩，並非全面以理智評論土改與鎮壓反革命二大政策」，解釋說自己「雖具惋痛之情，並非不明白政策，非不贊成土改」，還說「自己理智與意志決定如此做，而感情上卻有過不去處，故必須發洩而吟成詩篇」。而且，「至《贈蘭詩》四首，則全本於個人友情，為蘭作小傳，述心情，中間不得不敘其父兄之誅死與蘭之往土改，皆因蘭而及之，非專論鎮壓反革命與土改二大事而謂其不當也。」「至宓之不應保存小資產階級思想，不應作此詩，更不應寫寄友人，則宓已知罪，願受懲罰矣」。〔註 100〕解釋也合情合理，但在強調階級鬥爭至上和政治立場站隊的時代，吳宓對「土改」的指責，對地主家人的同情，很容易授人以政治立場有問題的把柄。

「詩案」弄得吳宓多日惶恐，友朋再三寬慰才略解其憂。後得知革命大學以他的詩為例對錯誤思想進行了不點名批評，又加重了吳宓的心理負擔。友人都勸吳宓「更勿作詩」，勸他「力自警惕」，以免因為自己昔日的聲名和現在的思想而招來禍端。然而吳宓卻強調：「宓不死而有情，即不能不作詩。但當勿再示人」。〔註 101〕也正是在這樣的情況下，促使吳宓在 1951 年 11 月前後寫了五首《感事》詩。他在日記中說：一、二首詩，是總序近年來「國世

〔註 98〕吳宓：《吳宓日記續編》第 1 冊，北京三聯書店，2006 年，第 87 頁。
〔註 99〕吳宓：《吳宓日記續編》第 1 冊，北京三聯書店，2006 年，第 251 頁。
〔註 100〕吳宓：《吳宓日記續編》第 1 冊，北京三聯書店，2006 年，第 253 頁。
〔註 101〕吳宓：《吳宓日記續編》第 1 冊，北京三聯書店，2006 年，第 260 頁。

大變」及他這類人的「心情境遇」。〔註102〕還注釋說第一首：「前半，述1950年五月以前，宓在北碚蟄居，無多煩擾，猶能讀書作詩甚多。……五六兩句，述1950年九月至1951年六月，宓在西南師院經歷各種運動與學習，究問逼勒日緊，動魄驚心。而各地戚友以「土改」破產隕命者，尤堪悲悼」。〔註103〕這可以看成是吳宓對為何寫「土改」詩的另一種說辭。

後來，在學院教師學習委員會成立大會上，系主任方敬傳達全國文教會精神，說吳宓的反對「土改」詩被上級作了不點名批評，吳宓的反應是「甚驚擾」〔註104〕。想自己很難過關，於是1952年1月9日上午開始寫《易主田廬血染紅》為題的詩案坦白檢討材料，還向方敬請教應對之策。吳宓認為自己「仍必需讀舊書，且必需作詩抒情，但決不可示人或寄出；非然者宓即鬱苦不能生活」〔註105〕。詩案後，還有人「力事詆毀，且主張搜查宓之書物、信函及著作」〔註106〕，更使吳宓感到世道艱險，人心叵測，政治把一切事情都可能小題大做，上綱上線，這也使吳宓以後對詩作、日記和言語更為謹慎，詩歌在表達上更為隱晦曲折，用典迭出，要仔細才能參悟出其中的微言大義。

吳宓把這件事稱為「土改詩案」，雖不免惶恐，卻以「詩案」自名，與歷史上的其他類似事件類比，這是有意以此來表明自己的知識分子身份和立場。從後來的反應看，吳宓對自己的所謂「土改詩案」雖有憂懼，但也並不隱諱。他多次向領導、友人及當事人談及寫作經過。鄒蘭芳回來後，吳宓特將詩案詳情相告，專門為她謄寫了《贈蘭芳土改》詩箋。在1955年的「肅反」運動中，甚至在「文革」中都還多次向人提及「土改詩案」一事。面對當時對知識分子的不信任和嚴密的文網，吳宓感覺生活在類似文字獄的時代，借蘇東坡烏臺詩案以自況，大有詩盡人絕之意，即他《無詩》中的「身勞意苦更無詩，已近詩人命盡時」〔註107〕。吳宓一面有大禍臨頭的恐懼，一面又向他人津津樂道。究其心理，一是需要向別人解釋詩作的涵義，害怕被別人誤解誤傳；二是要向他人傾吐為快；三是想表達自己對時局的看法，說明自己並非完全錯誤，在尋求他人認同的同時也想獲得自我的肯定。在吳宓看來，

〔註102〕吳宓：《吳宓日記續編》第1冊，北京三聯書店，2006年，第267頁。
〔註103〕吳宓：《吳宓日記續編》第1冊，北京三聯書店，2006年，第268頁。
〔註104〕吳宓：《吳宓日記續編》第1冊，北京三聯書店，2006年，第275頁。
〔註105〕吳宓：《吳宓日記續編》第1冊，北京三聯書店，2006年，第275～276頁。
〔註106〕吳宓：《吳宓日記續編》第1冊，北京三聯書店，2006年，第282頁。
〔註107〕吳宓：《無詩》，《吳宓詩集》，商務印書館，2004年，第499頁。

作詩是一個知識分子的本分，也是自己詩才的體現。他既想作詩，也想讓別人知道自己還能夠作詩，但恐於環境，又害怕因文獲咎。由「詩案」也可看出吳宓對政治的看法多麼單純，甚至有些幼稚。他對「土改」的瞭解，主要限於自己身邊學生的講述，尤其是對鄒蘭芳一家的同情，這就免不了他對「土改」有情緒化的看法，正如他所解釋的，「自己理智與意志決定如此做，而感情上卻有過不去處，故必須發洩而吟成詩篇」〔註 108〕。雖然吳宓對「土改」的看法因信息所限，加之一貫的仁慈善良，對其存在偏見，但從前後的反應，也可見出一個懷著良知的知識分子在特定時代敢於直言犯諫。同時也顯示了當時的知識分子，既害怕別人知道自己的真實想法，害怕思想落伍被斥為反動，同時又害怕別人不知道自己的看法而將自己徹底遺忘的兩難處境。在不願意介入政治，但又不可能從事自己的學術事業的時候，作為一個知識分子，除了寫作，還有什麼能夠用來證明自己的存在和價值呢！

吳宓對時政的看法，還是給我們留下了一些啟示。中國舊的鄉村秩序是以宗族、學識、財產、聲望為根基的，但這一切都在「土改」中被以「階級」和革命的名義所顛覆。那些過去主導鄉村社會的地主富農們，在「土改」中成了被批鬥、控訴、管制、鎮壓的對象。這不僅摧毀了原來鄉村精英的社會與經濟基礎，更通過授予不同階級政治權力的方式對社會秩序進行了重組。基於此，吳宓認為「不任貧富親疏實行互助，各安其所，而強持平等，肆行報復，其害如此！」〔註 109〕其實，就是貧民自身，對這種鄉村秩序的改變以及合理性也是存疑的。「土改」時，農民詩人王老九分到了地主的一隻樟木箱。王老九常對著它發呆，知道光靠他自己是不可能得到這隻箱子的。於是他在一首詩中困惑地追問：箱子箱子，你又沒長腿，怎麼會跑到我家裏？後來他找到了答案：「想想這道理，全憑毛主席。」〔註 110〕梁小斌講的這個小故事，也反映出當時農民一種較為普遍的看法。朱學勤在分析法國革命時指出，革命中階級的道德理想一旦與行政權力相結合，並企圖在一夜之間除舊布新，它最終就有可能以暴力的方式，用一種思想來摧毀和取代其他一切思想，這時候往往就會出現以「革命」為口實的殺戮、瘋狂、血腥的所謂「美德與恐

〔註 108〕吳宓：《吳宓日記續編》第 1 冊，北京三聯書店，2006 年，第 253 頁。

〔註 109〕吳宓：《吳宓日記續編》第 1 冊，北京三聯書店，2006 年，第 79 頁。

〔註 110〕故事出自梁小斌：《第一章：成倆經歷》，《翻皮球》，江蘇人民出版社，2013 年，第 12 頁。

怖相結合的道德專政」。〔註 111〕在我們建國前後的「土改」運動中，是否也有過類似的情形，我們還是有必要去加以反思的。

尤其是，解放前後的「土改」運動，不但催生了一種迴異於往日的民眾情感，它還改變了人們對一些行為的觀念。而且，這種觀念是通過政策導給民眾的。奪取別人財物，這在過去是任何社會階層都不能容忍的事情，現在被合法化了。它成了貧雇農享有的權利，成為革命的行動。反過來，擁有財富就成了一種原罪，擁有財富的人成了社會的對立面。「土改」在中國現代革命中佔有重要的地位，一些做法在具體的歷史情境下具有一定的合理性。但很大程度上延續的還是中國歷史的慣例，即革命和造反就是重新分配財產的過程。在財產的爭奪中，造成生產力的破壞，也可能助長社會的仇富心理。現代政治，應該對之有反省與超越。1789 年 4 月 30 日，華盛頓在美國的臨時首都紐約發表總統就職演說，對於政府職責，他說：「根據自然界的法理和發展趨勢，在美德與幸福之間、責任與利益之間、恪守誠實寬厚的政策與獲得社會繁榮幸福的碩果之間，有著密不可分的統一」。〔註 112〕字裏行間透露的是謙卑，是對神聖造物主及民眾公權力的敬畏。別人的一些看法，或許有助於我們對自己的歷史來一番重新的思考。

（3）漢字改革：不死驚看漢字亡

漢字改革是從晚清就開始的一場文化拉鋸戰。晚清基於國勢貧弱，為新民開智，受西方社會文化發展歷史的啟發，一些開明人士開始推出語言文字的改良方案。最先是白話文的主張，進而是漢字拼音化。白話文的主張最終在「五四」新文化運動中得以逐步實現。二十年代中期以後，中國連年戰事，雖然也有大眾語等討論，但語言文字已不再是社會關心的主要話題。解放後，政治上的統一，尤其是受前蘇聯斯大林時代文化政策的影響，漢字改革又由政治提上了日程。

解放後的各項政策中，最讓吳宓難以接受的就是漢字改革，即推行簡體字和漢字拼音化。吳宓曾與學校領導談及文字問題，明確表示，對人民政府的各項政策均衷心擁護，但「惟不贊成文字改革」〔註 113〕。在 1962 年的時候，

〔註 111〕朱學勤：《道德理想國的覆滅——從盧梭到羅伯斯庇爾》，上海北京三聯書店，1994 年，第 39 頁。

〔註 112〕喬治・華盛頓：《就職演說（1789 年 4 月 30 日）》，趙劍利、盧敏編著，《世界著名演講詞》，中國社會出版社，2004 年，第 171 頁。

〔註 113〕吳宓：《吳宓日記續編》第 2 冊，北京三聯書店，2006 年，第 362 頁。

還說「今若以宓不贊成文字改革，將宓槍斃，宓欣願受刑就死」〔註 114〕。

當吳宓 1954 年 3 月在新華書店第一次見到中國文字改革委員會關於簡化漢字的報告時，就「索然氣盡，惟祈宓速死，勿及見此事！〔註 115〕」認為簡體字方案，「怪字益多，使宓憤苦」〔註 116〕。吳宓認為雖然書寫簡化字可以省筆省力，但現代技術完全可以克服繁體字書寫上的不便，尤其是印刷的鉛字，排版的時候並不管筆劃的多少，所費時力皆同，所以沒有必要改用簡體字而由此破壞漢字的文化語義系統。〔註 117〕吳宓談到讀《人民日報》的時候，特別痛恨簡體字和誤字。〔註 118〕基於自己的文字觀念和文化體認，吳宓寫了不少詩歌對漢字改革進行評說，也藉此表達他對待傳統和文化的態度。

其實，吳宓對語體文早就心存芥蒂，曾說過「近世文字改革，已至極端。其始則由胡適等之白話運動，故凡主張白話，而以白話破滅中國文字之人，宓皆深恨之，而欲盡殺之。」〔註 119〕他與同事一談及文字改革，就是「言頗激昂」〔註 120〕。自祈速死，以「免見中國德教學術文化尤其漢字之破滅無餘也」〔註 121〕。他尤其反感解放後大量模仿蘇聯書報中的俄文文法和句法，認為中國文字優卓，勝過西文。他與友人討論翻譯，認為不重形義而徒重音，是中國今人的錯誤，如「國家」「歷史」「思想」等偏正複合詞，容易給人意義上的誤解，造成翻譯上的困難。這一次更是拿文字開刀，他認為 1955 年開始使用的簡體字，並以拉丁化為目標，這可能導致漢字滅亡。而一旦漢字滅亡，中國文化賡續的載體喪失，文化勢必全亡，以至於以後都難以挽救，對此極為痛心。〔註 122〕在參觀西南師範學院物理系工廠、化學系硫酸製造室、生物系植物動物標本室的時候，他看到許多漢字書寫錯誤及簡字亂用，心憂「豈特文史淪亡，自然科學（如某醫指出碎蛇誤書脆蛇）亦難言矣」〔註 123〕，擔憂「文字改革，廢文言，行簡字，割斷中國文化之歷史根苗，於是學術教

〔註 114〕吳宓：《吳宓日記續編》第 5 冊，北京三聯書店，2006 年，第 516 頁。
〔註 115〕吳宓：《吳宓日記續編》第 2 冊，北京三聯書店，2006 年，第 26 頁。
〔註 116〕吳宓：《吳宓日記續編》第 2 冊，北京三聯書店，2006 年，第 158 頁。
〔註 117〕吳宓：《吳宓日記續編》第 10 冊，北京三聯書店，2006 年，第 192 頁。
〔註 118〕吳宓：《吳宓日記續編》第 10 冊，北京三聯書店，2006 年，第 210 頁。
〔註 119〕吳宓：《吳宓日記續編》第 2 冊，北京三聯書店，2006 年，第 530～531 頁。
〔註 120〕吳宓：《吳宓日記續編》第 2 冊，北京三聯書店，2006 年，第 565 頁。
〔註 121〕吳宓：《吳宓日記續編》第 3 冊，北京三聯書店，2006 年，第 137 頁。
〔註 122〕吳宓：《吳宓日記續編》第 2 冊，北京三聯書店，2006 年，第 137 頁。
〔註 123〕吳宓：《吳宓日記續編》第 4 冊，北京三聯書店，2006 年，第 99 頁。

育徒成虛說，文藝創作亦不能出自人心而發揚民志」〔註 124〕。他參觀重慶市工業建設展覽，認為一切都製作得很精巧，安排得也很合理，就是牌匾的題字，用的卻是「謬且醜」的簡體字書寫，對此感到甚是遺憾。〔註 125〕從這些可以看出，吳宓對漢字用情之深，漢字改革所激起的內心震盪之劇烈，漢字對他而言早已不是一個表達的工具問題，而是與他生命息息相關。漢字改革，對吳宓來說就好比要他的命，因此屢屢說出憤激的話來，還多次在詩歌中表達自己堅決的反對立場。

在吳宓看來，漢字重形，猶如圖畫，拼音重音，猶如音樂，圖畫與音樂難分優劣，各有短長，都能讓人賞心悅目，沒有必要去圖畫而獨存音樂。何況中國人運用文字表達自己的能力遠在用聲音言辭之上，中國的學術思想更不能脫離文字書籍。他深恐文字改革以後簡化漢字的推行會斷絕五千年華夏文明，使以後的中國人不再認識正體楷書的漢字，不能誦讀淺近的文言，更談不上理解中國舊文化，擷其精華。所以，他每次看到經過數千年演變、作為中國文化種子的文字被簡化，都「痛憤難遏」，視簡字是醜陋之極、毫無美感的「怪體」。其實。吳宓也意識到漢字的簡體，歷史上也曾有過，只是從來沒有此次那樣的「鹵莽滅裂」，這次是完全破壞漢文的系統，認為是不瞭解漢字系統的「俗妄人所為」，最終會導致文化斷裂的災難。吳宓從解放後在政治、文化和藝術上獨尊蘇聯，憂慮這種盲目的偏執和一邊倒的尊崇，最終將喪失自己的文化本位與自信，到那時候，中國將成「非精神的中國，文化的中國，過去歷史的中國，正在破滅而尚未盡亡之中國」。〔註 126〕

1955 年 8 月 19 日，吳宓目睹第二批簡體字公布，「傷心中國文化（漢文、儒教）之亡，私深悲憤」〔註 127〕。12 月，在友人處聽到市委對中文系教師要求必須遵用簡化漢字，奉行文字改革法令，看到法令、文件、書籍，都開始用簡字怪體，使吳宓感覺頭痛，就像吞食沙粒磨損齒牙那樣難受。〔註 128〕還極端到說：「今文字改革，宓極憤恨，幾欲造反或自殺」。〔註 129〕1956 年 6 月 7 日，吳宓和賴以莊談論到聞一多、劉文典舊事，對漢字文言破滅也極為「痛

〔註 124〕吳宓：《吳宓日記續編》第 4 冊，北京三聯書店，2006 年，第 129 頁。
〔註 125〕吳宓：《吳宓日記續編》第 4 冊，北京三聯書店，2006 年，第 218 頁。
〔註 126〕吳宓：《吳宓日記續編》第 2 冊，北京三聯書店，2006 年，第 147～149 頁。
〔註 127〕吳宓：《吳宓日記續編》第 2 冊，北京三聯書店，2006 年，第 236 頁。
〔註 128〕吳宓：《吳宓日記續編》第 2 冊，北京三聯書店，2006 年，第 327～328 頁。
〔註 129〕吳宓：《吳宓日記續編》第 2 冊，北京三聯書店，2006 年，第 397 頁。

憤」。賴以莊勸慰他不可有所主張，以免招惹禍端，但見其態度憤激，只好寬慰他說「將來必返轍，但今非其時」。〔註 130〕面對漢字改革政策，吳宓多次向友人說文言、漢字的優美以及簡化漢字的弊端，還從《羅馬史論》的羅馬帝國衰亡中，對「中國文字與道德文化全亡於今日」心生感喟與痛惜。〔註 131〕一些友人也贊同吳宓的意見，但鑒於形勢，只能寬慰他說簡化漢字雖已成潮流，不可阻遏，但或許「二百年後，或有追思而認識漢字之價值」。〔註 132〕吳宓的看法，在很多人看來屬於政治上的落後，因為漢字改革在當時是國家的政策，對於老百姓而言，政策是不會錯的，政策就必須執行；而對吳宓的說法認為有些杞人憂天之嫌，認為他把漢字簡化看得過重，動不動就拿文化傳統的斷絕來說事。而那時候，傳統又早被貼上了封資修的標簽，代表的是反動與落後。但我們從後來文化發展的實際情況來看，吳宓的擔心多少還是有一定道理的，他的憤慨之詞也非單純個人好惡情感驅使的妄言，而是有著很深的中國文化情結與文化體認的。

吳宓認為文字養成中西人數千年不同的習性，在中國，學術思想更不能脫離文字書籍，中國以文字立國，並非虛妄之語。「而文言廢、漢字滅，今之中國乃真亡矣！」而今漢字改革，頒行簡字、俗體字，強人遵從，甚至隨意造作新字，是不顧中國文字的系統。因此「每觀壁上標語及眼前書報，使宓痛憤難遏！」特別是著譯之書籍，句法冗長，文法顛倒，用字過多而費解，處處俄文文法，政治名詞，使讀者大受其苦。〔註 133〕

在寫給友人金月波的信中，有《感事》詩一首，集中言說了吳宓關於漢字改革的看法：「嘉陵春水七回黃，不死驚看漢字亡。表意從形嚴系統，含情述事美辭章。車書東亞同文古，顰笑西施百事長。嚼字今來不識字，掃盲我老竟成盲。」〔註 134〕詩中讚美了漢字形意的嚴整優美，反對漢字改革；也表達了一個堪稱博古通今的飽學之士，曾經大學的名教授，卻在新形勢下成了掃盲對象的尷尬；這雖然令人難以想像，也充滿諷刺，但又確是事實。歷史有時就是充滿類似的弔詭。當學術隨著政治起伏宛轉，或者學術完全喪失自

〔註 130〕吳宓：《吳宓日記續編》第 2 冊，北京三聯書店，2006 年，第 443 頁。
〔註 131〕吳宓：《吳宓日記續編》第 2 冊，北京三聯書店，2006 年，第 469 頁。
〔註 132〕吳宓：《吳宓日記續編》第 2 冊，北京三聯書店，2006 年，第 461 頁。
〔註 133〕吳宓：《吳宓日記續編》第 2 冊，北京三聯書店，2006 年，第 287～288 頁。
〔註 134〕吳宓：《1956 年 2 月 6 日致金月波信》，《吳宓書信集》，北京三聯書店，2011 年，第 321 頁。

己獨立性的時候，權力就會僭越知識而成所謂的真理。

漢字改革也激起了其他學者的反對。1957 年 5 月 20 日，吳宓接到張天授寄來的 17 日上海《文匯報》，上有陳夢家《慎重一點改革漢字》和《文匯報》專電《首都學術界激烈爭論「漢字要不要改革？」記》。吳宓讀後自責自已「一向太過慎重，太為畏怯，愧對自己平生之志事矣。即至唐蘭、陳夢家一函，述感佩之意。寫示『不死驚看漢字亡』一詩。」〔註 135〕在「反右」運動中，陳夢家以此獲罪，而吳宓致唐蘭和陳夢家的信，因漿糊潮濕，郵票脫落，信因「欠資無人收領」而退回，使吳宓僥幸免去了牽連。而吳宓卻感到「自愧不如夢家之因文字改革而得罪也。」〔註 136〕

1957 年鳴放中一批友朋被打成右派後，吳宓為避禍，很少再公開言說文字改革之事，還勸誡學生不要再去借閱《學衡》雜誌，「勿宣傳文字改革之失策，以免禍患」。〔註 137〕1958 年 1 月，葉聖陶等在重慶市人民禮堂作官話、漢字拼音、簡體字的推行報告，市政協寄入場券給吳宓，吳宓沒有前去。後奉學校黨委命去參加市政協特邀座談會，聽葉聖陶代表全國政協傳達周總理文字改革方案的報告，周有光代表文字改革委員會介紹漢字拉丁化拼音方案，中間有座談，吳宓在座談會上沒有發言，僅與葉聖陶握手而已。朋友、學生害怕吳宓發表反對文字改革的意見，也特託人相勸。但這僅僅是迫於形勢的忍默而已，吳宓的主張卻始終沒有任何動搖，對批評也是虛與委蛇。在鳴放交心過程中，有人批評吳宓在服從黨的領導上有所保留，就舉了反對簡化字的例子。吳宓雖笑言答「今思想上贊成，但感情上反對」，但心裏卻是「堅決反對簡字，寧甘以此即刻投嘉陵江而死，惟恐疑宓為政治犯畏罪自殺耳」〔註 138〕。在歷史系教研組座談會上，吳宓以《最後之交心及批判》發言，一些老師批評吳宓對文字改革應該用階級觀點看待，不只是服從而已。〔註 139〕面對嚴苛的政治形勢，吳宓覺得自己成了一匹無用的老馬，1958 年 6 月 11 日，晨起吟詩，「速死為安傷老馬，餘生何望比僵蠶」〔註 140〕。在「拔白旗」，「插紅旗」，反厚古博今的討論中，吳宓反對漢字改革，編《學衡》常成為被揭發

〔註 135〕吳宓：《吳宓日記續編》第 3 冊，北京三聯書店，2006 年，第 89 頁。
〔註 136〕吳宓：《吳宓日記續編》第 3 冊，北京三聯書店，2006 年，第 153 頁。
〔註 137〕吳宓：《吳宓日記續編》第 3 冊，北京三聯書店，2006 年，第 210 頁。
〔註 138〕吳宓：《吳宓日記續編》第 3 冊，北京三聯書店，2006 年，第 295 頁。
〔註 139〕吳宓：《吳宓日記續編》第 3 冊，北京三聯書店，2006 年，第 320 頁。
〔註 140〕吳宓：《吳宓日記續編》第 3 冊，北京三聯書店，2006 年，第 327 頁。

的話題。後來吳宓越發意識到文字改革逐漸由學術問題演變成了政治問題，政治問題涉及到的是立場與階級感情，從學術層面很難釐清，而且有可能因此被視為反黨反革命，於是愈發警覺，更不想連累旁人，於是很少再於眾人面前言論此事。

吳宓面對以政治推動的漢字改革，感到自己勢單力薄，又難在公開場合放言，在這樣的情況下，只能以日記和詩詞的方式表達自己的見解，哀歎「文字千年盡，儒生空爾為。」〔註 141〕哀傷「德教中華雄萬古」〔註 142〕，而今卻一派德喪教息的景象。由漢字的改革，看到傳統文化的斷裂、教育廢棄，「民興俗變由天運，教殄文夷付海流。」〔註 143〕擔心的是「文字竟傷同改革，形骸莫保況精靈。登壇肆口揚秦法，守禮誰復引魯經。萬里迢迢無盡路，中華歷史止斯亭。」〔註 144〕吳宓所憂心的正如他在當時日記中所感歎的，「嗚呼，中國文化之存一線於異邦，可哀也已！」〔註 145〕

吳宓認為漢字不能批量簡化和完全拼音化，主要是基於自己對漢字特點的把握，同時也在西方研究者那裡有所印證，吳宓曾談到克勞德·魯瓦在《進入中國》一書中有一章專門論述中國文字，認為漢字每字皆具體、實在，而固定，不像西方文字那樣模糊，飛揚變易。〔註 146〕吳宓的主張也得到身邊友人袁炳南等的支持，但友人很多都隨形勢改變了看法，服從了政策。友人關懿嫻在信中談及自己經過兩年思想改造感情已經大變，責備吳宓不從正面大處看黨的德業，而憑個人好惡，斤斤計較漢字簡化、文字改革等問題，沒有認識到文字改革是為了普及全民教育的好辦法，希望吳宓能夠向組織坦白交心，不要固執己見。吳宓對曾贊同他關於中國文化和漢字主張，甚至還寄望於死後為其保管詩文、日記的友人的變化極為錯愕、傷心，深感知音難在，託付無人。〔註 147〕

吳宓從漢字改革中，看到的是當時文化走向中存在的問題。從「捨己從

〔註 141〕吳宓：《八月十六日未曉作》，《吳宓詩集》，商務印書館，2004 年，第 496 頁。原作題為《國無》。
〔註 142〕吳宓：《懷唐玉虬》，《吳宓詩集》，商務印書館，2004 年，第 485 頁。
〔註 143〕吳宓：《壽柳翼謀先生八十》，《吳宓詩集》，商務印書館，2004 年，第 484 頁。
〔註 144〕吳宓：《和哲生題翼謀先生青衿周甲述》，《吳宓詩集》，商務印書館，2004 年，第 485 頁。
〔註 145〕吳宓：《吳宓日記續編》第 2 冊，北京三聯書店，2006 年，第 581 頁。
〔註 146〕吳宓：《吳宓日記續編》第 3 冊，北京三聯書店，2006 年，第 104 頁。
〔註 147〕吳宓：《吳宓日記續編》第 4 冊，北京三聯書店，2006 年，第 49 頁。

人日日忙」的各種政治運動中，痛惜的是「長圖大念學功盡」，「著作無時文字滅」〔註 148〕，進而憂慮語言文字改變後可能造成的嚴重後果，即「千年文化神州斷」，「獨傷至寶付塵埋」，所以才有「守道殉情無限哀」〔註 149〕的大悲痛。面對當時強勢政治的推動，在「強坐寒蟬仗馬姿」的情況下，吳宓依然想到的是「千年道統更誰持？」〔註 150〕其情可憫，其志可嘉。

吳宓強調中國漢字是由來有自，經過不斷孳生的複雜的、豐富的表意系統，漢字的字形有著豐富的文化內涵和審美信息，其字形不宜隨意改變。而且，漢字還承載著道德教化的功能，強調「漢字形聲美，儒風道德長。篤行能化世，深造自通方。」〔註 151〕在另外一首《和答李駿名》的詩中，頌讚道：「文字中華高萬國，能知此意便為賢」。〔註 152〕吳宓認為漢字改革做法荒謬，是不尊重歷史和文化的表現。認為漢字改革由繁自簡，會波及傳統儒家道德倫理的傳承，從而影響到世俗風教。在《和韻答金月波》一詩中，吳宓感慨：「陰符熟誦輕儒學，魔咒有靈斥佛光。兩戎河山無限劫，捨聰棄智效中央。」批評漢字改革是在取櫝棄珠，是反智的愚民行為，是斬斷了文化的根脈。

從批評漢字改革的詩作中，我們可以看到一個迂闊的文化愛國者的吳宓。他對中國的文化和傳統懷著深深的敬意，對國家的熱愛是具體的，是基於文化、傳統、習俗，絕非抽象的愛國主義，也超越於黨派紛爭之上。他認為中國的政教、道德、禮俗、藝術、器物、衣服、飲食，都堪稱世界一流，就所謂偶的「萬事無如中國好」；而各種風俗節慶，更體現了中國人的哲學智慧和與天地萬物和諧共生的觀念，盛讚「祭祖迎神隨令節，天人和會物咸宜」〔註 153〕的中國式的生活方式。認為當時把傳統的東西要麼視為封建迷信的反動，要麼看得一無是處，肆意推倒踐踏，斥之為愚民文化或者文化糟粕，整個社會獨尊蘇聯和領袖思想，強調勞工神聖而輕鄙知識分子，並不妥當。吳宓反對象蘇聯那樣把文學作為顛覆英美的工具，對西洋文學斷章取義，根據

〔註 148〕吳宓：《七月二十九日晨作》，《吳宓詩集》，商務印書館，2004 年，第 483 頁。

〔註 149〕吳宓：《八月七日夜枕上作（四）》，《吳宓詩集》，商務印書館，2004 年，第 483 頁。

〔註 150〕吳宓：《六月六日夜尊師會紀感》，《吳宓詩集》，商務印書館，2004 年，第 499 頁。

〔註 151〕吳宓：《讀悼亡奇痛記題寄唐玉虬》，《吳宓日記續編》第 2 冊，北京三聯書店，2006 年，第 375 頁。

〔註 152〕吳宓：《和答李駿名》，《吳宓詩集》，商務印書館，2004 年，第 492 頁。

〔註 153〕吳宓：《老年四首其一》，《吳宓詩集》，商務印書館，2004 年，第 488 頁。

自己的需要加以選擇和闡釋。認為這樣的結果，會使中國，西洋的文化、學藝、德教、智慧都被淹沒無存，最終會把自己變得心胸狹隘。〔註 154〕這些思想在當時看來是多麼大膽而反動，今天視之卻又是如此之深刻！

吳宓懷古傷今，借漢字改革反對當時各種對待傳統文化的極端做法，強調文化的賡續和道統的堅持，體現的是一個具有現代眼光的知識分子的情懷和境界。但吳宓不是一個狹隘的文化民族主義者，而是在古今中西的比較中，重新審視中國傳統生活方式與文化制度的意義，是一個保守主義者的眼光所難以企及的。建國後民俗傳統廢棄後所帶來的民族文化認同感的缺失，世紀末對民俗節慶禮儀的恢復，無疑也驗證了吳宓的眼光。吳宓不是簡單從政治的角度去審視封建時代的文化制度，而是從文化與人的關係層面意識到文化制度對於社會和個體的重要性，以及文化的超時代價值和影響。正是吳宓超越政治對傳統文化的體認和理解，見出了政治眼光對文化評判的狹隘，其中西文化參照印證而得出的結論，後來的社會發展也驗證了其眼界的宏闊與通達，這對我們今天處理傳統與現代、中國與西方的文化問題，依然可以作為參照。

其實，我們不必把漢字提高到無以復加的程度，去區分單腦復腦文字等概念，強調漢字比其他語言都絕對高明，如果那樣又陷入了極端文化民族主義的窠臼。漢字是中華民族在長期的生活與文化實踐中創造的文字，負載著中華民族豐富的歷史和文化信息，已經是一種集體無意識存在，它是最適合中國人的文字。在今天的全球化背景下，任何一種文字都會呈現出它的侷限性，文字有相對的穩定性，但也要隨著文化、科技的發展而不斷發展演化。我們需要的是根據漢字的演化規律和生活的現實需要去發展和規範文字，而不是以人為的力量，尤其是基於政治的需要去任意改變文字的發展方向和速度。對於文字而言，社會生活才是最大的影響力量。我們反觀一下最近二十年來漢字的發展，尤其是漢字詞彙的變化，就可以清楚地看到這一點。那種動不動要對漢字整容的觀點之所以遭到那麼多人的非議，就在於文字是屬於社會的，是屬於生活的，任何人都不能壟斷，更不能想當然地去把改變強加於社會。社會生活才是最準確的過濾器，好的、大家普遍認同的語言要素最終會沉澱下來成為語言文字的資源，一些時尚的元素，不合語言規律和民族文化習慣的東西，最終自然會被淘汰。在上世紀末，面對西方語言對漢語字

〔註 154〕吳宓：《吳宓日記續編》第 2 冊，北京三聯書店，2006 年，第 521 頁。

詞的侵入和影響，有的人認為漢字和漢語又遭受了危機。對民族語言的感情可以理解，但大可不必杯弓蛇影，如此緊張。那些能夠侵入漢語的部分，要麼是我們的生活需要這樣的詞彙來加以表達，要麼是我們的語言中需要這些成分來補充。語言是用來交流的，語言文字本身也需要交流。保衛漢語最有效的方法是提升自己的文化和經濟影響力，而不是在家裏想如何純潔自己的語言而把別人拒之門外。

正如研究者所注意到的，當年的「漢字革命」論者們，「他們所急的，是從傳統解放，從舊制度解放，從舊思想解放，從舊的風俗習慣解放，從舊的文學解放」。以至於「新人物反舊，舊人物也反新。互相激蕩，意氣飛揚，防禦是尚，於是形成兩極，彼此愈來愈難作理性的交通」。〔註 155〕吳宓維護繁體漢字，一方面是文化情感的原因，因為漢字身上有著豐富的歷史人文信息，另外也是從語言文字的本身特點和規律思考問題，認為漢字是「自成完美系統」的文字，其字形字音是歷史的承傳，自成體系。吳宓的漢字觀念，還與他對晚清以來漢字變革切身的體認有關，晚清之後的漢字拼音化、拉丁化最終的失敗，也使他意識到漢字的極端改革的不切實際。因為漢字是中國傳統文化的象徵物，它可以寄託情感，安慰靈魂，尤其是在劇烈變革的時代，它更是黏合過去生活的載體。

關於漢字改革的看法，也是吳宓一貫的文學和文化整體觀的體現。吳宓強調文學要舊風格入新意境，用舊格式表現新思想，他著眼點不是改變工具本身而是改變新的思想如何裝進舊的形式中，而不是如何改變工具來適應新要求。吳宓在《馬勃爾白逝世三百年紀念》一文中說：「自吾人觀之，今日中國文字文學上最重大急切之問題（人人所深切感受覺察者）乃為如何用中國文字表達西洋之思想，如何以我所有之舊工具，運用新得於彼之材料。（舊指中國固有者而言。新指始由西洋傳來者而言。非今古之謂，亦無派別之見）」〔註 156〕。在他看來，文學也好文化也好，並不存在絕對的新舊之分，中西之別，關鍵是如何駕馭工具去表現的問題。對漢字改革，吳宓強調的是從文化考慮問題，而非從政治著眼。而對吳宓的批判，主要是基於政治的而非學理的，這是那個時代難以克服的偏見。1985 年 12 月，經國務院批准，「文字改

〔註 155〕林毓生：《中國傳統的創造性轉化》，北京三聯書店，1988 年，第 316～317 頁。

〔註 156〕吳宓：《馬勃爾白逝世三百年紀念》，《吳宓詩話》，商務印書館，2007 年，第 126 頁。

革委員會」更名為「語言文字工作委員會」；次年，該會機關刊物《文字改革》更名為《語文建設》，「改革」對「建設」一詞的替換，意味著在一個新的時代語言文字觀念根本性的變化。我們再回過頭去看吳宓對漢字改革的態度，也許會引發我們更多的思索，也對他書生意氣的固執多一分理解和敬意。

（4）消滅麻雀：到處人心是殺機

雀鼠長期以來被視為偷吃糧食的動物，古代還有雀鼠捐，藉口向老百姓徵稅，可謂害上加害。雖然數千年來雀鼠之害不斷，但限於科學技術的不發達和社會整體動員能力較低，人們也很難有統一的消殺行動，對雀鼠只能是加以防備，採用驅趕等形式，如在田裏樹個稻草人，或在家裏養上一隻貓。新中國成立後，政府動員民眾的力量空前提高，人定勝天、改造自然、征服自然的觀念冒頭，加之天災人禍導致糧食短缺，催生了向雀鼠要糧食的想法。

1956 年 1 月 8 日，《人民日報》第三版刊登了中國科學院動物研究室研究員鄭作新的一篇文章《麻雀的害處和消滅它的方法》，文章中說：「據我們飼養試驗，一隻體重約六錢多的麻雀，每天所吃的穀子約二錢，為身體的四分之一強，根據這個數字推算，一隻麻雀一年消耗穀物約四斤。在野外活動的麻雀，因為終日飛翔跳躍，食量當更大，被它們吃掉和糟蹋掉的糧食一定更多。」四天後，《人民日報》頭版發表了《除四害》社論。引用鄭作新文章裏的數據，得出「全國被麻雀吃掉和損壞的糧食數量不比老鼠少」的結論。還計算出麻雀損壞的糧食達 3.5 億多斤。從此，麻雀成了人民公敵，被列入「四害」黑名單。中央號召在 1962 年前基本把四害（老鼠、麻雀、蒼蠅、蚊子）除盡。報刊上開始對麻雀進行大規模的「罪行」揭發，輿論聲討。藝術作品中也不敢再美化和讚揚麻雀。音樂家黎錦暉在上世紀三十年代創作的歌舞劇《小孩與麻雀》，1956 年獲准在中國兒童藝術劇院演出時，名字則改成了《小孩與喜鵲》。當時還流傳著這樣的順口溜：「老鼠奸，麻雀壞，蒼蠅蚊子像右派。吸人血，招病害，偷人糧食搞破壞。」麻雀一旦被作了階級定性，其命運自然堪憂。

在黨中央的統一號召，各地方政府的統一部署下，上世紀五十年代末，全國幾乎所有的地方都掀起全民動員、大兵團作戰的方式，用人民戰爭使麻雀被累死、餓死、毒死、打死。當時北京市的要求是從 5 月 18 日起，大戰三天，男女老少齊上陣，不分白天黑夜，用「轟、打、毒、掏」的綜合戰術，給麻雀以殲滅性打擊。在此三天內，每晨六時前，參戰人員就必須進入各自陣地，於是大街小巷、院裏院外、樓頂、牆頭、樹上，鞭炮、敲鑼齊鳴，竹竿彩旗揮動，吆喝聲震天動地，最終使得膽小又不能連續飛翔的麻雀在張皇失措的不斷飛行中被累死，或者驚落地上，成為人民的戰利品。政府和民眾還組織火槍隊分布市郊組成防線，予以最後的阻擊圍殲，以防漏網之雀。據1958年4月20日《人民日報》的一篇通訊報導，北京市在一天突擊行動就消滅麻雀83200多隻。

對消滅麻雀運動，吳宓在1956年1月8日的日記中有如下的記載：「而昨報載『北碚區團委將發動青少年消滅麻雀』之新聞。其法至密，有塞巢、毀卵、彈射、竿黏、網弋等八項，云1956年內可消滅麻雀86萬隻，可節省穀米688萬斤云云。哀哉！姑不論佛教之大慈悲，不傷蟲蟻以及微生物之命。我佛前身，並以身投虎喂鷹，以代鹿兔等之死。我中國儒教亦以『天地位焉，萬物育焉』為立身之鵠的。社會群俗相傳，亦言『上幹天和』『恩及禽獸』等。宓1943年昆明《五十生日詩》中就有『鞭馬僕御狠，射鳥兒童驕』。至1949夏宓在相輝猶禁止兒童以竿塗膠，黏捕鳥雀。而今則功令督促，群眾竭力，將見麻雀絕種於中國」。……「縱有高度之機械生產、物質享受，而以愚盲殘虐之人承接之、運用之，又安能必其不擾亂、不紛爭、不互相欺凌、不互相欺害也耶？……實則善者自善，惡者自惡，法律制度易變，人之本性難移。……至於北碚區今年86萬麻雀之死，亦如秦白起坑秦卒四十萬人於長平，為歷史中千萬之不幸之事實之一而已，痛哉汝麻雀也！」〔註157〕

再看到報紙上說北京已經發動青少年消滅麻雀的消息，吳宓內心觸動甚大，於是口占一絕，表達對此事的憤怒之情：「昔見空城鳥雀飛，如今鳥雀陷重圍。國亡種滅尋常事，到處人心是殺機。」〔註158〕

吳宓不是從科學的角度，也不是從政治的角度來看待滅麻雀這件事情的。吳宓宅心仁厚，對建國後的嚴厲鎮壓反革命、槍斃大地主等頗有微詞。倒不是因為吳宓認同他們過去的行為，而是希望當局在革命勝利之後不要秋後算賬，多行恕道，寬容赦免。尤其是以階級成分定罪，殃及一些仁義之士，而一些投機取巧、阿諛獻媚之人卻反倒逃脫甚至被重用。〔註159〕更為重要的

〔註157〕吳宓：《吳宓日記續編》第2冊，北京三聯書店，2006年，第350～351頁。

〔註158〕吳宓：《報載北京已發動青少年消滅麻雀口占一絕記憤》，《吳宓詩集》，商務印書館，2004年，第485頁。

〔註159〕吳宓：《依原韻和答一首並附注其人其事》附注，《吳宓詩集》，商務印書館，2004年，第489～490頁。

是，吳宓從人性出發，認為這樣做的結果是強化人與人之間的對立和仇恨，使人性的良善逐漸喪失，會把人心變得殘忍，最後使社會的道德淪喪，人心變得暴戾而破壞社會和諧，最終造成以人仇讎，暴力滋生更多的暴力。而今對鳥雀的殘忍，也是人心殘忍的一種體現。吳宓意識到，除了政治上正確與錯誤的區別，還有人性中的善與惡的對立，而政治上的正確，往往僭越了人性中的善，最終可能導向人性的惡，反過來有可能把政治最初的良好意願演變成社會災難。這正是他所擔心的，所以才有小題大做的憤慨，把滅麻雀一事提到宗教、文化、人性、群俗等層面加以評判。認為由對待生物的態度可看出長期革命運動造成人心中充滿了殺機，而那些內心充滿殺機的人，就猶如一個人懷揣利刃，會頓起殺心。吳宓是站在傳統的忠恕之道、仁義愛物、敬天畏人，宗教的同體大悲，以及西方的尊重生命、平等博愛思想的基礎上來看問題的，有他獨到的洞見與深刻，而且具有預見性，體現了一個道德家對世界萬物的悲憫和對人性向善的願望。

吳宓通過滅麻雀看到了人心中的殘忍，由此聯繫到更前面的誘因，即文化、道德、禮俗的破壞。在之後不久的《寄金月波漢口》一詩中，更有「車書同軌蟲魚滅，天地不仁雀鼠悲」〔註 160〕的感喟。後來他在《蝶戀花．和伯鷹》詞中，也有對此類現象的批評，說「四害須除，雀鼠生何據？千百彈丸紛射去，滿園清寂餘空樹」。〔註 161〕在《續行除七害》中有「樹德務滋除惡盡，盡殲雀鼠未安人。農氓胼胝食難飽，學子勞忙智益湮。」〔註 162〕從對雀鼠的同情轉而為對生民的悲憫，對文化難以賡續的擔憂。從這些，我們可以看到吳宓作為一個智者的見微知著，一個仁者的悲憫情懷，一個宗教徒的同體大悲境界。

正是因為如此，吳宓才與同時代的人對待雀鼠的態度迥然不同。在解放後，贊同消滅麻雀的，主要是基於麻雀損耗糧食，故將其視為害鳥，加之政治的宣傳鼓動，以人民戰爭的形式加以消滅，很快使麻雀成了瀕危物種，而破壞自然生態鏈的不良後果很快顯現。正好又應了那句話，每次對自然界的所謂暫時性的勝利，都會招來自然界加倍的懲罰。不贊成消滅麻雀的多為生物學家、生態學家，他們將麻雀置於更廣闊的自然生態平衡的角度去考察，

〔註 160〕吳宓：《寄金月波漢口》，《吳宓詩集》，商務印書館，2004 年，第 485 頁。
〔註 161〕吳宓：《蝶戀花．和伯鷹》，《吳宓詩集》，商務印書館，2004 年，第 494 頁。
〔註 162〕吳宓：《續行除七害》，《吳宓詩集》，商務印書館，2004 年，第 497 頁。

但專家的意見在變成政策決定的時候，往往被斷章取義，甚至曲解，只見樹木不見森林，只見麻雀的壞，卻不管麻雀的好。而吳宓依據的是文化的眼光和推之及人的觀點，認為從消滅麻雀中可以見出民眾缺乏仁義愛物之心，是人性扭曲和異化的表現。

吳宓不是從生物學，也非政治意義上去看這場荒謬的滅麻雀行動，而是見微知著，從人心出發，從人們對待自然的方式，對待動物的態度，來推之對待自我、社會、他人的方式和態度。如果從這樣的角度去看建國後的一系列政策，就可見出更多人心與政治之間複雜微妙的關係。作為政治領導者，發動那麼多曠日持久的政治運動，從根源看，肯定有著廣泛的民心、民性作為支持。人心不出問題，政治也很難演變成那樣長時間的嚴重的災難性後果。所以，我們把建國後的政治運動僅僅置於政治視閾去看，往往有簡單化的嫌疑，容易形成一種自我遮蔽。我們應該將其置於社會、文化，尤其是國民性格去加以考察。那些今天看來堪稱荒謬的行為，而在當時卻有那麼多民眾真誠去參與。作為當事人後來多數為自己的行為開脫，認為自己是受時代的裹挾，是時代造就的誤會，大家都是受害者，從而把自己輕而易舉地排除在了罪惡之外，一段歷史就成了無承擔者的過去。那麼，時代的惡到底該由誰來承擔呢？其實時代之惡，任何一個人都在其中。沒有人心之惡，個體之惡的存在，也就不會有時代之惡的猖獗。

我們說，歷史正義是一種不受權力限制的無形而強有力的「倫理道德」觀念，當它成為一種責任感時，一切過去的都應該得到重新的確認，整個國家和個人都應該對曾經的過去負責任。我們需要的是承擔的勇氣，而不是刻意的遺忘或有意的推卻。吳宓的看法在當時看來有些知識分子氣，甚至從政治上看，有與人民為敵的「反動」，是在與人民群眾對著幹。但他給我們提供了另外一個看問題的角度，也讓我們看到了更多的東西。人們常常被時代的激流所推動，進而附和時代的強音並樂意加入狂歡並為之推波助瀾，往往忽視了對自我的審視，缺乏對自己內心的警覺。在很多時候，我們常常忽略了自己是以何種目的和意義加入到時代的潮流中去的，忽略了對自己行為的內心考量，這種平庸往往無意中成了災難的製造者。當所有人都盲從，進而再以無知推動著盲從的時候，我們需要的是清醒加一分固執，從更廣泛的文化、自然、人類的視野去思考問題。那些看似不合時宜的思想，往往正蘊含著更大的真理性。

吳宓認為「親親而仁民，仁民而愛物」，看到駕車的騾馬瘦不成形，想到的是殘酷的階級鬥爭，思想改造，「乃至於摧殘萬類，人畜同斃已耳」。〔註 163〕這不單是詩人的敏感，更非是文人的矯情，這是可貴的詩人的悲憫善良、萬物同悲，無緣慈悲。行不忍之心，是對世人喜歡殘殺爭戰的警惕。顧炎武所深憂的仁義盡失、率獸食人的「亡天下」並非虛言，吳宓強調的也正是司馬光所說的「學文化源，法為治本」，而不僅僅是就事論事，而是從中看出人心善惡的端倪。中國人性的惡，是否是一種天性潛隱在我們心中，抑或是有著某種根源與外在的契合，尤其是外在對惡的肯定性發揚。殘忍是否就是我們血統中與生俱來的東西，在我們面對這種殘忍，全民族的殘忍的時候，我們還可能做些什麼？我們應該做些什麼？是一起以各種理由捲入，承受，與之一起毀滅，還是保持自己的清醒。吳宓用自己的言與行，給了我們啟示。罪惡是可怕的，更可怕的是處於罪惡中還渾然不知，不知道如何去消滅自己的罪惡，更為可悲的是我們根本就不知道罪惡的根源在哪裏。吳宓以自己的體認和詩歌告訴我們，歷史的惡一定潛隱在人性中，而人性的惡需要道德與文化的規訓。

就在麻雀大戰獲全勝不久，人們發現很多地方的病蟲害日益嚴重起來，人們開始意識到了自己的魯莽和愚蠢，一批科學家也開始上書，要求為麻雀「平反」，這其中也包括鄭作新本人。人們發現，身披惡名的麻雀，僅在七八月間才啄食莊稼，而秋收後的整個冬天它都以草籽為食；更讓人驚訝的是，每到春天，它們還會大量捕食蟲子和蟲卵，對農業的蟲害防治發揮著不可或缺的作用。最終，科學家們為麻雀平反的意見被中央採納，真理又一次佔據了上風，1960 年 3 月 18 日，麻雀被正名，從此不再是「四害」之一。麻雀在新中國跌宕的命運，似乎是一個寓言。遺憾的是，麻雀這些「右派」很快就得以平反，而那些知識分子「右派」們的命運，卻要坎坷曲折得多，他們平反的歷程更是波詭雲譎。令人欣慰的是，歷史和人性最終還是服從了正義的召喚！

（5）政治狂歡：廢興天道敢推詳

解放後，對吳宓影響最大的是「反右」「大鳴大放」「大躍進」和「文革」等全民狂歡的政治運動，「文革」中吳宓被批鬥、監視，加之年事已高，環境更為嚴苛，從現存面世的材料看，沒有留下太多的詩作。但吳宓針對「反右」

〔註 163〕吳宓：《吳宓日記續編》第 3 冊，北京三聯書店，2006 年，第 314 頁。

「大鳴大放」「大躍進」寫了不少詩。這類詩歌，多採用賦的方式直陳其事，再用比的手法加以諷刺，進而用其一貫的人文主義思想進行評判。面對當時「今全國之人，皆忙於開會、學習、運動、調查、審訊、告訐、談論，批評，而事業停頓，學術廢棄，更不必言『其細已甚』與『民不堪命』」的狀況〔註 164〕，他寫到：「暑熱煎蒸列會忙，五光十色好文章。飛蛾戀火焚身易，舞蝶嬉春覺夢香。鷹眼鳩形終異類，猿啼虎嘯未同方。申屠止默嗣宗醉，湔祓餘生著意藏。」〔註 165〕表達了對當時忙於政治學習，一切以政治掛帥的不滿。另外一首中表達的是「反右鬥爭今熾盛，會談終日退休稀」〔註 166〕的牢騷。對解放後政治上的嚴酷鬥爭，思想改造上的每天開會、檢討、批判，而不從事真正的教育和學術，吳宓非常反感，但面對全社會的熱衷於政治運動，又感到十分無奈。

在「鳴放」和「整風」運動中，考慮到自己的過去，吳宓也難免有惶惑心情的流露，尤其是成為學生大字報批判的對象之後。面對「大鳴大放」，感到會「誰使放言招慘禍，真難善計遣餘生」。〔註 167〕面對無休止的政治學習會、階級鬥爭，以及與蘇聯的過度交好，吳宓的感受是：「階級為邦賴鬥爭，是非從此記分明。層層制度休言改，處處服從莫妄評。政治課先新理簡，工農身貴老師輕。中華文史原當廢，仰首蘇聯百事精。」〔註 168〕諷刺「鳴放」是「喜鵲枝頭喧不住，花間巧舌聞鶯語」。〔註 169〕1958 年 7 月 9 日，他所撰的一對聯，其中有：我生不辰，速死為樂。今世安國治民之術，曰貧、曰愚、曰勞。〔註 170〕可以視為這些詩作的一個小注釋。

吳宓寫於 1957 年「反右」運動中的《反右運動中書所見》《記學習所得一首》《寄慰袁炳南》等詩作，在 1958 年的整風中被作為反動詩受到嚴厲批判，還被學生寫成大字報，批判他感情悲觀，沒有正確的立場。而吳宓對詩作的辯解，也被視為是不服眾言，不坦白，不誠實，態度極壞，認定他一貫

〔註 164〕吳宓：《吳宓日記續編》第 1 冊，北京三聯書店，2006 年，第 327 頁。

〔註 165〕吳宓：《反右運動中書所見》，《吳宓詩集》，商務印書館，2004 年，第 494 頁。

〔註 166〕吳宓：《俚句答高夢蘭寄懷依韻》，《吳宓詩集》，商務印書館，2004 年，第 494 頁。

〔註 167〕吳宓：《再寄袁炳南》，《吳宓詩集》，商務印書館，2004 年，第 495 頁。

〔註 168〕吳宓：《記學習所得一首》，《吳宓詩集》，商務印書館，2004 年，第 495 頁。

〔註 169〕吳宓；《蝶戀花・和伯鷹》，《吳宓詩集》，商務印書館，2004 年，第 494 頁。

〔註 170〕吳宓：《吳宓日記續編》第 3 冊，北京三聯書店，2006 年，第 400 頁。此內容為 7 月 11 日補記。

堅持反動思想,所持立場是反對黨與社會主義,是反蘇聯,同情右派,希望吳宓要正視階級立場。有的大字報還攻擊吳宓的詩作是「惡毒地向党進攻」,所堅持的是地主階級加資產階級的文化,他的反動詩是與無產階級、與新社會作對。規勸他要培養新感情,另作歌頌新時代,新事物的詩歌。〔註 171〕中文系批判吳宓的大字報,標題就是《戳穿了西洋景,一文不值》,還作畫並抄錄歷史系學生對他的惡評加以奚落。在這樣的情況下,吳宓不得已寫了《對我所作反動詩四首之批判》一文進行自我批評。

在作詩受到限制的情況下,吳宓只好以他人的詩作遣懷。讀屈大均的詩,感到「滄桑之痛苦,華夷之辨,情見乎詞,不止阮公優生而已,往往以史論見己意,明末諸老皆如此。宓己丑以後始能深明其旨者也。」〔註 172〕讀陳恭尹的詩,「每讀皆久流涕,自恨……不能以節死,平生志事,棄之若忘,生而受辱,悔讀聖賢書矣」。〔註 173〕1958 年整風及教學改革運動中,吳宓就以吳芳吉 1926 年《西安圍城》詩「滿願新秋節,依然未解圍」自況。吳宓讀他人的詩,大有追懷別人意趣,以他人之作,澆心中塊壘,是另外一種不得已的寄言和遣懷方式。

面對全民的政治狂歡,吳宓也寫了一些師生在農村參加生產勞動的詩作。如他到澄江合作社慰問歷史系參加勞動近半月的師生,正值修建堤壩,同行多人也參加到隊伍勞動,於是口占一詩:「喜見農村氣象新,更來勞動讀書人。完成任務精神好,堤壩兩條整且勻。」〔註 174〕同行的杜鋼百還和吳宓詩:「大地回春氣象新,重來喜見讀耕人。欣看塘堰雙雙就,腦體康強骨肉勻。」〔註 175〕後來兩首詩都在西南師範學院院刊發表。在北京的時候,吳宓還專門把院刊中的詩給女兒的同事欣賞。〔註 176〕在陝西師範學院講座,也將之與學生傳閱。〔註 177〕1958 年 4 月,吳宓隨歷史系員工第二次下鄉到黑石場抗旱,眾人排成一行,用面盆將池塘之水傳遞傾倒入稻田,後寫有《參加抗旱有作》詩一首,其中有「縉雲山下倒金盆,列隊防災護本根。……多士勤勞新氣象,

〔註 171〕吳宓:《吳宓日記續編》第 3 冊,北京三聯書店,2006 年,第 444~445 頁。
〔註 172〕吳宓:《嶺南三大家詩選》,《吳宓詩話》,商務印書館,2007 年,第 310 頁。
〔註 173〕吳宓:《嶺南三大家詩選》,《吳宓詩話》,商務印書館,2007 年,312 頁。
〔註 174〕吳宓:《上馬臺幸福農社口占》,《吳宓詩集》,商務印書館,2004 年,第 497 頁。
〔註 175〕吳宓:《吳宓日記續編》第 3 冊,北京三聯書店,2006 年,第 243 頁。
〔註 176〕吳宓:《吳宓日記續編》第 5 冊,北京三聯書店,2006 年,第 180 頁。
〔註 177〕吳宓:《吳宓日記續編》第 5 冊,北京三聯書店,2006 年,第 185 頁。

更攜文化入農村。」〔註 178〕後登載於學院的學生刊物《海燕》70 期上。朱炳先還與他和詩一首，標題為《和作》，其中有「師生列隊快傳盆，欲挽銀河溉稻根。……人皆抗旱無難事，力可回天乃至言。處處秧歌遍山野，豐年衣食足農村」。吳宓擬把最後兩句改為「入耳秧歌入山野，豐年衣食足千村」。〔註 179〕另外吳宓還寫有《參觀重慶鋼鐵廠有作》〔註 180〕《歡送教師下放即席作》〔註 181〕等歌頌勞動生產的詩作。

但對新形式下的集體勞作，吳宓覺得自己是「新曲難工只自憐」〔註 182〕，也不同程度表達了自己對新政策的疑慮。如 1959 年 8 月 18 日作的《躍進》:「躍進經年始煉鋼，芸芸公社萬人忙。中華倫紀家庭破，東亞文明漢字亡。禍福躬身惟敬順，廢興天道敢推詳。同登衽席斯民樂，薺苦荼甘我自嘗。」〔註 183〕詩歌前兩句是對大煉鋼鐵、辦人民公社繁忙景象的寫實，從「始」和「忙」字可以看出裏面有實褒暗貶的意思；接著講人民公社的入社造成了原有家庭經濟關係和倫理關係的解體，這樣可能會造成綱紀的破壞，文明也跟隨著漢字而衰亡，實際上是追問前面逆天而行的原因；五六句進一步指出做事情要順應自然規律，不可廢棄天道，更不可妄自尊大，興廢其實就暗藏在天道之中。最後寫如果能夠使民眾過上太平日子，自己甘願受各種苦，大有天下興亡匹夫有責的意思，但又感到在這樣的形勢下，即便是英雄也無用武之地。從詩作中可以看出，吳宓始終把政治運動、群眾性勞動與禮俗、文化、傳統等聯繫起來思考，並非是單純讚美新時代，也不是對政策的簡單否定，而是疑慮和憂慮。尤其是對運動照相般的寫實，在今天讀來別有一番滋味。

1959 年 4 月中文系歡送下放勞動的三位教師，吳宓特作《送三君下放》一詩：「下放真榮幸，三元及第身。紅專成力士，艱苦效農民。盡去層層染，還期日日新。行留各有責，再見喜明春。」〔註 184〕聯繫吳宓之前對當時把師

〔註 178〕吳宓：《吳宓日記續編》第 3 冊，北京三聯書店，2006 年，第 259 頁。
〔註 179〕吳宓：《吳宓日記續編》第 3 冊，北京三聯書店，2006 年，第 259 頁。
〔註 180〕吳宓：《參觀重慶鋼鐵廠有作》，《吳宓詩集》，商務印書館，2004 年，第 500 頁。
〔註 181〕吳宓：《歡送教師下放即席作》，《吳宓詩集》，商務印書館，2004 年，第 501 頁。
〔註 182〕吳宓：《墮地》，《吳宓詩集》，商務印書館，2004 年，第 501 頁。
〔註 183〕吳宓：《躍進》，《吳宓詩集》，商務印書館，2004 年，第 502 頁。
〔註 184〕吳宓：《吳宓日記續編》第 4 冊，北京三聯書店，2006 年，第 64 頁。此詩在收入《吳宓詩集》時改題為《歡送教師下放即席作》。

生下派農村，教師不教、學生不學的批評，「紅專成力士，艱苦效農民」其實內含諷刺。對解放後教育只重政治，不重知識，輕視傳統，對「依文說教新師貴，計畧趨公舊俗輕」的現象，吳宓是深感痛惜。〔註 185〕吳宓在日記中說，當時教學檢查，以統計數字為準，捨本逐末。教師不敢多教，學生不願多學，若多教多學，就是「急躁冒進」，「個人英雄主義」，「違背國家總路線政策」，「於是學生皆安於固陋不學，而教師更兢兢業業，但求寡過」。吳宓批評說這是把人民導向「安於蠢如鹿豕、勤如牛馬、凶如狼虎」的生活。感歎「法網密、文教亡，文字已滅，舊書毀棄，欲望由舊文化種子而奮發興起，已決不可得」，這樣中華文化必將衰亡。「俄文難通，英文已禁，西洋文明之路亦絕，坐井自驕而已。」〔註 186〕在 1959 到 1960 年間，吳宓詩作中就有對「計日節糧」「老壯驚逢皆黑瘦」，大饑荒即來的擔憂，有對政治運動造成「文明禮俗波間盡，骨肉親朋夢裏逢」的悲悼，但在外面卻又不得不隨大流說一些「戶戶豬欄供肉飽，村村水庫卜年豐」的空話套話。〔註 187〕然而對整個形勢的觀察和預料，吳宓心中有數。從各種喧鬧繁榮的背後，吳宓洞見的是後來政治形勢的進一步緊張和民眾物質生活的日漸匱乏，尤其是精神的荒蕪與人情的淡漠。

吳宓對時事的頌揚，常常是處於特定的情勢，不得已而為之，如果聯繫他的日記參詳，往往是在反話正說，即所謂的「語皆真實，而在宓之意，所長即其所短，褒處正即貶詞」〔註 188〕。吳宓認為大躍進是未循正道，強立指標；主政者強迫驅使，不恤民困，不養民力，不識民情；尤其是不敬畏自然，不尊重自然規律，既破壞宇宙間的神秘法則，又違反人心中潛隱的力量；長此以往，必將受到自然界的懲罰，招來民眾的怨氣。政府的長處是組織嚴密，意志堅強，但沒有顧及到歷史與傳統，尤其是沒有深刻領會中國人的情性，不懂得休養生息，因此在政策的推行上顯得智慧與圓融不夠。尤其是文字改革，廢文言，推簡體字，割斷了中國文化的歷史根苗，使得學術教育成為虛妄之說，文藝創作也不能出自人心而發揚民志。〔註 189〕面對文化的另起爐灶

〔註 185〕吳宓：《銷沉一首》，《吳宓詩集》，商務印書館，2004 年，第 478 頁。
〔註 186〕吳宓：《吳宓日記續編》第 2 冊，北京三聯書店，2006 年，第 35 頁。
〔註 187〕吳宓：《一九六零年元旦獻詩》，《吳宓詩集》，商務印書館，2004 年，第 506 頁。
〔註 188〕吳宓：《吳宓日記續編》第 2 冊，北京三聯書店，2006 年，第 38 頁。
〔註 189〕吳宓：《吳宓日記續編》第 4 冊，北京三聯書店，2006 年，第 128～129 頁。

和政策上的理想主義和主觀冒進，吳宓擔心的是可能會給社會帶來更大的震盪。

另外，吳宓還寫過一組家族敘史與議論文教的詩作。吳宓在讀了《重慶日報》上李南立《懷安吳堡文感賦》後，專門寫了一組敘述家族歷史的詩，一方面是敘寫家族的過去，一方面是感慨自己的身世，「六十年中百事進，猶留落後不才身」。〔註 190〕尤其是對「德教文章未繼承」〔註 191〕的羞愧。大有「六十經世變，百事寸心違」〔註 192〕的追悔。這些詩作，看似追懷家事，敘寫歷史，但依然延續的是吳宓對文化和道德的關注和擔當。

三、吳宓詩歌中的矛盾

吳宓並非是一個簡單的文化保守主義者或政治和平主義者，更不是一個政治上的反動和對抗者，更確切地說，吳宓是一個人文主義知識分子。他說自己「偶翻閱人文主義書籍，如歸故鄉而入仙境，真有此身何世之感」〔註 193〕。在大躍進時，吳宓認為「惟有多讀儒書、佛經，及小說詩詞，方可使宓沉潛又超逸，一方應付人事得宜，一方可自樂也。」〔註 194〕吳宓凡事都從人情人性出發去思考問題，從對人的道德完善去把握問題。他對傳統的捍衛，對西方思想的接納，都不是出於政治上的目的，而是基於基本的恒常的人情物理。但現代中國無論在哪方面都變化劇烈，其傾向靜止的文化理想和個人的道德自律往往與變化的現實之間產生矛盾與衝突。從吳宓身上，我們可以看到從傳統步入現代的複雜，尤其是作為精神個體轉變的艱難。在文化常隨時事而轉移價值的情形下，棲身其間的知識分子角色的尷尬，內外的矛盾與緊張。吳宓的詩歌，就從深層次透露了他在生活、情感、精神與文化信念上的諸多矛盾，而且這樣的矛盾也是具有普遍意義的。這種矛盾，不是雙方彼此刻意的對立造成的，而是歷史特定階段必然出現的，它很難用對與錯去衡量，是現實與理想，文化與政治，個人與群體一系列的錯位所致。

〔註 190〕吳宓：《讀重慶日報李南立君懷安吳堡文感賦》（一），《吳宓詩集》，商務印書館，2004 年，第 515 頁。

〔註 191〕吳宓：《讀重慶日報李南立君懷安吳堡文感賦》（九），《吳宓詩集》，商務印書館，2004 年，第 516 頁。

〔註 192〕吳宓：《我生一首》，《吳宓詩集》，商務印書館，2004 年，第 517 頁。

〔註 193〕吳宓：《吳宓日記續編》第 4 冊，北京三聯書店，2006 年，第 142 頁。

〔註 194〕吳宓：《吳宓日記續編》第 3 冊，北京三聯書店，2006 年，第 252 頁。

第一是古典情趣與現代生活的錯位。

吳宓認為，詩歌與時代、國家、民情相互呼應，詩歌表現的是新理想、新事物，故詩「足可徵世變」。〔註 195〕同時，吳宓還心儀阿諾德的「文學貴在教化，造就人材，使人看清事物，使人認識自我，使人陶冶性情」〔註 196〕的主張。吳宓往往把自己的所見所聞，所經歷的一些歷史大事，以詩歌的形式呈現，這使得他的詩歌在表現自我情緒的同時，也具有詩史的意義。但古典生活的穩定態與現代生活的變幻之間很不合拍。衍生於古典生活合仄押韻的傳統詩詞形式，也很難對現代生活和思想情感進行細緻而圓熟的表達，這就造成了其在思想與文學層面的欲說還休的緊張。

吳宓雖用文言，舊體詩格，看似守舊，但並非傳統學術與西方學術的簡單拼湊。其實他的觀念都是經由中西比較互證之後的選擇，是對現實問題以及西方文化的回應，同時也有對晚清之後文化轉型過程中各種守舊和西化思想的檢討，並非是簡單地對古今中西文化的折衷融合。吳宓意在中西互證，古今融通，基於生活實際和人文理想而創造新的文化精神，即吳宓念茲在茲的借助中國古典和西方希臘羅馬文化而成中國的文藝復興，反對將西方近現代文化直接搬借於中國的文化實用主義。吳宓基於古今中西人性的相同，認為作為表現人性的文化具有融通的可能性，因而強調傳統文化不能強行斷裂，需要的是轉換、賡續、創造，所以簡單把吳宓的思想視為文化上的保守和政治方面的落後，無疑是對吳宓思想的簡化和誤讀。吳宓的詩歌創作以及應對社會的方式，也提示人們可以在傳統與歷史中去尋找解決現實困境的方案，歷史和文化，永遠是我們現實人生的資源。人生一旦離開了這個資源庫，就會變得沒有依憑，很容易在世事變幻中，要麼陷入迷茫而失去方向感，要麼走向隨波逐流。當然，吳宓的矛盾也預示著傳統與現實的衝突與矛盾，尤其是在政治的影響之下個人抗爭力量及效應的有限。

吳宓作為傳統與現代夾縫中的詩人，想通過詩歌和學術來為自己正名，但又被排斥在體制之外，教授之名與實之間的錯位，也造成吳宓身份確認的困難。他執著於自己的文化信仰，但內心卻充滿矛盾，不僅是文化理想不能實現的矛盾，也有寄情文章學術與謀求事功之間的矛盾，他曾把自己比喻為

〔註 195〕吳宓：《餘生隨筆（2）》，《吳宓詩話》，商務印書館，2007 年，第 18 頁。

〔註 196〕〔美〕雷納．韋勒克：《近代文學批評史》第 4 卷，楊自伍譯，上海譯文出版社，1997 年，第 182 頁。

「二馬並馳」，「比肩同進」，一旦握轡不緊就會二馬分途，「將受車裂之刑」，深知這是自己的「生之悲劇」。〔註 197〕尤其是在建國之後，吳宓舊學雖富，但更顯得不合時代的需求。所以晚年感歎「奇愁無限對嘉辰」，「難追時代物情新」〔註 198〕吳宓曾評說安諾德及克羅的詩，是「寫此種已失舊信仰，另求新信仰而不得之苦」〔註 199〕，他自己的詩歌，其實也不乏類似的情形。

建國後吳宓被邊緣化，主要不是政治上的，而是文化上的。文化身份的缺失，對知識分子才是最根本的傷害。因為文化身份的闕如，使他們失去了生存的信念根基與價值基礎；吳宓詩歌中對知識分子在建國後面對政治運動的恐懼感受，主要還不是政治本身，而是自己文化上的無身份性，是政治把文化人推向了邊緣化。吳宓一類是既非政權認同的革命知識分子，也非工農大眾。在階級成分上，他們成了沒有名分的閒人，時不時又被作為拉攏、改造、提防、專政的對象。亦敵亦友，亦好亦壞，亦進步亦落後，整個社會對他們的態度就是如此。而知識分子文化的忠誠又往往超越於現實政治之上，顯示出不合時宜的迂闊，讚美歌頌，又與自己的體認不符；批判反對，又與現實政治相衝突，這造成了吳宓詩歌在表達上的猶豫不決，在寫作上改來改去，當然這種改更多不是美學上的，而是如何不犯政治的忌諱；在傳播上主要限於詩友之間，偶而也有發表，但更多是寫給自己的。為避禍，有時候還不得不毀棄詩稿。在「反右」運動中，吳宓就焚毀了自己 1949 年底至 1950 年所作的詠物詩稿七十首。「諸詩藉詠物以寓情意，以藝術論，在宓所作實為精上，但恐見譏致謗，故悉焚毀不留，久久仍顧惜，今以身衰命促，乃決行之。」〔註 200〕從日記看，在「文革」中絕大多數詩作是成後即毀，這也給我們留下了諸多遺憾，再難通過詩作去窺探這位大儒面對災難政治時候的內心感觸。

現代社會文化與政治的高度重合，進而使原本相對獨立的文化轉換為一種畸形的文化政治，這就使得傳統的知識分子無法從文化中獲得支撐。現代社會，知識分子的人格獨立實際上失去了真正意義上的文化保護，而只能以各種帶著很強政治色彩的專家身份寄生於體制中間。要進入體制，對吳宓這

〔註 197〕吳宓：《吳宓日記》第 3 冊，北京三聯書店，1998 年，第 355 頁。

〔註 198〕吳宓：《七十一歲生日》，《吳宓詩集》，商務印書館，2004 年，第 518～519 頁。

〔註 199〕吳宓：《論安諾德之詩》，《吳宓詩話》，商務印書館，2007 年，第 77 頁。

〔註 200〕吳宓：《吳宓日記續編》第 4 冊，北京三聯書店，2006 年，第 64 頁。

種舊時代過來的知識分子，新政權對之是心存芥蒂，其自身也欠缺這方面的適應能力。這就使他只能於作詩、讀書中去獲得暫時的精神安慰，堅守自己的文學道德觀也就成了他的悲情人生中最重要的方面。

吳宓的文學道德觀是基於對現代社會人性狀況的思考，並且是以西方人文主義思想為價值基準的，因而與維護封建禮教的舊道德觀有著根本區別。吳宓始終將文學看作是「裨益道德」的根本力量。他一方面宣稱「文學——通過特殊的具體形式表現普遍人性」〔註 201〕，「一切優秀文學都在宣揚與體現人的規律」〔註 202〕；另一方面又強調，在文學藝術中「終必含有道德之原素，今人有欲使文學藝術與道德絕緣者，此決不能做到」。〔註 203〕在吳宓看來，文學、道德、人性三者之間的關係，是你中有我，我中有你，必須達到水乳交融的程度才是好文學。

於是，文學與人生的關係就成了吳宓關注的核心問題。在題為《文學與人生》的系列論文中，曾對此作了如下表述：「文學以人生為材料，人生藉文學而表現，二者之關係至為密切。」〔註 204〕然而，「人生材料至極繁博，今欲寫入書中，自難遍收而無遺漏，其不能不加以選擇者是也，選擇之際，自必有一定之標準，憑此以去取。」〔註 205〕因此，文學所應表現的並非普通日常的人生，而是作者「就己身在社會中所感受，並其讀書理解之所得，選取其中最重要之部分，即彼所視為人生經驗之精華者」。〔註 206〕如果聯繫吳宓的一貫言論，那麼，所謂「人生經驗之精華」，無非是要求文學表現道德化的人生。正如他在《評〈歧路燈〉》一文中所言：「書中所寫者必須選擇，而選擇之標準即為作者道德之觀念」，因而必須「求得極廣大極高尚極中正之道德觀念，以為一己作書取材之根據」。〔註 207〕

吳宓的心目中，唯有道德才是國民精神的源泉和救國方略的基礎。對道德的強調既灌注著他對人性問題的嚴肅思考，又與他對民族現實危機的認識糾纏在一起，因而他熱切希望能夠通過完善人性、陶鑄道德來解決現實危機，

〔註 201〕吳宓：《文學與人生》，清華大學出版社，1993 年，第 61 頁。
〔註 202〕吳宓：《文學與人生》，清華大學出版社，1993 年，第 68 頁。
〔註 203〕吳宓：《評〈歧路燈〉》，《大公報》文學副刊第 21 期，1925 年 4 月 23 日。
〔註 204〕吳宓：《文學與人生（1）》，《大公報》文學副刊第 2 期，1928 年 1 月 9 日。
〔註 205〕吳宓：《文學與人生（3）》，《大公報》文學副刊第 7 期，1928 年 2 月 18 日。
〔註 206〕吳宓：《文學與人生（1）》，《大公報》文學副刊第 2 期，1928 年 1 月 9 日。
〔註 207〕吳宓：《評〈歧路燈〉》，《大公報》文學副刊第 21 期，1925 年 4 月 23 日。

尤其是革命之後造成的精神單質化。因此，吳宓反對把文學作科學主義的理解，對寫實主義文學頗不以為然，指責它是「專主以冷靜之頭腦，觀察社會人生之實況，詳細描寫，不參己見，其所重者乃為科學之理性」。〔註 208〕在他看來，這種在「科學理性」指導下的文學創作，儘管在描寫上可以做到逼真細緻，但這種客觀再現的方法卻並無多少文學價值。吳宓強調文學是人生的表現，而人生則以道德為旨歸。因此，唯有從道德和人性出發，對現實人生進行合理的剪裁和整理，才有望將文學創作的價值落到實處，這樣的文學也才可以裨益於人生。對吳宓的詩作，也當作如此的理解。周國平認為吳宓是以一種整體的人生哲思把文學與人生貫通起來，表達了一種古典的人文信念，即治學的目的不在獲取若干專門知識，而在自身的精神完善〔註 209〕。這種悠遠的古典情懷，對功利化的現代生活來說，注定是錯位的，但這也正是吳宓的價值所在。

第二是切摯之筆與時代政治的錯位。

吳宓視真摯的情感為詩歌的內質之美，韻律格調，為詩的外形之美。好的詩，必須二者合爾兼美。強調「詩者，以切摯高妙之筆或筆法，具有音律之文或文字，表示生人之思想感情者也」〔註 210〕。「所謂切摯之筆，猶言加倍寫法，或過甚其詞之謂。蓋詩人感情深強，見解精到，故語重心急，惟恐不達其意，使人末由宣喻者，故用此筆法」。「所謂切摯，即誠也。」「所謂高妙之筆，猶言提高一層寫法。……直傳一人一事一景一物之本性、之精神、之要旨、之菁華，略其邊幅，不留渣滓。於是能見人之所不能見，達文之所不能達，使讀詩者，立刻領悟，而別有會心，咸具同感。」〔註 211〕強調詩的公正不是說教，而是培植道德。所使用的是暗示，而不是教訓，是運用想像力與情緒，而不是理智。〔註 212〕因此有人評價吳宓說他是「深情正義寫滄桑」的「一代詩宗」〔註 213〕。但詩歌情感的真摯與藝術表達的模糊含混，往往與政治的明確和明晰之間產生對峙。尤其是在反智主義、勞工神聖的觀念下，其詩人的美學與民眾的美學之間勢必存在對立，這就造成了吳宓詩歌創作中

〔註 208〕吳宓：《文學與人生（2）》，《大公報》文學副刊第 5 期，1928 年 1 月 30 日。
〔註 209〕周國平：《理想主義的絕唱——讀吳宓〈文學與人生〉》，《紅岩》1998 第 1 期。
〔註 210〕吳宓：《詩學總論》，《吳宓詩話》，商務印書館，2007 年，第 62 頁。
〔註 211〕吳宓：《詩學總論》，《吳宓詩話》，商務印書館，2007 年，第 64～65 頁。
〔註 212〕吳宓：《文學與人生》，清華大學出版社，1996 年，第 61 頁。
〔註 213〕吳宓：《吳宓日記續編》第 2 冊，北京三聯書店，2006 年，第 9 頁。

另一層面的緊張，即藝術形式與政治之間的不可調和。藝術需要的是含蓄、委婉，切摯高妙，而政治要求的是標語口號，動員激勵。吳宓的時代，需要的不是那些深刻的、蘊藉的、批判的詩歌，而是明朗的積極的政治抒情詩，即人民的大眾的藝術。上世紀五六十年代的生活，其實早就被政治放逐了詩意，詩歌本身已被政治所僭越，從生活層面看，本質上就不是一個詩歌的時代。要知道，天天參加永無休止的政治學習會，聽著外邊宣傳的高音喇叭，看著群眾的各種遊行和學生的群體娛樂，對吳宓這樣的老者而言，更多的是反感和不適，哪有詩意撲面而來。吳宓評價五十年代的「書籍報章、巨著雜文，輒覺其千篇一律。同述一事，同陳一義，如嚼沙礫，如食辣椒，其苦彌甚。」〔註 214〕雖然是「花樣層翻事事新」，但卻是「詩法詩情今已滅」〔註 215〕。

在生活失去詩意的情況下，再加上吳宓所寫的傳統文言詩歌，其所堅持的含蓄蘊藉的表達方式，也不合於當時文藝工農兵化的要求。那個時代所倡導的新詩的民歌加古典，古典也僅僅體現在押韻上口方面，離古代詩詞的意蘊和美感相差甚遠。這就使得吳宓的詩歌在形式上很難被認同，其所發表的一些應制詩作，主要是因為其內容符合時代的緣故，而並非是因為詩歌在藝術方面的成功。但就是這些詩作，吳宓也將其看得很重，每每不吝示人，言外之意是我還能作詩。作為一個在年輕時就因落花詩而得詩名的吳宓來說，其內心深處應該有難言的苦衷。在梁平的時候，不能讀詩，就低聲吟誦舊作，默寫王國維、陳寅恪的詩，用紙片默寫杜甫的《秋興八首》，校改《毛主席詩詞三十七首》中的破體字、俗體字，背誦《石頭記》回目。即便在「文革」中被打成「牛鬼蛇神」，還孜孜不倦地給鄰居的孩子講古詩詞，給到家裏來的學生講《六朝文絜》中的《恨賦》和《別賦》。〔註 216〕吳宓在骨子裏，就是一位儒者。而詩歌、學術，在不能安身之時，就成了他立命的根本。正如他在暮年回老家之後，臨終前給人強調的是：我是吳宓教授！這不是一種炫耀，更不是一種自詡，這是吳宓自己對一個教授，一個知識分子，一個文化人、一個儒者身份的強調與最終的自我確認，其背後是一種文化與道德使命的承擔。也正是詩歌、書籍，陪伴吳宓度過了最艱難的年代。所以，我們也不必過於糾結，晚年的吳宓沒有給我們留下如他早年那樣深情婉轉，盪氣迴腸的

〔註 214〕吳宓：《吳宓日記續編》第 2 冊，北京三聯書店，2006 年，第 153 頁。
〔註 215〕吳宓：《寄贈澄宇秀元夫婦》，《吳宓詩集》，商務印書館，2004 年，第 481 頁。
〔註 216〕吳宓：《吳宓日記續編》第 9 冊，北京三聯書店，2006 年，第 219 頁。

作品。知道吳宓曾寫過如許詩歌，也毀過詩作，對我們來說就是一種安慰和激勵。因為在那個年代，想寫詩、讀詩，也不是一件容易的事情！

吳宓的情感近於裸露真誠，顯得真誠高尚，並以此為詩歌的感情基礎，也是其「一切言語之足以感人者，皆詩也」觀念的實踐，也符合傳統純粹至善的觀念，這也是吳宓經常以儒、佛、耶自勵的宗教情懷在情感上的表現。所以，吳宓苦操奇節的言行，具有濃厚的殉道者的悲劇色彩。他對文化道統的信念，也就具有類似於宗教精神的傾向，即使在強大的政治力量的擠壓之下，也決無絲毫妥協讓步，雖然給人守舊迂腐、頑冥不化的印象，但他寫詩、毀詩，讀詩、背誦詩歌已經成為了那個時代的行為藝術，其行為本身就是對政治的拒絕。即「文人之責任，逆流而行」〔註 217〕，他的行動，就是那個時代最切摰高妙的詩筆。

第三是詩人情懷與時代意識的錯位。

解放前，吳宓還有不少同道，解放後，一些友朋移居海外，一些選擇了轉變，這使吳宓感到守道的孤獨和更不合時宜，真所謂「論文竟至無人解，守道忽驚與世乖。」〔註 218〕而吳宓又不是那種見風使舵、隨波逐流之人。傳統人格使他「視敵如友，惟詩人能之。蓋詩人物與民胞，重精神而略形跡，故能無種界、無國界、無黨界。良史執筆，對於本族本國本黨猶多迴護。詩人則但取其可愛可敬、可泣可歌，初不問其人其事對我之關係何若。文人而能持此態度以立言，固皆詩人之儔也。」〔註 219〕吳宓臧否時事和人物毫無顧忌，更不怕當眾洗髒衣服，與他的詩人性情有關。他分的不是現實的對錯，看的不是與自己關係的親疏，而是發自本心的真誠與真實，詩人的情懷必定與時代的虛言偽飾之間形成難以調和的錯位！如果在今天，吳宓所宣示的在苦難中愛，是寬容而不是恨的悲天憫人情懷，我們會盛讚他是一位道德聖徒，是一位智善者。而在那個時代，吳宓在詩歌中放言「土改」的殘暴，不滿無產者的道德，反對文字改革，諷刺師生下鄉勞動，卻很容易被視為政治上的反動，一個文化上瘋癲的堂吉訶德。正如吳宓自己所說的「德名異世翻成罪，得失從心莫問天」〔註 220〕。而他所強調的最高理想要尊崇古人，而實際生活

〔註 217〕吳宓：《文學與人生》，清華大學出版社，1996 年，第 67 頁。

〔註 218〕吳宓：《依韻和答》，《吳宓詩集》，商務印書館，2004 年，第 479 頁。

〔註 219〕吳宓：《餘生隨筆（12）》，《吳宓詩話》，商務印書館，2007 年，第 25 頁。

〔註 220〕吳宓：《一九五四年春節》，《吳宓詩集》，商務印書館，2004 年，第 475 頁。

要服從國家〔註 221〕，在實踐中很難做到。詩人的真誠，很難得到那個時代政治上的同情，更不說肯定。

吳宓言行尊孔子、釋迦摩尼、蘇格拉底和耶穌基督，其入世、承擔、理性與悲憫，成為他人生的信條。吳宓把中國孔孟的道德人格，西方的基督教的信仰與佛教的苦修兼收並蓄，匯成自己人生的信念和智慧，把「丈夫當死中求生，禍裏得福。古人有困而修德，窮則著書」作為警勖〔註 222〕。這雖然給了他人格操守和精神力量，但這種私人性情與時代之間卻往往不合拍。尤其是講階級鬥爭，凡事都上綱上線為政治立場的年代更是如此。吳宓認為自己受柏拉圖、聖經的影響至深，受業於白璧德和穆爾，自謂「間接承繼西洋之道統，而吸收其中心精神」，所以更能理解中國文化的優點與孔子的崇高中正，秉此行事，同時參照西方的重效率與方法，以及受浪漫文學、唯美文學觀念的影響。自己參與《學衡》《大公報・文學副刊》的編輯，對待友人吳芳吉、毛彥文等的態度，都是以此為準則。〔註 223〕有所守，就有所失，吳宓所缺失的是順應時勢的圓滑，因過於堅持內心的看法，常常不被世人所理解。所以感慨說「於道於情感，皆痛感失敗與孤危」〔註 224〕。立身行事，吳宓以歷史上的哲學家、道德家和宗教徒的方式來苛求自己，大有我不下地獄誰下地獄的勇毅，對他人往往行的又是無條件的寬容、仁義、善良和慈愛。陳心一就說吳宓心地善良，但思想、行動上有時候模糊不清〔註 225〕。在以階級和政治區分對與錯，而不是以道德和人性區分善與惡的時代，吳宓往往被視為迂腐、偽君子，這也加重了他現實人生的悲劇性，體現為詩歌中的孤獨感。

吳宓在解放初期對共產黨人充滿期待，認為盛世即將蒞臨，被戰亂所顛覆的道統馬上會得到恢復，但最終所看到和所經歷的各種政治運動，卻讓他倍感錯愕，進而是失望與絕望，由以前對新政權的敬重逐漸改為疑慮。尤其是對不尊重知識，革命勝利之後不講恕道，不尊重人事自然之律率意而行，吳宓憂心忡忡，在詩歌中大加撻伐，對「土改」「鎮反」「反右」「大躍進」、人民公社等頗有微詞。因為這些運動已經累及親人和朋友，更害怕總有一天

〔註 221〕吳宓：《吳宓日記續編》第 4 冊，北京三聯書店，2006 年，第 295 頁。

〔註 222〕吳宓：《吳宓日記續編》第 1 冊，北京三聯書店，2006 年，第 104 頁。

〔註 223〕吳宓：《空軒詩話（24）》，《吳宓詩話》，商務印書館，2007 年，第 214～215 頁。

〔註 224〕吳宓：《空軒詩話（24）》，《吳宓詩話》，商務印書館，2007 年，第 215 頁。

〔註 225〕吳宓：《吳宓日記續編》第 6 冊，北京三聯書店，2006 年，第 302 頁。

會禍及自身，厄運難逃，進而滋生憤激和恐懼。吳宓感到新政權不信任他們這種老舊的知識分子，感覺自己政治上無法跟上形勢，大有前朝移民的苦痛，但又不敢、不能對人言述，此種心結只能以作詩或者日記的方式表達。「土改詩案」之後，吳宓更是加倍小心，害怕隻言片語落入他人之手而生事端，所以作詩開始減少，也不願隨意寄人，更多通過讀詩來洩憤。當他讀到《明遺民詩》的時候，吳宓認為「正合宓意」「欣感無似」，吳宓尤為欣賞王猷定的「世換人多默，語低心可憐」以及錢秉鐙的「老惟能讓事，躁未免多言」，認為非常契合他當時的心境。〔註 226〕還說「晚讀吳梅村《長平公主誄》，淚下不止。宓夙愛顧亭林與吳梅村之詩，近年益甚。蓋以時勢有似故感情深同耳。」〔註 227〕還說「晚讀梅村詩，更覺其意之深，情之苦。」〔註 228〕「宓臥讀吳梅村七古詩，流淚甚多。老年人，又經世變，其鬱激之感情極強極富，有觸即發，而不可遏止矣。」〔註 229〕

在吳宓的內心深處，確實存在一種文化遺民意識，覺得自己「真有《長生殿傳奇》中李龜年流落江南之恨也」〔註 230〕，故處處不願介入政治，只希望能夠得到文化上的尊重和善待。但解放後，文化也被完全納入到政治和階級話語系統，什麼都以階級來劃分，傳統文化和歐美文化也成了階級鬥爭的對象，這使吳宓感到無所適從。在時代的壓力之下，往往感到今也不是而昨也不是，以前被視為至寶的學術一夜之間已無用處，一方面是「一夫獨智輕千聖」〔註 231〕，「依文說教新師貴」〔註 232〕，一方面是「上品工農書最下，蘇聯事事是吾師」〔註 233〕。自己反倒成了一個閒人，甚至是一個「反動」文化的罪人，一個新時代的掃盲對象，對於很難進入政治思維的吳宓而言，與時代之間的衝突是劇烈的。當然，這種衝突本質上不是政治上的，而是政治與文化上的錯位所致，或者可以理解為政治對文化和學術的過度干預而導致知識分子無法確認自身的價值。因為文化不僅僅是為政治服務的，文化、學

〔註 226〕吳宓：《明遺民詩》，《吳宓詩話》，商務印書館，2007 年，第 314～315 頁。

〔註 227〕吳宓：《顧亭林與吳梅村詩》，《吳宓詩話》，商務印書館，2007 年，第 320 頁。

〔註 228〕吳宓：《吳宓日記續編》第 4 冊，北京三聯書店，2006 年，第 85 頁。

〔註 229〕吳宓：《吳宓日記續編》第 4 冊，北京三聯書店，2006 年，第 90 頁。

〔註 230〕吳宓：《吳宓日記續編》第 5 冊，北京三聯書店，2006 年，第 232 頁。

〔註 231〕吳宓：《依韻答稚荃並示恕齋志遠》，《吳宓詩集》，商務印書館，2004 年，第 476 頁。

〔註 232〕吳宓：《銷成一首》，《吳宓詩集》，商務印書館，2004 年，第 478 頁。

〔註 233〕吳宓：《偶成》，《吳宓詩集》，商務印書館，2004 年，第 497 頁。

術、道德的對象比政治要廣泛得多。作為一個文化人和道德家，吳宓所思考的類似於孟德斯鳩所強調的共和國也需要品德這樣的大問題。〔註 234〕因為政治僅僅是國家治理手段的一種，其過程也應該貫穿對人的尊重，對文教的崇尚，對道德的弘揚。故此吳宓才在「土改」詩和批評漢字改革的詩作中有那樣的憤激，以至於大不合溫柔敦厚的詩教傳統。看來溫文爾雅、文質彬彬的吳宓，當觸犯他心中的文化理想，如漢字、《紅樓夢》，攻擊他尊崇的道德聖徒孔子的時候，也會露出他金剛怒目的一面！

第四是詩歌理想與社會現實的錯位。

吳宓詩歌的理想是：「夙昔作詩，常主表現真我，不矯不飾」，「以寫實之法，表現趨向理想之我」，通過詩歌把「一時一地之生活感想，均應該存其真相」。〔註 235〕認為「世間萬物必立於誠，惟詩亦然，藝術道德於斯合一。」〔註 236〕他尤其認同「一切優秀文學都在宣揚與體現人的規律」〔註 237〕。但吳宓在政治上傾於保守，其對時政的看法多不合時宜，雖然努力調整心態以跟上時代這輛列車，但最終還是步履維艱，這也造成自我內外的分裂，詩歌理想與社會現實之間的不協調。從吳宓 50 年代參加各種學習會的偶而發言，和他詩歌、日記中流露的真實想法中，我們可以看到兩個吳宓的搏鬥，以及所帶來的精神上的痛苦。

中國傳統的士人，主要通過詩歌應和酬答的方式進行人際交流、瞭解社會，而晚清之後，媒介成了知識分子表達思想的重要場所。應該說，20 世紀上半葉代表中國最高的思想、文化成就的作品大部分是在大眾傳媒上完成的，如梁啟超、陳獨秀、胡適的政論與文論，魯迅、周作人的雜文。正是報刊媒介使知識分子得以與大眾、與生活進行交流與溝通，同時完成了思想的表達，使自己的思想得以進入廣闊的社會空間，影響社會進程。也正是媒介，使知識分子的思想充滿了創造的活力與對現實關注的旨趣。吳宓雖然也是媒介的創辦者和利用者，在早期主編《學衡》雜誌，通過雜誌宣揚自己的文化、道德理念，後還主持過《大公報・文學副刊》，應該說是一位很有影響的媒介

〔註 234〕〔法〕孟德斯鳩：《論法的精神》上冊，張雁深譯，商務印書館，1993 年，第 26 頁。

〔註 235〕吳宓：《論詩之創作》，《吳宓詩話》，商務印書館，2007 年，第 141 頁。

〔註 236〕吳宓：《評淩宴池詩錄甲集（節錄）》，《吳宓詩話》，商務印書館，2007 年，第 171 頁。

〔註 237〕吳宓：《文學與人生》，清華大學出版社，1993 年，第 68 頁。

人。但解放後，媒介完全被國家所掌控，主流思想的一律和獨尊，使他們不得不回到傳統知識分子表達思想的詩文唱和方式，這大大壓縮了思想表達的空間，而且就連這樣的私人交往，也會受到監察，要冒一定風險的。隨著政治左傾的發展，個人表達思想的自由基本被限制，這對一個崇尚自由的知識分子而言，不能言說無疑是最大的痛苦，這無疑把自己與社會隔離開來。不著一字盡得風流，是在思想可以自由表達的時候文人的一種自信，而吳宓那一代知識分子的不立文字，卻是不得已而為之，是想表達卻沒有自由與空間。即使棲身大學，其學術的自由也不再擁有，只能照本宣科，參加不完的是政治學習，討論不完的是根據上面的意思制定的教學大綱，在吳宓看來，各種政治學習就是「捉迷藏」，「自陷於錯誤」，認為統治要以德教為先，而不能假以「術與力」。〔註 238〕吳宓的詩歌創作，所體現的是在國家意志和個人自由產生衝突的情況下，知識分子應該怎麼去做，才是對國家和人民真正意義上的負責任。吳宓的詩歌和日記，正是他與日常生活搏鬥的方式與勇氣，與政治生活對抗的手段，體現的是知識分子的一種詩教的理想，以立言的方式來對抗遺忘。吳宓用詩歌重造了時間與空間的存在，使後來者通過這些詩作可以窺視那一代知識分子的生活與精神狀態。吳宓留給我們的為數不多的詩作，是他在過度沉默時代的發言，是對抗時代的靈性之光，使得我們可以在逐漸荒疏的心靈中去洞見一個知識分子內心的艱難以及言說。而那些穿越時空的詩句，也時不時令我們有錐心之痛。在某種意義上，吳宓的詩歌，不是自己的辯護，而是對一個時代的審判，它永恆地精神地注釋著歷史。用喬伊斯的話來說，「現代人征服了空間，征服了大地，征服了疾病，征服了愚昧，但是所有這些偉大的勝利，都只不過在精神的溶爐裏化為一滴淚水！」〔註 239〕對吳宓而言，在那個詩歌理想與現實衝突的時代，其精神的偉岸與堅持，代價注定是沉重的。

「五四」所建立的文化與政治的同一性模式，把文化、政治與道德膠合在了一起，在建國後，意識形態更強化了幾者間的同一性。現代政治超越了傳統的統治術，把自己的政治擴展到了一切階層和社會領域，把一切都打上了政治的象徵符碼，將文化、道德，以及人的私人生活都徵用為政治的資源，

〔註 238〕吳宓：《吳宓日記續編》第 4 冊，北京三聯書店，2006 年，第 455 頁。
〔註 239〕〔愛爾蘭〕詹姆斯·喬伊斯：《文藝復興運動文學的普遍意義》，《外國文學報導》，1985 第 6 期。

人的自由空間和私人生活漸趨湮滅。而吳宓企圖從學術的層面，從一個詩人的角度，把文化、政治與道德加以區隔，雖然在當時的語境下是徒勞的，但也為我們後來反思政治全能提供了契機。吳宓的詩歌，雖然是個人生活的記錄和感受的言說，其後所體現的是普遍的精神價值和意義，因為我們可以從他個人的言說中，還原極左年代個人的真實生活，尤其是個體內心的隱秘，為我們重構歷史的生動細節準備了材料，也使得歷史不再是一般性外在材料的簡單堆砌，為我們真正回到歷史的現場提供了可能性。因為只有細節才能夠對抗歷史的遺忘和歪曲。

當文化與政治辯證成為相互說辭與合法性論證的時候，其個人的言說必定要服從和服務於集體的言說，而一旦個人與之產生衝突的時候，個人要麼放棄辯護，要麼成為被批判的對象，其個人性很容易轉化成一種普遍的群體意識，個人也只有在群體允許的範圍下表達自己的思想，在這樣的情形下，任何真正個人的思想都成了異端，但也正是這些異端的思想成了最有價值的思想。吳宓解放後的詩歌的重要性就在於其多數不是見諸報端的作品，而是一種潛在的寫作，尤其是作為一個人文主義知識分子面對政治的詰問，他給我們提供了別樣的眼光和情懷。

梁漱溟晚年發問，這個世界會好嗎？其實吳宓所關心的，還是這個世界如何會變得更好一些！吳宓所關心的是如何以文化、政治、宗教、道德等的健全來發展社會。在傳統的文化精神逐漸淪喪和內心的道德約束漸趨失效的時代，在文化整體性衰落的時代，吳宓作為堂吉訶德式的追問和踐行，其悲劇的命運具有典型和反思意義。吳宓所思考的是傳統文化和道德失範之後給社會帶來的災難性影響，以及作為一個知識分子的責任，是隨波逐流成為言不由衷的歌頌者，還是做一個悲劇式反抗的受難英雄。而吳宓解放後詩歌創作的歷程，也構成了對這個問題的矛盾性回答。吳宓總結自己「心地純潔」，「天性仁慈而忠厚」，「堅持道德理想，不為物慾所誘惑」，「雖歷經憂患艱難，而仍富同情心，不吝助人」〔註 240〕。他的一生行事，證明他確實就是這樣的人。

在吳宓的詩歌中，我們可以看到他始終保持著的精神的純潔和道德的純正。他所維護的不僅僅是文化，更重要的是中國人最需要的最寶貴的道德、良知的種子。魯迅用自己的文學和生命體驗告訴我們中國人性中的黑暗之光；吳宓用他更悲情的經歷和矛盾的詩作，以及流水賬般的起居注日記告訴

〔註 240〕吳宓：《吳宓日記續編》第 4 冊，北京三聯書店，2006 年，第 135 頁。

我們，魯迅的擔憂，並沒有過時。中國還需要知識分子受難般地去承擔人性中惡的後果。在這一點上，吳宓勢必具有了耶穌般的胸懷和情懷，對一切充滿悲憫，無論是作惡者，還是受難者。一般人可能會把吳宓不厭其煩地救助他人錢財看成是莫名其妙的迂腐，甚至不可理喻的愚笨，明明知道別人是在欺騙他的情況下依然還會對人施以援手，而且保持著不變的善意。這是一般常人很難理解的，也是萬難做到的，而吳宓卻把他做成了常事，一件生活中的平凡事。對那些本可不承擔的責任，吳宓以個人的良知替他們承擔著罪責。對於人性而言，惡是永遠存在的，吳宓以自己的行為啟示我們，惡可以被理性、良知、道德壓縮在一個更小的範圍。吳宓詩歌中對時政的建言，對自我的追悔，對人事的言說，是他人性良知的體現，他是在以自己微薄的力量去承擔和救贖一個時代的惡。

四、吳宓詩歌創作的意義

面對一個新生政權和人民翻身做了主人，知識分子應該感到歡欣鼓舞，但政治更革、時事轉換，本身對政治不敏感的知識分子卻長期成為政治批判和改造的對象，這也是他們始料不及的，他們的思想、觀念和態度跟不上一天緊似一天的政治運動的步伐，這就造成了吳宓這一代知識分子在情感上對政治運動的疏離。而自己的學識，日益成了沒用的擺設，更使他們覺得一無是處。在「文革」的學習會上，吳宓自詡學識，說凡是現在報紙上的外國地名，他都能指其所在，並寫出西文名，但結果遭到的卻是眾人的訕笑〔註 241〕。對有「譯聖」「當代風騷手」〔註 242〕之稱的吳宓而言，可以想見他當時的內心是何其悲涼。再加上面對文化衰亡、道德淪喪、人性趨惡，作為道德家的他們，自然難免憂慮和感傷。從吳宓為此做過《殺士吟》等詩作，還不時有自殺去辱的念頭，說明他們在大時代面前的確在內心深處也有著難言的屈辱與惶恐。然而時代的和聲往往掩蓋了這種個體精神世界中的痛苦和傷感。事實上，建國後知識分子若「懸崖邊上的樹」，並非是個別人的存在感。吳宓贊同亞里士多德詩比歷史真實的看法，認為詩歌可以傳達真實的人心。「而欲研究人心治道之本原，而欲使民德進而國事起，則詩尤宜重視也。」〔註 243〕吳宓

〔註 241〕吳宓：《吳宓日記續編》第 9 冊，北京三聯書店，2006 年，第 367 頁。

〔註 242〕吳宓：《吳宓日記續編》第 3 冊，北京三聯書店，2006 年，第 48 頁。此說出自吳則虞的詩《出蜀雜詩三十章之（十）》。

〔註 243〕吳宓：《餘生隨筆（31）》，《吳宓詩話》，商務印書館，2007 年，第 41 頁。

寫詩,就是對自己的知識分子身份和文化信念的確認和捍衛。

吳宓詩歌的意義,不單純是美學上的,重要的在於以自己的感受豐富了政治運動中知識分子的生存體驗,說出了他們的內心真實,尤其是作為知識分子身份而遭受的不公正待遇,他的屈辱不是個別的,而是群體的。他的詩作,比起他細水長流,不厭其煩的日記來,從精神層面看更細緻入微,其流露出的內心情感更豐富。聯繫其前後的悲劇命運和文化理想的追求與失落,其所展示的社會意義也就顯得更為豐富複雜。吳宓對自己命運的再三言說,也是提醒後來者注意其大時代下個體的卑微與遭遇。在這一點上,吳宓詩歌呈現的是「一代人」的遭遇。

當然,吳宓的悲劇也不乏其個人性格的原因。吳宓認為自己是一個陰性人格,「生性仁柔而感覺敏銳」〔註 244〕,但又不慎言,故對自己的言行常常表現出追悔之意,尤其是對自己不能挽救傳統文化的衰亡,擔負傳統士人的使命有著深深的內疚感。但吳宓的性格,又不是單純的個體性格,而是中國幾千年傳統文化中塑造出來的士人的典型風範,憂鬱多情、關心民瘼,愛國愛民,一生欲樹道德文章,想立德立言。大凡那一代知識分子,或多或少都有類似的情結。他耿介不阿,多言自悔,也不是個體性的,而是傳統文化人格在遭遇大時代急變時的自然體現。吳宓是一個為保存和重構傳統文化、道德而不合時宜的現代騎士。在建國後,吳宓經常想到的是好友王國維和吳芳吉。痛苦自己沒有像王國維那樣以命殉道,也沒能像吳芳吉那樣自然早死,以成全自己作為一個知識分子的操守和人格體面。吳宓也曾想過出家避禍,多次想到自殺,常常為自己推算運命,確信自己必定早亡。從吳宓的一生行事看,乃是一性情中人,也確實不乏怯懦的地方,但有一點至關重要,就是他堅守道德底線,不毀傷他人,一生行善衛道。即便在以相互揭發、詆毀、攻訐為能事的「文革」中,吳宓作為批判的對象,也從不賈禍他人。就是在被他人無端指責、謾罵、侮辱的時候,也常存悲憫之心,以苦行僧自慰,想到的還是如何通過美好的傳統人倫道德和優良的人類文化來普度眾生,以至於把折磨視為修行。

吳宓的詩歌,從文學層面看,屬於一種潛在寫作,是作為個體的知識分子在特殊政治年代的情感、思想的宣洩、流露與保存,從而具有一代知識分

〔註 244〕吳宓:《吳宓日記續編》第 1 冊,北京三聯書店,2006 年,第 119 頁。

子精神史的意義。同時，也是吳宓作為傳統知識分子藝術化的一種生活方式，作為一種人際關係的維繫和生命情懷的表達，尤其是對自我價值的確認。吳宓的詩歌和日記，雖然極具個人風格。如日記的事無鉅細和極端私人化，詩歌繁複的用典和互文性。但吳宓認為，「詩人者，真能愛國憂民，則寄友詠物詩中，正可自抒其懷抱；不必易其題為敬告全國父老昆弟諸姑姊妹，或各大報館轉商學農工各界均鑒，而後方為好詩也。」〔註 245〕由此觀之，他的詩歌雖以其個人生活感情為內容，但其真實懷抱可以使讀者感同身受，成為那個時代情感生活的較為真切的記錄和體驗。吳宓敏感纖細的陰性人格，無疑更能讓他體察到大時代下潛藏和掩蓋的東西，也更能見微知著，使他對社會人事的觀察記錄更為準確真實。在歷史隱入塵埃漸漸被遺忘的時候，這些真切的記錄和幽怨的感懷，正好為我們重回歷史現場提供了通道。

吳宓解放後的詩歌延續的依然是他早期的對時代的記錄與人生的藝術化的思考，吳宓視文學為表現人生的藝術，雖然人生有其個人性，但文學針對的是普遍人生的意義。吳宓再三強調詩歌要「善傳時代之事物與其精神」〔註 246〕。他曾經發願，說要「抄錄近今人詩之有關國故民生，而又佳美可誦者，專為一編。蓋以世變之亟，未有如近今之中國。作詩之機會，亦未有如近今之中國。此類之名篇鴻製，則尤為並世人所願低徊吟誦，不忍釋手。而傳之後世，可為信史者也。」〔註 247〕吳宓寫詩，以及他抄錄記載詩友的作品，以及讀誦他人的詩作，當是他早年志願的付諸行動，希望能夠用詩歌給後人留下特別的歷史材料。吳宓後期的詩作顯得比較真切平淡，也如他早年期許的那樣：「恥效浮誇騁豔辭，但憑真摯寫情思。傳神述事期能信，枯淡平庸我自知」。〔註 248〕「傳神述事期能信」的詩史觀念，在吳宓心中分量不輕，他曾想編的《近世中國詩選》一書，目的就是「既光國詩，尤裨史乘」〔註 249〕。而他其後的詩作，縱論時事，抒發心志，也在很大程度上有自覺寫史的意圖。因此，對吳宓的詩歌，我們要盡可能聯繫歷史去加以品評，而不是將其視為純粹的藝術品或者文人的滿腹牢騷。它是從歷史的岩層中汩汩

〔註 245〕吳宓：《餘生隨筆（23）》，《吳宓詩話》，商務印書館，2007 年，第 34～35 頁。
〔註 246〕吳宓：《餘生隨筆（21）》，《吳宓詩話》，商務印書館，2007 年，第 32 頁。
〔註 247〕吳宓：《餘生隨筆（23）》，《吳宓詩話》，商務印書館，2007 年，第 35 頁。
〔註 248〕吳宓，《南遊雜詩（九十）》，《吳宓詩集》，商務印書館，2004 年，第 188 頁。
〔註 249〕吳宓：《空軒詩話緣起》，《吳宓詩話》，商務印書館，2007 年，第 177 頁。

沁出的泉水，體量雖小，卻帶著不為我們熟知的地層的信息。從文化的角度，吳宓也是把詩歌標舉甚高之人。「欲保我國粹，發揮我文明，則詩宜重視也。」〔註 250〕所以，在吳宓那裡，詩歌絕非小道，也不是喝點小酒之後的淺唱低吟，其所孕含的旨意甚高，情感甚深。吳宓強調要在自己的靈魂中重建哲學的真理〔註 251〕，而這種真理最集中的體現就是他的詩歌。如果說日記中記載的生活是他哲學的河床，那麼詩歌就是其砂礫中閃光的金子。

鍾嶸說「使窮賤易安，幽居靡悶，莫尚於詩」〔註 252〕，吳宓也把詩歌當作生活的調劑與性命的依持；也如馬爾克斯理解的，詩歌是平凡生活中的神秘力量，可以烹煮食物，點燃愛火，任人幻想。吳宓寫詩不是一個現實的功利主義者，其詩歌的寄託因而深遠博大，他並非玩弄性情，雕琢詞句，其間有對自我身世的感喟，對時局的批評，對文化的憂慮。他的詩歌中體現的是知識分子那種感時憂國，把文化道統繫於己身的傳統。所以，吳宓解放後的文學創作，依然延續的是他最初的想法，希望人們能於其詩歌中感受其人生，於其人生中，感世事之變幻，得人生啟示。他顯赫、跌宕、悲情的一生，本身就是一本大書，而他的詩作，正好是最核心的注釋，其意義是多方面的。

吳宓盛讚吳芳吉「內剛毅而外和易，情坦放而志峻拔」的人格，認為「君之一生，以詩為事業及生命」〔註 253〕。在 50 年代後，吳宓經常以吳芳吉自勉，也常常想到好友而深感愧赧。吳芳吉不僅是他行事的榜樣，也成為其生命中的一種力量，覺得自己就是在為友人完成未盡的事業。吳芳吉、王國維，面對這些昔日的摯友，一方面讓吳宓感到羞愧，一方面也使吳宓有了一種精神的支持。在吳宓的身上，可以找到王國維的偏執，吳芳吉的剛毅，更有他自己的一份癡情與曠達。

吳宓用詩歌告訴我們，有自己的理想容易，而當自己的理想與社會不容的時候，整個社會都希望你加入其所謂共同理想的時候，你還冒天下之大不韙，一意孤行地堅守自己的信念，即便為之付出慘重的代價，都做到矢志不移，即便在各種誘惑或者威壓面前依然決絕堅持到底，這才是對一個人的人

〔註 250〕吳宓：《餘生隨筆（31）》，《吳宓詩話》，商務印書館，2007 年，第 40 頁。

〔註 251〕吳宓：《文學與人生》，清華大學出版社，1996 年，第 164 頁。

〔註 252〕〔梁〕鍾嶸：《詩品序》，《詩品譯注》，周振甫譯注，中華書局，1998 年，第 21 頁。

〔註 253〕吳宓：《白屋詩人吳芳吉逝世》，《大公報》文學副刊第 229 期，1932 年 5 月 23 日。

格、心智、操守的真正考驗。其實，每一個時代，個體與社會都有對立和矛盾的因素存在，有時候是政治的衝擊，有時候是文化選擇的艱難，有時候可能是物質對你的誘惑，每個時代，都給人提供了墮落的理由，也為人準備了超凡成聖的機會。

解放後，吳宓與政治之間詩學的對抗，根本上是對人性的惡與反智主義的抗拒，他以自己的言行來說明，社會正義必須以道德正義為基礎，社會的發展必須以尊重每個人的自由選擇為前提，必須以尊重文化歷史的傳統與現實條件為基礎。社會正義不能置每個人的權利和自由不顧。任何時候，目的與手段都不能分裂。不然惡就有可能假正義之名以行。尤其是我們不能因為物質上的富足、政治上的進步而漠視精神的荒疏與道德的失落，我們要敢於正視革命後的精神與道德的廢墟圖景，以便在這廢墟上重建自己的精神家園。

詩歌中，吳宓的聲音是微弱的，既被當時的人們所漠視，也逐漸被新時期各種眼花繚亂的追逐所湮沒。但他面對家國、生存、文化、道德、人性、感情諸問題的求解方式與智慧，令後來者深思。解放後，在政治話語處於絕對強勢的情況下，正是吳宓、陳寅恪等一批知識分子，他們以文化的「保守」抗衡著政治的激進，在對當時的政治話語構成一定程度批判的同時，也有效參與了社會文化的編碼，為後來思想解放和重新審視歷史預備了資源。有人將吳宓的思想整體解讀為代表了國際人文主義思潮中的「中國儒家人文主義」一極〔註254〕，應該說這種看法還是比較切近吳宓思想實際的。雖然人文主義因為其過於寬容和穩健，過於強調審美力和文化感受力而只對極少數人有效，在西方也遭受過質疑，正如艾略特指出的那樣，人文主義是批判性的，而不是建設性的。〔註255〕但對現代中國來說，即便是溫和的批判，也顯得彌足珍貴。這種批判，正是後來建設者的墊腳石。吳宓是中國文化的守夜人，他所堅守的人文主義的內核即「個人之修養與完善」〔註256〕，宏闊的文化眼光，深厚而悲憫的人性關懷，道德苦行僧的形象，永遠與歷史定格在了一起。

〔註254〕蘇敏：《層層改變遞嬗而為新——談吳宓的文化價值取向》，《紅岩》，1998第6期。

〔註255〕〔英〕托·斯·艾略特：《關於人文主義重新考慮後的意見》，《艾略特文學論文集》，百花洲文藝出版社，1994年，第205頁。

〔註256〕吳宓：《文學與人生》，清華大學出版社，1996年，第15頁。

對這位「沉酣經典，處仁以義，詩文正味，字字芬芳」〔註 257〕，以舊體放歌的悲情詩人〔註 258〕，我們滿懷敬意。

〔註 257〕鄭思虞：《沁園春・祝吳雨老七十壽》，《吳宓詩集》，商務印書館，2004 年，第 518 頁。

〔註 258〕王泉根：《孤守人文精神的智者——吳宓與中國文化》，《紅岩》，1998 年第 2 期。

交遊篇

「交遊」本意指「朋友」或「結交朋友」，是人之社會關係和人際交往的重要方面，也是考察人的生活狀態與精神思想的有效渠道之一。《管子・權脩》有云：「觀其交遊，則其賢不肖可察也。」毫無疑問，「交遊」也是考察吳宓生存狀態和個人風範的必要角度之一。隨著上世紀 90 年代所謂「吳宓熱」的悄然興起，各地多次召開吳宓相關學術研討會，陸續出版相關著述，不斷發行相關傳記，吳宓作為「文化名人、中國比較文學的先驅、詩人、教育家」〔註 1〕的地位已經確立。代表性學術研討會有 1990 年、1992 年、1994 年、2005 年、2018 年先後在陝西召開的五屆「吳宓學術研討會」，1998 年、2014 年、2018 年先後在重慶舉行的「吳宓先生逝世 20 週年紀念大會暨吳宓學術研討會」「紀念吳宓先生誕辰 120 週年學術研討會」與「吳宓先生逝世 40 週年紀念大會暨吳宓學術研討會」等。作品整理與研究著作有《吳宓自編年譜：1894～1925》（吳學昭整理，北京三聯書店 1995 年版），《吳宓詩集》（吳學昭整理，商務印書館 2004 年增訂版），《吳宓詩話》（吳學昭整理，商務印書館 2005 年版），《吳宓日記》（吳學昭整理，北京三聯書店 1998 年出版正編，2006 年出版續編），《堅守與開拓：吳宓的文化理想與實踐》（蔣書麗著，社會科學文獻出版社 2009 年版），《吳宓書信集》（吳學昭編，北京三聯書店 2011 年版），《吳宓與陳寅格》（吳學昭著，北京三聯書店 2014 年增補本），《吳宓視野裏的新文學》（蔣進國著，廣西師範大學出版社 2015 年版），《建構新文學的另一種思路：吳宓文學思想研究》（孫媛著，高等教育出版社 2017 年版）等；專門傳

〔註 1〕王文、高益榮：《「紀念吳宓誕辰 110 週年大會暨第四屆吳宓學術研討會」在西安召開》，《國外文學》2005 年第 1 期。

記如《情癡詩僧吳宓傳》（北塔著，團結出版社 1999 年版）、《情僧苦行：吳宓傳》（沈衛威著，東方出版社 2000 年版）、《吳宓評傳》（傅宏星著，華中師範大學出版社 2008 年版）、《好德好色：吳宓的坎坷人生》（史元明著，東方出版社 2011 年版）、《碩學方為席上珍：吳宓的讀書生活》（蔡恒、高益榮著，萬卷出版公司 2018 年版）等。吳宓不僅數頂不同的「大師」桂冠加身，甚至在有的學者筆下出現了聖化與無限拔高的傾向。吳宓形象在越來越清晰的同時，也存在被虛化和遮蔽的危險。特別是共和國時代的吳宓，「第三個二十八年」的吳宓形象尤其如此。好在不無缺失與遺憾的《吳宓日記續編》為學界提供了重要的研究材料，只要肯花工夫閱讀、感受與爬梳，從交遊的角度也可以勾勒出吳宓清楚的、多面的、立體的形象，對還原真實的、複雜的、豐富的共和國時代之吳宓形象無疑具有重要意義。

共和國時代的吳宓雖然久居西南師範學院（今西南大學），遠離政治中心、文化中心與學術中心，但仍然交遊頗廣，與不同階層不同角色不同面目的相關人士保持著或長或短的交往關係。僅《吳宓日記續編》之《中文人名注釋索引》列入的人物就多達 649 人，大部分在建國後與吳宓有過交往關係。再加上有名有姓而沒有加注釋沒有列入索引者，有姓無名者，未記姓名者，《吳宓日記續編》提到的交往人物就更多了。吳宓和他人的交往方式也是豐富多樣的，有直接的交往，也有間接的交流；有現實中具體的交往，也有意念裏虛幻的交流；有通過面談、宴飲、共事、同學、「陪鬥」、「挨打」等方式在同一時空內的接觸和交流，也有借助文件、廣播、書籍、信函、回憶、夢境等中介的超越時空的互動和對話。吳宓和他人交往的時間有長有短，交往的頻率有高有低，其間既有吳宓的喜怒哀樂，又有吳宓的榮辱得失，既有吳宓的學識品行，也有吳宓的才思氣節。《吳宓日記續編》記錄的吳宓交遊中最為複雜也最為重要的部分是吳宓與同時代學人的交往，其中比較重要而又保持來往的人物就有陳寅恪、方敬、曹慕樊、杜鋼百、高棣華、高元白、關懿嫻、賀麟、黃稚荃、金月波、瞿兌之、賴以莊、李賦寧、李源澄、凌道新、凌宴池、劉樸、劉文典、劉永濟、劉又辛、羅容梓、繆鉞、穆濟波、潘式、錢鍾書、湯用彤、唐玉虬、許伯建、葉麐、張志超、周邦式、鄭思虞等等。同時，《吳宓日記續編》中還時有當年共和國政要如毛澤東、周恩來、鄧小平、劉少奇、陳毅、葉劍英、聶榮臻、林彪、江青等的名字出現，特別是關於毛澤東、周恩來、鄧小平的記述頗多，可以視為典型的間接交往對象。要從吳宓直接交往與間接交往的長長名單中選取兩三位論述對象，是相當為難的。以下策略性地以吳宓最為敬重的朋友陳寅恪、吳宓的領導兼同事方敬、締造共和國的核心人物毛澤東為例進行脞談。

一、吳宓與陳寅恪

吳宓與陳寅恪無疑是吳宓研究中引人矚目的話題。民國時代的吳宓與陳寅恪固然更受關注，共和國時期的吳宓與陳寅恪同樣已有不少研究者撰文談及，如吳學昭的《吳宓與陳寅恪》（清華大學出版社 1992 年版）、史飛翔的《吳宓與陳寅恪》（《文史精華》2009 年第 11 期）、劉夢溪的《王國維、陳寅恪與吳宓》（《中國文化》2013 年第 2 期）、吳學昭的《吳宓與陳寅恪》（北京三聯書店 2014 年增補本）等等。其中內容最為豐富、材料最為詳實的還是吳學昭的《吳宓與陳寅恪》（增補本）。即便如此，在我們看來，《吳宓日記續編》（北京三聯書店 2006 年版）中關於陳寅恪的諸多記載及其反映的吳宓與陳寅恪的直接交往和間接交往，仍有全面細緻的梳理之必要。

據筆者統計，《吳宓日記續編》出現「寅恪」223 次，其中完整出現姓名「陳寅恪」者 95 處，僅記錄名「寅恪」者 128 處。95 處「陳寅恪」裏面，29 處稱為「陳寅恪兄」，13 處尊為「陳寅恪先生」，另有稱「陳寅恪君」者 2 處，合稱「王靜安、梁任公、陳寅恪諸先生」1 處，餘下 50 處直接稱「陳寅恪」；128 處不加姓氏的「寅恪」裏面，67 處稱「寅恪兄」，3 處尊為「寅恪先生」，餘下 58 處直接稱「寅恪」。友人之間直接稱呼姓名或名號，固然顯得隨意、親切而簡捷，但加上「兄」「先生」「君」等敬語，無疑更見正式、修養與尊崇。如此高頻度地以敬語相稱，在吳宓日記中可謂絕無僅有。由此可見吳宓對陳寅恪的尊敬、感佩和愛戴之一斑。

從「寅恪」在《吳宓日記續編》諸冊中的分布看，出現頻率最高的是第 5 冊，高達 69 次，超過全部次數的四分之一；以下是第 6 冊的 35 次，第 4 冊的 33 次，第 9 冊的 27 次；其餘的均不足 20 次，其中第 7 冊、第 8 冊都是 6 次，最少的第 10 冊也有 5 次。從「寅恪」在《吳宓日記續編》所錄年份中的分布看，出現頻率最高的是 1961 年，高達 67 次，也超過全部次數的四分之一；以下是 1964 年的 32 次，1971 年的 27 次，1959 年的 24 次，1958 年的 10 次；其餘年份均在 10 次以下，其中 1954 年、1962 年和 1973 年都只有 2 次，1953 年僅 1 次，1949 年、1968 年、1969 年、1970 年和 1974 年均是 0 次。

其中1949年日記「藏在陳老新尼家者，陳老懼禍，竟代為焚毀不留」，〔註2〕另據吳學昭所言，1969年後半年「復生日記」「於被抄後永遠失去」，〔註3〕1970年日記「於『文化大革命』中，全部丟失」，〔註4〕1974年日記「於『文化大革命』中失去」。〔註5〕現有的《吳宓日記續編》沒有這幾年關於陳寅恪的記載是可以理解的。但「丟失甚多」的1968年日記之篇幅仍然和1967年相當，顯得較為豐富，卻也沒有關於陳寅恪的記載。是吳宓1968年關於陳寅恪的記錄恰好不幸丟失了，還是確實沒有記錄陳寅恪？如果是後者，個中緣由，就值得推究和注意。

（一）兩則出現「寅恪」頻率最高的日記

以某一天的單則日記論，出現「寅恪」頻率最高的是1961年9月3日日記和1971年12月9日日記，均高達17次。茲抄錄兩則日記並稍作分析：

日記A

> 九月三日　星期日
>
> 陰雨……陳校長序經及夫人，以電話約宓7：30至其宅中早餐（楊服務女員導往）……又詳述陳寅恪兄1948十二月來嶺南大學之經過（由上海來電，時序經任校長、竭誠歡迎）……。又述：解放後寅恪兄壁立千仞之態度：人民政府先後派汪籛、章士釗、陳毅等來見，勸請移京居住，寅恪不從，且痛斥周揚（周揚在小組談話中，自責，謂不應激怒寅恪先生云云）。今寅恪兄在此已習慣且安定矣。余未記……10a.m.至寅恪宅，讀《乾坤衍》，坐候……11a.m.寅恪兄甫出，本校物理教師鄭增同（清華九級）導來賓王天眷（清華十級）來謁寅恪兄。鄭君與宓談，謂 1938 二月曾同行由湘過穗赴昆明云云。二客正午12m.始去，篔請宓與淑家宴，雞魚等肴饌甚豐，寅恪兄惟食淡煮之掛麵。午飯後，淑共小彭寢息，宓坐客室之sofa上假寐（1～2p.m.），以後讀《乾坤衍》（2～3）……最後，篔嫂謂宓須多帶錢在身邊，遂又勸寅恪兄再借與宓五十元，計宓實借到寅恪兄款一百元整。今日上午10～11a.m.，又下午5～6：30p.m.宓兩次侍

〔註2〕吳宓：《吳宓日記續編》第8冊，北京三聯書店2006年，第38頁。
〔註3〕吳宓：《吳宓日記續編》第9冊，北京三聯書店2006年，第127頁。
〔註4〕吳宓：《吳宓日記續編》第9冊，北京三聯書店2006年，第133頁。
〔註5〕吳宓：《吳宓日記續編》第10冊，北京三聯書店2006年，第567頁。

寅恪兄談話，筆錄得寅恪兄近年所作詩八篇十首。晚 6：30 在陳宅晚飯，肴饌豐美（雞、藕湯、炒花參，等），而篔嫂頻云：「無菜可吃」，且勸食甚切，又進葡萄酒二杯，米飯二滿碗。寅恪兄一切不吃，卒進果醬麵包（甚少），飲五加皮酒一杯。……寅恪兄贈宓四絕句送別。贈吳雨僧 陳寅恪……宓欠陳寅恪兄一百元；赴京時，身邊實帶現款（人民幣）17.44 元之另款，80 元整數，共帶款 99.44 元。夜中小雨，屢醒。〔註 6〕

本日日記頗長，《吳宓日記續編》分割為多段，鑒於已影印之吳宓日記多不分段且為版面計，抄錄時不再分段。其中八處省略號後都省略部分內容，除「余未記」之後一處為《吳宓日記續編》所有外，均為引者所加。其中主要內容在吳學昭之《吳宓與陳寅恪》中均有引述。幾相對照，可知《吳宓與陳寅恪》增補版已經修訂了初版與《吳宓日記續編》的個別字詞出入，如「周揚在小組談話中」與「周在小組談話中」、「由湘過穗赴昆明」與「由湘迢穗赴昆明」、「米飯二滿碗」與「米飯二碗」等。更為重要的是，日記續編的內容至少有兩個方面值得辨析和補充。

（一）內容之間不無矛盾之處。日記前面部分稱 10 時在陳寅恪家中讀熊十力先生的《乾坤衍》，坐著等候陳寅恪，陳寅恪是 11 時才出來；也就是說其間 1 小時吳宓沒有和陳寅恪在一起。而日記後面部分又說上午 10 時到 11 時，是在陪著陳寅恪長談話。兩者是明顯矛盾的。甚至 11 時到 12 時期間，吳宓也沒有和陳寅恪較長時間談話的機會，而是鄭增同在和吳宓談話，其時陳寅恪很可能是在和新到的來賓王天眷交流。這是由於整理者的抄錄不慎，還是吳宓先生自己就出現了記錄偏差？暫時還不得而知。但此日日記是當天晚上寫的，日記後文就有「9～10：40p.m.寫今天之日記」的記載，晚上記錄白天的事情出現偏差的可能性很小，何況吳宓是如此嚴謹細緻之人！如果吳宓日記原稿確實如此，則說明嚴謹之人也難免偶有疏漏之處，而吳宓日記內容本身，也應當審慎使用。當然，還有一種可能的解釋是，吳宓坐候不久就與陳寅恪談上了，其間夾雜「淑女來。憲威贈宓汗衫」等瑣事，11 時陳寅恪才出見鄭增同、王天眷。但陳寅恪是什麼時候出見吳宓的？吳宓坐候了多久？吳宓為什麼沒有像前幾日一般記下時間？為什麼後面才記下「甫出」？這種可能似乎難以成立。

〔註 6〕吳宓：《吳宓日記續編》第 5 冊，北京三聯書店 2006 年，第 166～170 頁。

（二）內容值得特別注意之所。比如陳序經敘述中的「壁立千仞之態度」應當是對吳宓心中陳寅恪的處世風範的絕佳概括，而「痛斥周揚」之行為更可能是吳宓以陳寅恪為人格楷模的解放後的典型事例之一，對吳宓之解放後的陳寅恪形象建構的作用不容小覷。

再如與 8 月 30 日久別重逢時「寅恪兄猶坐待宓來（此時已過夜半 12 時矣）相見」之久候與期待，與 8 月 31 日「9：00～11：00 侍寅恪兄談……3：30 至 5：30 復往陳宅，侍寅恪兄談」的早起與久談，與 9 月 1 日「9：00（小雨）至陳宅：讀《乾坤衍》；寅恪兄（微不適）9：40 出，進牛乳咖啡，談述（1）……（2）……（3）……」的堅持與豐富等比較起來，9 月 3 日的陳寅恪先是讓吳宓等了 1 小時才出來，而出來也在接見王天眷拜謁，且談話的收穫也只是「筆錄得寅恪兄近年所作詩八篇十首」和獲「贈宓四絕句送別」，其他似再無可記之談話內容。其間的區別與落差難免讓人懷疑背後是不是事情正在起變化？陳寅恪的心態是不是有什麼細微的波動？是因為身體依然不適？是因為幾天下來的交流已經不少，出現暫時的審美疲勞？是與夫人在如何招待客人問題上產生了分歧和怨氣？還是因為交流中有什麼吳宓沒有覺察到的小誤會或不滿意？我們的推測即使是隔靴搔癢、無稽之談，但等候者與等候對象的角色互換以及等候時間的長短、談論內容的深淺與記錄的多寡等變化也的確值得關注。

又如篔嫂反覆申說的「無菜可吃」與臨別再三說的「款待不周；無菜可吃；應每餐皆在陳宅，不在招待所」等，是真誠而客套的自謙之表現，還是真實而愧疚的自責之流露？吳宓前面幾天的確都沒有在陳宅用正餐：8 月 31 日是「回招待所午飯」、「回招待所晚飯」，9 月 1 日是與學淑「同至招待所午餐」、晚宴也是在招待所樓下餐廳，9 月 2 日是與憲威、學淑「同午飯」、「宓 5：30 獨自晚飯」。從 9 月 3 日在陳宅的兩次用餐看，陳宅完全具備接待的場地等硬件與能力等軟件，但由於種種原因及顧慮還是安排吳宓在招待所用餐，作為從 1928 年起相識數十年且在 9 月 3 日還「贈宓詩兩首」的女主人，是不是真的有些「款待不周」呢？若是，這和男主人又有沒有關係呢？當然，女主人對在招待所用餐的重慶老友也還是相當照顧的，8 月 31 日晚飯「命送來燉雞一碗，加紅薯及鹵雞蛋一枚」，9 月 2 日午飯「送來鮮蝦一碗」。尤其讓人覺得意外的是 8 月 31 日的午飯，11 點時「羅文柏（節若）來訪寅恪兄，見宓甚歡：文柏豪爽如昔……寅恪兄留文柏午飯，宓 11：30a.m.自回招待所午飯」。都是相見甚歡的朋友，而且羅文柏還是和以前一樣豪爽，而且陳寅恪作為主人已經留文柏午飯了，吳宓為什麼還要獨自回招待所午飯呢？是陳寅恪只留羅文柏不留吳宓？雖然文本可以這樣理解，但好像不合人之常情；是吳宓不願和羅文柏一起用餐？彷彿又與「見宓甚歡」矛盾；是吳宓給羅文柏與陳寅恪留下二人共進午餐的空間？但同處粵地的羅文柏與陳寅恪共進午餐的機會不是比「問疾寧辭蜀道難」的吳宓多得多麼？若只能一人和陳寅恪一起用餐，似乎離開的也不應該是吳宓；而三人一起用餐豈不兩全其美且有望成為彼此的回憶，留下後世的佳話？但吳宓還是回招待所午飯了，給日記的讀者留下了一個值得注意的難解的問號！在我們看來，不管是什麼原因，午飯之際留住了近友而送別了遠客，男女主人客觀上都顯得有些「款待不周」。

日記B

十二月九日　星期四

4 時，休息。宓入廁，和適。接讀寅恪兄之三女陳美延（廣州中山大學西南區 79 之二，樓上）1971 十二月五日來函（代中山大學革委會覆宓去函，詢寅恪兄起居），始痛悉陳寅恪兄（1890 庚寅，清光緒十六年——1969）已於 1969 十月七日在廣州病逝。（長期臥病，各器官漸失機能，最後心力衰竭）。……按，宓與寅恪兄，1919 一月在哈佛大學始相識，（宓講《〈紅樓夢〉新談》，承賜撰《題辭》七律一首。）1925 聘寅恪兄為清華國學研究院教授。1926 七月始回國就職。1927 秋，寅恪兄撰成《王觀堂先生（國維）挽詞》七古長篇。（與王先生舊作《頤和園詞》媲美）而 1928 春，寅恪兄（年三十九）始結婚，宓作七律一首為賀。至 1939 年春，寅恪兄在昆明西南聯大，受牛津大學之禮聘，將往英國講學，宓餞之於海棠春酒館，作五古一首「相交二十年，風誼兼師友，學術世同尊，智德益我厚。……」贈行。然是秋第二次世界大戰驟起，寅恪兄竟不能西航，而止於香港。1942 復入國，居桂林，任教於廣西大學。1944 歲暮，宓至成都燕京大學，始得與寅恪兄再見、承教。而即在此時，寅恪兄雙目失明。1948 至廣州。自是久任國立中山大學教授，攜眷居該大學在廣州市河南區之校舍，即昔嶺南大學之校址。寅恪兄家居嶺南大學昔年西人美國校長之住宅，甚幽適。——1961 八月，宓出遊南北，特至廣州，趨謁寅恪兄，即在此宅中三四日，與寅恪兄久作深談，是為宓與寅恪兄最後之會晤。去今已滿十年矣。宓自傷身世，聞寅恪兄嫂 1969 逝世消息，異恒悲痛！……今晚，本小組同人耿振華、段啟明等，因宓在本室案頭（就電燈下）書寫，遂徑取陳美延來函讀之，而共隨意談及寅恪兄出版之著作《元白詩新箋證》一書，並詢宓雜事，間加嘲謔，至夜十一時，始各歸休。〔註 7〕

如果考慮到前則 1962 年 9 月 3 日日記中《贈吳雨僧》詩及其落款「陳寅恪」是吳學昭的「補錄」，「作者日記稿中未見錄存」，此則日記實為解放後吳宓日記單日出現「寅恪」次數最多的一次。吳宓在兩年多以後才得悉摯友陳寅恪病逝的噩耗，是特殊年代的特殊情況，其「異恒悲痛」中固然有個人的自傷與震驚，個體的自責與自悔，也有時代的扭曲與傷悲，歷史的荒誕與傷痛。但換個角度看，遲到的陳寅恪病逝的消息，也延續了陳寅恪在吳宓私人世界裏的生命。

在 1971 年 1 月 17 日重讀鄭文焯《樵風樂府》九卷並撰成跋一篇略論其詞的時候，吳宓引「陳寅恪亦推鄭文焯君為近世詞家第一」〔註 8〕為同道宏論；在十餘天後的 1 月 29 日上午「身體覺不適，心臟痛，疑病，乃服狐裘臥床，朗誦（1）王國維先生《頤和園詞》（2）陳寅恪君《王觀堂先生挽詞》等，涕淚橫流。久之乃舒」〔註 9〕的時候，吳宓以王國維和陳寅恪詩作為七古長篇之翹楚佳篇；在大半年後的 9 月 14 日晚「續就電燈勉默寫陳寅恪《王觀堂先生挽詞》」與 9 月 15 日上午「續默寫陳寅恪《王觀堂先生挽詞》完」並庚即「以宓所默寫成之（一）王國維先生《頤和園詞》（二）陳寅恪《王觀堂先生挽詞》共二篇為一包，託儀交付新收」〔註 10〕的時候，吳宓以王國維和陳寅恪詩歌為傳諸後世的絕學珍寶。1971 年距離王國維為「義無再辱」自沉已經 44 年，吳宓對王國維《頤和園詞》的朗誦、抄錄和交付無疑是表達生者對已逝大師的追慕與景仰。早在 1952 年 3 月 28 日日記中，吳宓就感慨「惟寅恪與宓等，不幸而不同碧柳之早死，又弗克上追王靜安先生之自沉，在今實難自處，痛苦萬狀」，〔註 11〕以吳芳吉和王國維之灑脫離世為幸，以陳寅恪和自己之艱難

〔註 7〕吳宓：《吳宓日記續編》第 9 冊，北京三聯書店 2006 年，第 369～371 頁。第 1 處省略號為筆者所加，是處有刪節。

〔註 8〕吳宓：《吳宓日記續編》第 9 冊，北京三聯書店 2006 年，第 166 頁。

〔註 9〕吳宓：《吳宓日記續編》第 9 冊，北京三聯書店 2006 年，第 178 頁。

〔註 10〕吳宓：《吳宓日記續編》第 9 冊，北京三聯書店 2006 年，第 320～321 頁。

〔註 11〕吳宓：《吳宓日記續編》第 1 冊，北京三聯書店 2006 年，第 317 頁。

存世為苦。而 1971 年吳宓對陳寅恪論近世詞家的觀點的引用以及對其《王觀堂先生挽詞》的誦讀、默寫和託付，顯然是流露自己對碩果僅存的知己和楷模的推崇與想念。也就是說，其時吳宓心中的陳寅恪還是活生生的存世大師，可以想像當時與陳寅恪交遊論詩、往來述學的記憶畫面是如何一幕幕在吳宓腦海裏浮現。

誇張一點說，陳寅恪的存在既是吳宓的詩歌學術知音、道德處世楷模和人格精神標高，也是吳宓觀察世界和認知自己的一面不可多得的參照鏡子，是支撐吳宓讀書自適、俯仰自存、保持生命熱情與活力的一根無可替代的精神支柱。遲到的宣告鏡子破碎、支柱倒塌的消息，其實是延續了鏡子與支柱在吳宓生命中的重要作用，是推遲了對吳宓的致命打擊。吳宓之後的越發衰老與三年內逝世，應當說和再沒有陳寅恪這樣的人物作為參照和支柱不無關係。甚至可以設想，假如陳寅恪還活著或者吳宓以為陳寅恪還活著，吳宓的生活狀態特別是精神世界會不會有什麼不同？吳宓的身體狀況和生命終點會不會改觀、延遲？雖然理智告訴我們歷史不容假設，但感情左右我們這樣假設並願意做出肯定的判斷。

吳宓在這則日記中還全程回顧了與陳寅恪數十年的幾乎貫穿一生的交往和友情，應當說是研究吳宓與陳寅恪的關鍵內容和重要線索。而吳學昭之《吳宓與陳寅恪》初版卻遺漏了這則日記，好在增補版已有了補充，並附「寫於日曆頁上的日記」插圖。究其原因，或許是 1992 年的吳學昭還沒有發現這則重要日記。對讀影印的日記插圖與吳學昭整理的日記文字，可以發現多處不同，比如《吳宓日記續編》「亦於一月二十一日」之「於」後脫「1969 年」，「宓作七律一首為賀」之「一首」前脫一「詩」字。前者增補版《吳宓與陳寅恪》已補充，而後者似未引起注意。同時，在增補版《吳宓與陳寅恪》中，「居桂林，任教廣西大學」處吳學昭有注釋說明「吳宓日記此處原作『居李莊中央研究院』，屬記憶有誤，此處據實改正」，〔註 12〕這是較之《吳宓日記續編》徑直修改而不加注釋的一個進步。但是，增補版《吳宓與陳寅恪》關於這則日記也有幾處不加注釋的改正，如「1926 年七月始回國就職」之「七月」原稿作「九月」，「寅恪兄撰成《王觀堂先生（國維）挽詞》七古長篇」之「國維」並非小號字，「1948 至廣州」之「1948」原稿作「1945」等。整理者校正內容當然是很有必要的，但不加注釋恐怕欠妥，會讓讀者研究者誤以為原稿

〔註 12〕吳學昭：《吳宓與陳寅恪》（增補本），北京三聯書店 2014 年，第 484 頁。

就是如此。特別是整理者的判斷與處理如果出現失誤，就可能很難被人發現，而影響研究的準確性。學界眾人期待《吳宓日記》及《吳宓日記續編》的完整影印本，不知何時才能出版面世。

就吳宓回顧與陳寅恪交往的線索看，他選擇了 10 個年份為時間節點，分別是 1919 年相識，1925 年受聘，1926 年就職，1927 年撰詩，1928 年結婚，1939 年餞別，1942 年回國，1944 年失明，1948 年居粵，1961 年會晤。其中值得注意的是吳宓對與陳寅恪的「詩交」之看重，從「承賜撰《題辭》七律一首」到「《王觀堂先生國維挽詞》七古長篇」，從「七律詩一首為賀」到「作五古一首……贈行」，涉及陳寅恪詩二首，吳宓詩二首，均為一首律詩一首古體，在 10 個節點裏面竟然佔了 4 席。相反，對「詩交」之外的「私交」瑣務，則非常簡略，有何足道哉之態。比如「聘寅恪兄為清華國學研究院教授」背後有多少的曲折、奔走和努力；「寅恪兄雙目失明」後如何幾乎天天到醫院探病、陪坐與憂心等，均不足掛齒！「《題辭》七律一首」即 1919 年 3 月 26 日《吳宓日記》中「陳君寅恪以詩一首見贈，錄此」的《〈紅樓夢新談〉題辭》，有「等是閻浮夢裏身，夢中談夢倍酸辛……春宵絮語知何意，付與勞生一愴神」之妙語，當時吳宓就為陳寅恪的「學問淵博，識力精到，遠非儕輩所能及。而又性氣和爽，志行高潔」而「深為傾倒」，以「新得此友」而「殊自得也」。〔註 13〕「作七律詩一首為賀」即 1928 年 7 月 15 日《吳宓日記》中「作詩一首。即以紅箋寫送寅恪」的《賀陳寅恪新婚》，有「……斯文自有千秋業，韻事能消萬種愁……蓬萊合住神仙眷，勝絕人間第一流」之佳句，當天新郎陳寅恪就「以宓賀詩傳示眾賓」。當天吳宓不僅「特易新衣而往，頗有興致」，而且對比自己「昔年完婚，一切草草從俗。無良友襄助，亦無一人作詩文賀我」，感慨「今始感覺乘機追歡之必要，與人生感情興趣之可貴。而已時不再來，且見白須矣。可勝歎哉」。〔註 14〕「作五古一首……贈行」由於「1939 年 4 月 10 日至 6 月 28 日日記，『文化大革命』中被抄沒，未歸還」，〔註 15〕已出版的《吳宓日記》未見全璧。此詩當是《吳宓與陳寅恪》披露的《寅恪兄赴牛津講學行有日矣賦詩敘別》，〔註 16〕增補版注明此詩出自《吳宓詩集》。《吳

〔註 13〕吳宓：《吳宓日記》第 2 冊，北京三聯書店 1998 年，第 20 頁。

〔註 14〕吳宓：《吳宓日記》第 4 冊，北京三聯書店 1998 年，第 89～90 頁。

〔註 15〕吳宓：《吳宓日記》第 7 冊，北京三聯書店 1998 年，第 20 頁。

〔註 16〕吳學昭：《吳宓與陳寅恪》，清華大學出版社 1992 年，第 100 頁；吳學昭：《吳宓與陳寅恪》（增補本），北京三聯書店 2014 年，第 213 頁。

宓詩集》注明「本篇錄自作者手稿」。〔註 17〕此詩中「風誼兼師友」句，實際上是吳宓對陳寅恪態度的夫子自道，可以視為吳陳關係與情誼的最好概括。也就是說，吳宓不僅把陳寅恪視為知己好友，而且還尊為飽學良師；既有朋友間的親信，又有師生間的尊崇。吳宓在其《空軒詩話》之十二《陳寅恪王觀堂先生挽詞》中還有更直接的說法：「寅恪雖係吾友而實吾師。即於詩一道，歷年所以啟迪予者良多，不能悉記。」〔註 18〕吳學昭先生從吳宓手稿中發掘出此詩全文，自然也是功不可沒之舉，吳宓愛好者和研究者當感念繫之。至於陳寅恪的《王觀堂先生挽詞》，不僅《吳宓日記》多次提及，而且已為世人熟知。

（二）四種提及陳寅恪的主要形式

綜觀《吳宓日記續編》提及陳寅恪的情況，主要形式可以列出信函往來、讀書論學、發言交流、詩稿往還等四種。

（一）信函往來。如：1950 年陳寅恪來函 2 次，「陳寅恪兄十月十三日來函，勸宓『以回清華為較妥』」（10 月 23 日），「陳寅恪兄十二月二日來函」（12 月 18 日）；1959 年陳寅恪來函 2 次，吳宓去函 2 次（1 次未完），「上午至午飯後，作甚長之函（附詩三首）上陳寅恪兄及夫人唐篔，（稚瑩）述宓近六年中情事」（1 月 29 日），「接陳寅恪兄 1959 二月十日覆函，極贊宓與陳心一復合」（2 月 17 日），「正午，接陳寅恪兄七月二十六曰航空掛號詩函」（7 月 29 日），「上午，作長函覆寅恪，文詞冗慢，故未能完成」（11 月 22 日）；1960 年續函 1 次，陳寅恪覆函 1 次，「上午，續完 1959 十一月二十二日所作覆陳寅恪兄嫂之長函」（1 月 22 日），「接陳寅恪兄 1960 一月二十六日覆宓函」（2 月 2 日）；1961 年作函 3 次 2 封，陳寅恪覆函 1 次，「下午作長函上陳寅恪」（7 月 30 日），「上陳寅恪函，增一條（決先到廣州）」（7 月 31 日），「接奉　陳寅恪兄 1961 八月四日夕 5：30 覆函」（8 月 11 日），「覆廣州陳寅恪兄嫂八月四日航函」（8 月 18 日）；1964 年作函 7 次，陳寅恪覆函 1 通，「上午，作函上陳寅恪兄及稚瑩嫂，告將往訪晤，及已與心一復合」（1 月 18 日），「晚，作航函與陳寅恪夫婦，告緩期三月初到廣州」（2 月 10 日），「上午，作長函上陳寅恪夫婦，告病，尤以進修班提早回校，宓今不能來粵，決止」（2 月 20 日），「今日接陳寅恪兄二月二十五日覆宓短函」（3 月 2 日），「作函上陳寅恪夫婦，

〔註 17〕吳宓：《吳宓詩集》，商務印書館 2004 年，第 350 頁。
〔註 18〕吳宓：《吳宓詩話》，商務印書館 2005 年，第 196 頁。

述宓暑假留校休息」（8 月 1 日），「上午，作函……陳寅恪兄嫂告八月十八九晚到穗，乞派人接火車」（8 月 4 日），「起，作航空郵片（一）致陳寅恪夫婦，告即來謁敘」（9 月 15 日），「上午，續作航空郵片（三）致陳寅恪（夫婦）……」（9 月 19 日）。可見《吳宓日記續編》記錄的與陳寅恪的信函往來，並不像想像中那麼頻繁，甚至有數年不見記錄的情況。相對信函較多的 1964 年，也主要是因為吳宓在出遊訪友之事上搖擺不定，不斷展期，反覆交涉瑣事，最終還是三次出遊未成，而陳寅恪的覆函記錄也只有短函 1 通。此外，還有一種信函交流的情況是通過他人信函傳遞陳寅恪的信息。如 1951 年 8 月 26 日「接棣華八月十三日函，知寅恪兄與容庚甚不和……」，〔註 19〕1964 年 9 月 4 日「昨接高棣華八月二十八日函，答宓七月二十七日託其調查之事……又告陳寅恪先生健康已有進步」〔註 20〕等。特別是吳宓日記對後信內容的轉述竟也出現「寅恪」10 次之多，主要是談陳寅恪次女婿林啟漢多次當面罵陳寅恪，陳府下逐客令之事。吳宓「以上情形，宓去冬聞陳序經言之」之語，頗讓人意外。因為 1963 年 10 月 30 日日記中關於在重慶市人委（按，當指重慶市人大常委會）交際處第一招待所 303 室見陳序經、王越的交流記錄中，並無林啟漢相關內容。這就說明吳宓日記雖然豐富詳實，但也不是有事必錄。而 1963 年不記陳寅恪與女婿之家事，是為賢者諱乎？1964 年接高棣華信又轉述到日記中，是不再為賢者諱乎？值得感興趣者思考。另與瞿蛻園、陳序經、劉永濟、陳心一、吳學淑等人的信函中也時有關於陳寅恪的內容。

（二）讀書論學。如：「上下午讀陳寅恪《元白詩箋證稿》」（1951 年 1 月 23 日），「上午系中讀《清華學報》寅恪文二篇，昔所未見者。深慚宓之疏玩也」（1955 年 6 月 30 日），「上午在史系讀商務印書館昔年所出之《高級日語函授講義》零冊（88）……但以中國詩之平仄法為兼用音之輕重與短長者，與宓及寅恪所持者異」（1957 年 5 月 24 日），「晚讀吳梅村《長平公主誄》，淚下不止……而能言梅村詩之美者，陳寅恪與宓也」（1957 年 8 月 13 日），「見楊樹達遺著《論語疏證》（一九五七年印行）有陳寅恪 1948 十一月序，甚精」（1957 年 11 月 7 日），「宓至三教樓圖書分館讀各種雜誌。（1）見寅恪最近著作，欣悉其平善」（1958 年 8 月 23 日），「讀宓由動處攜回之《光明日報》兩篇：（一）……批判陳寅恪先生《述東晉王導之功業》一文，（二）……施山

〔註 19〕吳宓：《吳宓日記續編》第 1 冊，北京三聯書店 2006 年，第 199 頁。
〔註 20〕吳宓：《吳宓日記續編》第 6 冊，北京三聯書店 2006 年，第 321～322 頁。

撰《從陳寅恪的「河朔胡化說」看他的唯心史觀》，繼此或猶有作者也」（1958年12月2日），「下午3～5圖書館教師閱覽室讀雜誌中學術批判文若干篇，《華東師大學報》吳澤文，以王靜安先生衣袋中遺囑所言『陳吳兩先生』為指陳寅恪與吳世昌，而不知有宓」（1959年3月10），「回舍，得唐玉虬寄到《懷珊集》一冊……寅恪、方恪兄弟並有詩作。宓有五律一首……論舊學及詩之工夫，宓殊愧粗淺，去寅恪、玉虬、恕齋遠矣。」（1959年12月22日），「上午7：40起，在教研組查得『魯連黃鷂績溪胡』（陳寅恪《王觀堂先生挽詞》句）之出典（另錄稿）……於此見寅恪詩用典之工細，引文引句，其內容無不詳實切合，為不可及也」（1961年1月30日），「上午8～12上班，讀《魯迅日記》……而1915四月曾以其所譯之《域外小說集》一二集，贈與陳寅恪云。」（1965年1月20日），「下午，重讀陳寅恪著《論〈再生緣〉》（油印本）」（1967年6月30日），「陳寅恪君所撰《王觀堂先生挽詩》（按，《續編》原文如此，但別處均作「挽詞」），見《吳宓詩集》卷末一四五至一四六頁（《空軒詩話》［十二］條，有序，黏存。係鄒開桂筆錄）。又序及詩同刊載《學衡》雜誌第六十四期。」（1973年2月10日）等等。僅從上錄13日日記相關內容中，就可以看出吳宓在讀書論學的過程中對陳寅恪及其著述的高度關注。不僅反覆閱讀陳寅恪寄送、贈與的詩文如《元白詩箋證稿》《論〈再生緣〉》等，而且讀日語講義、吳梅村詩等都會想到陳寅恪及其觀點態度，甚至讀《論語疏證》、《魯迅日記》等也是特別關注陳寅恪的序言或相關記載。不僅在圖書館雜誌中首先發現陳寅恪著作並欣喜其平善，在《光明日報》上專門閱讀陳寅恪有關文字，而且會從友人贈書中凸顯陳寅恪兄弟詩作並與自己詩作比較得出「宓殊愧粗淺，去寅恪、玉虬、恕齋遠矣」〔註21〕的結論，會在教研組資料中查詢陳寅恪詩作之典故並形成「寅恪詩用典之工細，引文引句，其內容無不詳實切合，為不可及也」〔註22〕的定評，甚至陳寅恪逝世十餘年之後自己近八十高齡之時還詳細記錄《王觀堂先生挽詞》在《吳宓詩集》及《學衡》中的具體頁碼與刊期以備忘。這種高度關注背後，體現的正是吳宓對陳寅恪亦友亦師的深厚而複雜的感情。

（三）發言交流。《吳宓日記續編》記錄的發言交流中提及陳寅恪處也不

〔註21〕吳宓：《吳宓日記續編》第4冊，北京三聯書店2006年，第252頁。
〔註22〕吳宓：《吳宓日記續編》第5冊，北京三聯書店2006年，第21頁。

少，今選 10 例稍作討論。①1953 年 11 月 28 日首訪黃稚荃，「為略講陳寅恪《王觀堂先生挽詞》」；②1954 年 6 月 25 日訪凌道新，「新又述良（按，指孫培良）平日之瑣屑言行，見得良雖博雅，然非純粹學者如寅恪先生一流」；③1955 年 8 月 9 日往就良質疑，良乃曰「即王靜安、梁任公、陳寅恪諸先生，在今亦必不見重。公應明知此情形」；④1956 年 3 月 19 日上午麐（按，指葉麐）來，「麐亦覺寅恪應遵召赴京居住，蓋陰晴無定，從命較安也」；⑤1958 年 7 月 26 日晚飯後訪戴蕃瑨，戴「述在京植物學會開會情形……聞將對王靜安先生及陳寅恪『兩大白旗』下攻擊令云」；⑥1960 年 11 月 8 日下午在教研組續「檢查」《語文》月刊五六兩期，「六期中某論《賣炭翁》（白居易《秦中新樂府》之一）。駁責陳寅恪先生，實誤。宓力為寅恪辯護」；⑦1961 年 8 月 3 日敬（按，指方敬）來，「知陳寅恪確被任中央文史館副館長，又知馮友蘭、朱光潛等近況」；⑧1961 年 8 月 7 日夕鄭君（按，指鄭思虞）來，「仍力勸宓赴粵謁陳寅恪先生」；⑨1961 年 9 月 10 日往朗潤園訪溫德 Winter，「與宓暢談（如寅恪）至夕」；⑩1966 年 5 月 31 日偷閒補記昨晚中文系工會組織生活會發言，「同志們皆認為宓甚康健，以『再活二十年』為言，實則宓深自知：絕不能達劉永濟君之八十高齡，亦未必能如陳寅恪兄之七十七歲。生父嗣父皆享壽七十五六歲，宓亦當如此限」。從前列極簡的諸例中，已經可以窺知陳寅恪出現在《吳宓日記續編》記錄的發言交流中的複雜情形。既是與女性詩友黃稚荃所講詩作之作者，又是和外國友人 Winter 暢談情境之比照；既是凌道新眼裏「純粹學者」的象徵，又是孫培良口中「必不見重」的代表；既有葉麐討論其應否「赴京居住」，又有鄭思虞商議宓是否專程謁見；既從戴蕃瑨處獲悉將被攻擊之傳聞，又借方敬之口得知已被任用的消息；既不忍其被錯誤駁責而在教研組同仁面前力為辯護，又豔羨其已長壽高齡而在中文系工會組織生活會中自愧不如。不但涉及詩文、毀譽等精神因素，也包括處境、壽命等現實問題；不但是吳宓詩圈內的名家，靈魂裏的摯友，還是現實中的談資，肉身上的比較。這種複雜情形背後，體現的同樣是陳寅恪在吳宓生活中如鏡如杖的特殊而重要的地位。

（四）詩稿往還。《吳宓日記續編》記錄的與陳寅恪相關的詩稿往也頗多，此再選 10 例稍作注疏。①「典寫示寄寅恪詩（二句注，「當時傳聞宓墜樓自殺」）」（1956 年 3 月 6 日）；②「晚訪新、群，以寅恪詩函授新抄」（1959 年 8 月 22 日）；③「上午賴公來，示以寅恪詩」（1959 年 8 月 27 日）；④「宓以陳寅恪詩函授建留讀」(1959年10月11日);⑤「於是宓於即日簡復建函,請不必以宓詩寄鷹,至陳寅恪詩函亦望妥慎還宓云云。妄以此交付建,是宓之大失也」(1959年10月29日);⑥「瑨來,還寅恪詩稿(此行所得),談『鳴放』」(1961年10月18日);⑦「以宓1926~1927日記一冊及此次出遊所得寅恪,弘度諸兄之詩詞原件,作成一包,11a.m.親送至慰宅(慰外出)交付其女,留供慰讀」(1961年10月29日);⑧「今日上午以陳寅恪1935及1936手寫《吳氏園海棠》詩二首,送與新讀」(1967年10月22日);⑨「午飯後,以宓1945日記中陳寅恪詩數篇送交新讀(自其室門下塞入)」(1967年10月26日);⑩「下午1~3寢息。命唐昌敏送柬及陳寅恪1962詩箋與新」(1967年12月26日)。諸例中「典」指劉文典,「建」指許伯建,「新」指凌道新,「群」指傅啟群,「賴公」指賴以莊,「瑨」指戴蕃瑨,「慰」指鄭祖慰。劉文典寄給陳寅恪的詩中涉及吳宓墜樓自殺的傳聞,已是頗有特別;而此詩又當面寫示吳宓,就更是殊為有趣。其中1959年的幾處「詩函」均是指陳寅恪7月26日寄給吳宓的航空掛號詩函,有《答王嘯蘇君》七絕三首與《春盡病起,宴廣東京劇團,並聽新穀鶯演望江亭,所演與張君秋微不同也》七律三首,具體內容見吳宓7月29日日記。從吳宓交代許伯建「望妥慎還宓」及自謂「妄以此交付建,是宓之大失也」,可見對陳寅恪詩函之寶愛與珍視。此詩函許並未及時歸還,致吳宓1960年1月22日還「致建郵片,索還寅恪兄詩函」。而最後究竟歸還與否,目前出版的吳宓日記也沒有明確記錄。1961年的陳寅恪「詩稿」及「詩詞原件」則應是指「喜宓遠來,抒懷贈詩」之《辛丑七月雨僧老友自重慶來廣州承詢近況賦此答之》七律一首及「贈宓四絕句送別」之《贈吳雨僧》。而已出版吳宓日記有戴蕃瑨還陳寅恪詩稿記錄而未見借詩稿記錄。親送至鄭祖慰家裏供其閱讀,既見吳宓對陳寅恪詩稿的看重,又見吳宓對友生的關愛。1967年的三次送陳寅恪詩作給凌道新,更是表明了吳宓對陳寅恪作品的重視、安排與傳播,以及吳宓對學生凌道新的欣賞、培養與倚重。其中「送」、「自其室門下塞入」與「命唐昌敏送」正是吳宓在校內傳播詩稿的數種方式,特別是「門下塞入」更見吳宓與凌關繫之熟稔和交付之決心,竟顯示出一貫嚴謹中的偶而隨便,平日從容中的臨時急迫。

(三)兩則重要內容與四次夢境

《吳宓日記續編》中還有兩則日記內容對勾勒吳宓與陳寅恪的交遊,解讀吳宓對陳寅恪的關係,特別是認知吳宓對陳寅恪的態度和情感頗為重要。

一是 1964 年 8 月 1 日日記云「下午 1～3 寢息。3～5 大雷雨，甚涼爽。作函上陳寅恪夫婦，述宓暑假留校休息，擬（甲）十月上半（乙）十二月下半請假來廣州謁敘之計劃，末陳宓有意來廣州住半年，為寅恪兄編述一生之行誼、感情及著作，寫訂年譜、詩集等，祈設法使中山大學通過教育部借調宓前來云云。」〔註 23〕在那個爽適的雷雨天，吳宓在私人信函中直接對收信人表達的計劃，應當不是心血來潮的一時衝動，而是思想感情長期積澱的自然結果。在一般意義上，類似「編述一生之行誼、感情及著作，寫訂年譜、詩集」的行為都是由弟子、後人或晚輩來完成。由同時代友人完成的情況並不多見。自視甚高、名滿天下的吳宓教授願意主動在七十高齡擔此重任，可見陳寅恪在其心目中的重要與地位。這樣的計劃在吳宓日記中似乎也是絕無僅有。吳宓對其他師友都沒有這樣直接的意願表達。這個計劃雖然最終未能實施完成，但已是一段學界難得的佳話，可以作為吳宓與陳寅恪交遊的一個重要掌故。在得知陳寅恪逝世消息後的第二天（1971 年 12 月 10 日）晚上，吳宓就「撰成《陳寅恪先生家譜》」，〔註 24〕並於第二天想好「明日送交新保存」，即送交給凌道新保存。12 月 12 日一早，吳宓就實施了保存計劃，在日記中留下「上午 9～10 出。勞改隊外，以寅恪兄《家譜》及陳美延來函面交曝日之新保存」〔註 25〕的記載。家譜應該也是吳宓 1964 年「為寅恪兄編述一生之行誼、感情及著作，寫訂年譜、詩集」的宏偉計劃的一個小部分。也就是說，7 年之後，吳宓仍沒有忘記自己曾對陳寅恪說起過的計劃，不但力所能及地完成其中的家譜部分，而且專門物色並當面交付可信任的友生、陳寅恪的鐵杆「粉絲」凌道新保存，以傳諸後世，嘉惠學林。遺憾的是，未見陳寅恪對吳宓這封信函的回覆，不知是什麼反應與態度；而吳宓所撰《陳寅恪先生家譜》也不見凌道新及其子嗣凌梅生、傅翔等公諸於世，恐不傳矣！

二是 1966 年 4 月 7 日日記云「今日上午，始能續填寫《幹部履歷表》。至下午 2：00 止，第二頁完。（家庭成員，填入三女及弟妹六人。社會關係，則填入陳寅恪、劉永濟、李賦寧、高元白、吳漢驤五人）」。〔註 26〕填入《幹部履歷表》這樣的正式表格文件中的文字，必然經過嚴謹如吳宓者的深思熟慮與仔細斟酌。社會關係欄填入的名字自然都是頗受填表人看重的至少在階

〔註 23〕吳宓：《吳宓日記續編》第 6 冊，北京三聯書店 2006 年，第 286 頁。
〔註 24〕吳宓：《吳宓日記續編》第 9 冊，北京三聯書店 2006 年，第 371 頁。
〔註 25〕吳宓：《吳宓日記續編》第 9 冊，北京三聯書店 2006 年，第 372 頁。
〔註 26〕吳宓：《吳宓日記續編》第 7 冊，北京三聯書店 2006 年，第 409 頁。

段性個人社會生活中具有重要地位和影響的人物。社會關係欄填入的第一個名字就是陳寅恪，可見吳宓是把陳寅恪作為個人社會關係中至關重要和最有影響的人物。這可以視為吳宓自書的表明對陳寅恪之倚重和尊崇的證詞。

《吳宓日記續編》還記錄了數次關於陳寅恪的夢境，也是吳宓與陳寅恪交遊的曲折而有趣的反映。一是 1952 年 12 月 28 日「未曉，夢與陳寅恪兄聯句。醒而遺忘，乃作一詩《懷寅恪》云」；〔註 27〕二是 1960 年 6 月 30 日「將曉，夢寅恪兄，似與典同持詩稿示宓。……初疑其不祥，繼思其由於昨讀庚寅日記之所感，則由外因而不足據也」；〔註 28〕三是 1967 年 12 月 13 日「未曉，夢謝立惠等（因前日新談及）；又夢陳寅恪，似倒立冰下。6 時起」；〔註 29〕四是 1973 年 6 月 3 日「夜 1 時醒一次。近 4：40 再醒，適夢陳寅恪兄誦釋其新詩句『隆春乍見三枝雁』，莫解其意」。〔註 30〕從時間上看，四次夢境以 1952 年始，以 1973 年終，斷斷續續有 20 年歲月，包括了共和國時代吳宓的大部生命空間；從卷冊看，四次夢境以第一冊始，以第十冊終，一頭一尾有 10 卷規模，囊括了共和國時代吳宓的全部日記篇幅；從內容看，以聯句始，以誦釋新詩句終，一前一後均是二位詩人的詩歌活動，凸顯了吳宓與陳寅恪以詩歌為橋樑的交流特點及其詩意特徵，第三夢雖似與詩無關，但「倒立冰下」也是極富意境；從頻率看，第一夢與第二夢之間隔約 7 年有半，第二夢與第三夢之間也有約 7 年又半，第三夢與第四夢之間是約 6 年有半，也呈現出間隔時間長短比較相近的特徵，雖然不如吳宓全部生命歷程的三個重要階段分三個 28 年般整齊劃一，但類似的勻齊和巧合也讓人對生命之神秘部分保持敬畏。從吳宓四夢陳寅恪中，可見陳寅恪不僅是吳宓現實社會關係中的頭號人物，而且是吳宓在虛幻的夢境中仍然詩歌往來的主要對象，同樣彰顯著陳寅恪在吳宓全部生命中的重要位置。

二、吳宓與方敬

在共和國時代的吳宓交遊中，不管論交往時間的漫長、交往次數的頻繁與交往效果之直接，或是論交往方式的多樣、論交往對象的重要與交往身份的特殊，方敬都是不得不談的非常重要的人物。但目力所及，除方敬先生後

〔註 27〕吳宓：《吳宓日記續編》第 1 冊，北京三聯書店 2006 年，第 483 頁。
〔註 28〕吳宓：《吳宓日記續編》第 4 冊，北京三聯書店 2006 年，第 388 頁。
〔註 29〕吳宓：《吳宓日記續編》第 8 冊，北京三聯書店 2006 年，第 318 頁。
〔註 30〕吳宓：《吳宓日記續編》第 10 冊，北京三聯書店 2006 年，第 401 頁。

人 1998 年 5 月撰就的《吳宓與方敬》之外，尚無專門的詳實的梳理與論述。《吳宓與方敬》是出手不凡的研究吳宓與方敬關係的開山之作，其「儘管他們之間在政治觀點和文學見解上有差異，但是在長時期相處中，相互瞭解，相互尊重，彼此信任，不僅有公事的接觸，還有私人的交往，建立起了超乎一般同事之上的友好關係」的歷史定位與「他們都去世了。記下他們之間關係的真實情況，對瞭解吳先生晚年的處境和際遇，理解吳先生的精神品格，懂得吳先生為什麼是一個真純的人，是有意義的」之價值判斷都堪稱精當，其「這裡的記述是片斷的，只能算是一個引子，更全面、更深入的敘述還有待於將來」〔註 31〕既是對自身的期待，也是對學界的期待。二十年過去了，我們借助《吳宓日記續編》中關於方敬的諸多記載，對吳宓與方敬的交往作一些梳理和補充，或可更為全面而豐富地呈現吳宓與方敬的交往情形及作用與影響。

由於吳宓 1949～1950 年日記被焚毀，《吳宓日記續編》所存這兩年的若干日記草稿殘片中並無關於方敬的記載。1951 年 1 月 1 日，吳宓在日記中寫下「外文系主任方敬、教授趙維藩來拜年」，〔註 32〕從此，方敬在《吳宓日記續編》中正式出場。方敬在《吳宓日記續編》最後出現的時間是 1973 年 7 月 25 日，「上午 8 時（雨止）出，至大禮堂參加全校師生大會，（陳洪主席）聆方敬副院長播講《教育革命》，8：30 開講，至 10：30 畢……」〔註 33〕方敬在《吳宓日記續編》中出現了 22 年有餘，遍布從第一冊到第十冊諸卷，是貫穿《吳宓日記續編》的重要人物之一。方敬與吳宓的交往所跨越的 20 餘年漫長時光，幾乎伴隨著吳宓在共和國時代「第三個二十八年」悲喜人生的始終。

方敬在《吳宓日記續編》中出現的時間長，頻率高。由於方敬在西南師範學院的職務曾多次晉升，吳宓對方敬的稱呼也多有變化，計有外文系主任方敬、敬、方敬教務長、方公（敬）、方敬教務長（兼副院長）、方院長、方副院長敬、方院長敬、方敬副院長、方公等十餘種。這就給我們統計方敬在《吳宓日記續編》中出現的頻次造成了困難，難以給出具體的數字。但是，從總體上看，這個數字是驚人的，而且呈現出明顯的階段性特徵，「文化大革命」前相對較多，「文化大革命」中明顯減少，有的年份只有寥寥數次，有的

〔註 31〕方小早、方小明：《吳宓與方敬》，見王泉根編：《多維視野中的吳宓》，重慶出版社 2001 年，第 107～108 頁。

〔註 32〕吳宓：《吳宓日記續編》第 1 冊，北京三聯書店 2006 年，第 21 頁。

〔註 33〕吳宓：《吳宓日記續編》第 10 冊，北京三聯書店 2006 年，第 509 頁。

年份甚至沒有相關記載，比如1949年、1950年、1970年、1971年、1974年。其中1949年和1950年日記已被吳宓託付保管的陳新尼教授「文革」初期擅自焚毀，編入的只是「日記草稿殘片」；1970年日記在「文革」中「全部丟失」，目前內容係「根據作者所寫交代材料、筆記和家信整理」；〔註34〕1974年日記也於「文革」中「失去」，僅一紙書目，《吳宓日記續編》這四年的日記內容沒有涉及到方敬，自然可以理解。雖有丟失或因病未記，但仍相對完整的1971年日記裏也沒有與方敬交往的記錄，則說明二人交往也有在特殊年代裏幾乎中斷的情形。

（一）交往方式：在同事與朋友之間

吳宓與方敬的交往方式是豐富多彩，多種多樣的，比如偶然遇見、專門訪晤、宴飲請客、贈送禮品、參加會議、拜年過節、撰寫信柬、傳達口信等等。以下就前五種方式舉例簡述如次：

（一）偶然遇見。由於同處西南師範學院校園，吳宓與方敬經常偶然相遇，僅《吳宓日記續編》記錄下來的就可以列出先後17次之多：①上午10：00往晤敬，遇於溪橋。（1951年5月3日日記）；②出遇敬於途。敬婉命勿為外二增授課，恐學生力不任云云。宓唯唯，心疑係劣生團員鄒萬福赴訴。（1951年5月27日日記）；③抵校適值會散，多人群出，遇敬。（1952年6月29日日記）；④陰，小雨。夕出遇方公（敬），步談少頃，詢蘭病甚悉。（1955年6月25日日記）；⑤宓從良教，擬尋人事科長張瑩，而途遇敬，遂即述其事，作為口頭檢舉。回舍，再作檢舉函上敬、瑩。（1955年8月27日日記）；⑥入校遇敬，告鄒開桂準留，

但需宓擔保，云云。（1955年10月3日日記）；⑦郵局遇方敬教務長，立談久之。（1955年12月26日日記）；⑧晚出獨步，遇敬偕他客。（1956年8月4日日記）；⑨早起，徘徊大門內外，遇敬，談撫事。（1957年1月27日日記）；⑩三四節（10～12）辦公樓外遇敬，至教務處閒話……。（1962年1月25日日記）；⑪於11：20親送交教務處成績股收。遇敬，擬同來宓舍，旋以已近午飯而止。（1962年1月29日日記）；⑫上午8～12偕徐仲林至文史圖書館（遇敬），指示其陳列之各種參考書。（1962年8月8日日記）；⑬8：30出，新大禮堂遇敬等（接見新生）。（1962年9月4日日記）；⑭正午，回舍，途遇

〔註34〕吳宓：《吳宓日記續編》第9冊，北京三聯書店2006年，第133頁。

敬，握手為禮。（1965年6月9日日記）；⑮遇方敬，彼此笑頷，未及握手。（1966年6月20日日記）；⑯午在食堂遇方敬，宓與交言。（1972年7月1日日記）；⑰下午 3～4 出，先至中文系察知無學習……遇李一丁、方敬！（1972 年 11月24日日記）。〔註35〕這17次偶遇的情況又各不相同。從地點看，有遇於溪橋的，遇於途中的，也有遇於郵局的；有時候在大門內外，有時候在辦公樓外，有時候在新大禮堂；或者在教務處、或者在文史圖書館，或者在食堂；校園內外諸多地方，都是吳宓與方敬偶遇的場所。從時間看，從早起到8：30到上午10：00，從三四節（10～12）到11：20到午，從正午到下午到夕，直至晚，全天除睡眠外的時段都曾經是吳宓與方敬偶遇的時間。從偶遇後的情形看，有步談少頃者，也有立談久之者，還有至教務處閒話者；有宓與交言的，也有僅握手為禮的，也有未及握手的。也就是說，偶遇後相處的時間有長有短，最短的連握手都來不及，稍長者可以握手為禮，再長者才可以彼此談話，且有少頃與久之之別；而談話的情形也既可以是邊走邊談，也可以是站著談，還可以是換個地方談；真是花樣繁多！從中不難看出吳宓與方敬交往的頻繁與隨意。

（二）專門訪晤。在偶然遇見之外，吳宓和方敬有目的地彼此互訪的次數就更多了。據初步統計，方敬訪問吳宓的次數有 20 次（不含拜年）。其中1951年就有7次，分別為4月1日、25日，5月11日、17日、28日，10月7日、15日；相關表述依次為「敬匆匆來過」「今日上午宓邀敬來」「晚8：00敬主系會，見門黏宓請假條，來探病」「敬、藩來探病」「汪彭庚來，旋偕敬同來……4：00敬再來」「已而敬來，談系務」「晚敬來」。〔註36〕之後1952年1次（11月2日），1954年2次（6月20日、12月20日），1955年2次（1月13日、12月29日），1956年2次（1月13日、12月18日），1957年1次

〔註35〕吳宓：《吳宓日記續編》第1冊，北京三聯書店2006年，第128頁、第142頁、第376頁；吳宓：《吳宓日記續編》第2冊，北京三聯書店2006年，第207頁、第251頁、第284頁、第337頁、第479頁；吳宓：《吳宓日記續編》第3冊，北京三聯書店2006年，第18頁；吳宓：《吳宓日記續編》第5冊，北京三聯書店2006年，第296頁、第298～299頁、第394頁、第417頁；吳宓：《吳宓日記續編》第7冊，北京三聯書店2006年，第147頁、第462頁；吳宓：《吳宓日記續編》第10冊，北京三聯書店2006年，第137頁、第236頁。

〔註36〕吳宓：《吳宓日記續編》第1冊，北京三聯書店2006年，第103頁、第120頁、第134頁、第137頁、第142頁、第224頁、第228頁。

（9月11日），1961年1次（9月30日），1962年3次（5月10日、5月21日、8月31日），1964年1次（3月26日）。限於篇幅，相關內容及卷冊頁碼不再列出。從訪問頻率的高峰似乎可以得知1951年的方敬特別看重吳宓，而後漸趨平淡。1964年以後，現存吳宓日記中就沒有登門的記錄了。相比之下，吳宓訪問方敬的次數要少一些，僅有 12 處（不含拜年），分別為：①宓訪前日歸自京之敬於其宅，適藩在。（1951年9月30日日記）；②午飯後晤澄，遵即訪敬於其家。（1952年1月9日日記）；③晚飯後……宓走訪敬。（1955年9月9日日記）；④晚8：00至10：30訪敬於其家，進新都糕及軟糖。（1956年6月9日日記）；⑤晚訪敬，而澄亦至。（1956年11月24日日記）；⑥上午9：00謁方敬教務長，商改宓四月二十三日為《院刊》所撰文。（1957年4月29日日記）；⑦8：30～10：00和平村十四舍樓上訪敬。（1958年3月29日日記）；⑧晚 7～9 訪敬……敬旋歸自重慶。（1960年1月16日日記）；⑨晚飯後，往謁敬……與敬談約一小時。（1961年7月20日日記）；⑩9：30～10：30訪敬，談中文系進修生退出《文言文選讀》課事。（1961年10月8日）；⑪於是9：30偕駿至教務處謁方敬教務長，請求決示。（1962年8月4日）；⑫謁敬，談（1）外出講學，待陝師大改期……（1964年1月10日）。〔註37〕吳宓這十餘次訪問的頻率分布倒是比較均衡，除1956年和1961年為2次外，其餘8年均是1次。這種均衡應當和吳宓對方敬的情感態度的穩定不無關係。

（三）宴飲請客。宴飲請客本是文人交遊、雅集的重要方式之一，僅《吳宓日記續編》（第一冊）就有數十處吳宓赴宴或設宴的記載，但吳宓與方敬數十年交往中關於宴飲請客的內容卻並不多，次數屈指可數。茲分類列次並簡要討論：首先有方敬請客二次。①1951年2月5日，「下午1～4赴敬宴，（三教院本宅）客僅張東曉、米大容，外文系之無家教師也」；〔註38〕②1956年1月25日，「晚6～9赴敬請宴於其宅，為款待營山來之姜華國。姜之來為劉祖桂也。陪客為李源澄、高涯生（今為教育系副主任）兩副教務長，吳先白。

〔註37〕吳宓：《吳宓日記續編》第1冊，北京三聯書店2006年，第220頁、第275頁；吳宓：《吳宓日記續編》第二冊，北京三聯書店2006年，第263頁、第445頁、第563頁；吳宓：《吳宓日記續編》第3冊，北京三聯書店2006年，第70頁、第257頁；吳宓：《吳宓日記續編》第4冊，北京三聯書店2006年，第278頁；吳宓：《吳宓日記續編》第5冊，北京三聯書店2006年，第120頁、第199頁、第390頁；吳宓：《吳宓日記續編》第6冊，北京三聯書店2006年，第134頁。

〔註38〕吳宓：《吳宓日記續編》第1冊，北京三聯書店2006年，第54頁。

進白酒，宓飲一大杯。敬述范存忠之各方面研究著作成績」。〔註 39〕其次有吳宓請客一次。1952 年 2 月 10 日，「近正午昌來，同至沙磁飯店樓上，宓宴昌與敬，叔雲，飲幹酒半斤$42000，內稅捐 6400。今日為上元節，故又邀請諸君至資渝食元宵$2400。同步歸西師，已近夕矣」。〔註 40〕再次有公務宴請一次。1962 年 10 月 13 日，「下午 1～2 以院務委員被邀，赴學校餞送 1962 畢業生宴（在中文系食堂）。方院長簡單致詞，宓偕賴老往，與方院長敬等同席，每席六人。宓食二細麵饅，菜有大魚、燒白、油炸紅苕丸子、豆腐煮肉、素炒白蘿蔔絲等」。〔註 41〕方敬的兩次請客一次是作為系主任宴請系中沒有組建家庭的教師，一次為款待姜華國。吳宓關心姜的婚戀問題，和姜多有往來，方敬請吳宓作陪是順理成章的。但吳宓似乎沒有把自己列入陪客。吳宓交代了姜華國來的目的，卻沒有說明方敬為什麼要隆重（邀請兩位副教務長一位名教授及吳先白作陪）款待姜華國。究竟是什麼機緣給了吳宓第二次到方敬家裏赴宴的機會，是因為月前談起捐書學校之事麼？暫時還難以考證。吳宓的請客是在 2 月 8 日就分別發函約方敬夫婦和王叔雲宴飲，但臨時又來了不速之客荀運昌。請方敬應當是出於感激，而為什麼要同時請王叔雲呢？方敬和王叔雲好像並沒有直接的關係。這也是令人費解的。按，王叔雲（1923～2002），四川西充人，著名經濟學家、教育家，1945 年畢業於中央大學經濟系，1947 年畢業於南開大學經濟研究所併獲碩士學位，其時供職重慶大學經濟系。《吳宓日記續編》未加注釋。至於餞送畢業生的宴席，由於是在中文系食堂裏，即使吳宓記下了五樣菜名，仍然是相當家常而簡樸，而且似未供酒。這種場合之下同席的吳宓與方敬之間的交流卻並不愉快，因為「席間方公語宓『倘覺過勞，可告我知，但宜先謝絕校定課外之來請講說者。』似已有所聞悉。因此宓十分懊喪」。有所聞悉，應當是指吳學昭「通過有關方面，為宓謀（1）調職（2）減少宓在西南師院之授課鐘點」之事。〔註 42〕另外，還有第三方請客的準宴飲一次。1957 年 4 月 19 日，「8～11 赴袁炳南宅茗敘。進薄荷酒及袁君本籍雲夢縣特產之魚麵。又進米花糖。客為方敬、葉麐」〔註 43〕。袁炳南是吳宓交遊中的一個頗有特點的人物，這裡又和方敬、葉麐形成了交集。

〔註 39〕吳宓：《吳宓日記續編》第 2 冊，北京三聯書店 2006 年，第 361 頁。
〔註 40〕吳宓：《吳宓日記續編》第 1 冊，北京三聯書店 2006 年，第 294 頁。
〔註 41〕吳宓：《吳宓日記續編》第 5 冊，北京三聯書店 2006 年，第 446 頁。
〔註 42〕吳宓：《吳宓日記續編》第 5 冊，北京三聯書店 2006 年，第 446～447 頁。
〔註 43〕吳宓：《吳宓日記續編》第 3 冊，北京三聯書店 2006 年，第 55 頁。

（四）贈送禮品。贈送禮品也是人際交往的一種常見方式，《吳宓日記續編》也記載了幾處吳宓與方敬以這種方式進行的交往。其中方敬贈送禮物給吳宓集中在 1950 年代，共計三次，分別為：①1951 年 7 月 13 日，「會散後，敬贈城中帶來厚糖麵餅一，以充晚、早餐」；②1951 年 10 月 7 日，「敬贈宓英文《聯共黨史》（簡編）一部」；③1956 年 11 月 24 日，「敬贈宓杭州帶回之邵芝岩製小紫毫筆一枝」〔註 44〕。既有食品，又有書籍，還有文具，呈現出多樣化特徵。吳宓贈送禮物給方敬則集中在 1960 年代，集中在 1962 年，也有三次：①1962 年 2 月 12 日，「作短函，以《吳宓詩集》一部送贈方敬教務長」；②1962 年 9 月 3 日，「另作私函，以鼠齧之《法文小字典》贈敬」；③1962 年 9 月 10 日，「宓以在德國所購之《英法德文小字典》一冊奉贈敬，敬收謝」。〔註 45〕除了書籍，還是書籍，送了字典，還送字典，表現出單一化的特點。關於吳宓贈送方敬的三件禮物，有幾個問題值得討論。一是吳宓與方敬相交多年，《吳宓詩集》是吳宓唯一公開出版的詩集，僅 1959 年以來，吳宓就先後給同事趙榮璿，表嫂岳峻明，詩友潘伯鷹、高夢蘭，市政協副秘書長方鎮華等贈送過《吳宓詩集》，甚至 1959 年 7 月 30 日捐贈給本校圖書館的書中就有「《吳宓詩集》二部」，〔註 46〕為什麼遲至 1962 年 2 月 12 日才將《吳宓詩集》送贈方敬？是疏忽大意，還是有意為之？如果是有意為之，則更要追問為什麼以前不送而現在送了？促成態度轉變的原因是什麼？二是鼠齧之《法文小字典》在次日日記中注明「在美國時所購」且措辭改為「呈交敬批閱」，〔註 47〕到底是贈送還是借閱？為什麼又改口不言「贈」了呢？是因為品相問題，還是有其他考慮？三是奉贈《英法德文小字典》後的「敬收謝」有別於《吳宓詩集》送贈後的「即得函覆」與《法文小字典》交付後的沒有反應記錄，是方敬僅對《英法德文小字典》稱謝呢，還是都有稱謝而吳宓前兩處漏記或省略了？這些吳宓與方敬交遊中的疑點，都還有待進一步考釋和破譯。

（五）參加會議。會議是人們聚集起來開展討論和交流的社會活動。有學者曾深刻地指出：「自上而下的制度化開會儀式是中國特有的政治運轉模

〔註 44〕吳宓：《吳宓日記續編》第 1 冊，北京三聯書店 2006 年，第 172 頁、第 224 頁；吳宓：《吳宓日記續編》第 2 冊，北京三聯書店 2006 年，第 563 頁。

〔註 45〕吳宓：《吳宓日記續編》第 5 冊，北京三聯書店 2006 年，第 312 頁、第 416 頁、第 423 頁。

〔註 46〕吳宓：《吳宓日記續編》第 4 冊，北京三聯書店 2006 年，第 141 頁。

〔註 47〕吳宓：《吳宓日記續編》第 4 冊，北京三聯書店 2006 年，第 417 頁。

式」。〔註48〕參加各種會議也是共和國時代吳宓社會生活的重要內容，其中不少會議都有方敬出席、監臨、講話、總結，會議也就成了吳宓與方敬交往的重要平臺之一，二人不時在會前、會中和會後就某些問題交換意見。相關會議也是五花八門，如外文系系務會議，院務委員會，院務委員會擴大會議，重慶市文聯召集的古代文藝研究會座談會，國文系師生檢討邵祖平侮辱魯迅先生大會，外文系師生座談會，節約委員會召集的座談會，教職員暑期學習動員大會，史系分組肅清反革命檢查會，四川省政協會議，全校師生員工學習「八大」文件及選舉人民代表之動員報告會，全校杜甫誕生1250年紀念會，中文系系務委員會議，毛主席新出詩詞座談會，古典文學教研組會議，古典文學組文化大革命運動學習會，工會組織生活會，「憤怒聲討王逐萍、方敬反黨反社會主義反毛澤東思想的滔天罪行」大會，全校（亦全國）之兩旬學習大會，學習毛主席著作大會，中文系全體教職員及學生各班、小組代表之壹題大辯論會，老教師學習會，全校師生大會等等。從級別看，既有省級的會議，也有市級的會議；既有校級的會議，也有系級的會議，還有教研組會議。從內容看，既有工作會，也有學習會；既有座談會，也有報告會；既有行政會，也有學術會；既有檢查會，也有辯論會。吳宓作為一線教師和院務委員，參加校內級別最高的院務委員會和基層的教研組會議，都是情理之事；而任學校領導後的方敬仍經常出現在基層會議之中，就顯示了方敬工作態度上的兢兢業業和工作方式上的深入細緻。舉一個具體的例子：1965年2月5日，「下午2～6上班，古典文學教研組會議，議開學（二月十一日）前（一）備課（二）助閱函授生考卷二事。而方敬副院長及工作組尹院長，陳、吳、范同志悉監臨……最後由方院長作總結，甚詳明……散會後，宓與方院長同出，至樓門內，復強方公佇立，畢宓所言，略謂……方公答曰……遂別去」。可見方敬參加最基層的教研組會議也並不是像華威先生一般空談，而是有專門的準備，有詳明的總結，讓在座的參會人員如吳宓等有多方面的收穫，覺得「方公所言極確，宓甚服」。對於吳宓而言，這樣的會議還為會後和方院長交流搭建了良好的平臺，甚至「強方公佇立」，繼續傾述「故老教師如宓等者，今後斷不宜授課，但仍可以知識及學術之材料、解釋供給前進之青年教師，譬如在延安時，設兵工廠聘用英美籍之工程師、技術人才，又何不可？前兩年進修班

〔註48〕王本朝：《中國當代文學制度研究（1949～1976）》，新星出版社2007年，第239頁。

之辦法殊善，惜宓授課不免多疏誤耳」。更有意思的是，吳宓隨後還在日記中加了一段按語：「按，會散時，方公已甚倦，且有他事，宓乃強與談關於宓後來之事，且宓言極不合當前形勢及政策。宓之癡愚及錯誤甚矣，於是大悔恨」。〔註49〕既體諒方敬，又反思自己，悔恨錯失。「強與談」與「大悔恨」之間看似矛盾，實則都體現了吳宓對方敬的熟稔與一腔真情。

（二）交往內容：政治的與個人的

方敬是中國現代文學史和中國新詩史上頗有影響的詩人。他和「漢園三詩人」關係密切，是何其芳的妹夫，有詩集《雨景》《聲音》《受難者的短曲》《行吟的歌》《拾穗集》《飛鳥的影子》等。他與何其芳、卞之琳、朱光潛等一起創辦《工作》半月刊，主持《工作》雜誌社，主編《大剛報》文藝副刊《陣地》等，也是《詩創造》《詩》《創作月刊》等刊物的重要作者，被視為「九葉詩派」的外圍詩人，〔註50〕或被直接歸入「九葉派」。〔註51〕40年代即有李廣田撰長文以《詩人的聲音》為題專論「方敬的《雨景》和《聲音》」，也有陳敬容在《詩創造》刊文《和方敬談詩》並「為新詩前途祝福」。錢光培在討論「中國新詩史上的方敬」時認為他「以豐厚而紮實的創作成果展示了20世紀中國的現代詩所達到的高度」。〔註52〕更有論者直言「方老自己身上就扛著一部中國的現當代文學史、詩歌史。七月詩派和九葉詩派的詩人都是方老的熟人和朋友」。〔註53〕此外，方敬還有散文集《風塵集》《記憶與忘卻》，小說集《保護色》及翻譯作品集多種問世。當然，方敬還以其長期的教書育人生涯和豐富的教育管理實踐培養了不少傑出人才，是學者型的領導，也是文學家本色的教育家。方敬既是吳宓的老朋友，是同行，是知己；也是吳宓的直接領導，是教學的管理者，是政治的指導者。方敬的特殊身份，決定了吳宓與其交往的內容非常豐富，既有政治的話題，也有個人的事務。茲擇其值得重視的三個方面略作討論。

（一）尋求政治指導。吳宓對方敬的深入瞭解和認知有一個過程。如1951年3月31日「下午得天來。2～6同赴釀造室中國共產黨西南師院支部公開及

〔註49〕吳宓：《吳宓日記續編》第7冊，北京三聯書店2006年，第40～41頁。

〔註50〕蔣登科：《九葉詩派的合璧藝術》，西南師範大學出版社2002年，第65頁。

〔註51〕子午：《中國當代流派詩選》，中國文聯出版社2011年。

〔註52〕錢光培：《中國新詩史上的方敬》，《當代文壇》1994年第4期。

〔註53〕錢志富：《紀念詩人方敬逝世十週年》，見錢志富著：《中外詩歌研究》，人民文學出版社2007年，第887頁。

新黨員宣誓大會，始知敬為黨員已十餘年矣」；〔註54〕1951年6月9日「晤澄。澄告敬生性好強，極欲使其所主辦之校系超出人上；故宓決不可表示有琵琶別抱之意，恐觸敬怒。宜一切忍受，安於現狀云云。宓深以為是」；〔註55〕1951年6月27日「歸途與敬談宓移居。敬謂星期日工人理應休息。知敬雖和悅，其根本主張態度嚴不可犯者矣」〔註56〕等等。也就是說，吳宓是在與方敬交往的過程中才漸漸得知方敬的黨員身份、好強性格與和悅背後的不可侵犯等個性特徵。但另一方面，吳宓很早就對自己與方敬的私交有了定位。早在1951年4月25日，吳宓在從方敬處得知重慶市文聯會已內定聘自己為古代文學門的五名代表之一後，專門邀請方敬來家裏商量，準備將席位讓給友人，而「敬謂當局思考周密，最後決定如此，非忽略諸君，宓可勿辭」。隨後吳宓不但表示「從之」，而且表達了「論私交，宓願為敬之專門顧問，祈敬為宓之政治指導」的願望，還講起了「宓樂居巴渝而不欲回北京任教清華之理由」。〔註57〕吳宓所說的理由首先就是「在此的健康和洽」，而「和洽」顯然包括與方敬及同仁的順利合作和良好的人際關係。事實上，之後的吳宓也一直把方敬視為值得信賴的政治指導，舉數例為證：

1. 土改詩案。自1951年12月6日得知自己《國慶》詩、《贈蘭芳詩》四首等被西南軍政委員會搜得並密查以來，吳宓就十分憂懼。到1952年1月8日的西南師範學院教師學習委員會成立會，又被文教部新派來校主持思想改造的董學隆在演講中「舉西師某教授反對土改之詩句『易主田廬血染紅』加以責斥」，雖「而未明揭宓姓名」，但已使吳宓「甚驚憂」。〔註58〕次日上午就「撰《易主田廬血染紅》詩案坦白文」而「未完」的吳宓急迫地在午飯後「晤澄，遵即訪敬於其家，自陳詩案，求指示」。方敬一方面認為「詩案非政治行動，乃思想問題，不必作專案坦白，只宜檢查宓自己之思想。將來在改造學習小組中，暴露宓所具之封建思想，屆時可舉宓所作諸詩為例證、為材料，即藉此坦白可矣」，又「誦宓《送蘭芳土改》詩，謂文教大會小組中研究此詩，指『僧誦佛名行殺戮』句，疑宓譏刺人民政府名為寬仁而實嗜殺行暴云云」，在吳宓「急為之解」後又繼續說「政府本尊重而禮待宓，敬更深知宓平生不

〔註54〕吳宓：《吳宓日記續編》第1冊，北京三聯書店2006年，第102～103頁。
〔註55〕吳宓：《吳宓日記續編》第1冊，北京三聯書店2006年，第151頁。
〔註56〕吳宓：《吳宓日記續編》第1冊，北京三聯書店2006年，第164頁。
〔註57〕吳宓：《吳宓日記續編》第1冊，北京三聯書店2006年，第120頁。
〔註58〕吳宓：《吳宓日記續編》第1冊，北京三聯書店2006年，第275頁。

參加政治，決無行動嫌疑。惟宓思想未純，又素重感情，所謂溫情主義者，難免不良之人，如□□□等，乘機以詩文或他事與宓接近，而別有所圖，宓恐墮其術中，為所利用，是宜慎防云云」。〔註 59〕方敬的幾句話可謂既有明確判斷：不必作專案坦白；又有進一步深入：疑宓譏刺人民政府名為寬仁而實嗜殺行暴；還有心理安慰：深知宓平生不參加政治，決無行動嫌疑；更有示警預防：宓恐墮其術中，為所利用，是宜慎防；不失為一次成功的政治指導，只是不知吳宓領會了多少。十餘天後，1952 年 1 月 21 日，方敬在節約委員會召集的有院務委員、黨、團和各民主團體參加的座談會上的坦白自責發言中「曾兩提宓名（一）敬與宓以情相結，而宓有封建思想，曾犯錯誤（指詩案）。敬未能事先覺察糾正，是敬之失……」，吳宓隨即理解方敬「未明指宓之詩案，故宓亦無須即坦白」，明白「敬對宓仍有迴護周旋之意，而訐宓於敬之小人恐已不止一二人也」。〔註 60〕方敬的發言中「以情相結」的自述與「未能事先覺察糾正」自責等等，既顯示了對吳宓的情感與態度，又完成了對組織的交代與表態，頗為高明。感情豐富如吳宓者，在明白其「迴護周旋之意」後，內心的情感震動與波瀾可想而知。於是，又十餘天後，1952 年 2 月 7 日下午，在係組分別檢討（續三反運動）的三組學習會上，在方敬自陳自責並接受眾人評斷之時，吳宓「感情所激，不能自忍，遂發言，謂宓實累及敬。遂自陳解放以來，當前有三途（一）改造（二）分別內外而奉行公事（三）就死。自譬如馬，樂得御者如敬，而畏新來御者如董學隆等人。去夏頗覺坦適愉快，冬則詩案起，當為敬之所不及料。宓一切無所隱諱，生死等觀，聽命而已……」。〔註 61〕這段發言不僅承認自己連累了方敬，而且自降身份，把自己比作馬，而把方敬比著御馬之人，宣稱以得到方敬這樣的御馬者為樂。這就新鮮而形象地表明了吳宓對自己與方敬關係的認知，不但願意接受方敬的領導，而且以有方敬這樣的領導者為樂事。繼而坦言對新領導董學隆等的畏懼，解釋詩案是方敬不能控制的，暴露自己不隱諱、齊生死、可聽命的底線。發言是典型的吳宓式思維與吳宓式表達，是吳宓對方敬的真情實感的公開表白，是吳宓的個性風采的鮮明展示。

2. 自我檢查。在 1965 年的思想改造學習運動中，吳宓雖然多次主動暴露

〔註 59〕吳宓：《吳宓日記續編》第 1 冊，北京三聯書店 2006 年，第 275～276 頁。
〔註 60〕吳宓：《吳宓日記續編》第 1 冊，北京三聯書店 2006 年，第 283～284 頁。
〔註 61〕吳宓：《吳宓日記續編》第 1 冊，北京三聯書店 2006 年，第 293 頁。

分析自己的諸多錯誤，但仍然受人責評。於是，5 月 12 日，「散會，出，方公與宓握手，步談。宓言：駿事，宓愧有負方公之知遇與委任。方公勸宓應自認對駿之影響及責任，如宓自述生活瑣事，並以照像示駿等，一也。駿愛女生 C 而未及於亂時，宓何不乘機勸阻，二也。總之，知過即當力改，俾他日再培養助教時，不至重蹈前非。但望宓勿憂，院長亦惟恐宓太過優懼，云云。宓申謝」。〔註 62〕這裡「方公與宓握手，步談」在吳宓與方敬的交往中並不特殊，吳宓「愧有負方公之知遇與委任」的表態才可能是激發方敬予以勸告和指導的因素之一，而方敬「勸宓應自認對駿之影響及責任，如宓自述生活瑣事，並以照像示駿等」的指導將吳宓的自我檢查引向了學習組成員關心的身邊實際，至於「望宓勿憂，院長亦惟恐宓太過優懼」的寬慰則更是無異於給憂懼中的吳宓吃了一顆定心丸。這次指導的效果相當不錯，次日小組會中，吳宓繼續談自己運動中檢查出來之問題的第一條就是「不應在課外與駿太親密，近接而無界限，不應示以照片，述宓往史，而影響了駿之思想與生活，宓誠不能逃其重責」，可惜因為之前夾雜有其他內容還是被「宗、朱諸君責評宓甚久」。〔註 63〕於是，三天後，5 月 15 日，「4～5 時，方敬院長，招宓至北廂一小室對談。宓先述對黨由忠誠『投降』願一切『服從』『信受』，以舊道德修養而能適應，故三年大災中毫無怨尤與憂慮。又以相信毛主席領導世界人民革命，如下圍棋，擴及全盤，定獲全勝，其方策亦必盡善，而吾儕決不能贊一辭，只有遵行，故宓對三面紅旗決無懷疑，亦無評論，云云。方公分析宓之全部思想及所犯錯誤，謂應歸納於地主階級出身之主因，而應承認（1）祭祀或紀念＝封建迷信。（2）偶在必要時，以微資匯助地主階級親友，事亦可行，但思想上必須與地主階級親友（無問存歿）一律劃清界限。（3）宓以婚姻戀愛之往事述告駿，且示以諸女友相片，實是教導駿走入邪路。駿有妻室而愛 C 女至蹈罪，其責宓不能不負，云云。方公命宓按照以上之分析撰作發言稿，（ⅰ）先在小組講出。（ⅱ）修改後，如出色，可如昨諸君之例，在大組講出。宓表示欣願遵行。於是宓仍回小組，乘他人發言時，宓自草成發言稿之最簡提綱如下」。〔註 64〕此段文字中的「招宓至北廂一小室對談」表明是方敬主動找吳宓在一個避人耳目的地方進行個別的政治指導，其目的自然

〔註 62〕吳宓：《吳宓日記續編》第 7 冊，北京三聯書店 2006 年，第 118 頁。
〔註 63〕吳宓：《吳宓日記續編》第 7 冊，北京三聯書店 2006 年，第 119～120 頁。
〔註 64〕吳宓：《吳宓日記續編》第 7 冊，北京三聯書店 2006 年，第 121～122 頁。

是繼續幫助吳宓在思想改造學習運動中順利過關，完成全面的自我檢查。從指導內容看，一方面保留上次要求吳宓承擔江家駿事件相關責任的部分，繼續將吳宓的自我檢查引向小組成員關心的校園桃色事件；另一方面新增歸納吳宓全部思想與所犯錯誤的原因分析，將吳宓的自我檢查上升到流行的階級鬥爭的高度。這就頗合當時的政治氣氛，頗對其他組員的胃口，為吳宓的順利過關奠定了基礎。不管是出自私人的情感還是由於組織的安排，方敬的專門指導對於憂懼苦惱中的吳宓又是一次及時的雪中送炭，不但當場表示「欣願遵行」，而且回小組很快就草成發言稿提綱。提綱之題目「由階級觀點，即由我的地主階級出身檢查我犯之錯誤（宓之全面的自我檢查）」與「又對封建地主家庭及親戚，具有深厚之同情（表現在一.年節祭祀。二.匯款濟助之二事）——今應與以上劃清思想、感情之界限（無產階級立場）」、「宓述說故事並出示相片等，卒引致駿與 C 戀愛而犯大錯誤」等主要內容框架，悉數來自方敬的分析和指導。也就是說，方敬的指導被吳宓照單全收，取得了顯著的效果，達到了預期的目的。甚至方敬指導的發言稿——小組講出——大組講出的三個步驟，也在後來的運動中一一落實。吳宓 5 月 17 日在中文系小組作全面自我檢查發言，「照五月十五夕草成之簡稿講出……」並獲「宓題甚好」等評價；5 月 18 日下午大組會發言，吳宓「不看簡稿，從容安舒而談，作真心愧悔之狀，至 4：10 畢。（如釋重負）」。〔註 65〕可見，作為領導的方敬從內容到步驟的指導均非常到位，幫助吳宓勝利通關。不知吳宓「如釋重負」之時，有沒有念起方敬的指導並心存感激！而「作真心愧悔之狀」則說明吳宓內心恐怕並非「真心愧悔」，而只是應景的不得已的表演而已。

3. 陳紹娥問題。在「土改詩案」及「自我檢查」之外，吳宓請求方敬政治指導的例子還有不少。1952 年 7 月吳宓就西南師範學院開除史地系二年級女生陳紹娥問題與方敬之交往就可為一例。吳宓在 7 月 31 日西南師範學院外文系師生歡送畢業同學之會的發言中，「以娥之能為中學英文教員而勝任愉快，則外文系畢業生更不必以業務欠缺為憂矣云云」，而「敬坐宓左，旋謂宓曰，娥之勒令退學，乃由其行為不端，擾亂學習，非僅以其戀愛也」，吳宓「雖自知失言，尚未明敬糾正之旨」。〔註 66〕8 月 1 日，吳宓從黎軍的談話中得知陳紹娥父被誅，兄獲刑且「西師之開除娥，亦以政治嫌疑，其在同學中之反

〔註 65〕吳宓：《吳宓日記續編》第 7 冊，北京三聯書店 2006 年，第 124 頁、127 頁。
〔註 66〕吳宓：《吳宓日記續編》第 1 冊，北京三聯書店 2006 年，第 388 頁。

革命宣傳，非禁止或干涉其戀愛也」後，「以此更同情娥，覺其與蘭及雪之所遭有相似處，宓寧忍絕娥，但當慎秘而已」。〔註67〕8月2日，吳宓「晨函敬，述宓初不知娥有反革命跡嫌，今後當不與娥接近，並當潛心修學，勿多管人事，謹此坦白，祈恒賜指正，以免咎戾云云。」〔註68〕在陳紹娥問題上，吳宓的「同情」是其一貫的態度立場的自然流露，「慎秘」也是其經常的自我訓誡之一；而第二天一早就寫信向方敬「坦白」並「祈恒賜指正，以免咎戾」則是明確表示希望經常得到方敬的指導，以免生災禍。這既是前述1951年4月25日日記中「祈敬為宓之政治指導」的希望之重申，也是範圍的擴展。刪除了修飾語「政治」的「指導」，或曰「指正」的範圍似乎已經不限於政治了。當然，這也只是為「慎秘」計，為「免咎戾」計的表態而已，顯示了吳宓內心的想法和採取的行動之間的背離，凸顯著吳宓思想行為的複雜性，告誡我們把握吳宓是要既原其「心」，又論其「跡」，「心」「跡」合一，否則，可能失之片面與簡單。從這三個事例，可知吳宓「祈敬為宓之政治指導」的大略，至於吳宓作為方敬「專門顧問」的一面，《吳宓日記續編》也有不少值得注意的記載，且容另文討論。

（二）談論文化名流。方敬是詩人，是中國現代文學的親歷者和見證人，吳宓在與方敬交往的過程中不時談論同時代的文學界名人與掌故，共話詩人與詩歌。這些內容既是吳宓與方敬交遊的見證，也是瞭解相關人士及其活動或評價的線索，豐富了《吳宓日記續編》的價值與內涵。

1953年4月18日，「散後，同敬歸。敬述查良錚事……」。〔註69〕歸途閒話查良錚，可見方敬對查良錚的瞭解，能夠談述查良錚的事情；也可見方敬對吳宓與查良錚往日交遊的知曉，而專門告知查良錚的事情。這是《吳宓日記續編》兩處關於查良錚（穆旦）的記載之一，雖不及《吳宓日記》（1937～1947）中的十處那麼頻繁與重要，〔註70〕但也是共和國時代「穆旦」回歸「查良錚」後在西南文人圈的關注和傳播情況的一條珍貴線索。遺憾的是吳宓沒有具體記錄方敬所述是查良錚的什麼事。不知是指穆旦的回國、就職，還是其他。查良錚在1980年代被重新發現，引發「穆旦現象」討論，成為關注熱

〔註67〕吳宓：《吳宓日記續編》第1冊，北京三聯書店2006年，第389頁。
〔註68〕吳宓：《吳宓日記續編》第1冊，北京三聯書店2006年，第389頁。
〔註69〕吳宓：《吳宓日記續編》第1冊，北京三聯書店2006年，第519頁。
〔註70〕易彬：《〈吳宓日記〉關於查良錚（穆旦）的記載》，《新文學史料》2006年第1期。

點與詩歌「大師」，可能是吳宓與方敬都始料未及的。但以穆旦（查良錚）的成就和影響，稱其為名流，可謂當之無愧。

1956年6月9日，「次敬述在京所見所聞諸友生如馮友蘭、馮至、錢鍾書、李賦寧等之情況」。〔註71〕方敬交遊圈頗廣，到北京參加一次會議，就可以據所見所聞帶回一批文化人的最新消息，其中和吳宓的友生圈形成交集並被吳宓記錄下來的，就有馮友蘭、馮至、錢鍾書、李賦寧等。這種共同的朋友和共享的交際圈，也是吳宓和方敬能夠長期維持良好的私人交往關係的重要因素。如果說口耳相傳的信息傳播方式是偏居西南一隅的吳宓瞭解全國友生消息的重要方面，那麼方敬這樣的友人就是相關消息傳遞的重要渠道。

1957年4月19日，「8～11赴袁炳南宅茗敘……客為方敬、葉麐。多談述近世新派文人如梁宗岱、巴金（李芾甘）、田漢等之生平性行，及卞之琳近愛文懷沙之妻，伊傾心歸卞，幸得離合如意，卞已與伊結婚，甚圓滿，云云」，〔註72〕這無疑是一處文人圈內傳播情事掌故的好例。雖沒有記錄下具體的「梁宗岱、巴金（李芾甘）、田漢等之生平性行」所指，但從下文可以推知大抵多少會與甘少蘇、蕭珊、安娥等不凡的女性相關。而具體記錄的卞之琳與青林的情事和婚事，卻是當年的新聞。材料顯示卞之琳的結婚時間是 1955 年 10月，時隔年餘，才成為遠在重慶北碚的文人圈的談資。特別是透露「近愛文懷沙之妻」——「伊傾心歸卞」——「幸得離合如意」之三部曲，遠比「一九五五年，卞之琳四十五歲，十月一日與青林結婚」〔註73〕的簡單表述，或是「卞之琳娶了文懷沙前妻」之類週末報紙標題更加精彩，可供卞之琳研究者參考。讓讀者有些不滿足的是，吳宓本人或方敬對這些文人事的態度如何，日記沒有記載。好在一月過後，1957年5月23日，又有一次類似的文人雅集，吳宓記錄了自己與方敬的態度。「晚8～10訪琻、歐夫婦於合作村十三舍新居，敬適在，閻童亦來……敬述胡適講學辦事談話之諸多軼事。而斷定適為驕傲自滿、極富於虛榮心之人。宓早擬適乃 Burke 評盧梭為『虛榮之哲學家』一流。敬又述葉公超之才華及其上課時隨意揮灑、極不負責之態度」。〔註74〕友人間以談共同關注的文化名人如胡適為樂，已是平淡日常生活中的好時光；而得知方敬關於胡適「驕傲自滿」與「極富於虛榮心」之評論，恰好暗合自己早

〔註71〕吳宓：《吳宓日記續編》第2冊，北京三聯書店2006年，第445頁。
〔註72〕吳宓：《吳宓日記續編》第3冊，北京三聯書店2006年，第55～56頁。
〔註73〕張新穎：《魚化石》，見《矮紙斜行》，大象出版社2011年，第60頁。
〔註74〕吳宓：《吳宓日記續編》第3冊，北京三聯書店2006年，第91頁。

年就把胡適歸入「虛榮之哲學家」一類的觀點，於是產生共鳴，產生知己感與歸屬感，更是孤寂老年光景中難得的心靈慰藉與滿足。而對當年同為清華大學外文系名教授的葉公超「上課時隨意揮灑、極不負責之態度」的回憶與批評，也即是對在座一直秉持嚴謹認真上課態度的吳宓的一種肯定和支持，想必也能帶給吳宓一定的成就感和滿足感。這樣的有共同圈子且能隨性漫談個人話題的知己朋友，誰能不珍視、倚重並交往下去呢？

在我們看來，除了吳宓與方敬交往中談論的胡適、葉公超、馮友蘭、錢鍾書、卞之琳、查良錚等名流之外，他們自己其實就是名流。吳宓與方敬交往的一些點滴記錄，因為折射二人個性的閃光，而頗有討論價值。且舉四例：

①1959 年 10 月 2 日日記，記錄「晚 7：30 偕賴公出，遊觀校園各處慶祝國慶節之實景，而赴網球場 8：00 中文系之慶祝會。該會以詩歌朗誦會為名，實則遲至近 9：00 始開會。內容有孫院長、方敬教務長等朗誦其所撰新詩……」〔註 75〕

②1962 年 1 月 25 日日記，記載「三四節（10～12）辦公樓外遇敬，至教務處閒話，告《住院感想》文，談濟之著作及白屋詩」。〔註 76〕

③1962 年 4 月 29 日日記，錄有「2：30 至 5：40 在 1209 教室參加中文系舉辦之全校杜甫誕生 1250 年紀念會。宓早到，坐前排，與藩及宗君同座。會中……（4）某生朗誦方敬撰《杜甫紀念》新詩」。〔註 77〕

④1966 年 6 月 23 日日記，載有「7：20 出，大字報新增……敬增所譯 Blake 詩等……」〔註 78〕

前兩例一為聽方敬朗誦所撰新詩，一為和方敬閒話自己新作、談論同事著作與吳芳吉詩歌，都是吳宓與方敬的直接交往。其中方敬在中文系慶祝國慶詩歌朗誦會上朗誦自己創作的新詩可以說是顯示了其詩人本色，可惜不知該詩之題目及內容，也不知是否傳諸後世。而《住院感想》即是吳宓 5 天前在西南醫院「撰成並寫繕就」的《住醫院的感想》，「約 1000 字，擬留交本醫院領導，並以稿歸示西師領導人，以作交代而表感謝云」（1962 年 1 月 20 日日記）。〔註 79〕此次從 1961 年 12 月 15 日到 1962 年 1 月 22 日的長達一月有

〔註 75〕吳宓：《吳宓日記續編》第 4 冊，北京三聯書店 2006 年，第 184 頁。
〔註 76〕吳宓：《吳宓日記續編》第 5 冊，北京三聯書店 2006 年，第 296 頁。
〔註 77〕吳宓：《吳宓日記續編》第 5 冊，北京三聯書店 2006 年，第 344 頁。
〔註 78〕吳宓：《吳宓日記續編》第 7 冊，北京三聯書店 2006 年，第 466 頁。
〔註 79〕吳宓：《吳宓日記續編》第 5 冊，北京三聯書店 2006 年，第 293 頁。

餘的住院經歷，體現了西南師範學院對吳宓的尊崇和關懷，以及醫院對名流的護理與照顧，不但讓吳宓感想叢生，專門撰文感謝，而且在以後也常常回想，並對比出巨大反差。而學校的尊崇和關懷背後，很可能就有方敬的動議與支持，以《住院感想》告知方敬，應當也包含了對方敬的感激之情。談論吳芳吉的詩歌，也是和作為吳芳吉摯友的吳宓與頗具詩人情懷的方敬之身份相當契合的自然而然的話題。

後兩例一為學生朗誦方敬創作的新詩《杜甫紀念》，一為大字報批判方敬翻譯的 Blake 詩歌，方敬均不在場，是吳宓借助詩歌創作與翻譯和方敬進行的間接交往。這裡提到的《杜甫紀念》未見收入方敬作品集，但方敬有一首 1959 年 5 月 14 日創作的《杜甫草堂》首刊《星星》詩刊，後收入多種方敬作品集。目前還不能確認《杜甫紀念》與《杜甫草堂》的關係，也許是不同題目的同一首詩，也許是同一題材的不同詩作，還有可能僅僅是學生誤讀或吳宓誤記產生的差異。而所謂「Blake 詩」，應該就是方敬翻譯的《布萊克詩選》（六首），刊《紅岩》1957 年第 9 期。如果說吳宓看到大字報上的方敬譯 Blake 詩顯示了方敬的現代詩人和本土翻譯家的特質，那麼我們看到吳宓日記中吳宓把「布萊克」還原為「Blake」則透露了吳宓的知名學者與比較文學學科開創者風範。作為現代詩人和翻譯家的方敬是吳宓與方敬交遊中的又一個側面。吳宓在日記中記錄彼此，也是談論名流。

（三）諮詢其他意見。從《吳宓日記續編》記錄的吳宓與方敬之交往看，方敬對吳宓的指導，或者說吳宓諮詢方敬尋求指導的範圍相當廣泛。既有學術上的個人學術研究計劃，又有工作上的進修生培養方案，甚至還有生活上的友生人事婚姻愛情問題。

1. 學術研究計劃諮詢。1959 年 1 月 2 日上午，吳宓到和平村新居給方敬拜年，並「以科學研究及著作，宓今年應擇何類題目，求敬指教」。方敬也不客氣，從四個方面進行了答覆指導：「首以教學職務為重，應先編完《西歐及東方各國現代進步文學》講義，須趕七月一日以前全竣」，「其次，應精譯英國古典文學之詩文名篇（如宓昔譯薩克雷之《名利場》，以及傅東華譯彌爾頓之《失樂園》）。足以表現宓之學問及才力者。或作英國文學研究論文。若夫宓欲為《譯文》月刊（今改名《世界文學》）譯稿，則可不必，因（1）無取乎由希臘、拉丁或德、法等文之英文譯本中轉譯，應由原文直譯。（2）現代各國之進步文學，其新書新報，在京各有人消息靈通，專事搜羅，資料一入彼等之手，迅即譯出。宓遠在西南，斷難與之競馳，且亦不合宓之地位身份」，「第三，宓有意作自傳或小說或見聞雜記，甚好，宜先作短篇，由此入手」，「第四，作舊詩歌頌新時代之新事物，此在宓不費力，隨時可作」。求指導者，或曰被指導者吳宓的態度也非常明確「敬所勸告者，皆極是，當從其言」。〔註 80〕客觀地說，方敬所講的四點的確頗有道理，顯示了方敬豐富的學養、開闊的視野與精到的見識。且不說第一點的重點突出，抓住了主要矛盾，也不必說第三點的循序漸進，針對著吳宓的延宕之弊；也不必說第四點的量體裁衣，切合著吳宓的興趣愛好；單是第二點的分析就讓人覺得深刻而且精闢。首先，「精譯英國古典文學之詩文名篇」與「或作英國文學研究論文」的確是「足以表現宓之學問及才力」的兩大途徑，既能發揮吳宓十年留學美國期間積澱下來的深厚的英國文學修養及研究專長，又能切合當時翻譯界與研究界的現實需要。其次，以「宓昔譯薩克雷之《名利場》」為例顯示了方敬對吳宓翻譯活動的瞭解與好評，以「傅東華譯彌爾頓之《失樂園》」為例則透露了方敬對詩歌翻譯的熟悉和品位。再次，「足以表現宓之學問及才力」的選擇與評價標準，既有為吳宓個人的考慮，這樣才能繼續得到學校當局的優待與尊崇；也有為學校發展的打算，這樣才能借助吳宓譯作的力量美化學校的聲譽與影響。第四，既有對應作之事的明確支持，也有對不必之事的直接反對，有所為有所不為，觀點鮮明，絕不騎牆。第五，反對吳宓為《世界文學》譯稿的三點理由一為譯本選擇的原則與翻譯的方法，從理論著眼；一為新書報翻譯的北京之優長與西南之侷限，從實際出發；一為吳宓自己在圈內顯赫的地位和崇高的身份，從自身考察；可謂全面深入，滴水不漏。

1960 年 1 月 16 日晚上，吳宓到方敬家裏訪問，「語以吳芳吉研究之（甲）（乙）兩種計劃，求其指示」。方敬也毫不隱諱地表達了自己的主張，「敬主宓用（甲）法撰作即客觀的評論，注重評介其詩，而不論狀其人，並須用今時之眼光，為今時之讀者，宜就白屋詩之全體，指出其主要之優點，如（1）人民性（2）現實性（3）樂府體等。可結合碧柳之時代，論列其特長及缺陷，立論宜公允，不當稱許太過，又全文不宜太長，云云」。求指導者，或曰被指導者吳宓的態度同樣是「敬所指示勸告均極是，宜遵行」。〔註 81〕方敬的此番指導勸告也的確全面而精要，既有時代性，也有學術性，頗見社會敏感、研

〔註 80〕吳宓：《吳宓日記續編》第 4 冊，北京三聯書店 2006 年，第 4 頁。
〔註 81〕吳宓：《吳宓日記續編》第 4 冊，北京三聯書店 2006 年，第 278 頁。

究功底與縝密思維。其「客觀的評論，注重評介其詩，而不論狀其人」的主張是符合當時學術潮流的理性選擇，其「須用今時之眼光，為今時之讀者，宜就白屋詩之全體，指出其主要之優點」的提醒則有其與時俱進的特點、讀者需求的導向與現實的針對性；其「人民性」「現實性」「樂府體」的優點提煉也是既體現了時代的審美趣味，又抓住了吳芳吉詩歌的題材特點和體式特徵，可見作為詩人和學者的方敬是熟悉吳芳吉詩歌的，與吳宓交流的是自己長期思考的結果，而不是突發奇想的泛泛而談；其「可結合碧柳之時代，論列其特長及缺陷，立論宜公允，不當稱許太過」的忠告是對把握研究對象的全面性和學術思維的辯證性與學理性提出了要求，為情感豐富的吳宓打起了預防針，以避免情之所至而拔高、溢美吳芳吉及其詩歌；其「全文不宜太長」甚至連篇幅都為吳宓考慮到了，足見方敬思考之細密與幫助之盡心盡力。這些意見對於糾結中的吳宓無疑是非常必要且完全正確的，所以吳宓當即表示「宜遵行」。可惜由於政治運動與階級鬥爭的干擾，以及吳宓自身的個性特徵與處事弱點，此研究計劃事實上並未順利完成，沒能取得應有的成績。

2. 進修生培養方案諮詢。1962 年 8 月 4 日上午 8：00，江家駿找指導教師商量學習計劃，吳宓擬為三種：「（一）大，即師徒傳授，以宓中西學術研究及編輯之心得、思想、方法、資料，全部（在多年中）傳授與駿。（二）中，即以世界文學為範圍，培養此方面之通才。（三）小，即以英國文學史一課程為目標，使駿能在 1964 秋講授此專科而勝利愉快」，但在取捨中久決不下。於是，吳宓「9：30 偕駿至教務處謁方敬教務長，請求決示。敬確定為宜用（三），他年再徐進至（二）及（一）」。〔註 82〕方敬確定的循序漸進，由小及大，先「宜用（三），他年再徐進至（二）及（一）」的方案不能不說相當精明。通過思路的調整，讓處於單項選擇困境中的吳宓可以多項選擇，問題一下子迎刃而解，豁然開朗！所以吳宓欣然表示「自當遵從」。此後，吳宓在培養江家駿問題上還多次聽取方敬意見，如「散會後，敬命宓以謙虛教江家駿，以矯其近日他人所指之驕慢，云云」（1962 年 8 月 17 日日記）；〔註 83〕「散會走出時，敬命宓參考蘇聯所編英文本《英國文學史》以教駿。宓以《進修課時表》呈閱」（1962 年 9 月 8 日）〔註 84〕等等。

〔註 82〕吳宓：《吳宓日記續編》第 5 冊，北京三聯書店 2006 年，第 390 頁。
〔註 83〕吳宓：《吳宓日記續編》第 5 冊，北京三聯書店 2006 年，第 401 頁。
〔註 84〕吳宓：《吳宓日記續編》第 5 冊，北京三聯書店 2006 年，第 420 頁。

3. 人事婚姻愛情的諮詢。吳宓不僅在土改詩案、自我檢查這樣的政治風波面前會請求方敬的指示，在年度科研題目、具體研究計劃與進修生培養等業務工作方面接受方敬的領導，而且在友生及自己的人事安排、個人的情感與婚戀，甚至文章修改處理等方面也會主動向方敬報告或打算向方敬報告，希望聽到方敬的意見。比如「4：00 敬再來，宓請商（一）駒（二）撫（三）荃事。敬具懇切示答，甚慰」（1951 年 5 月 28 日日記）。〔註 85〕吳宓請方敬一次性商議了雷家駒、鄒撫民、黃稚荃三人的就業、調動、復出事宜，得到方敬的懇切指示與答覆，自然十分欣慰。又如「惟我輩與雪之交際及關係，便中必須詳告敬知。以敬對曉與宓皆厚，而宓一切資敬保護指導，尤不可對敬有所隱云云。曉甚以為然」（1952 年 3 月 31 日日記）；〔註 86〕「文教部亦擬移調宓至重大，主授西洋文學課。蘭更為宓生活謀，欲諷學生往索潘大逵遺宅與宓住家云云。蘭仍望與宓得諧願耳。宓當請命於敬，勿輕行動為是」（1952 年 4 月 17 日日記）；〔註 87〕「求敬指示宓自我檢討應注意之事，終乃以雪已得夫函……實況，報告敬知。敬命雪來見，謂當調查主持云云。宓復以宓愛雪自止，介紹曉與雪為友等情，悉告敬得悉」（1952 年 6 月 2 日日記）〔註 88〕等。從中可以得知吳宓由於「一切資敬保護指導」而信賴方敬，不僅認為與雪（張宗芬）的交際與關係要「詳告敬知」「不可對敬有所隱」，甚至自己對張宗芬的「愛」與「自止」等情感糾葛和內心態度等也全部「告敬得悉」；在與鄒蘭芳的婚姻及調動重慶大學等問題上，面對鄒蘭芳為自己的生活謀劃與結婚願望，也主張「請命於敬」，不會輕舉妄動。再如「上午 9：00 謁方敬教務長，商改宓四月二十三日為《院刊》所撰文，改題為《知識分子之安排與使用》，刪去篇首自敘 1949→1952→1955→1957 心情變異之一大段，餘仍舊。敬對宓甚關切，如此刪改，實較妥善也」（1957 年 4 月 29 日日記）。〔註 89〕區區一篇寫給學院內部刊物的小文章，以吳宓這樣德高望重的老教授身份，居然專門拜謁諮詢求商改，可見吳宓對方敬的倚重。有意思的是方敬不僅真的改了吳宓文章，而且還既改題目，又刪大段文字，最終得到吳宓「實較妥善」的好評。

〔註 85〕吳宓：《吳宓日記續編》第 1 冊，北京三聯書店 2006 年，第 142 頁。
〔註 86〕吳宓：《吳宓日記續編》第 1 冊，北京三聯書店 2006 年，第 321 頁。
〔註 87〕吳宓：《吳宓日記續編》第 1 冊，北京三聯書店 2006 年，第 330 頁。
〔註 88〕吳宓：《吳宓日記續編》第 1 冊，北京三聯書店 2006 年，第 361 頁。
〔註 89〕吳宓：《吳宓日記續編》第 3 冊，北京三聯書店 2006 年，第 70 頁。

（三）交往效果：現實的與精神的

由於方敬「文革」前在西南師範學院有著舉足輕重的地位和影響，吳宓與方敬的交往常常有著立竿見影的效果。這在前述交往內容中已可見一斑，比如談論文化名流時的慰藉與滿足，比如求得政治指導時的「欣願遵行」與過關後的「如釋重負」，比如諮詢方敬意見後的「當從其言」與「自當遵從」等等。現代人際關係學之人際吸引理論常常引入美國社會學家霍曼斯（George Casper Homans）的「社會交換理論」，其《社會行為：它的基本形式》中所謂「成功命題」即是「對於人們進行的所有行動來說，一個人的某種行為得到的報酬越經常，這個人就越願意從事這種行動」。〔註90〕既然吳宓與方敬的交往行為經常成功地得到他期望的回報，能夠產生吳宓想得到的效果，獲得現實的支持和精神的滿足，那麼方敬就會對吳宓產生強烈的吸引力。吳宓也就會越發願意與方敬保持交往，重要的事情均倚重方敬，願意聽從方敬的意見。《吳宓日記續編》中有不少例子體現了這樣的交往效果，篇幅寶貴，僅在解決現實困難與精神困擾方面各舉一例：

現實困難：運書得解決。1955年12月26日，吳宓與方敬「立談久之」後，「敬自任代商院長由學校取運宓書六大箱由京至碚，即以酬宓所捐書、由學校代出全部運費云云」；〔註91〕三天後，「而敬來，謂王、謝二副院長均深荷宓捐書與學校之意，正籌議詳細辦法云云」（1955年12月29日日記）；〔註92〕數月後，「圖書館侯文正來告，宓五書箱已運到……」（1956年3月23日日記）。〔註93〕可見，通過與方敬的交流，在方敬的支持下，吳宓運書之事得到了圓滿解決。吳宓便利地收到了在北京寄存已久的諸多書籍，而學校圖書館也得到吳宓捐贈的數百冊圖書。

精神困擾：闢謠釋憂鬱。1961年7月22日，在與方敬談約一小時，得知「院系調整，敬謂絕無其事，盡屬謠傳，且其謠傳已久。張院長赴京，並非為此事，即有小調整，亦不涉及中文系，更不涉及宓，請宓勿憂，云云」之後，吳宓「多日憂急悲鬱之情，為之頓釋」。〔註94〕一個「為之頓釋」，足見

〔註90〕〔美〕瑪格麗特·波洛瑪：《當代社會學理論》，孫立平譯，華夏出版社1989年，第47頁。

〔註91〕吳宓：《吳宓日記續編》第2冊，北京三聯書店2006年，第337頁。

〔註92〕吳宓：《吳宓日記續編》第2冊，北京三聯書店2006年，第340頁。

〔註93〕吳宓：《吳宓日記續編》第2冊，北京三聯書店2006年，第407頁。

〔註94〕吳宓：《吳宓日記續編》第5冊，北京三聯書店2006年，第120頁。

與方敬交流得知的學校內部消息對吳宓的寬慰之力與冰釋之功，具有直接而顯著的呼谷傳響般的效果。

不管是運書這樣的現實困難，還是謠言帶來的精神困擾，僅憑吳宓之力似乎都難以克服；而在方敬也許並不費力的幫助下，均得到直接而又有效的解決。與方敬的交往越是經常得到「回報」，吳宓就越願意保持這種交往。吳宓與方敬的交往顯示了他令人感佩的性情與人格。那就是，不管是方敬順風順水，被委以重任之時，還是受批挨鬥，牆倒眾人推之際，吳宓對方敬都能保持一以貫之的好評和尊重。

1966 年 8 月 1 日，在聽「工作隊林部長對全校播講《文化大革命運動在西師》，略謂兩月（五、六）中已揭發出副院長王逐萍、方敬黑幫之資產階級修正主義路線」之後，吳宓在晚間「古典文學組文化大革命運動學習會，討論林部長報告，批判王逐萍，批判方敬」過程中，只是「發言一次，敷衍而已」，並且在日記中寫下「今知運動轉入批判鬥爭階段，宓不勝憂懼。眾對王逐萍及方敬皆『牆倒眾人推』，紛紛從井下石。其實西師領導人中，能知曉教育、學校及學術、課程、業務為何事者，僅一方敬而已。宓以方敬為西師惟一功臣，亦宓之知己，今見其覆亡，不敢效蔡邕之哭董卓矣……」〔註 95〕在如此嚴峻的形式下，仍然以「僅一方敬」「惟一功臣」「知己」評價方敬，足見吳宓的剛直不阿的真性情與不趨時流的高尚人格。而「不敢效蔡邕之哭董卓矣」也展露了以董卓之賞識蔡邕，「重邕才學，厚相遇待」〔註 96〕自比方敬之厚遇自己，而自責不敢在方敬「覆亡」之際為之慟哭，也可以看出吳宓內在嚴格的道德自律與剔骨見髓的自我反思。

私人日記中出現這樣公允的評價已是難能可貴，而更難能可貴的是吳宓還在次日晚間的工會組織生活會上公開發言：「（一）西師領導人中，惟敬是文化人、知識分子，曾在大學與教育界，懂學問與業務，（二）進修班，以及研究生，提高業務等辦法，在當時似由中央教育部發出指示，全國一致（恐非敬個人主張）」〔註 97〕。吳宓的公開發言雖然被批評為美化方敬，為方敬辯護，無法改變或者說進一步招致組員對方敬的攻詆，且吳宓自己也「誠悔多言之失矣」，但的確顯示了吳宓不畏人言與重義尚德的風采。之後，吳宓繼續

〔註 95〕吳宓：《吳宓日記續編》第 7 冊，北京三聯書店 2006 年，第 503 頁。
〔註 96〕范曄：《後漢書．蔡邕列傳》，中華書局 1965 年，第 2006 頁。
〔註 97〕吳宓：《吳宓日記續編》第 7 冊，北京三聯書店 2006 年，第 504～505 頁。

為「敬日食甚少」「敬血壓甚高（在梁平）」而感歎「哀哉！」，關心並記錄方敬作勞改隊隊長「對排隊、呼口令之事不熟習，一群『紅衛兵小將』立即當眾痛毆敬甚重」的慘狀（1967 年 8 月 4 日日記）；〔註 98〕以及因妻報告方敬曾被紅衛兵小將搶去錢物而遭報復，23 日晨「在風雨操場勞動時，暴童三名持鋼刀至，責敬漏泄秘事，罪當死，即用刀砍敬，中左肩後，傷口長及寸……」的慘劇（1967 年 8 月 24 日日記補記）。〔註 99〕到了 1969 年 2 月 10 日，在組織要求「寫交『忠誠的幹部』的時候，吳宓仍「舉（一）方敬（二）總務處酈科長（1967 六七月武鬥期中，奮力維持員工二食堂不斷開夥，供給員工膳食）二人為西師之『忠誠的幹部』」。〔註 100〕

當然，吳宓與方敬的交往也還有其複雜之處。有時感到尷尬：「敬總結以宓與許文鬥（劣生）相提並論，亦加稱讚，誠令宓啼笑皆非矣」（1952 年 6 月 23 日日記）；〔註 101〕有時不乏批評：「敬演講，甚冗而復」（1952 年 9 月 1 日日記）；〔註 102〕偶而有所保留：「欲以心事告敬，而未敢」（1953 年 4 月 18 日日記）；〔註 103〕有時私下辯駁：「上午 8～9 委來，詳述其兄澄之瘋疾情形……澄承重力大，步履極健，能飽餐；敬以此疑之，謂其病全是假裝，佯狂以避供招。然昔雪等之瘋固亦如此……」（1957 年 9 月 29 日日記）；〔註 104〕有時語見機鋒：「晡夕 3～6 大禮堂（俗名新飯廳）赴全校大會，聆方敬副院長以其緩慢、冗長、虛浮之清談式語調，首先批判林彪及其黨徒……方敬慨歎彼多佔房屋者之不合與自私，其實由學校行政分派前往勸告，命其騰出，其事固易解決也」（1973 年 9 月 6 日日記）。〔註 105〕也許是正因其複雜，才顯示出吳宓日記的真實，才折射出吳宓為人的真實，才值得進一步的研究與解讀。

行文至此，還不得不回答這樣一個問題，那就是為什麼吳宓與方敬走得這麼近，有著頻繁而相對密切的交往？在我們看來，應考慮以下三方面的因素。一是方敬懂教育，有學識，有著不同於 1950～1960 年代工農出身的部隊

〔註 98〕吳宓：《吳宓日記續編》第 8 冊，北京三聯書店 2006 年，第 206 頁。
〔註 99〕吳宓：《吳宓日記續編》第 8 冊，北京三聯書店 2006 年，第 228 頁。
〔註 100〕吳宓：《吳宓日記續編》第 9 冊，北京三聯書店 2006 年，第 50 頁。
〔註 101〕吳宓：《吳宓日記續編》第 1 冊，北京三聯書店 2006 年，第 373 頁。
〔註 102〕吳宓：《吳宓日記續編》第 1 冊，北京三聯書店 2006 年，第 409 頁。
〔註 103〕吳宓：《吳宓日記續編》第 1 冊，北京三聯書店 2006 年，第 519 頁。
〔註 104〕吳宓：《吳宓日記續編》第 3 冊，北京三聯書店 2006 年，第 184 頁。
〔註 105〕吳宓：《吳宓日記續編》第 10 冊，北京三聯書店 2006 年，第 472 頁。

文化幹部轉入高校做領導的文人特點。吳宓在日記中先後提到的西南師範學院校領導還有謝立惠、姚大非、張永青、王逐萍、孫泱、郭英、李哲愚、徐方庭等，從吳宓所記內容看，應該說他們對吳宓還是不乏尊重的，也偶有拜訪、晤談、「附乘」小汽車之舉，並且在寬限假期、關照入西南醫院接受治療等方面給予特殊的照顧，甚至吳宓還記下了與張、謝、王三院長乘小汽車入城參加會議，暈車，下車嘔吐，而「三院長陪宓步行一段後，乘車前行。王院長以司機旁之前座讓宓，得在窗口迎風呼吸」〔註 106〕的動人場景。但吳宓與他們的交往始終不及與方敬這般親近，很少流露情感，也幾乎不作個人評價。倒是記錄下了談話中同事對他們的批評，如「梓談，本校當局之列黨籍者，如張院長，（軍級）如王、姚副院長……惟苦於無學問，甚乏學校行政之知識與經驗。故雖欲圖治，行事多左。又乏知人之明，故用人每不當……至於本校當局之非黨員者，如謝立惠副（原正）院長、李源澄副教務長，固屈己徇人，毫無建樹。即方敬教務長雖係黨員而資歷較淺，前數年實為西師全校之主，兼黨、政、學之領導於一身者」；〔註 107〕如「豫述本校張院長厚實而有定識；王爽快而明決，姚急躁而熱情，但皆犯錯誤，今實權操之張院長一人，身兼黨與政，故校事多積壓而紛亂云云」。〔註 108〕吳宓在日記中記下這些批評意見，而又沒有表示反對，應當可以視作一定程度的認可。和這些領導比較起來，方敬是更富有學識的，更學院派的，更知識分子的，不僅是表面上的出於禮儀的尊重老者賢者，而且是尊重知識分子的人格、道德和情懷。正是在這樣的背景下，吳宓認同了方敬的特殊身份，喜歡他的個人氣質，願意引為知己。

二是吳宓在與方敬的交往中也得到了相應的尊重和理解，非常願意與方敬來往。方敬 1950 年代擔任西南師範學院外語系主任，後作學校教務處長，直至學校副院長，一直是吳宓的領導。有意思的是，吳宓一生幾乎都在大學裏，他喜交朋友，但卻少與學校領導成為朋友。1949 年以後，中國的大學被劃入行政單位序列，已被行政化和政治化，這也是吳宓在共和國時代的生存環境，運動不斷，花樣常換，說則遭批，動則獲咎。吳宓與方敬的交往，讓吳宓有了深入瞭解和進一步熟悉共和國初期大學的特殊環境的橋樑，讓他釋

〔註 106〕吳宓：《吳宓日記續編》第 3 冊，北京三聯書店 2006 年，第 16 頁。
〔註 107〕吳宓：《吳宓日記續編》第 2 冊，北京三聯書店 2006 年，第 519～520 頁。
〔註 108〕吳宓：《吳宓日記續編》第 3 冊，北京三聯書店 2006 年，第 84 頁。

了惑解了疑，得到了尊嚴，在某種程度上還獲得了政治的依靠和進步的信心。

三是方敬也願意與吳宓交往。吳宓日記之外，尚未發現方敬談論吳宓的佐證。在已出版的《方敬選集》和其他方敬的集子裏面，看不到有關吳宓的隻言片語。也許是這些方敬著述出版時間較早，氣候不對，文獻收入不全；也許是方敬本身就沒有記錄過吳宓。這都是可以理解的遺憾。但從吳宓日記可以看到，方敬也不乏主動找去吳宓交流的時候，而且在與吳宓的交往中並無高高在上的姿態，也沒有不耐煩的心態，更沒有「左」的作派，是樂意吳宓的接近或親近的。

方敬對吳宓的關愛還可以在一些時人的回憶中得到印證：比如吳宓的鄰居彭維金回憶「方敬先生雖是院領導，卻以『知識分子的朋友』著稱。1950年代，方敬同志在一次會上說：『吳宓等教授的貓上了房頂，你們（指後勤、教務職工）也要想法給他們捉下來！』這當然是詩人的形象說法，亦可見他對名教授的重視態度」，〔註109〕吳宓的學生趙慶祥也回憶稱吳宓與方敬「雖然彼此在政治觀點和學術見解上不盡相同，但互相尊重，關係融洽……公正地說，歷史系在反右第二階段逼吳宓老師交反動詩詞的事，當時的方教務長為保護吳宓老師是作了工作的，在關節上替吳宓老師疏通了，緩解了當時的緊張關係」，〔註110〕吳宓更親密的學生江家駿也在回憶文字中強調「對於雨師，方敬同志對他的關懷照顧也是很多的」〔註111〕，並提供了方敬在病床上在「左」的氣氛中仍語重心長地談到吳宓並突出其進步性的細節等等。

總之，吳宓與方敬的交往，不同角度會有不同解釋。從吳宓角度看，它既是社會環境使然，也是個人情趣的相投和精神的寄託，甚至不無吳宓的生存策略；從方敬角度看，既源於其詩人氣質和文人習性，源於其理解尊重資深學者和文人的道德風範，又有共產黨知識分子政策的推力。《吳宓日記續編》所載吳宓與方敬的交往，不僅是瞭解、還原和研究二人在共和國時代的文人心態、生活情狀、精神氣度與思想風貌的重要史料，也對我們認識和反思那個時代的知識分子、文化教育與社會生活，總結歷史經驗並促進文化繁榮具

〔註109〕彭維金：《我的鄰居吳宓先生》，見王泉根主編：《多維視野中的吳宓》，重慶出版社2001年，第103頁。

〔註110〕趙慶祥：《「文革」與「反右」中的吳宓》，見王泉根主編：《多維視野中的吳宓》，重慶出版社2001年，第150頁。

〔註111〕江家駿：《懷念恩師吳宓（雨僧）先生》，見黃世坦主編：《回憶吳宓先生》，陝西人民出版社1990年，第146頁。

有不可低估的意義。那個時代的知識分子，許多人對黨的政策是衷心服膺的，正如有學者在談到建國初期還珠樓主武俠小說創作的轉向時所說，那「是新中國成立初期文藝管理工作方式及效果的生動呈現」。〔註 112〕對於類似吳宓與方敬這樣的學人交往之深入考察，以及中國共產黨人與知識分子關係的繼續討論，仍然「在路上」。

三、吳宓與毛澤東

《吳宓日記續編》雖然沒有吳宓與毛澤東直接交往或者過從的記錄，但間接的交流或曰關聯卻相當豐富。其間不難看出共和國時代政治因素對知識分子生活的全面滲透和深遠影響。據筆者初步統計，《吳宓日記續編》提及「毛澤東」213 次（其中 147 次均與「思想」組合，以詞組「毛澤東思想」的面目出現），出現「毛主席」966 處（也多與「語錄」「思想」「最新指示」「著作」「詩詞」等組合出現）。這固然和毛澤東在時代氛圍中的特殊地位和巨大影響相關，有公共性和普遍性；但其中也記載並體現著吳宓個體的情感表達與生命體驗，有個人性和特殊性，透過毛澤東這扇特殊的窗戶，可以看到關於吳宓的別樣風景。

（一）「恭錄」「讚頌」與「收集」

鑒於毛澤東的豐功偉績和文韜武略，和當時的知識分子一樣，吳宓對其自然有讚譽之詞、尊崇之舉，並在《吳宓日記續編》中留下相應的記載。比如 1959 年 6 月 12 日：「為黃克嘉書扇。恭錄毛主席詞四首，未寫完，即晚飯。」〔註 113〕此舉無疑是吳宓的私人活動，可見其對毛主席詞的欣賞。尤其是「恭錄」一語，在全部十卷《吳宓日記續編》中也不多見，筆者目力所及，僅 1955 年 8 月 21 日有「遂恭錄黃師詩而呈諸賴公」之表達。可知吳宓是以對待恩師黃晦聞先生之詩的規格和態度對待毛澤東主席之詞，遠在同時代其他詩詞唱和的師友之上。

再如 1960 年 11 月 18 日：「第五節宓授中一級（3129 教室）輔導課，續講《如何學通文言文》。指令學生讀魯迅及毛主席之文言文」。〔註 114〕吳宓授

〔註 112〕蔡愛國：《還珠樓主「從新寫起」與新中國成立前後的武俠轉向》，《西南大學學報》2016 年第 2 期。

〔註 113〕吳宓：《吳宓日記續編》第 4 冊，北京三聯書店 2006 年，第 98 頁。

〔註 114〕吳宓：《吳宓日記續編》第 4 冊，北京三聯書店 2006 年，第 470 頁。

課時主動選擇魯迅和毛主席的文言文為學生的指定讀物，其間雖然可能有藉以為文言文張目的用心，但也確實是視二人作品為文言文範本之舉動。1964年1月13日，西南師範大學中文系召開毛主席新出詩詞座談會，吳宓的發言中更有「讚頌毛主席文學天才之偉大。其功業、精神之偉大所不待言」〔註115〕的記錄。類似的讚譽還有不少，此不贅述。

此外，《吳宓日記續編》還多有收集外文版《毛主席語錄》，購買毛澤東畫像的記載。前者如1968年9月2日日記之「上午大雨。9～11張傘入碚市，購買雜物，又特至新華書店購買《毛主席語錄》法文版（六角）、德文版（六角五分）、俄文版（六角）各一冊，均精裝紅皮套而歸。（欲購意大利文及西班牙文版，未得；至英文版，則早已藏有矣。）……晡夕，以各種外文版《語錄》比較細讀，深可玩味。平生用力之外文知識與政治學習、思想改造，兩俱有益，誠樂事也」。〔註116〕後者如1969年1月12日日記日記之「夕4～5入碚市，所欲購之物，皆未得。惟幸購請來毛主席彩色畫像三幅：（一）正面巨像（二）在延安寫作（三）到安源（共價一角九分）而歸……晚，用圖釘釘立毛主席（二）（三）像於兩壁（像均襯厚紙）。其（一）正面巨像，則擬製紙袋，黏於像背襯貼之厚紙上，袋口向下，用木板（狹長，上尖）插入袋中擎頂之，然後將木板高立於壁櫥臺上。（此辦法，明日正午得麵糊，即實行）」。〔註117〕不管是收集「比較」外文版《語錄》，還是購買「釘立」畫像，都既有時代特殊語境的裹挾與影響，又有吳宓個人風格的體現和展露。如果說「購請」之舉動和措辭顯示了吳宓的普遍性，那麼購買回家後的處置方式則顯示了吳宓的特殊性；如果說購買《毛主席語錄》體現了吳宓作為俗世百姓的普通共性，那麼購買多種外文版並在對讀中「玩味」且為此視為「樂事」則體現了吳宓作為知名學者的鮮明個性。

（二）「不及」「應負其責」與「粗淺」

吳宓之為吳宓的獨特性致使其對毛澤東的認識不會是一邊倒的讚頌與尊崇，而是複雜且較為客觀的，甚至還不時有些批評與指責。比如1964年1月20日日記云：

> 此正毛主席之精正偉大高明之處，深值吾儕之敬服者。蓋經史

〔註115〕吳宓：《吳宓日記續編》第6冊，北京三聯書店2006年，第137頁。
〔註116〕吳宓：《吳宓日記續編》第8冊，北京三聯書店2006年，第546～547頁。
〔註117〕吳宓：《吳宓日記續編》第9冊，北京三聯書店2006年，第14頁。

舊籍中之理與事，即「中國人民之智慧、經驗」，本極豐富精到，而有用。毛主席能以此與馬列主義結合，其力量及效果，自然不同庸才及凡響。例如1962中印邊境之先自撤兵，即是由中國書中得來之勝著。獨惜毛主席不敢明言中國經史舊籍之價值，而諱其來源，仍以詆諆批判號召後生（同此，毛主席以所作詩詞為世模範，而命臧克家傳語曰：「新中國之青年不可作舊詩詞」），則未免予智自雄，而不與人同善，此其所以不及曾文正公也歟？〔註118〕

其間既有讚譽之詞敬服之意，也有獨立分析與個人見解，表達惋惜之情和臧否之論。雖然對中國經史舊籍的珍視與對舊詩詞的寶愛是吳宓一貫的觀念和態度，但以此批評如日中天的神壇上的毛澤東「予智自雄，而不與人同善」，甚至認為「不及曾文正公」，在當時非但是不合時宜之事，更是膽大妄為之舉。從中不難看出吳宓的耿介和率真。這樣的直接針對毛澤東的批評在《吳宓日記續編》中絕非孤證，甚至還有更直露更淺白的表達。如1964年12月12日日記之「共產黨與毛主席以如此之方法治國治民，似巧而實是大愚者也」，〔註119〕又如1968年6月1日日記之「以此類理由責令隊員跪泥地上，並以鋼條鋤柄痛打隊員若干人次，而新受打尤重且頻。（頭頂肩背、臂股甚傷）。更命新操杖擊漆宗棠，怒其擊之不重而酷打新焉。嗚呼，人道何存？公理何在？毛主席應負其責也！」〔註120〕等等。「大愚」的判定與「應負其責」的斷語，尤見吳宓在日記中不惜批龍鱗、逆聖聽的直言不諱風采！

在對毛澤東治國治民的方針政策及其落實過程中的不合理性的批評之外，吳宓對其部分詩詞創作，也是給予大膽的批評，提出明確的建議。1967年2月25日日記記錄有如下內容：

在中文系辦公室取到陳道榮二月二十一日寄示（1）毛主席講話及批示一冊，又寄贈毛主席集外（未刊布）詩詞一冊，皆重慶市革命組織翻印（打字）本；回舍翻讀；覺毛主席（1）與毛遠新、王海容談文學、教育，皆極粗淺，無關學術者，惟其中有1940年在安吳（堡）青（年）訓（練）班二週年之講話，則有關於吾家鄉者也。至（2）中之詩詞，皆粗淺而不雅不文，與已刊布之詩詞相去天淵，

〔註118〕吳宓：《吳宓日記續編》第6冊，北京三聯書店2006年，第143～144頁，原文為小號字。

〔註119〕吳宓：《吳宓日記續編》第6冊，北京三聯書店2006年，第438頁。

〔註120〕吳宓：《吳宓日記續編》第8冊，北京三聯書店2006年，第465頁。

刪除為是。〔註 121〕

其中僅以「粗淺」評社會上廣為傳播的毛澤東與親屬的談話內容已經是冒天下之大不韙了，何況前加程度修飾詞「極」，後附補充判斷句「無關學術」，真真是把毛澤東的談話批得一無是處！而對一向享有盛譽的自己也曾目為「文學天才」的毛主席之集外詩詞，也是先評為「粗淺」，再以兩個連續的判斷否定其「雅」與「文」，繼而認為與已刊布的詩詞之間「相去天淵」，反差巨大，也是把毛澤東的相關集外詩詞批得幾無可取之處，直接建議「刪除」了事。這些集外詩詞的具體篇目雖然目前難以考定，但從寫作時間推測，或許包括《水調歌頭・重上井岡山》和《念奴嬌・鳥兒問答》等。在「只能挖空心思找美感，或者說把反感敘述轉變成美感敘述」〔註 122〕的年代，雖然感覺「不須放屁」之類入詩之「粗淺而不雅不文」的詩詞行家可能不在少數，但敢於明言直陳（哪怕在日記中）的識者卻並不多見。從中自然也可以看出吳宓不諂媚權貴，不人云亦云，不阿諛奉承，不溜鬚拍馬的錚錚鐵骨。當然，在現在看來，毛澤東與毛遠新、王海容談文學、教育的內容也不無可取之處，其關於《紅樓夢》與《聊齋》，關於教育制度與改革的判斷和觀點也自有其道理，褪去領袖的個人風采與光環之後，還是可以成一家之言的，由此可見吳宓眼光境界之高與標準尺度之嚴；而即使是《水調歌頭・重上井岡山》和《念奴嬌・鳥兒問答》，也自有其存在之價值，「刪除為是」還是顯得武斷了。吳宓自編《吳宓詩集》的水平也是參差不齊，也不見「刪除為是」！吳宓的「刪除」論是出於維護主席偉人風範與詩家形象之目的，還是源自保持詩詞純正血脈與應有尺度的責任？如此不留餘地的嚴厲批評背後的深層原因是什麼？還有待有心人繼續思考。

（三）「蓄意刺殺」「莫大侮辱」與「大不敬」

《吳宓日記續編》還記載了他與毛澤東之間數次頗具戲劇性的令人意想不到的荒誕「交往」。舉三例如次：

（一）被大字報揭發「蓄意刺殺毛主席」。吳宓平素為吸紙煙者苦，常有怨言。不料在與人談話中有外語系同事汪興榮插言「毛主席亦吸煙者」，不幸「宓實未聞知，仍續宓前言云『欲殺吸煙人之苦我者』」，竟被汪在大字報中揭發、指判為「宓蓄意刺殺毛主席」。吳宓不僅在 1965 年 6 月 21 日日記中記

〔註 121〕吳宓：《吳宓日記續編》第 8 冊，北京三聯書店 2006 年，第 50 頁。
〔註 122〕畢星星：《「不須放屁」難倒全國人民》，《炎黃春秋》2010 年第 9 期。

入此事，認為「太嚴重矣」，而且還在次日「自撰申辯書，上工作組，述昔與汪生談話實況，未注意其插入毛主席，以此遽指宓有『刺殺毛主席之志』，此罪名太重大，實不敢承受，乞察，云云」。〔註 123〕雖然工作組後來似未深究此事，但是吳宓所受的驚嚇著實不小。

（二）抄大字報被批「是對毛主席之莫大侮辱」。吳宓自 1967 年 9 月 27 日「以牛鬼蛇神（原中文系勞改隊）另編一組，在資料室學習，由鄧德華指揮、監督，而不與中文系一般師生會合」〔註 124〕以後，就時有抄寫大字報的任務。次日即「分得一篇《劉少奇 1961 長沙之行》，凡 382 字，宓上午僅寫成一份」。〔註 125〕沒想到四個多月後細心的吳宓竟然因抄寫獲罪。1968 年 2 月 9 日、10 日，吳宓抄寫了兩份大字報。雖然文字無錯，而且引用毛主席語錄處也正確地用了朱筆書寫，但卻因把劉少奇、陸定一等人的姓名和「毛主席」三字都寫成了黑體大字而被管理者「春雷」之曾文輝認為「直將毛主席與反革命修正主義罪犯惡人等量齊觀，順逆無別，愛憎一體，此是對毛主席之莫大侮辱，實別有用心」，罪責「吳宓固罪無可逭……而如吳宓者，不自知其問題是何等嚴重，而猶如此任意胡行，真是自甘絕滅，無術挽救者矣！」。事已至此，吳宓只有沉默自悔，蹙容自思，喟歎偷生乏術，在 1968 年 2 月 16 日日記中自述：「甚悔自作聰明，畫蛇添足，陷於罪戾：蓋宓之寫成黑體大字，只是加重姓名，引人注意之目的，卻未想到須有順逆、愛憎、敵我之分別也」，直言：「宓此時沉默無言，其容蹙。自思：宓實無術偷生此世」，〔註 126〕可謂觸及靈魂的遭遇與反思。

（三）泄尿磁碗被斥責為「對毛主席『大不敬』之極嚴重罪行」。1969 年 5 月 9 日應該是吳宓在共和國時代極其重要的一天。是日，中文系革命師生在梁平的食堂舉行第二次鬥爭吳宓大會，吳宓被「兇猛之二男生」「分挽宓之左臂、右臂，快步疾馳」「乘向前奔衝之勢，放手，將宓一猛推，於是宓全身直向前左方，傾倒在極平之磚地上」，繼而「徑由後挽起宓之左腿，拖動全身，直至主席臺前」〔註 127〕接受鬥爭三小時，已成半死之人。隨後雖有治療，但「全身疼痛，在昏瞀之中，似兩日未飲、未食，亦未大小便」，〔註 128〕10 日後才察知「左腿

〔註 123〕吳宓：《吳宓日記續編》第 7 冊，北京三聯書店 2006 年，第 465 頁。
〔註 124〕吳宓：《吳宓日記續編》第 8 冊，北京三聯書店 2006 年，第 263 頁。
〔註 125〕吳宓：《吳宓日記續編》第 8 冊，北京三聯書店 2006 年，第 264 頁。
〔註 126〕吳宓：《吳宓日記續編》第 8 冊，北京三聯書店 2006 年，第 376～377 頁。
〔註 127〕吳宓：《吳宓日記續編》第 9 冊，北京三聯書店 2006 年，第 103～104 頁。
〔註 128〕吳宓：《吳宓日記續編》第 9 冊，北京三聯書店 2006 年，第 104 頁。

乃受扭折：上腿（大腿）向左、向外扭折，下腿（小腿）向右、向內扭折，膝蓋與胯下兩處關節脫卯」（1969 年 5 月 19 日日記）〔註 129〕，最終落下終身傷痛。就是在重傷後行動不便的情況下，吳宓又和毛主席牽扯上了荒唐的關係：

> 是夜中宵，宓醒，尿急。自度，若開帳，穿鞋，轉門扇，以赴南牆下之尿桶，必不及。至不得已，乃順手取方桌屜內之大白磁碗（外面原燒有「為人民服務 毛澤東」紅字），泄尿於碗中，尿皆紅色，如血。然後捧碗徐出，行至尿桶側，傾倒尿於桶中，復歸寢（明晨，方用清水洗碗）。
>
> 顧宓以上舉動，盡為其時方醒之劉又辛、李景白二君所窺見。由其揭發，與眾之斥責，遂構成宓又一次「對毛主席『大不敬』之極嚴重罪行」。（1969 年 5 月 22 日日記）〔註 130〕

情況如此特殊，卻不被室友諒解；過程如此清楚，已不用筆者饒舌。值得補充的是所謂「又一次」，是指兩天前吳宓已經因用《人民日報》包裹乾糞條擲諸尿桶，被劉組長等「不嫌污穢，細細檢閱，果發現其反面赫然有加花之橫標題『毛澤東思想萬歲』存在」（1969 年 5 月 19 日日記）〔註 131〕而被工宣隊及專政隊隊員「開臨時鬥爭之會，命宓自己認識、批判昨（十九日）宓所犯對毛主席『大不敬』之極嚴重罪行」（1969 年 5 月 20 日日記）。〔註 132〕可歎的是，吳宓擇取該版《人民日報》時還專門看過其正反面內容「皆無涉及毛主席處」，只是「不幸當時確未看見」反面中幅的「毛澤東思想萬歲」；可悲的是，是吳宓自己當晚以解便事「告諸君（自覺其所行甚輕巧，可免諸君為宓傾倒大便）」。從中既可以看出吳宓的百密一疏、自作聰明、自投羅網、自取其辱，又可以看出組員的別有用心、上綱上線、對室友的冷酷以及對政治的熱衷。當然，從更大的範圍看，這樣的荒唐慘劇在當時也非特例，吳小如先生接受的最後採訪中，也曾憶及「保姆把一張報紙壓在痰桶底下，正好上面有毛主席的像。保姆反咬一口說是王瑤幹的。就為這一句話。王瑤的經歷慘不忍睹」〔註 133〕的荒誕往事。

〔註 129〕吳宓：《吳宓日記續編》第 9 冊，北京三聯書店 2006 年，第 106 頁。
〔註 130〕吳宓：《吳宓日記續編》第 9 冊，北京三聯書店 2006 年，第 109 頁。
〔註 131〕吳宓：《吳宓日記續編》第 9 冊，北京三聯書店 2006 年，第 108 頁。
〔註 132〕吳宓：《吳宓日記續編》第 9 冊，北京三聯書店 2006 年，第 108 頁。
〔註 133〕舒晉瑜：《最後的採訪——吳小如：我不喜歡熱鬧》，《中華讀書報》2014 年 5 月 14 日。

我們專門討論《吳宓日記續編》記載的吳宓與毛澤東的間接交往，是因為深感間接交往也具有重要的意義和價值。每個人的生命歷程中都會直接或間接地接觸到諸多形形色色的人物，都會有直接或間接的林林總總的交往，留下直接或間接的深深淺淺的影響。在直接的接觸和交往之外，那些留下了重要或特殊影響的間接的接觸和交往也值得重視。對於著名文化人物尤其如此。在考察他們直接接觸和交往的對象之餘，關注他們間接接觸和交往的人物，對我們全面認識和把握研究對象，把相關研究引向深入具有重要的意義。特別是當間接接觸和交往的對象也是著名甚至更有影響的歷史人物的時候，就更是具有雙重的意義和價值。吳宓與毛澤東的間接接觸和交往無疑應該作如是觀。吳宓日記中的毛澤東既是作為詩人、政治家、開國元勳和偉大領袖的毛澤東本人，也是共產黨方針政策、共和國民主政治的代言人，不管是吳宓對毛澤東的「恭錄」「讚頌」與「收集」之行為，還是「不及」「應負其責」與「粗淺」之評論，或是因「蓄意刺殺」「莫大侮辱」與「大不敬」而獲罪，都是吳宓的政治態度、政治生活和政治生命的典型表現與關鍵內容，對還原和研究共和國時代吳宓的生活狀態與精神思想都極為重要，不容小視。另一方面，吳宓日記既有對毛澤東詩文的讚譽，又有對「集外（未刊布）詩詞」的批評；既有對毛澤東建國偉業的欽佩，又有對治國方略的問責；既有對毛澤東畫像的「購請」，又有外文版語錄的「細讀」；這些都是反映毛澤東在民國文人（知識分子）心目中的地位、形象和作用的個人記錄和民間史料，對折射和分析毛澤東時代的知識分子對毛澤東的認知與態度也具有當然的價值。特別是吳宓在特殊年代被無限上綱上線、深文入罪的血淚歷史，為我們反思晚年毛澤東的政治導向、知識分子政策及其惡劣的社會影響，留下了鮮活的記錄和鏗鏘的證詞。由此，甚至還可以進一步對比和思考共和國成立前後不同體制的政治環境對知識分子生活的滲透和影響問題，研究和探討國家政治體制中知識分子政策的尺度和空間問題，以尋求國家政治需要與知識分子特殊需求之間的平衡點和結合點，更好地發揮知識分子的積極作用，形成良好的知識分子文化生態與「公共空間」。

《吳宓日記續編》是一座富礦。吳學昭女士認為「父親用自己的日記見證了歷史，歷史也通過日記確證了父親及一代知識分子，在他們的心路歷程留下濃重的痕跡，留供後人研究，也許，這就是《吳宓日記》價值所在」。〔註 134〕

〔註 134〕吳學昭：《前言》，見《吳宓日記續編》第 1 冊，北京三聯書店 2006 年，第 6 頁。

劉夢溪先生強調「《雨僧日記》實際上是一部內容豐富的日記體中國現代學術史敘錄，也是一部現代學人的文化痛史，其史料價值和學術價值，均不可低估」。〔註 135〕如果我們結合文本與統計的試圖較為全面地把握吳宓與陳寅恪、方敬、毛澤東的直接交往和間接交往的努力還有一定的價值，還對共和國時代的吳宓形象的清晰化與立體化有一定的意義，那麼我們想要強調的是，相關的研究還有很大的空間，類似的工作還大有可為！比如在吳宓與陳寅恪之外，其詩友如劉永濟，周邦式，瞿兌之，穆濟波；在吳宓與方敬之外，其同事如李源澄、劉又辛、凌道新、鄭思虞；在吳宓與毛澤東之外，其他政要如周恩來、鄧小平等，都是非常值得就《吳宓日記續編》的相關記載進行系統梳理和研究的重要人物，還可以產生一批有影響的成果。同時，吳宓的社會生活圈內還有不少不是嚴格意義上的交遊，或者說不是一般意義上的朋友的值得關注的人物，他們與吳宓形成特殊的社會人際關係，他們或長期或在某一時段對吳宓產生了重要影響，從他們身上可以看到吳宓的更多面相，從他們與吳宓的交往中可以捕捉到還原和建構吳宓形象急需的豐富信息。在這方面，何蜀先生的《吳宓與唐昌敏》〔註 136〕梳理吳宓與家務女工唐昌敏的患難之交，既是開拓之作，又是重要參考資料。其他如吳宓與吳學昭（父女關係）、吳宓與吳須曼（兄妹關係）、吳宓與鄒開桂、鄒名倜（內親關係，一為長期代吳宓料理家務之青年，一為寄住家中近 2 年且需吳宓照料的頑童）、吳宓與江家駿、曾宛鳳（導師關係）、吳宓與醫生群體（醫患關係）、吳宓與鄰居群體（鄰里關係）、吳宓與紅衛兵（挨打關係）等等，都是很有研究價值與挖掘空間的話題，還有待感興趣的學人繼續進行爬梳和探討。

〔註 135〕劉夢溪：《王國維、陳寅恪與吳宓》，《中國文化》2013 年第 2 期。
〔註 136〕何蜀：《吳宓與唐昌敏》，《博覽群書》2007 年第 11 期。

愛情篇

吳宓，中國現代文學史上的著名學者，以其獨特而矛盾的思想和言行蜚聲於中國文壇，他的婚戀軼聞更是屢被人們所談及。解放以後，早已是知天命的吳宓又經歷了一番刻骨銘心的情感歷程，這其中的可敬、可歎、可悲、可憐，既是一個現代知識分子靈魂孤獨而痛苦的自我鎔鑄，也是那個時代風雲在人性的歷史長河中揮之不去的一抹印痕。

一、遭遇激情的道義擔當

1949 年 4 月，隨著解放戰爭的不斷推進，吳宓輾轉來到了重慶，擔任位於北碚的相輝學院外語系教授，同時，他還兼任梁漱溟在北碚主持的勉仁學院的歷史系教授。9 月，他又應重慶大學的邀請，兼任了重大外文系的教授。重慶解放以後，1950 年 4 月，相輝學院、勉仁學院相繼撤銷合併，吳宓被安排到了位於磁器口的新成立的四川省教育學院任教；9 月，該學院又與原重慶國立女子師範學院合併入新成立的西南師範學院。自此，西師歲月成了他最後的人生經歷。

此時的吳宓，心情是複雜的，新的時代和新的政府給予了他極高的尊重和禮遇，他並不諳熟政治，也不太熱心時事，作為知識分子、大學教師，他更願意和學生在一起，把全部的熱情投入到了教學當中。作為一個學貫中西的學者，他的課吸引著眾多學子的心，他的外國文學課，激情四射，廣徵博引，注重將中西文學的精緻與奧妙之處進行比較；在講解外國作家時，他經常援引中國各個歷史時期的作家作為參照；在講解英語詩歌的格律時，配合著英詩的格律，他時不時地會用手杖一輕一重地敲擊著地板；講到興頭上，他還會朗誦自己的詩作。坦誠浪漫的性格使他藏不住些許的秘密，有時學生逼他講詩中的故事，有些他很快地說了，有些他則支支吾吾地不願意講，可是學生們略施小計，換一種方法問他，他就開始一五一十地和盤托出，包括某些絕對隱私，如他與陳心一、毛彥文及其他女子的感情糾葛；當他自覺失言時，就像小孩子做錯了事似的，滑稽地吐吐舌頭，旋即下意識地用手捂住嘴巴。在他那裡，學生們感覺不到年齡的差異，面前的這位學識淵博、精力充沛、仁厚無私的師長彷彿就是他們的同輩朋友，他們被他的學識所折服，更為他的傳奇的愛情經歷所吸引，大家都願意與他交往，找他閒聊，向他討教，向他借書，甚至向他借錢。

在眾多的學生當中，一個女子開始闖入吳宓的生活，他叫鄒蘭芳，吳宓在日記中稱她為「蘭」。她是 1948 年進入重慶大學法律系學習的學生，從一開始她就被這位和藹可親、富有浪漫情趣的老師所吸引。很快地，兩人便開始了書信來往，信中，鄒蘭芳表達了對吳宓的崇拜和喜歡，吳宓也為這個學生的大膽直率所打動。不久，鄒蘭芳就直接登門拜訪，隨著彼此的日益熟悉，交往的內容也從學業轉向了生活的方方面面，鄒蘭芳經常來吳宓家做些家務，洗衣做飯，收拾房間。在吳宓的眼裏，她是個雖不十分漂亮但卻開朗、熱情、單純的女孩子。他對鄒蘭芳也時有批評，「不感人世之艱難而無所戒懼，又喜遊樂，不用功也。」〔註 1〕但他又認為這是青年人普遍具有的特點，慢慢教導會有改進。逐漸地，兩人開始成雙成對地出入各種公開場合，或走訪親友，或漫步公園，一起吃飯，一起看電影。在校園中，人們時常看到在吳宓的身邊有著這樣一個臉上掛著微笑，神情略顯靦腆的青年女子。漸漸地，吳宓與鄒蘭芳相愛的消息不脛而走。

然而，在吳宓的心中，他從來也沒有把他們之間的關係認作是戀人關係。在吳宓的感情生活中，一直不缺乏年輕漂亮的女性，但是，他的戀愛往往以失敗告終。在來重慶之前，他的愛情生活一直是師友們所熱衷的談資，甚至是小報的追逐熱點。他渴望獲得一份真正的愛情，古希臘文化中「海倫」是他心目中的理想戀人形象。為了尋找「海倫」，他的倔強性格和詩人的浪漫天性可以讓他衝開一切世俗的阻礙，那份愛的激情隨時都會因為「海倫」的出現而再度燃燒。「海倫」，是吳宓對愛情執著追求的偶像，也是他無法逾越的心結。他曾把毛彥文看做「海倫」而苦苦最求，但終歸幻滅。對此，人們褒

〔註 1〕吳宓：《吳宓日記續編》第 1 冊，北京三聯書店，2006 年版，第 24 頁。

貶不一，眾說紛紜，往往將其看做是他人格結構中傳統倫理道德意識與現代個性自由意志的矛盾衝突。

童年時代的家庭生活陰影養成了他衝動、任性、暴力、拘謹、偏執的性格，而早年嚴格的儒學教育又培育起了他濃厚的封建士大夫情趣。他曾羨慕叔父的豔遇，「獨惜未早以女子之心理及戀愛之技術教宓致宓有多年之失之矣。蓋仲旗公不但壯年在滬，涉足花柳場中，名妓爭相求寵、至情，為人所豔稱。綜其一生，概無時、無地不受婦女之歡迎也。」〔註2〕然而，接受了「五四」新文化洗禮的現代女性又如何肯接受這樣一個雖然表面留學海外，接受西洋文明，骨子裏卻一味堅持傳統倫理道德的學究呢。在他和女性的戀愛交往中，我們可以看到他精神血脈中所延續的名士風流、男尊女卑的文化意識。在與女性的交往中，他不是因為不無得意地炫示與別的女子的愛情經歷而引起女友的惱怒，導致分手；就是因為偏執、蠻橫的性格無法容忍對方有意無意的過失和誤解而相互疏遠。為此，他心裏也是極度苦悶、孤獨。他喜歡與人交往，因此，在他的日常生活中，訪友成了主要的內容之一，尤其是與青年女性的交往，極大的撫慰了他在愛情追求上的失落，在她們身上，他又重新燃起了青春的激情，他也希望在其中能夠尋找到他心目中的海倫，一個紅袖添香、聰慧溫婉、多情賢淑的妻子。但是，鄒蘭芳顯然不是他理想的戀人，她是那個時代的不幸者，對於她，吳宓更多的是仁愛的道義擔當，他這個柔弱的年輕女子的遭遇感到不平。

1950 年，剛剛解放的西南地區掀起了大規模的清匪反霸、減租退押、土地改革運動。鄒家是四川萬源的大戶人家，家中廣有田產，幾個哥哥中，大哥鄒枬是國民黨川軍的副軍長，四哥鄒槐芳是王陵基的高級參謀，這樣的家庭在運動中自然無處遁形。這一天，鄒蘭芳應約來為吳宓裝訂日記。吳宓見她眼睛紅腫，滿面愁容，忙問出了什麼事。鄒蘭芳哭著講了起來。原來，萬源家中被當地政府派定退押金額達二億數千萬元，鄒家以所有的房產作抵，並四處舉債，才得以繳付完清。她的母親帶著一家人移居到鎮上私立小學中安身。她家正宅及宅中所有粗細器物，則由農民遷入居住並佔取享用。儘管農民佃戶中，有些人說：「未借鄒家錢財」，「某項押金已經收回」，農會卻一律不聽。家鄉中許多人已經被槍斃了，她的母親想離開家鄉，自然不被准許，當地農民還要追捕她的在成都避禍的父親回鄉公審。幾天前，她母親由萬源

〔註2〕吳宓：《吳宓自編年譜》，北京三聯書店，1995 年版，第 23 頁。

家中寄信過來，要她和嫂子去買安眠藥水，讓她父親自盡，免得受拷打侮辱。吳宓聽了大為難受，他深深地同情這個突遭家庭變故的柔弱女子。

對於這個運動，吳宓內心是不滿的。作為一個畢生服膺新人文主義，恪守儒家仁愛精神的文化保守主義者，他不理解也不能容忍這個追求平等、自由、民主的社會為什麼還會有那麼多的對人的迫害和侮辱；對於運動中的文化摧殘，他的心中更是抑鬱難平。他在 1951 年 2 月 19 日的日記中寫到，「中國公學職員鄭克明……述近日遭受退押之地主，所有田地、房宅、書籍、衣服、器具等，悉皆『捐獻』沒收，分與農民。彼農民得書籍不知寶愛，乃作為廢紙論斤出售，歸入造紙坊，另行造紙。鄭君偶遇之，然購得若斤，才值數千元（舊幣），而獲《四史》全部，版本與宓所購者同……宓聞之極為傷感。」〔註 3〕他為此作詩嘆道，「千秋理想真兼善，一旦成功力勝仁。階級驚看嚴報復，性情深惜廢彝倫。」〔註 4〕

過了一星期，鄒蘭芳又哭著來找吳宓：她家中的退押由於七十多個佃農的控告，又增加了許多。他的父親曾與家中的侍女偷情，遭到母親的痛罵，那女孩後來羞愧自殺；以前父親祝壽時，曾經找過兩個唱戲的陪酒，打情罵俏，甚是親昵。現如今這兩個人和那個死去的女孩的爹都來控告他父親，說他欺男霸女，逼死人命。現在，農民協會要抓她父親回鄉受審，大概凶多吉少了，她的母親也因此飽受鄉民凌辱，她們家的最後一點財產也被剝奪了。他的大哥，那個國民黨將軍也於日前以通海謀逆之罪被處決。她從此將失去生活來源，成為一個孤苦無依的人了。望著這個痛不欲生的女子，吳宓手足無措，他只好儘量安慰她，並承諾每個月資助她十萬元，幫她解決食宿和學費困難。

經過這樣的家庭變故，鄒蘭芳更是把吳宓視為自己人生中的唯一依靠，她比以前更愛吳宓了。一天晚上，吳宓接到了鄒蘭芳一封長長的求愛信，正式表示她要嫁給吳宓。然而，鄒蘭芳卻不是吳宓心中的理想伴侶。他當即回信表示了拒絕，信中，他詳細講述了自己以往的愛情經歷，希望她打消這個念頭，仍以師友長者來對待自己。為此，吳宓開始操心起鄒蘭芳的婚事來。吳宓在重慶大學外語系有個學生，名叫鄧心悟，他的中英文造詣很高，喜歡寫詩，經常拿著自己的詩作向吳宓請教，很得吳宓賞識。但鄧心悟自我意識

〔註 3〕吳宓：《吳宓日記續編》第 1 冊，北京三聯書店，2006 年版，第 68 頁。
〔註 4〕吳宓：《吳宓日記續編》第 1 冊，北京三聯書店，2006 年版，第 268 頁。

太強，又太內向，不長交際，不善處事，對待愛情只知一味自白，不太顧念他人感受，因而多次失戀，心裏非常鬱悶。他常來吳宓的家中談心，吳宓也常去鄧心悟家裏吃飯。一個星期天，正當鄒蘭芳在吳宓房中閒聊的時候，鄧心悟來訪，吳宓熱情地為他倆互相介紹，面對著這個突如其來的小夥子，鄒蘭芳當即撅起了嘴，鄧心悟走後，她對吳宓說不喜歡這個人，埋怨吳宓多事。可是鄧心悟自此便開始了向鄒蘭芳的求愛，不斷地寫情書，還多次到重慶大學女生宿舍找她聊天。這讓鄒蘭芳感到非常厭煩，明白表示拒絕，甚至吳宓親自前來撮合也無濟於事。

儘管如此，吳宓還是不忍心丟下鄒蘭芳不管，他在生活上竭盡所能的照顧著她，除了按時資助她每月的日常開銷外，還經常帶她一起出去逛街，一起出去吃飯，儘量使她忘卻失去親人的痛苦。然而，不幸還是接二連三的降落到鄒蘭芳的頭上，先是他的六哥在老家被作為反革命槍斃了，接著，他的父親經受不住驚嚇，得了瘋病，於 1951 年 6 月 2 日去世。不過這時的鄒蘭芳，已不像最初那樣的傷心欲絕，開始學著坦然面對眼前所發生的這一切，回想過去，她也認為這是父兄平日作孽，咎由自取。

時間似乎能夠抹平一切，隨著時間的推移，鄒蘭芳內心漸漸恢復了平靜，在吳宓細心的照料和安慰下，她又開始了像往常一樣的校園生活。畢竟是大戶人家的小姐，那種驕縱任性，不知節儉，追求享樂的生活習性又逐漸顯露出來，這是吳宓最無法忍受的事。每月的 10 萬元顯然不夠，平日裏每次來找吳宓總還再要點零花錢，吳宓拿她也真沒有辦法，也許是溺愛，也許是同情，儘管生氣卻也還是滿足她，每逢週末，兩人則一起逛街，買些綠豆糕、軟糖、麵包等零食。而這樣一來，卻越發慣得鄒蘭芳有恃無恐起來。

1951 年 8 月 1 日，天上下著小雨，鄒蘭芳來找吳宓，告訴他，重慶林森路教場口十八梯市人民法院刑庭庭長王繼純打電話來招實習生，明天就走，要吳宓給他一筆錢。吳宓當即答應了，並要明天下午為她送行。看到吳宓爽快的樣子，鄒蘭芳哭了起來，吳宓不知所以然，怎麼問她都不說，吳宓無奈，只好打著傘送她回重慶大學女舍。在猜透女人心思方面，吳宓向來是個弱智，他不明白這是鄒蘭芳捨不得二人分離，途中還在分析：一，是為家破人亡，父兄誅死；二，是為昔富今貧，仰宓供給學膳費，不能如意支用。三，是仍存愛宓之心，但此斷斷不可。「蓋宓年長蘭逾三十歲，況又決志為僧，必須守貞，故對任何女子亦不能有戀愛婚姻之事。前已一再鄭重告蘭，蘭仍執迷不悟，徒增自己之痛苦，而自毀滅世間難得之師友，願速省悟悔改，努力前途。」〔註 5〕到了女生宿舍門外，鄒蘭芳拉著吳宓的手久久不肯鬆開，路過的女生紛紛側目，吳宓好不容易掙脫，疾步如飛地往回趕，鄒蘭芳則呆呆地望著他迅速消失的背影，淚水布滿了臉頰。第二天下午，吳宓如約來到女生宿舍，他看到蘭芳一臉憔悴，不停抽泣，行裝也並沒有收拾。追問之下，才知道她已電告王繼純不入城實習了，吳宓大為生氣，直斥她任性胡鬧。他痛罵了鄒蘭芳之後轉身就走，真想從此不再理她。可是過了幾天，他聽說鄒蘭芳病倒了，立刻又為自己的衝動感到懊悔，趕忙過去探望，兩人又和好如初了。

8 月 22 日，是吳宓的生日，這天晚上，吳宓帶著鄒蘭芳參加朋友為他舉行的生日宴會，結束後，照例吳宓送她來到女生宿舍門口，伴著皎潔的月光，在牆邊的大樹下，鄒蘭芳又一次癡癡地望著吳宓，抓著他的手，似悲似怒。吳宓低聲地勸她，卻始終不肯鬆開，這樣相持了半個多鐘頭，最後鄒蘭芳才依依不捨地走進了宿舍大門。

九月還沒過完一半，鄒蘭芳託人送信來，向吳宓要 10 萬元還急債。一問才知道，她平日裏不知節儉，熱衷應酬，花錢無度，隨意舉債。原來吳宓跟她約定，每月給 15 萬元作為學膳費，分兩次付給，但 8 月底的 7 萬元，被她挪用了，卻謊報已繳九月份膳費，最終入不敷出了，忙找吳宓要錢。吳宓甚是惱怒，立即回覆，重申原定的資助辦法，今後仍每月給她 15 萬元，按期分付，此外一切不聞不問，再有花費，就自己想辦法。如再有信來談及錢的問題，吳宓概不拆閱，亦不答覆。第二天晚上 8 點過後，鄒蘭芳的同學況厚源陪著她來找吳宓，這時候全樓的電燈恰好熄滅了，黑暗中，鄒蘭芳怯怯地向吳宓表示道歉，但是，此次 10 萬元急債必須還上，懇請下不為例。吳宓則堅持仍照昨天的回信辦理，決不通融。說著說著，鄒蘭芳生氣了，問吳宓要去了寄存在他這裡的金戒指，說明日入城兌換以償債。還告訴吳宓，近來正和杭州一個搞藝術的朋友談戀愛，時常通信，兩情相悅。見吳宓還不為所動，鄒蘭芳撒起嬌來，一下撲到吳宓懷中，百般懇求，吳宓實在沒有辦法，在奮力掙脫中將她送到了樓梯口，幸好有況厚源在旁邊，鄒蘭芳這才極不情願地離開。

過了幾天，吳宓接到鄒蘭芳的來信，語氣帶著怨恨，說她決定參加「土改」外出，明年二月初才能回來，她對那天的事非常傷心，她那麼地愛著他

〔註 5〕吳宓：《吳宓日記續編》第 1 冊，北京三聯書店，2006 年版，第 183 頁。

卻得不到回報，她只有獨自漂泊。吳宓氣得不知道該怎麼說好。她在信中又說，需要「土改」置裝費 10 萬元，還有要還所借黃冠效教授的 10 萬元，吳宓的手錶修理費花了 2.5 萬元，因為沒拿去換錢還債，金戒指仍要吳宓保管。吳宓當即寫信，「土改」去否，自行決定，決不參議，亦不負責。所需款項可以給付，表不再借與，戒指亦不欲再代管。信寫好後，吳宓託一個學生給鄒蘭芳帶去。不一會兒，那個學生卻和鄒蘭芳一起回來了，原來他們在路上碰見了。鄒蘭芳收了錢卻沒寫收據，她回來是想讓吳宓給她找個大夫開病假條，她不想去下鄉「土改」，而且回來是要把戒指交給吳宓。看著她一副要賴的樣子，吳宓是又好氣又好笑，一番爭執之後，無奈之下又只得照辦。

到了晚上，左思右想，吳宓還是拿起筆來寫信勸她，讓她參加「土改」，以增加社會閱歷，將來能夠在社會上立足，並說如不去「土改」，就還回 15 萬置裝費用。第二天，鄒蘭芳來了，哭泣著說昨天已決定參加「土改」，10 月 10 日出發，沒想到吳宓竟說這樣的話，說著隨手把剛買的布和 8 萬元錢扔到桌上，斜眼看著吳宓，一臉委屈，不依不饒地一定要吳宓道歉，否則就不去置辦行裝。吳宓無奈的在心中嘆道，「我何辜而對蘭如此卑屈，蘭又何德何能而對宓如此驕橫冷傲？斯皆由蘭愛宓之一念作祟，固未嘗以正常態度待宓也。」〔註 6〕事已至此，又能如何呢。吳宓心裏很煩，但還是連哄帶勸地讓她收好錢，拿著布，表自然不能落下，臨走時還是一副憤憤不平的樣子。當天，吳宓在日記中寫到：「夫宓遇蘭甚厚，而不免凶終隙末，自足悲傷。然其咎乃在蘭之癡愚，將兩人純粹理想之關係輕輕破壞，不尊宓為師友，必欲視宓為情郎，一再進攻不聽勸告，豈知愛反成仇；愛深則恨亦深，宓厭避蘭不許其來宓處，而蘭以失戀報復之心，偏欲來此見面爭鬧。蘭所行不自知其愚，宓則厭離此類事已久而無奈蘭何，哀哉！」〔註 7〕

作為新人文主義的虔誠信徒，寬厚、坦誠、仁愛、無私是吳宓一生的價值信仰和人格操守。道德即是他的立身之本，也是他踐行愛情的信心之源，無論這婚姻與戀愛成敗與否。當他推脫婚姻責任時，他可以據此以自辯。「宓之允心一婚事，初無愛戀之意，只以不忍拂其請，寧犧牲一己而與為婚，譬猶慈善事業。及後來早有悔心，而又硜硜守信，寧我吃虧，不肯負人。專重道德之義務，不計身心之快樂，愈陷愈深，馴至不可脫卸，追悔無及。近傾

〔註 6〕吳宓：《吳宓日記續編》第 1 冊，北京三聯書店，2006 年版，第 217 頁。
〔註 7〕吳宓：《吳宓日記續編》第 1 冊，北京三聯書店，2006 年版，第 217～218 頁。

覆又感懷此事，日夕怫鬱懊喪不釋。心一嫁我固幸，不嫁我亦可得所。既如此，何必犧牲我之一生。」〔註8〕當他追求愛情時，往往又憑此以自矜，如他苦戀毛彥文，明明不達目的誓不罷休，卻反覆標榜，「但決以理性自制其感情，使此愛終為柏拉圖之愛，並願終身為彥盡力，謀其真正之幸福。」〔註9〕「但求為彥謀幸福，籍使吾之真情與熱誠能得其用，便已滿足。究能與彥結婚與否，毫無關係。苟為友而兩人皆利，或較利於彥，則為友亦樂。僅論吾個人之生涯，寧以不娶為佳亦。」〔註10〕然而，其內心深處確是，「目前行事之方，當竭力使彥能來清華或燕京，每星期晤談一二次，互資慰樂。如歷久而情愈濃，至不能脫解之時，再謀與心一解決之法。」〔註 11〕吳宓生性拘謹，不善交際。故此，追戀女性時常常以財務、學業上的傾力相助來表達愛慕之情。我們無法揣測吳宓對鄒蘭芳的真實情感，是否僅僅是為了實現心中一直秉持的道德理想而獲得自我實現的心理上的滿足，還是還有些遠超師生之情、朋友之情之上的愛慕之意。但無論怎樣，在別人和鄒蘭芳的眼裏，那種無私的資助和不辨因由的縱容恰恰就是愛的體現。

最終，吳宓還是託人帶了 13 萬元交給鄒蘭芳，10 萬元還蘭所借黃冠效教授之款，3 萬元當做十月上旬的飯費。送信人回來說，鄒蘭芳的老家來信了，四哥被抓，母親病危，家人無以為食，要蘭匯款接濟。吳宓只好又給了鄒蘭芳 2 萬元。

臨行前，吳宓約了幾個好友也是他的學生去給鄒蘭芳送行，上船時，買了一些信封和郵票，連同 5 萬元錢一起交給她，讓她路上零用，並記得經常寫信。果然，只四天光景，就接到鄒蘭芳的信，說她已將 5 萬元用完，盼望吳宓再匯 10 萬元過來。

二、運動風潮中的「海倫」

翻身帶來的喜悅和無休止的政治運動所激起的狂熱成為了時代的主旋律，不管願意和不願意，人們都在這個時代大潮中被裹脅著，憧憬著，也掙扎著向前奔湧，他們不能自主，也無法自主。

1951 年 3 月 8 日，這一天是「三八」婦女節，大街上鑼鼓喧天，彩綢飛

〔註 8〕吳宓：《吳宓日記》第 4 冊，北京三聯書店，1998 年版，第 130 頁。
〔註 9〕吳宓：《吳宓日記》第 4 冊，北京三聯書店，1998 年版，第 170 頁。
〔註10〕吳宓：《吳宓日記》第 4 冊，北京三聯書店，1998 年版，第 308 頁。
〔註11〕吳宓：《吳宓日記》第 4 冊，北京三聯書店，1998 年版，第 140 頁。

舞，好不熱鬧。吳宓閒來無事，在家門口漫步，遠遠地看見本校女教工張宗芬的兒子蕭遠明在前邊玩耍，就親切的把他叫過來，這孩子美秀可愛，玉雪照眼，跟吳宓平常就很熟，吳宓把他領回家，找出幾張彩紙，和他一起玩起剪紙遊戲來。

張宗芬在吳宓的日記中被記作「雪」。吳宓與這對母子相識，還是在 1950 年 8 月，當時，吳宓剛搬到現在住的這座樓上，平時外出時經常能碰見她們母子倆，她們暫時住本樓二樓前室。每每相遇，母親總是叫兒子喊「吳老師，您好！」。吳宓心裏很高興，但是並不知道她們是誰，從來沒見過這孩子的爸爸。他想，應該是本校老師的家室，丈夫或許剛剛去世，不便過多相擾，因此，碰見時頂多寒暄兩句。然而，這少婦的美貌卻深深地打動了吳宓的心，他覺得她是整個西南師範學院女員工中最漂亮的一位，舉止端莊，溫文爾雅，她的三歲的兒子也是校園裏最漂亮可愛的小孩。後來逐漸熟了，才知道她叫張宗芬，人們都叫她蕭太太，本校註冊組職員。10 月份的時候，重慶女子師範學院的師生員工陸續遷來，張宗芬家就搬到四教院樓下，每次遇到這對母子，小遠明仍然高興地老遠就朝著吳宓歡叫。

最近，吳宓突然聽說，張宗芬瘋了，她家的門口都安排了校警，說她可能是特務。這一天，吳宓進食堂吃飯，恰巧鄰座是圖書館的曾慶潔，她是張宗芬的鄰居，也是她最好的朋友。從她那裡，吳宓才知道，張宗芬是湖北宜昌人，家境貧寒，父親是個卑微的小職員，平日裏都靠張宗芬的匯款接濟。張宗芬的母親在她很小的時候就去世了，父親找的後母常常虐待她，經常地，繼母就隨手抄起家裏的用具狠命地打她，幾欲把她打死。張宗芬從小飽受痛苦，常常獨自黯然神傷，心情憂鬱。後來，她考取了重慶女子師範學院教育系，畢業後和四川教育學院留校任教的蕭化民結婚，生活和心情才逐漸地好了起來。蕭化民解放前是川教院的生活輔導主任兼三民主義青年團幹事長，1948 出國至印度國際大學留學，學習工業心理學，隨著 1949 年的大陸解放，他就不再回國了，但常常寫信給張宗芬。張宗芬有三個子女，大兒子蕭遠權跟著遠在老家的爺爺，次子就是蕭遠明，今年四歲，還有一個女兒蕭遠雲，兩歲。張宗芬家裏雇有保姆馬嫂，每天替她做飯看孩子，遠明則每日上午送往大眾托兒所。

近來，為配合土改和抗美援朝戰爭，國內又掀起了大規模的鎮反運動，重慶也在搜捕特務，每天大街上都有警車和軍車呼嘯而過，車上押著大批反革命特務分子。作為三青團幹事長的妻子，而且丈夫至今滯留海外未歸，張宗芬心裏不免有所擔心。1950 年秋天，她考慮到自己做註冊員收入較少，又要匯錢給父親，又要撫養幾個孩子，因此找到教育系主任劉尊一，想被聘為教育系助教，但校方沒有答應，情緒不免有些失落。近來學生中有活躍分子懷疑張宗芬是潛伏在國內的特務，與海外保持著密切的聯繫，這讓她大為驚恐。她本就性格內向，不善言談處事，在外人眼裏本就顯得有些孤傲，教職員同人，尤其是婦女，就有不少議論，對她冷嘲熱諷，批評她思想不求進步，也不參加各種活動。張宗芬平日裏為人和善謹慎，與世無爭，安安分分地過著自己的日子，現在反而遭到流言蜚語的攻擊。想想大街上那些被處決的特務，看看自己現在的處境，恐懼、孤獨、痛苦、憤怒、絕望一起襲來，她終於無法承受如此巨大的精神壓力，變得有些瘋癲了。

吳宓路過張宗芬的家時，果然看見門口有兩個校警守著，又聽別人議論，張宗芬確實瘋了，而且一天比一天厲害，在家裏亂砸東西，別人進去勸阻時，她還瘋狂撲咬撕扯。昨天，她趁人不注意，跑出了門，人們找到她時，發現她趴在臭水溝中，滿身泥污。大家只好把她關在教室大樓下東北角的校警室裏，由校警輪流看守，門窗都用門板釘死，有如黑漆漆的監獄。

校警室緊挨著教職員食堂，吳宓每次去吃飯時，都聽到大家在議論這件事，他們邊吃邊談，說笑著，談論著瘋子的事；也有義憤填膺者，如某位女教員，就在那裡大聲地批判學校及婦女會，說他們商議安置張宗芬和捐款救濟是包庇特務。還是有人對張宗芬表示了極大的同情，圖書館的編目員曾慶潔面對著冷言冷語，不避譏嫌，細心地照料著、幫助著她，無奈她自己也剛剛懷孕，很多事情也頗感無奈。吳宓聽了之後，當即表示要為張宗芬奔走呼告。

吃完飯後，他立刻來到教務長李源澄的家裏，劉尊一也在，也是為張宗芬的事而來。見到吳宓，劉尊一說，剛才三個女人一起才為張宗芬洗了澡，換了衣服，那情形令人難過。吳宓對二人說，他願意暫時看護照料張宗芬的兒子蕭遠明，李源澄認為可以，但還需要商量一下。吳宓又回來找到曾慶潔，說明了自己的意思，曾慶潔想了一下說，這事要徵得張宗芬家人的同意。她可以去找蕭化民的侄子蕭榮東，他是重慶大學機械系二年級的學生。由於自己年事已高，吳宓最初的想法是把蕭遠明寄養在朋友家中，最好是年輕一點的夫妻家中，由他來提供撫養費。然而，他去了幾家，人家都以這樣那樣的藉口拒絕了。

第二天，蕭榮東如約來到吳宓的家裏，吳宓對他說，願意在經濟及其他方面幫助張宗芬治病，還願意代為照顧蕭遠明。蕭榮東非常感激，他說先要視嬸嬸的病情而定。送走蕭榮東後，吳宓去街上買了幾個餅回來，正好看見蕭遠明與鄰家小孩在玩耍，他把兩個孩子領到家裏，將餅分給他們吃，吃完後，他又和兩個孩子用肥皂水吹泡泡玩，一直到中午，才把遠明送回家。家中空無一人，媽媽還被關在校警室裏。晚上，蕭榮東領著張宗芬看病歸來，他告訴吳宓，今天嬸嬸看起來狀態還好，去沙磁醫院，來回都是自己步行去的；在醫院中，她也表現得很安靜，掛號時還讓他去掛精神科；看病時，還說那個實驗室太小了。

過了幾天，吃早飯時，吳宓聽說教職員食堂即將移到樓上大廳，把騰出來的食堂用來安置張宗芬。他又著急起來，因為這個食堂與校警室位於學校的中心地帶，平時極其喧鬧嘈雜。上面是學生教室，外面正對著操場，終日裏學生來來往往，又是各種校內外遊行隊伍集合及公審槍決罪犯的地方，經常鑼鼓震天，人聲洶湧，正常人長時間在這裡，神經都會飽受刺激，變得煩躁不安，何況張宗芬這樣一個病人。而且，在這裡每天面對著眾人的指指點點，斥責訕笑，怎麼可能養好病呢？他急忙找到食堂經理，請他今天暫時不要搬離，自己再找有關方面商量一下。他來到曾慶潔家，說出了自己的想法，他想讓張宗芬在校外租房養病，他願意每月拿出 50 萬資助張宗芬，只要靜養幾個月，病一定會好。曾慶潔一聽，很高興，說最好在校門外對街的鳳凰山校舍養病，較為近便。兩人當即找來蕭榮東，要他向學校提出請求，臨走前，吳宓還特別叮囑，對外但說由蕭榮東負責一切費用，千萬保守秘密。

當天下午，一支遊行隊伍敲鑼打鼓地從門前經過，那鼓槌就像打在吳宓的心上，他擔憂張宗芬會因此而受到驚嚇。不一會兒，蕭榮東來了，對於是否在校外養病他還有些猶豫。吳宓只好又苦口婆心的勸了半天，並允諾說承擔一切費用和後果，蕭榮東這才稱謝離開。

後來的一個早上，吳宓終於見到了張宗芬，她穿著一套黑衣褲襖，正在食堂外面的山坡上洗漱，後面一個校警大聲呵斥著，催她回去。吳宓走上前去，和隨後趕來的馬嫂一起把她勸回了屋裏。日近中午，蕭榮東過來告訴吳宓，他已請了城裏的蔡惠群來給張宗芬看病，醫生說病情不嚴重，兩三個星期即可痊癒。他找吳宓是要借些錢，因為剛領的半個月薪水不夠。吳宓趕忙拿出10萬元交給蕭榮東。去食堂的路上，吳宓又碰到了張宗芬，她似乎專門在等吳宓，隔著老遠就喊吳老師，追上來的校警訓斥著，拉著她往回走。吳宓疾步上前去扶她，她說:「吳老師，您是《紅樓夢》專家，我有些《紅樓夢》的問題不太明白，想向您請教。」吳宓關切的看著她說「好，好，這個不慌，你先安心養病，等病好了以後我們再細談。」

中午，吳宓接到通知，今日下午2～6點在重慶大學廣場舉行公審大會，批鬥學校中的文化特務，並當場槍斃，要求全校師生員工前往參觀。他既害怕又不忍心去看那個血淋淋的場面，就請了個假。下午，蕭遠明來到他家，兩個人又吹起了肥皂泡，相互追逐嬉戲。玩了一會，吳宓領著遠明出去買餅吃，吃飽了，遠明倒頭就睡。吳宓在一旁守著，傍晚，孩子醒了，嚷著要找媽媽，吳宓拉著他的小手，送他回了自己的家，然而，等待他們的只有馬嫂。從此以後，吳宓就擔負起了照顧蕭遠明的責任，直到張宗芬病好。吃晚飯時，食堂隔壁的校警室中，張宗芬在唱歌，眾人聽了都哄堂大笑。

過了不久，張宗芬搬出了學校，在對面的鳳凰山校區租房居住，自己雇了一個保姆。吳宓每天早晨去早市吃完早點之後，總要買一份順路去張家帶給蕭遠明。到了發工資的日子，也常常去她家探望，臨走時把錢留下。日子一天天地過去，張宗芬也漸漸地康復，吳宓再來時，兩人已能相坐聊天。後來，張宗芬有時也會帶著遠明來吳宓家做客，起初還比較拘謹，沒多久，就像老朋友一樣隨意了。

兩人經常談《紅樓夢》，張宗芬說她自己的性情像林黛玉，強要學薛寶釵而不能，馬嫂則較紫鵑有過之無不及。又說吳宓是甄士隱一類的高人，閱歷豐富而又超凡脫俗。吳宓則對她講起了自己的過去，尤其是戀愛經歷。張宗芬頗為感動，說世間太多悲苦了，自己也有時也想出家為尼。沉默了一會，她又說，最近，有朋友勸她登報聲明與蕭化民離婚，重新嫁人，可是她還不太願意放棄這段感情，所以心情很亂，不知該怎麼辦好，又想著趕緊銷假上班。吳宓則勸她還是把病徹底養好再說，其他的事先不要想，以後再決定如何生活，即便是將來離婚，選擇愛人也應該慎重。

這天早晨，蕭榮東來向吳宓借錢，說是給蔡惠群的。吳宓有點疑惑，不是每次看病都給過錢了嗎。蕭榮東說，這是蔡醫生講的，是出診費、醫藥費，還要求在報上登一篇感謝的廣告，費用共計53萬元。而且吹噓自己醫術怎麼高明，已經治好了許多人。吳宓告訴他，我在城裏有朋友，他們說這個蔡醫生人品不好，一次給他全部的費用恐怕不妥，不如先買些病人需要的用品更好，這個病慢慢地靜養就會好起來。蕭榮東覺得有道理，但又說已經答應蔡醫生了，不給怕將來治病會出問題，吳宓只得嘆氣作罷。

然而，第二天晚上，馬嫂慌慌張張地跑來告訴吳宓，張宗芬的病又發作了，今天，她獨自一人去城裏，走的時候挺正常的，不知道發生了什麼事，回來的時候是由本校的師生攙扶著，腳步踉蹌，神志不清，樣子很嚇人，恐怕這病好不了了。吳宓趕忙寫信給蕭榮東，讓他速去找醫生，自己寫完信也匆忙趕去了。到了那裡忙活了大半夜，好歹安慰得張宗芬睡下。

天剛濛濛亮，蕭遠東就和蔡惠群來了，蔡醫生看了看張宗芬的病情，說：「在這裡恐怕很難治好，這裡太亂，我要帶她到城裏，找一家環境清淨的賓館住下，慢慢地進行心理疏導。」隨後便帶著張宗芬進城去了。

一個星期之後，張宗芬從城裏回來了，馬嫂告訴吳宓，病情似乎並沒有太大起色，張宗芬總是獨自發呆，吃飯時也老停在那裡，像是若有所思，總之，像是遭受了某種不快之事。而且，現在喜歡化妝了，買了好些化妝品回來，真是浪費。吳宓聽了很是後悔，不該讓蕭榮東答應蔡醫生獨自帶張宗芬入城，還給他那麼多錢。

又過了半個月，這天下午，張宗芬來到吳宓家，現在看起來精神好多了，她告訴吳宓，蕭化民在國外來信了，同意她離婚改嫁。又說蔡惠群正向她求婚，她想辭職去城裏。吳宓一聽就急了，獨自帶著兩個孩子，辭職後將來的生活怎麼辦呢，又不瞭解蔡醫生的為人。改嫁的事還是不能太草率，還是養病要緊，而且工作萬萬丟不得。勸了半天，張宗芬中終於答應了，吳宓這才鬆了一口氣。

不久張宗芬就銷假上班了，平日裏說話辦事，思路清晰，神態安寧，似乎康復了。沒事的時候就帶著遠明去吳宓家坐坐，與吳宓聊文學，找吳宓借書看。但是，還是受不了刺激，有幾次政治學習的時候，張宗芬又變得神志不清了，披頭散髮，胡言亂語。人們也逐漸習慣了，生活又恢復了往日的平靜。

端午節這天，吳宓買了一些綠豆糕，順路把肖遠明帶到家中玩。晚上，張宗芬來接肖遠明，跟吳宓聊起了天。她說，她決定安心工作，撫養兩個孩子長大成人，等著她丈夫回來。前幾天，蕭化民從國外寄了 200 萬元來，她分給蕭遠東 100 萬元，自己則拿出 30 萬元給保姆作為工錢，20 萬元準備還吳宓的借款，剩下 50 萬元換成儲蓄券寄給了蔡醫生。吳宓好生埋怨了她一番，說她處理得太急躁了一點。

後來吳宓專門進城去找蔡惠群，在滄白路九尺坎 36 號惠群精神病診所裏，蔡惠群和妻子正在忙碌著，吳宓詳細詢問了張宗芬的情況。最後，蔡醫生說，張宗芬最好找個人結婚，重新組建家庭，只有這樣才能徹底恢復。

此後的幾個月，吳宓過得頗為安閒自在，首先是鄒蘭芳參加土改，打擾不了他了，其次是張宗芬身心恢復得很好，兩人閒來經常到彼此家中探望，張宗芬平日裏時不時的做些好菜端來請吳宓享用。逢到節假日，吳宓和張宗芬一起，帶著兩個孩子出去逛街、購物、看電影，好不愜意。令吳宓自歎不如的是，張宗芬思想進步很快，真心傾佩人民政府、毛澤東思想以及「土改」「鎮反」等政策。她還打算寄《社會發展史》等書給遠在國外的蕭化民，希望他能改造反正歸來。從張宗芬那裡，吳宓也逐漸地知道了她丈夫的一些情況。蕭家是四川巫山的大戶人家，他父親比較吝嗇，前幾年也曾來看過他們，後來「土改」時被農民批鬥，氣悶而死。蕭化民一門心思地攢錢，要出國留學，張宗芬結婚後也沒享過什麼福。蕭化民平時有什麼事也從不告訴她，49 年夏秋間，他去了廣東，很快又回來了，接著，接到電報又走了，然後就出國去了印度。作為妻子的張宗芬也僅僅知道這些，說她是特務，實在冤枉。她告訴吳宓，現在有人勸她加入工會，但是首先必須向黨坦白自己的過去，並且宣布與蕭化民離婚。她很猶豫，說再等兩年，到時候他還不回來，就改嫁。

三、進退維谷的情愛抉擇

鄒蘭芳自參加「土改」歸來之後，就一直吵吵著要與吳宓結婚。在沒走之前，她見過張宗芬，吳宓有好幾次帶著她去過張宗芬家裏，有時在吳宓這兒，也能碰見張宗芬。她知道，無論是容貌、性情還是教養，她都無法和張宗芬相比。還在「土改」工作隊的時候，她就好幾次寫信給吳宓，頗帶醋意地談起他倆的關係，她擔心她最心愛的人會被這個女人搶走，所以回來之後，就一個勁兒地追問吳宓，並要吳宓給她講寫給張宗芬的詩，又說，同學中間都傳開了，吳宓要娶張宗芬。吳宓非常生氣，反覆聲明幫助她是出於道義，他一生信奉老師白璧德的新人文主義思想和儒家的仁義忠信道德，無私待人，心中所有的只是師生之情、朋友之情，他還告訴鄒蘭芬一件可怕的事。

因為鄒蘭芬參加「土改」，吳宓便寫了幾首「贈蘭芳詩」，還有「國慶詩」，寫完後曾寄給朋友欣賞，日前，西南軍政委員會搜得一本重陽社集詩，其中就有這幾首詩，隨後被油印分發，在文教會議中提出討論，隨即被斥為反對或「譏諷土改及鎮壓反革命」，重陽社也因此懷疑為反動的政治組織，屬特務活動，正在秘密調查。如果真是這樣定性，輕則派入「西南革大」學習，參加「土改」；重則判刑，或被處決。吳宓勸鄒蘭芳和他來往不要太招搖，免得惹禍上身。

當天晚上，下起了小雨。吳宓非常鬱悶，走下樓來，去了張宗芬家。上個月發工資時，姜華國代領送來，他對吳宓說，現在人們都在議論你和張宗芬的關係，還是不要來往的好，她是有夫之婦，又有反革命嫌疑，會給自己帶來很多麻煩。他還請吳宓在張宗芬面前多說點他朋友李澤民的好話。吳宓有點生氣，對他講：「張宗芬已經決定與其夫離婚，已呈報三區公安局。情形如何，當局自能辨查，宓問心無愧，已置生死於度外，應有交際之自由。」前些日子，張宗芬來吳宓家閒聊，吳宓還專門問了這件事。張宗芬告訴他，她所在的註冊組，有兩個人在追求她，黃克嘉和李澤民，他覺得黃克嘉比李澤民好一些。在吳宓的印象中，黃克嘉老於世故，而李澤民則有文人名士矜傲放誕之風。這兩個人吳宓覺得都不合適。張宗芬也說，她知道黃可嘉有老婆，他現在和他只是朋友關係而已。吳宓很有點失落，臨走時，吳宓拿出八萬塊錢硬塞給張宗芬，讓她貼補家用。李澤民非常苦惱，特地跑來想吳宓請教，講她對張宗芬如何傾心，而而她卻非常冷淡，甚至不禮貌，對黃克嘉則很親熱。吳宓勸他，「對待愛情，首在不計較、不自私，俟其自然成功，而敗亦不悔。結果只有憑雪自擇而已。」〔註 12〕

張宗芬正陪著孩子在玩，見吳宓來了，忙起身相迎，鍋里正燉著豬蹄海帶湯，她盛了一碗請吳宓吃，又拿出錢來還他上次的借款。吳宓邊吃邊聊，聽完之後，張宗芬顯得很平靜，她也想了好久，心裏很煩，但沒有辦法，她現在已決定與蕭化民斷絕通信，不再接受他匯來的錢，並準備與他離婚。至於將來再嫁何人，還未定，順其自然吧。對於鄒蘭芳，張宗芬笑了，她倒也喜歡，一直想請她到家裏來吃飯。吳宓暗想，你還不知道她是怎樣地嫉妒你呢。

幾天後，姜華國來到吳宓家閒聊，他說，註冊組現在很熱鬧，張宗芬在

〔註 12〕吳宓：《吳宓日記續編》第 1 冊，北京三聯書店，2006 年版，第 266 頁。

前兩天的小組學習會上痛斥其夫蕭化民的反革命嘴臉。大家都說她階級立場堅定，進步明顯；也有人指責黃克嘉污蔑他妻子在土改時幫著地主疏散隱瞞財產，要求離婚，是為了張宗芬；又說李澤民已經在作檢討，痛哭流涕，自悔不該追求張宗芬。

鄒蘭芳現在差不多每天都來，也不多說話，只是獨自坐在那裡抽泣。這天晚上將近 10 點，吳宓送她回校，一路上，無論問她什麼，她都不回答。走到重慶大學附中附近，吳宓對她說：「時間不早了，就到這吧，我回去了。」鄒蘭芳緊拉著他的手，兩眼注視著他，吳宓剛要掙脫，她就撲到吳宓的懷中，雙手緊緊摟住她，吳宓怎麼勸也沒用，過了好久才勉強扳開她。鄒蘭芳失望地默默往回走，吳宓不放心地遠遠看著，他忽然看見她好像停在了道旁的一處水塘邊，嚇得吳宓趕忙追過去。鄒蘭芳坐在道旁，吳宓怎麼扶她，她就是不起來，後來又一把推開吳宓，頭也不回地跑了。

好多天鄒蘭芳都沒有來，吳宓有點擔心起來，他去重慶大學女生宿舍找她。宿舍裏只有鄒蘭芳一個人，坐在門口石階上呆呆的，吳宓陪著她也坐了下來。鄒蘭芳哭了，她告訴吳宓，前不久，四哥也被槍斃了，幾個哥哥的孩子都住在表兄家，姐姐惠芳每個月給他們寄 20 萬；在成都的大嫂被趕出了自己的家，住在破草屋中，七個孩子，大兒子去西藏當兵了，分了幾畝地，無力耕種，只好請人代耕。昨天晚上她夢見父母一起來看她來了，大概母親也已不在人世了。吳宓心裏酸酸的，又不知該如何安慰。日今中午，他起身要回去，鄒蘭芳又哭泣著拉住他的手不肯鬆開，吳宓不敢掙脫，只好低聲地勸慰她別難過，他會常來陪她的。過了好久才把她勸回到屋裏。

過了幾天，鄒蘭芳接到家裏的信，說母親去世了……

這天中午，吳宓接到鄒蘭芳一封長長的信，內容讓他驚訝。她說，她在成都曾失身於華西大學社會系學生胡漢雲，家人不許她嫁給他，她一賭氣就跑來了重慶。1950 年暑假，胡漢雲游泳淹死了。胡漢雲有肺病，她因此被傳染得了肺結核。治病時，醫生告誡她三年內不要結婚，將來結婚也不要找身體太強健之人，到 1951 年就滿三年了。吳宓是她最喜歡也是最合適的人。她也知道她配不上吳宓，但她還是非常愛他，每次遭到拒絕，都很生氣，也很委屈，但想起吳宓對她的好，還是要嫁給他，不管多難，即使是將來不能嫁給吳宓，他也還是她心裏最愛的人。這些年，有許多人在追求她，土改時，有個同學賀仁華就對她有意；最近，她們系的一個學生，杜竹筠，向她求愛，他出身民族資產階級家庭，住在重慶市九尺坎，家中光洋房就值 9 億元。2 月 17 日邀請她去他家吃飯，並向她求婚。她拒絕了，她說她已 32 歲了，而杜竹筠僅 21，只能做姐弟。願為姐弟云云。最後，她寫道，如果吳宓不介意她曾失身於胡漢雲的話，就請在 3 月 5 日上午在重慶大學會晤，並一同去見她的四嫂。

吳宓看了之後很震驚，當即寫了回信，表明了他對鄒蘭芳的態度，即純粹的師生關係，所有的幫助都是基於同情，絕沒有戀愛、誘惑、市恩之意、之欲。人生道路上的利害苦樂、成敗得失，要自己慎重選擇，如果因為愛吳宓而導致怨怒痛苦，吳宓概不負責。現在只是希望她能夠隨時隨地地為他節省時間、精力、金錢，這一輩子對她無所要求。

寫罷，吳宓不禁感慨，「宓素以蘭為愚稚可憐、天真任情之女子，今乃知中國男女人無若宓之誠實者。蘭不以失身及真確年歲告宓，且思利用宓而嫁宓，張網捕鳥，打草驚蛇。一向所行所為，並非無意，乃皆權術，但未工耳。宓今後對蘭，更當隨時節省我之力量，勿浪虛擲也。」〔註 13〕鄒蘭芳接到信很快趕來，照例又是哭鬧一番，這在吳宓早已是習以為常了。

吳宓並非不渴望愛情，多年的奔波辛勞而屢遭失敗，他非常想有一個家作為休息的港灣，有一個知書達理，美麗賢惠的妻子相伴度過一生。他的心中自有一個「海倫」存在，如果以前是毛彥文的話，那麼，現在則是張宗芬。但她從來就不懂怎樣與女人交往，他的拘謹的性格是她遲遲不敢直接表白自己對張宗芬的愛，他希望通過真誠無私的照料使她能夠察覺到他對她的愛慕之情。為了她，他願意付出自己的一切，他甚至想到為張宗芬介紹對象。

他來到了外文系教授張東曉的家，張東曉 43 歲，至今未婚。兩人談了很久，話題逐漸轉到了愛情。張東曉掏出一張照片，這是他女朋友的照片，女孩名叫冉超燕，1951 西師外文系畢業，家庭也是在「土改」時分崩離析，她分到了西康，生活極其艱苦，染上了肺病，她在給張東曉的信上說，真想一死了之。吳宓看了很難受，他似乎看到了鄒蘭芬的影子。他簡單地說了一下張宗芬的事，想把她介紹給他。張東曉聽了後很痛快地就答應了。

當他告訴張宗芬時，張宗芬也很高興。幾天後，兩人在吳宓家見面了，隨後，三人帶著遠明來到磁器口江邊，吳宓領著遠明跑到一邊，撿小石子往江中扔，比賽看誰扔的遠，張東曉和張宗芬坐在江邊的大石頭上聊天。眼看

〔註 13〕吳宓：《吳宓日記續編》第 1 冊，北京三聯書店，2006 年版，第 302 頁。

到了中午，吳宓請他們吃飯，於是，四人來到沙磁飯店，鄒蘭芳和吳宓的一個朋友已應邀在此等候多時，那正是吳宓給鄒蘭芳介紹的對象。這一天吳宓很高興。

下午 5 點多，眾人才各自回家。吳宓照例送鄒蘭芳到重慶大學門口，鄒蘭芳含悲且怒地瞪著吳宓，也不說話，過了一會兒，頭也不回地進了學校。

由於熱戀張宗芬，張東曉與吳宓走動也頻繁起來。吳宓對他說，張宗芬是個爽直坦白而心思簡單的人，其前夫蕭化民的事張宗芬實在不知，而且兩人已經離婚，三區法院有案。你可以放心和她交往，只是你我和張宗芬的關係最好報告給方敬書記，有他的幫助指導，就不會出問題。

最近，美國飛機在重慶空投了許多特務，因此，全市大戒嚴，挨家挨戶搜查。白天學校也戒嚴了，各路道均由學生及教職員站崗警備，必須佩帶校徽才能出人。夜晚則更加嚴密，凡男女教職員及工友並其家人，均被徵遣，每三小時一換班，輪值站崗或巡邏。夜裏 11：00 至凌晨 2：00，是張宗芬和曾慶潔警衛值班的時間，吳宓來到張宗芬家守護蕭遠明睡覺，半夜，遠明醒來哭著找媽媽，在床上翻滾哭鬧，吳宓連哄帶拍的好容易讓他睡著，一直等到張宗芬回來，才拖著疲憊的身子回家。現在，張宗芬經常勸說吳宓要努力改造思想。吳宓知道她是一番好意，可也開始感到他們之間有了不小的隔閡，她越來越像心一了，心一來信就經常勸他注意政治學習。唉，能相知者，碧柳、寅格等三數死生朋友而已。他喜歡張宗芬，自然希望她能夠跟上形勢，求得安穩，而他和寅恪，只恨未能像碧柳那樣早早死去，又不敢追隨靜安先生自沉於昆明湖。活在今世，實難自處，其中的痛苦，張宗芬怎麼能瞭解呢？

鄒蘭芳這三個字對吳宓來說就是意味著要錢，清明節這天，她又哭著來了，說，鄒家她這一輩已經沒有男人了，這一大家子人可怎麼活呀。這個月的開學製衣費和文具費還沒有呢，要吳宓再增加十萬，吳宓爽快答應了。隔了一天，她又來了，對吳宓說，她們系的瞿國眷教授準備和你商量舉薦自己做重慶大學法律系的助教。吳宓說，助教要應付各方事物，恐怕你不能勝任。鄒蘭芳嚷道，你就是不想讓我在你身邊，你現在喜歡張宗芬，巴不得我遠遠離開。說著說著又哭了。老實說，吳宓真地曾問過別人自己要是再娶的話應該找一個什麼樣的，張宗芬合不合適。朋友說，應該找一個節操清白、關係簡單而年齡較長的女人，張宗芬名聲不好，肯定不行。

這些日子，全校搞大掃除，吳宓住的這個樓全體出動，合力清除樓左右的兩個陰溝，挖去淤泥，擔水注入沖洗，再撒石灰。樓下每家必須鋤除樓後山坡上的草及污土，又須清掃宅前之地，一直到短崖邊為止。吳宓年紀大了，大家不讓他幹。最累的還是張宗芬，每天早晨6～7點上俄文課，上下午辦公七個小時，三餐兩孩都顧不過來，現在的大掃除，清潔衛生檢查標準極嚴，她又只能自己獨力清除全宅，忙得連說話的工夫都沒有。吳宓不忍心，請來洗衣婦陳嫂，想替她清除樓後山坡及宅前之地，但這時大夥都一起在打掃樓外的衛生，陳嫂沒派上用場，吳宓事後還是付給陳嫂一千元。第二天噴 D. D. T，張宗芬捎帶著把吳宓的房間噴了個遍。見吳宓的床又小又破，就說，家裏還有一個單床修理一下可以拿給他用。清掃完畢，換了一身衣服，吳宓和張宗芬帶著遠明，乘公共汽車至小龍坎國貨公司，張宗芬為吳宓挑了一件夏威夷式藍布襯衫，又為遠明買了一塊蘇聯花布料，還有兩個蒼蠅拍。

晚上，鄒蘭芳來了，來拿 5 月份的十五萬元錢，照例又是哭訴，說吳宓只關心那個姓張的，對她不管不問。吳宓極力寬慰，鄒蘭芳惱怒起來，雙手捶打著吳宓說，「他日如果你與某人結婚，我就殺了你然後自殺。」說完又破涕為笑。不幾天，她的同學來告訴吳宓，前幾天，鄒蘭芳把十五萬元錢隨意放在枕頭下，結果被別人偷了，只好向他借了六萬元，還問別人又借了三萬，還叮囑不要告訴吳宓。吳宓第二天晚上約了鄒蘭芳出來吃飯，鄒蘭芳承認了丟錢的事，回到重慶大學校內，在路旁樹蔭下，鄒蘭芳硬要擁抱親吻吳宓，吳宓急得邊推邊跑。

天氣漸漸熱了起來，吳宓買了一些釘子、繩子之類的掛竹簾用的東西給張宗芬送來。張宗芬告訴他，三區法院要她寫信給蕭化民提出離婚，而蕭化民一直沒有回信。張宗芬在解放之初，就曾要他回國，但他仍執迷不悟，現在，張宗芬很憤怒，已經要求法院直接宣判離婚，不需等待他的回信，以便早獲自由。她今天已經去法院跑了兩趟了。望著吳宓送來的這些東西，她接著說，現在正在「三反」，人言可畏，以後饅頭、燒餅之類的東西就別送了，她自己會買，別為她在小事上操心了，省得別人說閒話，如果有需要吳宓幫忙的話，她自會找他。吳宓點頭稱是。

這段時間，到了晚上，鄒蘭芳就來，這天晚上大雨剛停，兩人出來吃飯，回來的路上，鄒蘭芳說剛才著涼了，頭疼得厲害，回不去學校了，要去吳宓家裏休息。吳宓說，去我那裡也行，你住家裏，我去別處睡覺。或者你去張宗芬那裡。鄒蘭芳很生氣，甩開吳宓，自己踉蹌著走了。

最近流言蜚語確實很多。有學生告訴吳宓，有人攻擊《學衡》是反動刊物，吳宓資助女生鄒蘭芳而與之過從甚密，經常一起遊玩飲宴，搞不正當男女關係，應該檢討。吳宓心想，我身正不怕影子斜，鄒蘭芳是巴不得有人這麼說呢。怕的是將來真的無法辯白，不得已非娶她不可，吳宓心中暗惱。他想到了小組學習會，這天散會，吳宓邀請方敬同行，先是請教自我檢討應該注意哪些事，然後談及小組會上攻擊張宗芬的流言蜚語，說這個事張宗芬已要求法院判決離婚，她丈夫已經來信同意了，判決即刻下來。方敬說，要張宗芬來見我，我要詳細調查一下。吳宓接著又把他和張宗芬的關繫以及介紹張東曉和張宗芬談戀愛的事都告訴了方敬。晚上吃完飯，吳宓又來到李源澄家，跟他說了今天和方敬談的事，又把他和鄒蘭芳的關係源源本本地說了。李源澄聽後說，張宗芬和張東曉結婚，一切糾紛自然煙消雲散，而你和鄒蘭芳結婚，恐怕年齡相差太遠了吧。吳宓覺得很彆扭，心裏說，我喜歡張宗芬，你難道沒看出來嗎。他很希望得到朋友和同事們的理解和支持，面對著新的時代和自己的現實處境，他也失去了往日的勇氣，他覺得，不管是他所堅持的傳統人文理想還是「五四」時期的個性解放都與這個時代不合拍了。

鄒蘭芳也在寫檢討，她找到吳宓想讓他代寫，吳宓說沒時間。鄒蘭芳又氣又急，對吳宓講：「重大有一個同學，他愛人有反革命嫌疑，他已託人轉告他的愛人，與其斷絕關係。北京大學孫雲疇，西南聯大政治系畢業，當年與我在重慶結識，後來留學去美，現在是北大圖書館學教授，一直戀著我，許多次寫信要我去北京。所以我現在所填的畢業服務地點，一為北京，二為杭州，三為西安。但我的家庭出身不好，學業成績又不佳，分配到北京、杭州幾乎不可能。」她拉著吳宓的胳膊，「我現在只有與你結婚，才能留在重慶。否則七月底畢業時，組織分配，派往雲南、貴州什麼的，還不如死了算了。結婚之後，我絕不干涉你的自由，你愛我也好，愛別人也好，隨便，只要能嫁給你就行。」就這樣說了半天，吳宓還是不答應，他對鄒蘭芳說，其實最好的辦法是與孫雲疇結婚，那樣你可以去北京。「可我已經把我們兩人即將結婚的消息告訴大家了，別人都說好。」吳宓還是不答應，他覺得鄒蘭芳有點像薛寶釵，聰明與權術遠在別人之上，千方百計，自甘獻媚，故意渲染二人關係於他的朋友、學生，籠絡包圍，一定要達成心願才肯罷休，對張宗芬則假裝親厚而實際上窺探防範，分明是寶釵對黛玉。而賈寶玉卻是只愛林妹妹的。

接二連三地，吳宓的朋友、學生來勸吳宓與鄒蘭芳結婚，吳宓始終不鬆口。鄒蘭芳再來時，吳宓問她，她矢口否認。還說，黃德祿老師的夫人約她一同赴京，就住在孫雲疇家，幫他們完婚。西南師範學院、重慶大學這邊也有意聘請孫雲疇來重慶任教。她準備打報告請組織上批半年假，暫不分配工作。她來是求吳宓贊助她些旅費，及休息半年的費用。吳宓很高興，當場答應。她又說，她已聽從黃夫人勸說，要與其反革命分子嫌疑之「愛人」（指吳宓）取消婚約，以專心於孫雲疇。過兩天想請「愛人」同黃夫人看電影並便餐，以慰藉「愛人」之情而存友誼，為此需要錢。吳宓當場給了她五萬元。她還說，她的本意是要嫁給吳宓，不得已而求其次，才找孫雲疇的。如果吳宓同意，她仍以嫁給他為第一追求。吳宓趕忙擺手。

吳宓覺得總算解脫了，他去找張東曉，想知道他倆進展的怎麼樣了。張東曉告訴他，方敬認為他應該慎重考慮，而且，他還是忘不掉冉超燕，雖然他也很愛張宗芬，可冉超燕對他更癡情，他不想過早決定。吳宓認為很對，張宗芬是希望早點和張東曉結婚的，他倆都覺得張宗芬幼稚天真，不諳世故，不能按她的意見行事。

每天晚上的自我檢討會，搞得吳宓很疲倦，接到鄒蘭芳要北上，需要錢的信後，吳宓很高興，當即回覆願出旅費六十萬元。可是過了幾天，碰到張宗芬，告訴他，鄒蘭芳給她寫信，說她愛吳宓到了發狂的程度，絕不捨棄。吳宓對這種出爾反爾的態度很是反感，等鄒蘭芳來了後問她怎麼回事，她卻說，與孫雲疇只是好友而已，不知道是否愛她，她真正愛的是吳宓，而吳宓卻不愛她，只好退而求其次了。吳宓望著她，氣得無話可說。經常走在路上，有老師跟他聊天說，鄒蘭芳來你這兒，經常半夜才回去，很多人在議論，鄒蘭芳也逢人便說二人已決定結婚，你還是趕緊結婚吧，別拖了，否則影響多不好。對此，吳宓真實有口難辯，他只得反覆勸鄒蘭芳去北京找孫雲疇，如果孫雲疇沒有那個意思，再回來不遲。鄒蘭芳把耳朵一捂，跑了。

這天，吳宓和鄒蘭芳在外面吃完午飯往回走，吳宓說張宗芬請他看電影，鄒蘭芳生氣了，大聲說：「為什麼不請我，我要去西師找她，她勾引別人的丈夫，鬧起來，大家都別好過。」接著就哭了起來，說要自殺。旁邊行人紛紛駐足，吳宓趕忙解釋，說要張宗芬給她補一張。吳宓早年就因為這種糊塗做法惹惱過很多女孩子，每每事後懊悔，可就是一直不改。星期天，離看電影的時間還早，吳宓來到圖書館學教授孫海波家中小坐，孫教授告訴他，北大孫雲疇日前來信，說不來西師就聘了，因為他重慶的愛人給他說要去北京結婚，所以要孫雲疇別過來了。

這些日子，吳宓很是高興，一是鄒蘭芳終於畢業了，而且答應去北京，吳宓特地把剛發的工資中拿出六十萬元交給她。二是張宗芬的離婚判決下來了，准予離婚，三個孩子交由張宗芬撫養。因為黃德祿教授的夫人也要去北京，吳宓他特地邀請黃德祿夫婦、鄒蘭芳和張宗芬還有幾個朋友，擺宴餞行並祝賀。

八月份，正是畢業分配最忙碌的時間，畢業生要進行分配工作前的政治學習和思想教育，在分配志願上要寫明「服從分配」並且「自覺自願」等等。而這，恰恰是鄒蘭芳最害怕的事情。她來找吳宓，要吳宓給畢業生分配委員會寫信，說兩人決定結婚，希望能將鄒蘭芳安排在重慶市工作。吳宓當然不願意這樣做，鄒蘭芳真急了，撲通一下跪在那裡，哭著求吳宓答應她。吳宓看著這個可憐的姑娘，心裏很難受，他不敢正視鄒蘭芳那雙滿含淚水，無助而又怨恨的眼睛，他無法也不忍拒絕，他完全瞭解她對自己的癡情，但他對於她所有的只是作為為一個師長的關愛與同情，他願意傾盡全力幫助她，但卻從來沒有想過要娶她作為自己的妻子。年齡倒在其次，實在是她與吳宓心目中的「海倫」相差甚遠，他所傾心的是張宗芬，但他從來不敢說出口，這兩個女人，無論是容貌、性情還是修養都相差太遠。他已嘗過志趣和思想上的不能相合所帶來的婚姻痛苦，然而，對於拋棄妻子的道德負疚感又使他無法原諒自己，或許對這個不幸女子的幫助可以彌補以往的過失，何況鄒蘭芳又是那麼地愛他，他猶豫不決。最後，他答應給他一個星期的時間讓他考慮。

鄒蘭芳走後，吳宓來到張宗芬家，張宗芬正為大兒子的到來而忙活著，見吳宓到來，對他說，正想過幾天請吳宓陪她去派出所辦戶口呢，她和蕭化民離婚後，她在蕭家的大兒子蕭遠權邊被送到重慶來了。聽了鄒蘭芳的事，張宗芬嘆了口氣說，她早看出鄒蘭芳喜歡吳宓，平常看見自己時眼中總含著敵意。她向鄒蘭芬明確說過，她從來就沒有愛過吳宓，大可不必這樣。她是贊成吳宓與鄒蘭芳結婚的，鄒蘭芳處心積慮，千方百計地要嫁給吳宓也是有不得已的苦衷的，但真心喜歡吳宓是肯定的。吳宓有這樣一個人照顧當然是大好事，沒什麼可憂慮的，只是要注意不能再縱容她如此的奢侈浪費了。張宗芬也明白吳宓對她的情誼，但她與吳宓只是想做朋友，她決不會打擾吳宓的婚後生活，她只是希望吳宓能幫助她一些生活費，她和三個孩子實在是太困難，張東曉好像不太願意和她結婚，她只有慢慢地等合適的人出現。吳宓看著她，覺得這個女人通情達理，做事爽快，有主見，不像大家平時議論的那樣。

鄒蘭芳已經開始代領吳宓在重慶大學的工資了，在外人眼中，他們似乎已經是夫妻了，這讓吳宓很惱火，兩人吵了起來，最後，吳宓憤然而別，鄒蘭芳趕忙追上去，把錢還給了吳宓。兩人邊走邊吵，不歡而散，路過張宗芬的家時，吳宓順便送了十萬元給她。

晚上，鄒蘭芳又來了，還是要求吳宓寫信給分配委員會。吳宓不寫，反覆表白自己不愛她，婚後難有幸福可言。鄒蘭芳大哭大鬧，整個樓都驚動了，吳宓又悲又倦，真有點後悔當年結識鄒蘭芳，但事已至此，該如何收場呢，吳宓想起了佛言：「寄語眾生，慎勿造因。」

張宗芬最近也心情不好，她對吳宓說，張東曉拒絕了她，理由是她的歷史問題，他要堅持政治立場；而且，他的遠在西康的女朋友冉超燕一直戀著他，不同意分手。他把張宗芬只是當普通朋友看待，沒有要結婚的想法。

吳宓想到了李源澄，自己的好友，又是西師的領導。他說了自己的想法，一是與鄒蘭芳結婚，二是堅持獨身，三是一心向佛，再不管任何人的任何事。李源澄聽完，連聲嘆息，他覺得，鄒蘭芳縱慾任性、自私自利，硬要追求吳宓，看重的是吳宓的身份、待遇。都怪吳宓自己把持不嚴，不自克制，對它縱容太過，如今鄒蘭芳處處散佈空氣，製造輿論，吳宓現在拒絕結婚，似乎已不太可能。而且，以吳宓的浪漫個性，想要皈依佛法，修身養性，恐怕很難堅持。吳宓聽了，心情很沮喪，而下午的事情更令他幾近崩潰，在重慶大學合作社食堂，鄒蘭芳邊哭邊嚷，她決不能捨棄吳宓，如果再不答應結婚，不給畢業生分配委員會寫信，她就死給他看，整個大廳的人都看著他們。

1952 年 8 月 21 日，實在沒有辦法的吳宓終於答應了鄒蘭芳，兩人一起署名上書重慶市沙磁區高等學校 1952 畢業生工作協助分配委員會，鑒於二人已訂婚，請求畢業分配時對鄒蘭芳的工作安排予以照顧。晚上，兩人一起又把同樣的信交給重慶大學外語系主任，請他代交重慶大學分配工作委員會主席鄭衍芬教務長。這天晚上，吳宓一夜未睡，左思右想，終覺不妥。「以宓之性情、年齡、地位，左右皆不妥，而當以離世依佛安靜獨居為上策、為正道。凡事覺其不妥，即不應勉強作，總以發乎本心，行之自然為是，故宓決當不婚蘭，而寧保持我之自由，並為蘭與雪助事慰情，則宓最樂最適。」〔註 14〕早晨起來，立刻前往重慶大學，在教務處見到鄭教務長，說婚事尚須考慮，請求將昨天的信暫且擱置且不對外宣布。如分配方案中，鄒蘭芳案已定重慶，自可無須該函；如果分配到雲南、貴州這樣偏遠的地方，到時候再商量改填日期提出該函。鄭教務長爽快地答應了。當吳宓把這件事告訴李源澄時，李源澄不以為然，說分配草案由分配委員會決定，既定，就不能更改了，吳宓的做法沒用。

晚上，鄒蘭芳得到消息，跑來找吳宓，兩人又吵了起來，吳宓態度很堅決，直截了當地指責她做法的自私自利，布置羅網，使他墮人其中而不得解脫。「總之，由蘭完全統制行事，而所行者，對己對人皆有害無利。即如絕疇，對蘭為不可彌補之損失，而宓固日夜勸蘭必當嫁疇者也。此時宓之心情，決與蘭絕，而依佛懺情，不再作戀愛婚姻之想。對雪決止於友誼，所不待言。」〔註 15〕鄒蘭芳氣得對吳宓又推又打，又哭又鬧，但吳宓這回似乎鐵了心，快半夜了，好歹把她勸了回去。鄒蘭芳這回居然軟了下來，第二天，她找來同學、朋友給吳宓賠罪、說情。吳宓還是不為所動。

然而，吳宓之所以是吳宓，就在於他那「行事多癡愚悖謬」的性格，他常常反省自己，「宓只以生性過於仁厚，又生性好謀而不能斷，凡（ⅰ）他人代宓所決定之事，結果多證明其『是』而『有利』。（ⅱ）若宓自己所決定者，則皆『小事聰明，大事糊塗』。」〔註 16〕感情的脆弱和性格的執拗撕扯著他的靈魂，他對鄒蘭芳所有的只是基於人道主義的憐憫之心，他不愛她，但也不忍心拋棄她。他渴望有一個完整的家，對於雪的拒絕，吳宓心中鬱結著難以排遣的失落情緒，他也因此不願意放棄鄒蘭芳對他的這份炙熱的愛情。他就在這之間反覆煎熬著他的優柔寡斷的性格再一次是他在愛情的十字路口徘徊、延宕。且看他這幾天的日記：

八月二十五日 星期一

晴。中夜失眠，近 8：00 始起。上午 9：00 釀造室赴調查研究總結報告大會。會中思人生各事隨時多變，但行目前所宜，不必長計深求，遂於近午決定與蘭結婚，勉從蘭意，以前函徑呈工作分配

〔註 14〕吳宓：《吳宓日記續編》第 1 冊，北京三聯書店，2006 年版，第 401 頁。
〔註 15〕吳宓：《吳宓日記續編》第 1 冊，北京三聯書店，2006 年版，第 402 頁。
〔註 16〕吳宓：《吳宓自編年譜》，北京三聯書店，1995 年版，第 198 頁。

委員會，俾定可留蘭於重慶市或郊區云云。

膳團午餐。午飯後全來，旋去。近 3：00 乘汽車$1100 至重大，先叩鄭宅，次至辦公廳會客室見鄭衍芬教務長，宓呈寫就之函，言與蘭婚事已決定，請即以前日之函，徑提交工作分配委員會公閱，以備今晚開會決定云云。鄭公允照辦。

宓封還曉借款十萬元，清。歨訪眷、倩，承留晚飯。宓以與蘭訂婚之事告眷，善甚贊成，並勸宓一切事不必太認真而過於審慎。又告竺遠綸、樊德芬均甚稱道蘭之美。

八月二十六日 星期二

8：00 宓辭歸西師，雨。近日人皆謂宓瘦削，蓋由對蘭忐忑、思慮不寧所致。是夜復久久醒，終欲不婚蘭而保持宓之獨立自由，依佛助友，對雪但求恒存友情，過此非所望。此實宓之最高最真心情，惜蘭莫之能喻耳。夜雨。

八月二十八日 星期四

畢，乘汽車$1100 至重大黃宅，諶君與蘭已晚餐，宓補餐。知法律系畢業生 17 人悉派往西南司法部報到，再候分配云云。

宓今日頗望蘭派往北京或滇、黔，藉此遠離而斷絕。今知必在重慶，頗悔八月二十一日雙函之多事！已而諶君暫出，蘭索吻抱，並求同臥息，宓拒之。諶君旋歸。蘭必欲宓函魯求函託司法部長但懋辛氏分配蘭於重慶市區，宓又曲從之。偕至張鶴笙宅訪魯，未遇。終至順舍作函上魯，託順帶送。

宓冒雨回西師。夜中久醒，決對雪並蘭斷絕，以解矛盾，而自求安樂。

八月二十九日 星期五

宓面付蘭明晨人城零用四萬元。接魯覆函，擬改日面言於但公。同出，蘭邀宓同至其宿舍敘別，宓未肯，徑步歸西師，甚為鬱苦，非為惜別，乃自恨己如作繭自縛，欲不婚蘭而不得耳。

抵舍，即寢。大雨。中夜久醒，欲函蘭詳陳衷曲，求勿強宓為婚。又欲函英請勸蘭勿嫁宓，均不果行。〔註 17〕

〔註 17〕吳宓：《吳宓日記續編》第 1 冊，北京三聯書店，2006 年版，第 403～406 頁。

此後的日子裏，吳宓一直試圖說服鄒蘭芳改變決定，但每一次招來的都是她更激烈的爭吵，還說，吳宓不與她結婚，她就獨身終老。1952 年 9 月 8 日，是吳宓陰曆年 59 歲生日，鄒蘭芳沒有來，中午，張宗芬來請吳宓到她家中為他祝壽，飯菜依然可口，但吳宓吃的很鬱悶。張宗芬勸吳宓不用太難過，按新婚姻法，必須兩人同意才可結婚，斷無強迫結婚之理。吳宓問她和張東曉的事怎麼樣了，張宗芬顯得很傷心，又有些生氣，她說，張東曉是逢場作戲而已，他以冉女士為藉口，根本就沒想結婚。又說，最近，唐克全屢次向她正式求婚，她拒絕了。她似乎還有話想向吳宓說，可又忍住了。

鄒蘭芳終於如願以償的留在了重慶，吳宓想起了前些時候助她北上的六十萬元錢，便想要回來，結果鄒蘭芳寫了一封信給他，說他平日裏給張宗芬那麼多錢，而給自己卻這麼少，不還，還稱自己是「棄婦」。吳宓當即回信罵了她一頓，但信寫完了，卻沒有寄出。

這或許是吳宓的人生宿命，對於以前的愛情失敗，他曾反省過，「若我奮力前行，則急遽難成；若收心割愛，則牽纏未斷。欲助甲而甲不受助，願不負乙而又必負之，欲使自己不吃虧而必吃虧，欲為我身謀福利而無福利。嗚呼，此誠理想家行事之必然結果，浪漫派求愛之天與懲罰，而亦吾愚妄之性行之一定軌轍也。」〔註 18〕

幾天後，吳宓接到通知，西南師院將遷往北碚天生橋川東行署舊址。

四、酸澀的愛情之果

對於新西南師範學院的臨時住所，吳宓非常滿意，這是原川東行署乙 3 號樓一個很大的房間，床案新潔，花草臨窗。因為冉超燕從西康來看他，張東曉決定暫住本樓內原定分給本系教授趙維藩的另一大房間，他們倆準備明年寒假結婚。吳宓與他閒談，他說，女子之美當在二十以前，年齡大了就不行了。吳宓心想，張宗芬說的果然沒錯，你一開始就沒打算和她結婚。

晚上，吳宓來到第八宿舍，這是一個平簷矮房，張宗芬住在這裡，她正在收拾屋子，今天還算順利，行李一件不少，安全送到，只是晚上蚊子太多，小雲被咬得大哭。第二天，張宗芬讓蕭遠權給吳宓送來幾條蚊香，讓他驅蚊子用。

因為這離原相輝學院不遠，所以安頓下來之後，吳宓便帶著蕭遠權到幾

〔註 18〕吳宓：《吳宓日記》第 5 冊，北京三聯書店，1998 年版，第 445 頁。

個老朋友家裏去拜訪，雖然才過幾年，校舍依然幽靜曠爽，但物是人非，令人頗為感慨。回來的路上，想起明天便是中秋，吳宓便買了一大堆月餅、荔枝軟糖、香蕉、柿子等交由遠權帶了回去。過了幾天張宗芬來找吳宓，請他帶著遠明、小雲去北碚醫院檢查身體，她實在忙不開，還說，乾脆把遠權送給吳宓撫養，給他當兒子算了。吳宓聽了心裏心裏酸酸的，抱著小雲走出了門。

遷校後不久，張宗芬就接到通知，調任西師附屬小學職員，住房和工資不變，她不知為什麼，又不敢問，就託吳宓去找負責附小工作的吳則虞。吳則虞告訴吳宓，張宗芬去小學是當教員而不是一般辦事人員，待遇、工作其實比以前要好，去那裡只是暫時的，將來還回西師，即便不是註冊組，也會有別的崗位，革命工作嘛，最好不要拒絕。

這幾日教職工不斷搬來新校舍，吳宓在迎接的時候碰到了熊正倫的妻子汪歐，她是數學系的，比張宗芬大 10 歲，也有三個孩子，家務事比較繁重，吳宓想到了張宗芬家的保姆陳世梅，就向汪歐介紹，兩家很快達成協議，由兩家合雇，分別支付工資。汪歐很快就和吳宓熟了，吳宓經常到她家中作客，她也早聽說了吳宓的事，她覺得鄒蘭芳挺適合吳宓的，經常勸他結婚。吳宓詳細地談了他和鄒蘭芳還有張宗芬的往事，汪歐聽了很是感動，嘖嘖連聲。

鄒蘭芳寫信過來，滿紙的相思之苦，要來找吳宓，她現任市法院司法改革辦公室調查研究組幹事。由於北碚和沙坪壩相距甚遠，所以，鄒蘭芳只好週末來與吳宓相見，可來了之後，又免不了大吵一番。這天晚上，張宗芬帶著孩子來找吳宓，要他帶領著去汪歐家玩，她還不熟悉地址。路上遇到搬遷時結識的外語系學生張大藝，說鄒蘭芳來了，見吳宓家關著門，就去了趙維藩家等候，要學生來找他。吳宓趕忙回來，鄒蘭芳一見就大聲嚷嚷：「你又去找張宗芬了是不是，趙老師說了，你每天晚上都在她那兒，大家都知道。」吳宓解釋了半天，鄒蘭芳才消停了下來，她告訴吳宓，她這次是來辦案的。第二天中午在食堂吃飯，她又哭了起來，說吳宓吃完飯起身就走，根本不管她吃沒吃完，讓她當眾好難堪。又說，你還經常對別人說我以前晚上賴在你那裡不走，想與你同床共寢，讓我在別人面前抬不起頭來。我現在只有遠離親朋，找個偏遠的地方過一輩子算了。大庭廣眾之下，吳宓尷尬得不得了，趕忙道歉認錯，鄒蘭芳才破涕為笑。她告訴吳宓，她們那裡小組學習會上，有人批評她，說她和吳宓的戀愛不正當。吳宓年紀那麼大了，你還跟他談戀愛，是貪圖名教授的生活和地位。鄒蘭芳辯解說，戀愛自由，如果吳宓愛別人，她絕不干涉。看著吳宓心不在焉的樣子，她抱著他的胳膊，停下來，盯著吳宓的眼睛，「你如果敢拋棄我找別人，我就自殺，自殺前給刑事法庭庭長王繼純寫信控告你，是你害死了我，讓你去坐牢。」說完一副得意的樣子。晚上，聽說鄒蘭芳來了，汪歐帶著孩子來看她，兩人談了很久。

幾天之後，汪歐邀吳宓去她家中，她對吳宓說：「昨天張宗芬來了，託我轉告你，她非常感謝你對她的幫助，這種感激之情，過去、現在、將來都不會變的。但是，她絕不會與你共同生活。她覺得鄒蘭芬更適合你，向你們盡快結婚，祝你們幸福。」她還說，她近來做小學老師，天天和孩子在一起，覺得很開心，以後當獻身教育事業，努力工作，希望吳宓不必掛念為她的前途及生活。

吳宓隨後的幾天去找張宗芬，每次家裏都鎖著門，吳宓只好寫了一封短信，連同錢一起從門縫裏塞了進去。他不知道出了什麼事，去找汪歐，汪歐告訴他，上午路過張宗芬家，她正在拖地，她要汪歐再次轉告吳宓，還是以前的那個意思，並說以後他的來信將不再拆閱，也別再去她家了，再來也還是不在，還把前兩天送給她的錢也託汪歐送還給吳宓。張宗芬現在的煩心得很，因為她和吳宓的來往，還有和其他人的傳聞，鬧得滿城風雨，連工作也換了，她一個女人如何能承受得了如此的壓力。然而，吳宓還是放心不下張宗芬，堅持去找她，眼看天氣逐漸涼了，吳宓寫了一封信說是給孩子買冬衣，夾著十五萬元錢依舊塞進門縫裏去，可是依然，汪歐又還了回來。這次她告訴吳宓，看見張宗芬正往小學那裡搬家。還說前兩天她去看張宗芬，她不在，去小學開會去了，只有遠權在家，汪歐看見桌上玻璃板下的全家福照片，問他爸爸在哪，遠權只是哭，也不說話，甚是可憐。吳宓聞之欲淚，最後對汪歐說，要不這樣，你寫信給她，錢以你的名義送去。汪歐歎息著點點頭。

張宗芬搬走了，錢還是退了回來。他去問吳則虞張宗芬的近況，吳則虞說：「張宗芬在學校裏表現非常好，大家都很佩服她，也很喜歡她，請她放心。」吳宓心裏稍稍寬慰了些。因為汪歐也不知道張宗芬的新家地址，吳宓去小學找了幾次都沒有找到。一天，他遠遠地看見張宗芬獨自一人從荒山小路上走著，是去幼兒園。吳宓鼻子一酸，眼淚流了下來，他要去找張宗芬，他給她寫了一封信寄到小學，要求她把地址告訴他。過了一天，汪歐來告訴他，昨天晚上開會碰見張宗芬了，託我帶話，說她的性情與吳宓處處不相同，他的所作所為，她都不高興，所以不能收受他的捐贈，這次搬家，也不想讓吳宓知道。吳宓問：「是不是她要和我完全斷絕關係？」汪歐說：「她就是這樣說的，你自己思量吧。」

這一天是週末，吳宓惴惴不安地來到小學探訪，看了幾家，覺得不像，只好來到食堂詢問，在指引下找到辦公室，一個女職員給他畫了一張圖，他終於找到了張宗芬的新家。這是內外兩個小間，十分簡陋，沒有地板，窗戶也沒有玻璃，行李胡亂堆放在地上，一切尚未整理。外間屋子裏只有一張破木床。三個孩子正在嬉戲。蕭遠權見了吳宓，大不如從前親熱了，他告訴吳宓，搬來已經一個星期了。這時吳宓看見遠處平臺上張宗芬正和一群老師坐在一起開會學習，幾個孩子打鬧著跑出去了，吳宓走進裏屋，拿出一個紙包，裏面是二十萬元錢，塞到書桌的抽屜裏。他出門的時候彷彿感覺到張宗芬正在看他，他心裏沉沉的。第二天，吳宓猶豫了半天，還是來到小學，見張宗芬家的門緊鎖著。第三天晚上，他鼓足勇氣又來，張宗芬正在家裏。怕人聽不見，吳宓大聲說：「聽說你搬新家了，我來看看你。」張宗芬說：「這段時間忙得很，要備課。」吳宓忙說：「我坐一會兒就走。」張宗芬給他倒了一杯開水，問：「鄒蘭芳最近來信了嗎？」吳宓接過水杯，「好多天沒來了。」張宗芬低聲地說：「我希望你能和她早點結婚。」吳宓說：「還沒有最後決定，到時候再說。」張宗芬站起身來對吳宓說：「今天晚上雖然沒有學習，但恐怕有事，我要到辦公室去看看。」吳宓趕緊起身告辭，出來時看見隔壁是舊相識劉承緒家，特地進去寒暄了幾句。回到西師，順路去拜訪穆濟波、李國禎一家，李國禎力勸吳宓應該和愛他的女子結婚，那樣才會過得舒適如意；如果找一個不愛自己的人，則處處煩心。吳宓點頭稱是，說自己這點體會最深，隨後和李國禎談起了他與心一的往事。

連日的繁忙工作加上心情鬱悶，吳宓病倒了。張大藝來看他，他叫張大藝星期天去找張宗芬，希望她能來看看他，張大藝回來告訴吳宓，張宗芬去幼兒園接孩子去了，家裏只有蕭遠權，他留了個字條。晚上汪歐的孩子來看吳宓，順便捎來張宗芬的話，她剛把遠明、遠雲送回幼兒園，本來要來看他，只是這幾天學習，實在忙，就不來了。這幾天，許多老師、學生來看望吳宓，大家都勸他早點和鄒蘭芳結婚。

幾天後，吳宓稍稍好了一點，吃完晚飯，踱至小學校來，見張宗芬正在洗腳，吳宓便進裏屋等待，順便把包著二十萬元的紙包和信塞到抽屜裏。一會兒，張宗芬洗完腳進來，語氣沒有前些日子那樣冷淡了。她對吳宓說，小學教師的生活極忙且苦，教學生程度不齊，又非常頑劣，管起來很費事，又要指導西師教育系學生來此實習教學；平日無片刻休息，星期日也有學習及別的雜事，昨下午才將兩個孩子接回來聚了聚，遠權沒時間照顧，身上竟然生了疹子。寒假中，決定向組織申請，辭去小學教師職務，不管安排什麼工作，或者被調往別處，都行。吳宓看著她，面色明顯浮腫，眼圈發黑，說話時眼中含著淚。吳宓難過地不知該說什麼好。這時，鬧鐘響了，7 點，學習的時間到了，張宗芬拿起外套匆匆走了。吳宓在屋裏幫著蕭遠權用藥水擦洗身子，等遠權睡下，他才回家。

不幸的消息從老家傳來，母親於 12 月 22 日晨病逝。來信中，妹妹詳細的述說了母親的病情及家中的情況，還勸吳宓早點和鄒蘭芳結婚，生活上也好有個照應。吳宓心裏難受，他想去找張宗芬，但他又很猶豫，他不斷地寫信，他對她的愛意她應該是很瞭解的，為什麼不接受呢，他不明白，他知道自己看不懂女人的心，他也知道自己拘謹的性格不懂得怎樣向女人表白，但他決不放棄，他要用自己的赤誠感化她。

1953 年 2 月 10 日，吳宓接到學校通知，他和張東曉改任歷史系教授。吳宓藉此機會拜訪了歷史系主任郭豫才，請他為張宗芬調離小學的事幫忙。幾天後，郭豫才碰見吳宓，對他說，他已與人事處長李一丁談了，李處長說，張宗芬表現很優秀，早已注意到她了，有意照顧，只是現在沒有合適的機會。還要再等等。吳宓趕忙出主意，西師暑假將招新生一千名，屆時教職員必大增，可以趁機提出調張宗芬到圖書館等處。

9 月 28 日是中秋節，這一天，吳宓收到了鄒蘭芳託人帶來的一封信，信中夾著鄒蘭芳一張照片。鄒蘭芳自去年 11 月起，進入西南人民革命大學二部學習，期間不斷催促吳宓結婚。吳宓則頻找藉口推脫。這次信裏乾脆就把照片和結婚檢查證寄來，信中說，「革大」卓主任說只須西師出具同意吳宓同志結婚的證明，證實他確已離婚，革大即可發給蘭允婚證明書，不必等心一寄來的離婚證件。鄒蘭芳還說，重慶大學的老朋友如瞿國眷等都希望他倆早日成婚。信末還不忘叮囑吳宓代她問候張宗芬，要吳宓在生活上資助她。吳宓把嘴一撇，虛情假意，八面玲瓏。

吳宓找到方敬，方敬大喜，連聲道賀，讓他趕緊寫申請給院長辦公室以便發給吳宓結婚證明書，即日就可辦好。趙維藩得知消息後也來吳宓家中祝賀，並告訴他，聽說張宗芬已調回西師本部了。下午，吳宓應邀出席民盟北碚分部成立併入盟盟員宣誓大會，張東曉已加入民盟，兩人聊了起來，吳宓問他的婚事怎麼樣了，他說，冉超燕寒假未來重慶，又無消息，不知是何情由。他仍勸吳宓馬上與鄒蘭芳結婚，以便能照顧他的衣食起居，而且，她在外朋友多，花費大，自由慣了，婚後或可收斂，經濟上也可以節省許多。

給院長辦公室的結婚申請，吳宓整整寫了一天，他煩躁極了，始終沒能寫成。晚飯後，來到小學，張宗芬正在吃晚飯，聽了後，數落了他一番。吳宓當晚日記中寫到：

> 撮記所談，不依倫次。（一）雪此次復職回校本部，實由雪一學期苦幹勤能，而小學群師給予好評之故，人事室乃有此令。（二）雪謂愛情首貴專一，既擇定某人為我之理想，則應於此外萬千男女朋友相識皆不繫心。宓之大錯，在太亂太紛。如宓所述昔年為薇為雪梅而失彥，以及近年愛雪而恒親蘭，皆由過求周到，不辨輕重，自己中心無主，隨意揮灑，旁皇迷亂之故。（按昔年郭斌龢等早已以此責宓。）如此辦法，不但自貽伊戚，有時亦使其所愛之人失望。（三）宓之另一缺點，則坦白過度，不能保密，自己之心情，與行事，必須對近旁之一二人訴說，傾瀉無餘。如無知友善士在側，則不擇人而談說。宓年來以一切情事對蘭傾瀉，纖細無隱，故蘭熟諳宓之性情，而知所以擒獲宓，控御宓之方術。（四）世間萬事不能勉強，愛情尤些須不能勉強。凡人所作之事，皆是彼甘心自願作者，他人斷不能強彼作違心之事。所謂「此非我所欲，不得已耳」，是自欺也。宓既曾憐愛蘭，今之婚蘭也甚宜，又何必嗟怨！（四）蘭處心積慮，必欲嫁宓，為時已久，蘭嫁宓後，定能很好共同生活。至於雪之前途亦只有視事勢之推移，順機運之自然而已，云云。
>
> 宓辭出，再入市，取電炬回。今晚聆雪所談，如冷水澆背，使宓萬感交集，夫雪責宓之言，即昔年彥所責宓之言也。傷哉！〔註 19〕

第二天，吳宓當即寫信上呈院長辦公室，要求出具吳宓與陳心一早已離婚，並批准與鄒蘭芳結婚的證明。方敬和李源澄都非常高興，說早該如此。隨後，他又給鄒蘭芳寫信，拿到證明後即刻去「革大」，待「革大」證明開出，

〔註 19〕吳宓：《吳宓日記續編》第 1 冊，北京三聯書店，2006 年版，第 498～499 頁。

兩人就去登記結婚。他在信中還解釋了自己幾次反覆的心情，還是希望鄒蘭芳能改變主意，求得解脫。中午，院長謝立惠親來登門道賀，並說：「您與陳心一離婚早已眾所周知，但是，學校發出證明的公函，必須有真憑實據。所以還是需要等凌啟鴻律師簽證的協議離婚書或《大公報》、《新聞報》之離婚廣告來，二者得一就可以發給公函。」〔註 20〕謝院長再三聲明，學校對他們二人結婚完全贊成，這個只是手續問題，千萬別多想。吳宓又連忙寫信給陳心一，要她寄離婚證件來。下午去郵局寄信，經過小學，他特地去了張宗芬家，告訴她，他已下決心與鄒蘭芳結婚了。這時正是小學生交學費的時候，張宗芬正發愁，家裏沒錢了。吳宓立刻拿來三萬元錢交給遠權。張宗芬告訴他，新的工作已經安排了，地理學系的系務員，即辦公助理，新家在第七宿舍背面 13 室。

鄒蘭芳接到信後很高興，訴說了這些日子吳宓不答應她的痛苦，幾欲要自殺，又回憶起前幾年和吳宓在一起的幸福時光，想起死去的親人，晚上常常獨自抽泣，徹夜未眠。吳宓看到這眼睛也濕了，心中像刀攪一般，他恨自己如此寡情，辜負了鄒蘭芳，他回想起 1929 年離婚時的情景，今天拒絕她，於心何忍。

星期六晚飯後，吳宓來到張宗芬家，張宗芬正在家裏忙碌著，桌上堆滿了東西，遠權上小學，另外兩個上幼兒園，幾天下來，她累極了。吳宓一一幫她安置妥帖，臨走時，把這個月的五十萬元錢交給她。

張宗芬真的需要有個完整的家，他想起了張東曉。一見吳宓，張東曉便問他是否願意加入民盟。吳宓根本無心加入任何黨派，他是來勸張東曉與張宗芬結婚的。張東曉很堅決，他說已經給西南區人事部打報告了，呈請批准與冉超燕的婚事。吳宓很無奈地告別了張東曉，回家的路上又碰到了凌道新，凌道新極反對他與鄒蘭芳結婚，也反對他追求張宗芬，說近來校中關於吳宓的流言蜚語很多，那麼大年紀了，女兒年齡都好大了，一點兒都不自覺，還在到處拈花惹草，時間都花在談戀愛上了，可惜了。

晚上，張宗芬氣呼呼地來到吳宓家。今天先是辦公問題與圖書館吵了一架，後來因為工資的事，又與人事室爭論了半天。吳宓說，你剛回來，別把人得罪了，還是忍讓點好，否則對今後處事不利。張宗芬臉色很難看。接著，他又說了張東曉和凌道新的事。張宗芬徹底火了，「今天晚上來，正是為此，

〔註 20〕吳宓：《吳宓日記續編》第 1 冊，北京三聯書店，2006 年版，第 500 頁。

以後我們還是少來往的好，免得有人說閒話。而且，我早說過了，絕對不會和你結婚，永遠都不會，讓那些瞎說的人看著去吧，將來自可水落石出。」

張宗芬走後，吳宓內心十分鬱悶，他想起了宋人小說《明悟禪師趕五戒》，裏面講蘇東坡的前身五戒禪師，年四十七而愛十六歲之紅蓮女，遂破色戒。其友佛印的前身明悟禪師，勸其懺罪依佛。吳宓不禁悲從中來，他想到了自己這一生，歸佛懺悔，難道這也是我的歸宿嗎？

對於張宗芬，張東曉是有愧疚的，他找到吳宓，託他帶給張宗芬三十萬元錢，要他帶話給她，他無意也不能和她結婚。至於鄒蘭芳，他也勸吳宓慎重，免得到時候後悔。下午出去散步，吳宓內心說不出的壓抑和痛苦，張宗芬拒絕他，和鄒蘭芳也有名無實，該如何是好，他感到孤獨、無助。大好春光，如斯景色，卻無人相伴。

他去找張宗芬，只看見三個孩子，說媽媽進城了。吳宓將張東曉的三十萬元錢和自己的五十萬一併放到抽屜裏，在桌子上留了個字條。晚上，遠權來叫吳宓，張宗芬告訴他白天和系裏師生遊縉雲山去了，要吳宓把錢拿走，以後也別再送了，自己的困難會向組織上求助。吳宓好言相勸，說了半天，她才肯只收吳宓的五十萬，而要吳宓把那三十萬拿走。吳宓覺得這是這些日子裏唯一值得欣慰的事情。

鄒蘭芳催著要結婚證明，她迫不及待地來找吳宓，吳宓拿出宋人小說，要她讀《明悟禪師趕五戒》，鄒蘭芬看得莫名其妙。吳宓說，她的一片癡情，吳宓非常感動，如果想結婚，等北京證件到後，就去登記。但是，吳宓實在是不愛她，他已決定拋棄一切情緣，皈依佛法。現在讓他結婚，真的是很痛苦。而且，他覺得鄒蘭芳嫁孫雲疇更合適。你青春年少，何必嫁我一個糟老頭子呢。鄒蘭芳聽了，又急又氣，哭著抓住吳宓大聲嚷著：「我就愛你，非你不嫁，我介紹信都開了，跑到你這裡，你卻說不結婚，你怎麼這麼狠心呀。」說著便要尋死，吳宓嚇得趕忙攔住。鄒蘭芳哪肯放過，「穆濟波說了，北碚圖書館有歷年的《大公報》《新聞報》，裏面就有吳宓的離婚廣告，找到它就可以開證明，你快去找來。」吳宓真是沒有辦法，對鄒蘭芳，他一方面覺得對不起她，一方面又覺得她太不體諒別人，恣意妄行，不考慮後果，必欲達其目的，不納忠諫，不許違抗。唉，吳宓長歎一聲，這就是現世果報吧，他自己當年何嘗不是這樣的人呢。

吳宓的老毛病又犯了，接下來的日子，反反覆覆、顛來倒去。

四月六日星期一

是晚宓即與蘭一函，附寄六嫂來函。重申前旨，略謂宓決依佛懺情，對蘭、雪擬雙遣。為蘭本身長久計，似以嫁疇為宜。請就此辦法切實考慮云云。

四月八日星期三

忽晴忽陰，且小雨。晨思蘭事，甚為鬱苦。今不婚蘭，人譏宓為「殘忍」；婚蘭又心非甘願，且恐生活勞煩、經濟困難，身體疲乏，未能滿足蘭，終致勃谿。蘭不自悔其堅執，反而嗔責宓之無情。總之，蘭女宓男，蘭少宓老，故將來及現今情形無論如何，人皆必寬恕蘭而嚴責宓也。嗚呼，一時之疏忽，遂貽百年之悔，哀哉！〔註21〕

吳宓決定星期日約鄒蘭芳做最後的商談，或結婚或分手，免得日日痛苦。當他如約來到革大，鄒蘭芳迎他入室。她坐在床邊，握著吳宓的手，眼淚湧了出來，低聲哭泣著：「我如果不能嫁給你，就真地去死。」又說「上星期日，是我的生日，從你那裡回來之後，一連幾天便血，昨天又吐了好多血。」吳宓憐惜地撫摸著她的肩膀，安慰她，但不管怎麼說，鄒蘭芳就是不聽。晚上，鄒蘭方領他到瞿國眷家住宿，瞿國眷勸他和鄒蘭芳結婚，不必猶豫，即使它日有離婚之必要，到時兩人再離婚可也。兩人一直談到半夜。

回來後，好友王世垣很關心吳宓，聽了後頗為感慨，他也勸吳宓娶鄒蘭芳為妻。說：「世間最偉大的行為，莫如犧牲自己以成就他人。現在，你忘卻一切，無所不可，以求使蘭愉快幸福，這不就是你所追求的宗教精神嗎？」吳宓聽了不知該怎麼回答是好。

一天上課，碰到張大藝，他告訴吳宓，他聽說冉超燕寒假中來重慶了，還和人結了婚，他的同學看見過他們夫婦逛街。吳宓詢問張東曉，張東曉面無表情，淡淡的說：「意料之中，不足為奇。」

1953 年 6 月 8 日，終於，吳宓與鄒蘭芳在重慶沙坪壩主管機關登記結婚。鄒蘭芳隨即由西南人民革命大學調往西南師範學院學前教育系任系務員。然而，還未開始工作，就舊病復發了，經檢查，全身臟器多處被結核桿菌侵襲，病情嚴重，遂於 7 月份入住重慶第九人民醫院治療。

〔註21〕吳宓：《吳宓日記續編》第 1 冊，北京三聯書店，2006 年版，第 511～512 頁。

五、塵緣終了情難絕

與鄒蘭芳結婚，並沒有給吳宓帶來二人世界的幸福甜蜜，而是使他陷入無盡的痛苦和之煩惱中。

病中的鄒蘭芳，不是積極配合醫生的治療，依然我行我素，貪圖舒適享樂。她想吃三鮮炒飯，吳宓請人找遍北碚的各處飯館，終於在北碚餐廳買到，趕忙送去。繼而又想吃雞，吳宓第二天又急忙買來，加入墨魚和當歸熬湯。幾個月下來，搞得吳宓疲憊不堪，叫苦不迭。

> 蘭以其菜肴多不適口故在醫院不取普食（每日三餐米飯，至飽）。而取軟食。軟食每日六次，蘭喜其中之牛乳、豆漿、藕粉等，顧軟食已不能飽，蘭又不盡食其中主要之面，於是恒呼饑而多購添零食。總之，蘭不多進充實之食品、養人之米麥，惟喜細巧點心，病中猶此習慣也。其於衣服亦同。宓面付蘭五萬元，蘭立以三萬元還洪有如。蓋日昨曾借洪款各購半長之絨毛衣一件。實無用處，而宓早曾送去三友浴氅，蘭退還不用。平時宓所厚給之款，蘭並未用以購置衣服齊全。今蘭有美麗合式之外衣多件，而貼身換洗之衫挎襪則幾於全缺，急需添購.耗矣衰哉。……於諸親友來函，亦不竟閱。對宓病不一問，至學校中之職務及生活尤不縈心。竊恐蘭將成為不死不生，精神兼身體之廢人而已。愛情云乎哉？婚姻云乎哉？〔註 22〕

此外，鄒家的幾個子侄也在吳宓處寄養、上學，再加上還要分別資助家中的親戚朋友。從不為錢發愁的吳宓也感到了前所未有的壓力。「按宓生世六十年來未嘗感覺經濟之困窘。今年陰曆年關始甚苦支絀，其主因厥為蘭家人所加於宓之困累。自 1953 年 8 月起，半年中宓為名璋、名倜、開桂三人共付出三百萬元。（平均每月五十萬元）1954 年 1 月，宓為蘭家人在各地者共付出七十四五萬元，蘭本身所費不在此數之內，則宓焉得而不困哉！然經濟之支絀，其苦尚小，彼名珍、芝芳等所給予宓之欺凌、侮辱、煩擾、氣惱，則有不能計算者。」〔註 23〕

吳宓有時也覺得愧疚，由於長時間用藥刺激腦神經，鄒蘭芳常常哭鬧，神志昏亂，眼前常出現幻覺，好多次，她緊緊抓住吳宓，說「革大」派人來抓她，她出身反動，嫁給吳宓並非欽佩吳宓的學問，而是貪圖吳宓的名利地

〔註 22〕吳宓：《吳宓日記續編》第 1 冊，北京三聯書店，2006 年版，第 536 頁。
〔註 23〕吳宓：《吳宓日記續編》第 2 冊，北京三聯書店，2006 年版，第 6 頁。

位金錢，要把她押回去審判。看著她面容浮腫、驚慌失色的樣子，吳宓頓感淒然，自責對她發火，沒能耐心溫婉地去安慰她。

他開始後悔與鄒蘭芳結婚，他甚至想她能夠早死，這樣，大家就都解脫了。他還想過離婚，鄒蘭芳已經調入西師了，有工作有工資，終身無憂，這是她以前所希望的，吳宓甚至願意每月再拿出一部分錢來給她，而自己由此獲得安樂清靜自由。然而，這一切似乎有都不可能。吳宓越思越悔，越想越恨。

由於常常哭鬧，又以飲食不適口，鄒蘭芳鬧著要回家調養，尤其希望有親朋好友，日夜陪伴、閒談，解其寂寞。1954 年 1 月，醫院同意其移回家中居住，每兩周由人抬往醫院診治一次。平日裏，鄒蘭芳常常呆呆的坐在家裏，有時喃喃自語，若有所思，有時則哭泣傷悲，中午也不睡覺。由於腎臟損壞，晚上睡覺時常常起來小解，兩人因此而失眠。想起她以前的活潑樣子，吳宓心裏很難受。

怕結核病傳染，人們減少了與吳宓的走動，他到張宗芬家裏去時，孩子們見了歡呼地撲向吳宓，張宗芬趕忙喝止，這讓吳宓頗為尷尬。然而，張宗芬似乎也遇到了大事，她懷孕了，孩子是張東曉的。到底是怎麼回事，兩人各執一詞，學校裏也為此傳的沸沸揚揚，吳宓忙於為鄒蘭芳治病，對此也不太瞭解。不過，在他看來，應該是張東曉的責任，後來一次與錢泰奇閒談，錢泰奇說他也曾屢勸二人結婚，可張東曉不同意，他是想娶一個年輕美貌的少女，還曾要他介紹圖制系的一個女助教。吳宓想起《西廂記》中的「張生補過」，勸張東曉，然而他卻非常堅決，說絕不與張宗芬結婚，他說張宗芬出身不好，這是原則問題，將來孩子的處理辦法乃枝節小事。他辯解道，他是出於友情幫助她，對她生活上悉心照顧，誰知道她卻誤為愛情，所以做出許多不該做的事。他也覺得張宗芬有些可憐，希望吳宓能為她介紹一個合適的人結婚，至於他，是絕對不會答應的。吳宓覺得張東曉這個人太絕情了，心裏有些生氣，但也沒辦法。因為最初是他介紹二人相識的，雙方又都要他來調節。最後終於達成贍養協議。張東曉補貼張宗芬的費用，懷孕期中每月 30 萬元，生產的一個月中 60 萬元，孩子出生後第一年中每月 40 萬元，第二年中每月 30 萬元，滿二歲後即交張東曉負責撫養，關於嬰兒之費用，如有特殊意外情形，可臨時增給。1954 年 5 月 24 日，張宗芬在醫院生下一子。吳宓再見到張東曉時，還是勸他為孩子著想，與張宗芬結婚。張東曉卻說，他現在因此事已屢次在黨及民盟人員前及小組中自行檢討，名譽上所受損失極大，更恨張宗芬了……此後，吳宓每月代轉張東曉給張宗芬的嬰兒撫育費，他有時覺得，生完孩子的張宗芬比以前更加美麗了，容貌豐盈、光豔、端莊。

轉眼又是一年，一天午飯後，吳宓偶然路過張宗芬家門口，見小雲在屋外哭泣，口鼻出血，血與鼻涕黏在一起，下流如柱，旁邊一群孩子圍著。吳宓趕忙走進屋去，見廚房裏，張宗芬坐在板凳上，臉和脖子漲得通紅，雙手掩面低頭痛哭，卻又未敢出大聲。吳宓既驚且痛，坐下來問怎麼回事。張宗芬邊哭邊說，鄰居電話班工人夫婦，平日就異常驕橫，經常指責遠權、遠明和小雲三個孩子以眾欺寡，欺負毆打她家的小孩。張宗芬就說以後各自注意看好自己的孩子，別在一處玩耍。其實，是他們想把張宗芬趕走，他們好住這邊的大一點的房子。張宗芬也向學校要求過搬家，學校未同意。今天，他們又來告狀，說小雲打了他家的女兒，張宗芬輕輕責打了小雲，她家女人覺得不解氣，就自己親自動手，打得小雲口鼻出血，還罵「龜兒子」，張宗芬反駁說，孩子都有父親，誰是龜兒子。說罷就哭了起來。吳宓聽了，氣得渾身發抖，要去找他們說理，張宗芬攔了下來。

鄒蘭芳經常做夢，有一次夢見吳宓坐著滑竿，身上蓋著白布單，回陝西去。她對吳宓說，可能你將不久於人世了。吳宓心有同感，這些日子，他也覺得身體大不如從前了。鄒蘭芳的病，加上三個侄子名璋、名倜、開桂的到來，讓他不得安寧，半夜還要常常起來，以前就枕即人寐，一覺直睡到天明的好習慣從此沒有了。鄒蘭芳現在不喜歡外出，就要吳宓陪她坐在家裏，他出去時間長了，鄒蘭芳就哭，要勸好久才能平靜，別人怕傳染，也不來了。每天就是吵鬧、吃藥、洗衣服被褥，既不能獨坐靜思，也不能外出訪友，他覺得心煩意亂，暴躁易怒。這樣怎麼可能長壽呢，他歎氣道。後來，名璋送到另一個親戚那裡照顧，名倜留下，他經常在學校裏惹事，實在把他們惹煩了，決定送回鄉下。趁這個機會，吳宓要鄒蘭芳進城治病，她現在耳朵失聰，右手發麻，而且有越來越嚴重的趨勢。1955 年 7 月 7 日，吳宓給住在重慶城中的名靜、芝芳等寫了一封長長的信，詳細交代了要注意的各項事情，隨後收拾好行李，來到北碚車站。這天晚上，吳宓獨自在家裏面坐著，他覺得周圍特別安靜。

然而，這一去，竟成永別。1956 年 4 月 16 日，鄒蘭芳來信了，重慶第一中醫院見她瘦得可怕，就立即停了藥，要她回家休息，補充營養，所以她要回家。吳宓與開桂立刻將房中亂堆的書籍整理了一番，拖地抹桌，把家收拾乾淨。20 日下午，忽見侄女名靜拿著鄒蘭芳的行李來到家中，說「二姑現在北碚車站，不能行走，須用滑竿接抬。」吳宓大驚，隨即同開桂去車站雇人用滑竿把鄒蘭芳抬回家中。鄒蘭芳果然瘦的可怕，但已不再哭鬧，神情顯得頗為安寧，吳宓給她吃了他自己平日裏用的安定，她慢慢地睡去了。吳宓仔細檢查了她帶回來的物品和蔡惠群醫生所開的藥方，問了她一年來的情況，真是又氣又驚。原來，鄒蘭芳在城裏，節省下飯錢來購製衣裳，又買了很多布料，因此營養不足，大損身體。蔡醫生所配的丸藥，她也好長時間不吃了，許多都還放在瓶中。4 月 12、13 日，天氣驟寒，風急雨大，她受寒了。平日裏吳宓拿出衣服她都還不肯穿，現在一個人，更任性了，於是發冷發熱，經醫院檢查，也不是瘧疾。18 日蔡醫生來看過，又給她開了幾服藥，勸她必須吃，千萬不可拖延，否則將有嚴重後果，她仍不聽。

隨後的幾天裏，鄒蘭芳一直臥床不起，也不想吃任何東西，天氣乾熱，又不肯飲水。24 日晚上，喘氣聲很粗，不時地要起來小解，但下床已不能行步。吳宓看情形不對，忙叫開桂報告衛生科，護士立刻注射強心針，並抬往第九人民醫院。早晨，噩耗傳來，鄒蘭芳於 7 時 35 分病逝。

下午 4 時，吳宓來到太平間，解開白布纏裹，只見鄒蘭芳面色如生，安靜地躺著，睡著了一般，看著她黃瘦的臉，吳宓悲痛難耐，他哆哆嗦嗦地把錦被鋪在棺中，為她穿上黃呢絨外套，皮鞋，將她平日所心愛的衣服，還有前些日子剛買的新衣和用品，悉數放在她身旁。棺材合上了，吳宓老淚縱橫，口中喃喃自語。他想起今年春天鄒蘭芳曾屢次對他說：「我前幾年那樣癡心地愛你，必定要嫁給你。而婚後我一直生病，又有老家親戚的拖累，我們兩人實際上沒過過一天的舒心日子……我想這一切都是命運注定，都是緣法，老天爺讓我們互償前生之債，債還完了，也就是我們分手的時間，但願是我先死去。」蘭芳，難道這真是我們前世的冤孽嗎，你是來向我索債的嗎，我這一生，負過心一，負過彥文，獨不負你，可這又如何讓我承受呀。他想起了 1935 年為毛彥文所做的懺情詩，隨之改作：

曾照懺情未悼亡，為君才斷死生腸。

平生好讀《石頭記》，冤債償清好散場。

墓地選在了陳家山，重慶市六區人民公墓，西師教職員及其家屬皆葬於此。墓穴面向西北，正對西師大門，可望見民主村三舍，兩人共同生活的地方。墓地位於陡坡之下，前面一小塊平地。四周是幾顆小松樹，地上滿是各種各樣的野花，紅的、紫的、白的……

這幾天，張宗芬也常來吳宓家安慰他，自從上次小雲被打後，她就搬了家。四個孩子加一個保姆，生活極其艱難。張東曉反覆多變，對她多所責難挑剔，二月份有一次參加朋友婚禮，見了她，又動心了，欲和好而結婚。然而隨後又變了，說怕遭人譏笑，而且既已決定，眾已周知，就不當變，仍要照協議行事。張宗芬歎道，她對張東曉早已死心，只是怕孩子由他隨便交人撫養，遭受虐待，想想就難受。她現在唯一的希望就是張東曉能夠好好對待孩子，自己則決定另找人結婚。

再次見到張宗芬是幾個月以後，她是來向吳宓辭行的。孩子已經兩歲了，送給本校一對工人夫婦寄養，他們沒有兒女，很喜歡這個孩子。張宗芬每個月給他們十七塊錢作為撫養費，張東曉的十八元也直接付給他們。張宗芬要去大連，大連工學院的體育老師，岳五六，早年在重慶任教，教過她，現在向她求婚，她答應了，學校也同意張宗芬調往大連，她來是向吳宓借錢的。吳宓覺得有些突然，說前些天已經借給別人許多，現在沒錢了，能不能等下個月發工資時再給。張宗芬生氣了，「你原來說過幫助我就像幫鄒蘭芳一樣，現在求你借錢了，卻推諉起來，為什麼。」說完扭頭就走了。下午，遠權來借網籃，吳宓跟他一起來到張家。張宗芬告訴他已向學校借支了旅費，但到大連之後，仍需吳宓幫助，吳宓承諾下月給他五十元。

8 月 25 日，吳宓來到車站，為張宗芬一家送行，今天也是吳宓陰曆年 63 歲的生日。張宗芬知道後，把遠明留下來看守行李，自己領著兩個孩子和吳宓來到一家餐館，為吳宓祝壽。兩人相對而坐，一盤鹵牛肉、一碟豆腐乾、一碗素麵，一小瓶廣柑酒，吳宓走過了人生的第 63 個年頭。天陰得厲害，車站上，吳宓送給張宗芬五十元錢，說是結婚賀禮，隨後和孩子們相擁而別。揮手看著她們母子遠去，吳宓心中倒也暢快，「人生情緣，各有分定」，他想，張宗芬說對我始終如一的，是友情而非愛情。我那些年追求她，只是自尋煩惱，對我傾心相愛的，是鄒蘭芬啊，嗚呼，七年一夢，今一死一去，一切皆空，可以解脫而醒悟了。

中秋節這天，早早的，吳宓和開桂出了門，前幾天下大雨，道路泥濘不堪，等爬到陳家山山頂，吳宓已是滿身泥濘。蘭芳的墓前，石塊散落著，碑上的紅墨已經淡去。吳宓拿出毛筆，蘸上紅墨水，小心翼翼地，一筆一劃地精心描著碑上的字。隨後，他點上十隻蠟燭、一束香，在墓碑前坐了很久。

還有三天就是元旦，張宗芬突然回來了，只帶著小雲，還回本校任職，原來她在大連沒找到合適的工作，就想著回來，把岳五六也調到重慶來。看著她，吳宓又驚又喜，恍如隔世。旁邊的小雲長高了許多，她看著吳宓，問：「鄒娘娘在哪裏？」張宗芬輕聲地說：「已經不在了。」吳宓眼淚奪眶而出。

新年的元旦過後，張宗芬來了，她說，前些天還了學校的旅費之後，還剩 51 元，加上剛領的工資 57 元，共 108 元，放在箱中，沒想到被賊給偷了，在漢口的另兩個孩子急等錢用，所以想向吳宓借點錢。吳宓有點不相信，可還是借了 50 元給她。她說急著給丈夫聯繫工作，匆匆走了。

吳宓突然感覺張宗芬和以前不一樣了，現在她來找他，不是要他幫忙辦事，就是借錢，對他毫不關心，更別說其他的了，沒有了溫柔和婉，卻多了幾分蠻橫狡黠之態，她越來越像那時的鄒蘭芳，人真的會變嗎，他不敢相信，他開始懷疑自己當年對張宗芬的那份感情是否值得。現在，他經常翻看自己早年的日記，每次看到鄒蘭芳的記載時，就傷心落淚，她愛他愛得那麼深，卻走得那麼早，他後悔沒能對她更好一點，他的心亂了。

1957 年 4 月 25 日，鄒蘭芳的逝世週年，日今中午，吳宓來到她的墓前，幾顆小松樹已經變得粗壯，雜亂的草叢裏，陣陣蟲鳴不時傳來，荒涼的山脊上，野樹靜靜地佇立著，涼颼颼的山風中，一個孤獨的老者，黯然地坐在墓旁，默默地拿著一本《釋迦如來成道記》讀著……天色不早，吳宓黯然地站起身來，默默地注視著蘭芳的墓，過了好一會兒，才顫顫地、佝僂著身軀向山下走去。山路崎嶇，模糊難辨，這時，一個農家女子，容貌秀美，拾柴而過，吳宓近前打聽下山的路，女孩讓他跟著自己走，走到他家門口，告訴他，順路而下，就可到車站。透過薄霧，吳宓彷彿看見鄒蘭芳在不遠處等他。蘭芳，這女孩是你嗎，是你在帶我回家嗎，吳宓心裏喊道。

1957 年 6 月 15 日，張宗芬的又一個女兒在醫院中誕生了。

9 月的一個晚上，張東曉突然來訪，坐下後，鄭重其事地問吳宓：「你對反右鬥爭意見如何？」吳宓回答：「非常好，歷史系搞得很好，無屈枉，無過當。」又問：「你對凌道新的評價是什麼？」吳宓說：「他性格偏執，平日屢勸不改；這次揭露的事實是我從前不知道的。」張東曉告訴吳宓，「凌道新懷疑這次是我們打擊報復他。」吳宓說：「他自己應該深刻反省，認識到自己的嚴重錯誤。」張東曉說：「還希望你經常開導開導他。」吳宓回答：「義不容辭，自從他被打成右派後，就再也沒見過他，如果見了，一定幫他認識錯誤。」說完，兩人沉默起來，竟無語相對，張東曉隨即告辭。看著他走出門去，吳宓想起了 1953 年的中秋之夜，那天，他與張東曉、張宗芬一同坐在辦公樓旁山上的小涼亭中，吃著月餅，喝著茶，一直談到半夜。

吳宓的愛情，充滿著失敗、痛苦、沉重和悲傷，他自己也說，「蓋宓多年以嚴肅之性格與熱烈之情慾二者相互衝突，故恒在緊張之中。」〔註 24〕從表面上看，吳宓是一個新人文主義的鼓吹者和實踐者，然而內心深處，他卻是一個愛情至上的浪漫文人。應該說，這兩種性情本無矛盾，但是，在吳宓這裡卻發生了無法調和的緊張衝突，導致了他一生的愛情悲劇。究其根源，則是伴隨著西方高度發達的現代工業而出現的新人文主義，面對著原始、落後的中國，本就沒有其存在的社會、歷史和文化依據，更何況是要在儒家的思想體系框架內去承載這來自於異質文化的人文精神，其隔膜與荒誕自是可想而知。在吳宓那裡，傳統倫理道德和西方人性思潮並沒有得到真正的溝通與鎔鑄，相比於古代的「士」，吳宓的興趣愛好和心理結構與其並無多大差別，西方遊學的經歷，只是給他帶來了眼界和所學內容的改變與擴展，他的精神所繼承的仍然是傳統儒家的文化追求和理想人格。對於他的愛情心理，吳宓的摯友陳寅恪最為切中肯綮，「宓本性浪漫，惟為舊禮教、舊道德之學說所拘繫，感情不得發抒，積久而瀕於破裂。猶壺水受熱而沸騰，揭蓋以出汽，比之任壺炸裂，殊為勝過。」〔註 25〕

在吳宓的內心深處，他並非沒有意識到這一點，只是他孤傲偏執的性格使他不願意面對現實，正如他的新人文主義是一種無法面對現實的理想一樣，他的愛情觀和愛人形象，也成為了理想的幻化。「愛」的過程成了他實現自我的一種方式，至於作為生命本能和情感寄託的愛情之果，他卻遲遲不敢摘取，亦或不想摘取。正如他在日記中所寫：「宓之苦，在厄於二者之間，……即宓如潛藏內修，致力於精神哲理，則日趨於宗教天國。如是，則實際生活必不能得解決。愛情無成功，身體無享受，生活仍孤獨抑鬱。而若循第二途以求，則又與精神上所需之進步相背馳。嗚呼，宓即終在此矛盾與痛苦中而犧牲者也。」〔註 26〕面對中西文化，其精華與糟粕的取捨與融合，需要的是

〔註24〕吳宓：《吳宓日記》第 8 冊，北京三聯書店，1998 年版，第 54 頁。
〔註25〕吳宓：《吳宓日記》第 5 冊，北京三聯書店，1998 年版，第 60 頁。
〔註26〕吳宓：《吳宓日記》第 6 冊，北京三聯書店，1998 年版，第 30 頁。

一種堅韌的意志和精研的睿智，而吳宓的性格中缺乏這樣的質素。他熱誠而不夠堅定，率真而不知節度，執著認真而又拘泥僵化，多情仁厚而又優柔寡斷，激情中帶著急躁，自恃中帶著自負。這些，都最終造成了情感中無法療救的創痛。也許，不曾接受新人文主義或者勇敢地反叛傳統，吳宓的人生會更精彩一些。

在世俗的眼中，他的處世態度絕對算得上是一個荒誕可憐、迂腐冥頑，是個不折不扣的悲劇人物，然而，他的坦誠、無私、忠厚、仁愛卻閃爍著耀眼的人性光芒，成為後人永遠值得珍視的精神財富。吳宓頗信命運，或許真的有所謂的命定和天數，在不同的時代，在吳宓的愛情世界裏，出現了兩對堪可類比的女性，陳心一與毛彥文、鄒蘭芳與張宗芬。只不過相對於前者，吳宓與後者的感情糾葛中又多了一層政治上的磨難，這是那個時代特有的悲劇。

參考文獻

1. 吳宓：《吳宓日記》（10 冊），北京三聯書店，1998 年。
2. 吳宓：《吳宓日記續編》（10 冊），北京三聯書店，2006 年。
3. 吳宓：《文學與人生》，清華大學出版社，1993 年。
4. 吳宓：《吳宓書信集》，北京三聯書店，2011 年。
5. 吳宓：《吳宓詩集》，商務印書館，2004 年。
6. 吳宓：《吳宓詩話》，商務印書館，2007 年。
7. 吳宓：《吳宓自編年譜》，北京三聯書店，1995 年。
8. 《吳宓評注顧亭林詩集》，顧炎武著，吳宓評注，人民文學出版社，2012 年。
9. 徐葆耕：《會通派如是說——吳宓集》，上海文藝出版社，1998 年。
10. 吳學昭：《吳宓與陳寅恪》，清華大學出版社，1992 年。
11. 鄭師渠：《在歐化與國粹之間——學衡派文化思想研究》，北京師範大學出版社，2001 年。
12. 傅宏星：《吳宓評傳》，華中師範大學出版社，2008 年。
13. 沈衛威：《「學衡派」譜系——歷史與敘事》，江西教育出版社，2007 年。
14. 沈衛威：《情僧苦行：吳宓傳》，東方出版社，2000 年。
15. 張弘：《吳宓：理想的使者》，北京大學出版社，2005 年。
16. 北塔：《情癡詩僧吳宓傳》，團結出版社，2000 年。
17. 王泉根編：《多維視野中的吳宓》，重慶出版社，2001 年。
18. 李賦寧等：《第一屆吳宓學術研討會論文選集》，陝西人民出版社，1992 年。
19. 李賦寧等：《第二屆吳宓學術研討會論文選集》，陝西人民出版社，1994 年。

20. 李繼凱、劉瑞春：《追憶吳宓》，社會科學文獻出版社，2001 年。
21. 李繼凱、劉瑞春：《解析吳宓》，社會科學文獻出版社，2001 年。
22. 楊毅豐、康慧茹：《學衡派》，長春出版社，2013 年。
23. 黃世坦編：《回憶吳宓先生》，陝西人民出版社，1990 年。
24. 蔣書麗：《堅守與開拓——吳宓的文化理想與實踐》，社會科學文獻出版社，2009 年。
25. 史元明：《好德好色：吳宓的坎坷人生》，東方出版社，2011 年。
26. 劉達燦：《國學大師吳宓漫談錄》，新疆人民出版社，2003 年。
27. 張源：《從「人文主義」到「保守主義」：〈學衡〉中的白璧德》，三聯書店，2009 年。
28. 段懷清：《新人文主義思潮——白璧德在中國》，江西高校出版社，2009 年。
29. 段懷清：《白璧德與中國文化》，首都師範大學出版社，2006 年。
30. 朱壽桐：《新人文主義的中國影跡》，中國社會科學出版社，2009 年。
31. 孫媛：《叩問現代性的另外一種聲音：王國維、吳宓、錢鍾書詩學現代性建構理路研究》，中國社會科學出版社，2012 年。
32. 周云：《學衡派思想研究》，甘肅人民出版社，2005 年。
33. 周佩瑤：《「學衡派」的身份想像》，福建教育出版社，2013 年。
34. 黎漢基：《社會失範與道德實踐：吳宓與吳芳吉》，巴蜀書社，2006 年。
35. 何九盈：《漢字文化學》，遼寧人民出版社，2000 年。
36. 朱學勤：《道德理想國的覆滅——從盧梭到羅伯斯庇爾》，上海三聯書店，1994 年。
37. 托·斯·艾略特：《艾略特文學論文集》，李賦寧譯，百花洲文藝出版社，1994 年。
38. 雷納·韋勒克：《近代文學批評史》第四卷，上海譯文出版社，1997 年。
39. 孟德斯鳩：《法的精神》，張雁深譯，商務印書館，1993 年。

後　記

吳宓在西南大學（以前的西南師範學院）工作、生活 20 餘載，今天的校園似乎也還能感受到些許氣息，但多被掩藏或模式化了。能在這位現代文化人的傑出代表、著名學者、詩人和教育家曾經工作、生活過的校園裏繼續學習和生活，接受先生思想與人格的沾溉，既有莫大的榮幸，似乎也不無悲戚。

先生留給我們有太多的生活與學術話題。《吳宓日記續編》就是他在西南師範學院期間工作、讀書和生活情況的記錄。他以繁富細緻的記錄，立此存照，為共和國時代留下了難得的歷史證詞，成為重要的文化「事件」，也是我們今天理解那段歷史的重要文獻。

先生的日記，記錄了一個人文知識分子在特殊歷史時代對社會人生的獨特體認，記敘了思想的變化和矛盾，特別是生活的無奈和精神的困境。他對政治文化也發表自己的見解，有他個人的感受、角度和理由，有其特定的歷史境遇，雖有意氣之辭，不合時宜，但在今天看來，也不乏見仁見智的地方，可作為我們審視歷史正反方面的思想資源。先生至情至性，悲天憫人，忠恕仁義，其應對人事的方式，雖多文人的迂闊，但也不失為後來者的鏡鑒。作為後來者，對先生的生活和思想本應展開豐富而深入的研究，更應以歷史之同情，真誠地瞭解這位知識分子複雜的內心世界，感懷他豐富的思想和高尚的人格。我想，這應是我們義不容辭的責任和責無旁貸的使命。西南大學只有一個「吳宓」，他是我們珍貴的文化遺產和學術傳統。

該著作曾是為紀念先生 120 週年誕辰而組織編著，記得曾在一次博士生討論課上，圍繞吳宓之於現代中國的學術貢獻，大家暢所欲言。我覺得還是應該做點什麼，於是決定以「共和國時代的吳宓」為論題展開研究，從文化、教育、政治、詩歌、交遊與愛情五個方面進入吳宓的生活和精神世界,分別由肖太雲、劉志華、凌孟華、李閩燕、呂潔宇、楊永明等承擔寫作任務。全書最後由我通讀、修訂、統稿,另撰「《吳宓日記續編》與吳宓的精神世界」作為序。另外,也多次校對部分錯漏引文,對有關文字表述、評價尺度以及觀點均作了調整,或壓縮,或增添,或換一種說法,但也有不盡如人意之處,如不同專題各有主張,各有筆法。文章觀點和材料難免也有重複,雖作統一,但肯定還有疏漏,也請諸君多多理解。我原來的初衷是,以《吳宓日記續編》為中心,採用學術隨筆形式,夾敘夾議,緊貼著先生人生際遇,如實還原其歷史真相,仔細揣摩其生活狀態,儘量尊重先生記錄的原貌,力主客觀真實,從史料中探賾他的思想與生活。先生日記所記內容,時間跨度大,人事繁多,寫作者對材料的感受和認識難免多有疏漏,甚至還有不確切的地方。加上時空變幻,此情此景殊於易時易地,難免不會有錯訛之處,在此,特懇請各位批評指正。

本書在寫作中參考了專家學者的有關研究資料,對所羅列和還未能完全列出的參考文獻作者,我們在此也表謝意!先生雖離我們遠去,但先生的博學宏雅,耿介人格,面對命運挫折時的堅定,對國家、民族和人民始終如一的赤誠,尤其是對中華文化的無比熱愛,永遠值得我們尊敬和仰慕。

2019 年 8 月 26 日

於西南大學